愛呦文創

驚！說好的選秀綜藝竟然
4
Colosseum-Escape Show

目 錄
CONTENT

第一章　我想當皇后，你卻只給個情婦位？ 005

第二章　裙襬搖搖！我背鍋，我光榮 041

第三章　圍巾不拆，我寢食難安 081

第四章　複製三級會議的大混戰 119

第五章　英勇，虔誠，絕不後悔 155

第六章　衝啊！人氣少年！我真的是逃殺秀練習生 193

第七章　哪裡來的暴力小白兔？ 229

第八章　記住，我叫邵瑜 267

第九章　這什麼見鬼的私生飯啊？ 305

第十章　你可是要C位出道的小巫 343

特別收錄　獨家紙上訪談第四彈，暢談角色設定 382

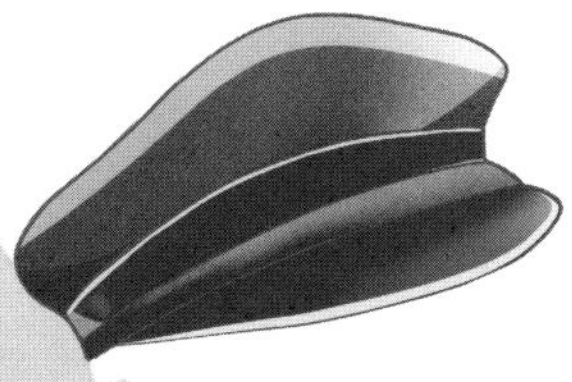

【第一章】——我想當皇后，你卻只給個情婦位？

第五輪淘汰賽，每張角色卡副本都是在溯源幽靈的死亡，而密碼則代表幽靈的執念。

凱撒趕緊貢獻自己的智慧：「密碼十一個字母啊！lu-yi-shi-si……」

薇拉嘴角抽搐，從旁邊抽了一本路易十四的傳記，「Louis XIV，八個。」

巫瑾思索，「路易十四的本名……」

薇拉：「Louis Dieudonne，十四個……」她突然一頓：「太陽王，Le Roi Soleil，十一個字母整！」

巫瑾帶走曲譜，三人飛速在凡爾賽長廊中奔走。

三角鋼琴前，正在啃腰果的凱撒隊友妹子一愣：「你沒走丟啊？」

凱撒不滿：「啥叫走丟！咋個用詞啊！」

那小妹子往後看了眼，「嘻嘻，不怪你了。還把薇拉姐和小巫帶來了。」然後給三人一人塞了一把腰果。

「小染。」薇拉向那妹子打了個招呼，和巫瑾知會：「投機自保型選手。特長隱匿，又稱風信子幻影坦克，之前有一場比賽她把食物都藏了，等著其他選手餓暈淘汰完，一個人躲在樹上偷偷摸摸活到最後。」

小染瞇眼一笑，又給巫瑾遞了兩個腰果，眼神關愛，「小巫，我能不能餵你吃一個……」

巫瑾一呆，被興奮的凱撒拉走，「走走走，密碼箱！密碼箱！」

薇拉杏目上挑，氣場外放。

小染哼了一聲，把腰果塞到自己嘴裡，「小氣，當初妳搞應援的時候不是這麼說的！什麼有糖一起吃，有油一起揩，後來還非要把CP粉肅清……」

薇拉緩緩抬起手臂。小染嚶嚀一聲，去鋼琴旁黏著了。

第一章
我想當皇后，你卻只給個情婦位？

〈感恩贊〉的曲譜被擺放在譜架上，等凱撒清場完畢，琴聲悠揚響起。

這首法國大經文歌的重要奠基石，將盧利譜曲中恢弘昂揚的風格發揮到極致，五聲部弦樂、小號和合唱團被縮影在黑白相間的琴鍵，在巫瑾指尖緩慢流淌。

少年逆光凝起視線，曲譜下方用小字寫著十七世紀時的合唱團唱詞。

我們認你為主。

普天之下都敬仰你——

琴聲自國王套間起始，在整座古老的城堡飄揚。

凱撒和小染同時兩眼放光，「密碼箱浮出來了！」

盧利的幽靈再次被驚動，放棄自閉，試圖掀走一切觸碰鋼琴的練習生。鏡廳走廊，魏衍舉起大砍刀，從瑟瑟發抖的C級練習生手中搶來一張嶄新的副本卡牌，正在端詳牌面線索。授冕廳外，佐伊終於通關副本，正在翻找下一張卡牌。明堯突然在戰爭長廊狂奔，隊友被他嚇了一跳，「跑這麼快……你不餓？」

明堯興高采烈：「我剛看到我們隊長了！」

小特里亞農宮，文麟被秦金寶暴力搶走任務物品，安慰眼眶發紅的隊友，「不怕，會有卡牌的。」

凡爾賽宮和平廳。

楚楚拎著小裙子，狗腿恭維衛時，抓緊一切機會和大神搞好關係，「這招高啊！妙啊！666啊！大特里亞農宮都被咱布置好了，把人手不夠的卡牌扔到凡爾賽宮，等選手自投羅網，這是釣魚……喔不對，炸魚，炸魚！」

「有這些選手為您所用，咱們何愁大計不成哇哈哈哈！……咦，又開始彈琴了？」

衛時打了個手勢，「安靜。」

午前的陽光照耀凡爾賽宮，琴聲在進入高潮前放緩，琴鍵低昂有力，持續四小節的傳統三聖頌飄揚到心跳最頂端——

讓你的眾民得到救贖。

你遁入永恆的榮光。

咔嚓一聲，密碼箱徹底彈出。凱撒一把搶過字母轉軸，按照薇拉給的紙條依次拼出單詞。

Le Roi Soleil，太陽王。

原本在對著凱撒無聲斥責的幽靈一頓，遲緩轉向拼出的這行小字。

他嘴唇顫動，像是在念念有詞。他甚至忘記了去驅趕鋼琴旁的練習生，直到凱撒將密碼箱中的淡藍色卡牌拿走都無動於衷。

巫瑾抬頭看向盧利。這位十七世紀的宮廷樂師在默背〈感恩贊〉的唱詞，最後一段琴聲終於與樂師的口型相合。

你是我永恆的仰仗。

光榮的君王，請讓我永遠不要陷入迷惘。

宮廷樂師抬頭看向遠處的阿波羅廳，那是路易十四曾經停留最久的地方。他或許看到幼年時安靜從自己手中接過舞鞋、在表演前依依不捨看向自己的小路易，或許看到了在凡爾賽接受萬民朝覲的太陽王。

樂師走到三角鋼琴前，略顯蒼老的透明雙手與巫瑾彈琴的手重合。

最後兩個小節迴旋重複——

光榮的君王，請讓我永遠不要陷入迷惘。

幽靈淡去消散，盧利副本通關。

凱撒不出意料地拿到了讓尚・巴蒂斯特・盧利的人物牌，小染一高興把剩下的腰果分了一半給巫瑾及薇拉，「吃呀吃呀！對腰子好！」

薇拉揚眉，勉強接過，經過一整個晝夜，所有選手都是饑腸轆轆。

「找了一圈只有零食，」小染嘆息：「估計得舞會才有正餐。」

巫瑾這才想起自己口袋裡還有張舞會請柬，時間定在西元一六八〇年九月五日當晚。鋼琴旁的日曆停留在一六八〇年九月四日。

「還有一晝夜。」巫瑾把畫師勒摩恩的卡牌交給薇拉，從安全性來看，保管重要副本物資上，薇拉的戰鬥力遠比巫瑾來得靠譜。

薇拉接過，再次翻出舞會請柬，字跡已是發生微小變化。

請柬（已啟動）誠邀，首席宮廷畫師薇拉，攜舞伴巫瑾。

「請柬啟動了！還有頭銜。」薇拉驚訝。

巫瑾略一思索，並不意外：「身分卡是進入舞會的關鍵。如果在舞會開場前，同一小隊還沒搶到卡牌……」他微頓：「很大可能會被舞會拒之門外。」

薇拉想了想：「第一批副本結束，卡牌的爭搶會比之前更激烈。」

巫瑾點頭，還沒等他開口，薇拉斷然決定：「我們再拿一張人物卡，以防萬一。」

巫瑾並不反對，即使從請柬來看，他完全可以蹭薇拉的身分進入舞會。但多出來的一晝夜完全可以用來繼續積攢小隊物資。

腕表上，生存數字已經降到了三百二十二。

「開場時選手只有拳頭，後來有長劍、砍刀，部分特殊副本裡還存在火銃。」巫瑾解釋：

「淘汰速度只會越來越快。我們要儘快找到下一張副本牌。」

兩人嗑完腰果，第一件事就是躲著人群查看那間關了「持劍盔甲女武士」的儲藏室。出乎兩人意料，即便是從拿破崙副本拖出來的大砍刀都拚不過那把開了掛的長劍。

巫瑾不得不再次把女武士關入房內。

「紫卡還沒啟動，牌面一片空白，」巫瑾攤手，「畢竟紫卡的難度更高於藍卡。」

之後兩小時內，兩人幾乎是翻箱倒櫃尋找卡牌，最終由視力極佳的薇拉從某個矮桌的桌腳下撿起一張。卡片熒藍透亮，牌面一片空白。

「如果放在這裡，理應更早被人發現……」薇拉思忖。

按照節目進程，一旦同副本中有一張牌被選手撿到，節目組會採取包括幽靈在內的各種方式催促其他練習生拿牌，以啟動副本線索。

巫瑾並不著急，線索牌到手就抽空去補了個覺。

兩小時後，薇拉從淺眠中醒來，吸了吸鼻子，「好甜。」再看了眼牌面，依然空白如舊。

後兩個小時換巫瑾補覺，薇拉值守。等臨近傍晚，巫瑾揉揉眼睛睡醒，差點被一口嗆住。甜膩的香氣在房間內飄蕩，像是打翻了十個生日蛋糕。桌面上，牌面空白未變。

薇拉見巫瑾清醒，美滋滋看愛豆從暖烘烘的小被子裡把自己扒拉出來，小圓臉睡得又紅又軟。開心地說：「香味是從卡牌發散出來的，大概是在三小時前。」薇拉小心研究卡牌的構造，指著兩片黏合面的間隙，「這裡有個夾層，兩邊都是防水塗料，裡面應該事先預裝了香精，在接受到某種指令之後打開揮發。」

巫瑾接過卡牌。牌面既無曲譜，也沒有油畫。這張牌的線索只提供給選手的嗅覺——

「香水卡牌。」巫瑾開口。

休整完畢，兩人在黃昏前快速向藏書室走去。

五感中，人類最少依賴的就是嗅覺，甚至於嗅覺消失也能正常生活，能從香水牌上推測出的資訊少之又少。即使擁有少量香水藏品的薇拉也只分辨出一兩味。

「中調、後調都有香草，甜到嗆人，前香好像有青檸，酸上幾秒就沒了，層次感不佳，考慮到是十七世紀的調香也可以理解……」薇拉吸著鼻子分析，似乎瞬間進入副業美妝博主模式，幾秒後下了個定論：「花香調，女香。」

巫瑾推開藏書室的側門，補充：「不一定，國王用的香水也是花香調。路易十四常用的『太陽王巴黎美爵香水』就是皇室象徵鳶尾花調。」

薇拉一呆：「國王用花香調？不用木質？」

巫瑾背誦課後補充材料，「木質香是二十世紀後主流審美對男香的要求，路易十四時期，洗澡被視為『不潔、會引入疾病』，即使國王一生也只洗三次澡，法蘭西貴族依賴花香調掩蓋體味。」

薇拉捂住胃，「嘔——」

兩人終於找到了「調香」書架。

有了上兩次的合作，巫瑾與薇拉分工明確，各自從書架一端下手。

「香水在梵語中和毒藥『紅砷』是同一個詞……」薇拉抽出書架上最明顯的一本，讀了一行扔回，吐槽：「毫無意義的背景資訊，這張牌難不成還能是太陽王的絕世小毒妃？」

巫瑾仰著臉，就著書架高處看書，「香水，謀殺犯的故事……這本怎麼在這裡？」他同樣把書放回，見薇拉好奇，略讀簡介：「十九世紀小說，取材於波旁皇室統治下的法國，呃，」

巫瑾耳後微紅：「兇手殺害了十二位香味迷人的年輕女子，調配出最完美的慾望香水。」

薇拉點評：「有點意思。」

接著抽出第三本，「國王親自參與調配香水，巴黎美爵世家進貢的特質香深受路易十四喜愛，國王甚至在大特里亞農宮內設有調香工作室，放置有香精、原材料和大量書籍……」

兩人一頓，「線索在大特里亞農宮。」

黃昏即將降臨，趁天黑之前，兩人迅速收攏物資、武器向大特里亞農宮進發。大特里亞農距離凡爾賽宮有近二十分鐘腳程，途經皇家莊園與運河的支流，巫瑾還伸著腦袋看了眼國王的馬廄。泥地上壓了一張綠卡，駿馬正嘶鳴，像是在提醒選手發現。

「是真馬，不是投影。」薇拉表示：「節目組總算花了點錢……」

夜幕籠罩之前，淺紅色大理石砌成的大特里亞農終於出現。周圍樹林蓊鬱，綠草青蔥，巫瑾又走了個神，想著大佬不知道還在哪裡打野。

「大特里亞農的香水卡牌怎麼會在凡爾賽宮出現？」巫瑾還在思索：「這裡……好像沒有其他選手。」

薇拉循著書籍上的資料，在這座淺白色的建築中到處穿行，終於停在了調香室的門前。

順著溫馴的落日橘光，兩人推門而入。

薇拉小聲吸氣。這裡幾乎是每個少女夢想中的天堂。柔軟的羊毛毯鋪在地上，淡色陳列架上擺放著一排排瓶瓶罐罐，數百種香精用水晶瓶分門別類避光盛放，除此之外還有數不清的化妝水、面油、花水純露……

巫瑾艱難拉住薇拉，「別往臉上拍水，克洛森秀能省則省，誰知道裡面灌的是什麼！」

薇拉只能作罷，「十七世紀就有這些了嗎……」

巫瑾點頭點頭，「是啊，法國時尚。」

兩人再次分工，巫瑾去翻查書籍，薇拉對照香精分辨卡牌上的調香：「對，前調有青檸，中調香根草茉莉，後調香草琥珀。」

巫瑾指尖於書頁劃過，飛速開口：「路易十四，太陽王香水是鳶尾花調，調和樹脂於佛手柑，路易十五喜好濃烈的龍涎香。皇后瑪麗喜好薔薇，曼特農夫人偏愛橡木琥，香草和茉莉是蒙特斯潘夫人的摯愛……」巫瑾一頓。

薇拉迅速反應過來：「對，香草和茉莉。是蒙特斯潘……等等，這位夫人是誰？」

巫瑾看向後頁，「……路易十四的盛寵情婦，法蘭西第一美人。」

薇拉呀了一聲：「第一美人……等等誰在外面？」

巫瑾同時捕捉門外的聲響，愕然回頭。一刻鐘前，大特里亞農宮分明空無一人——修長壯碩的人影靠在門上。

巫瑾趕緊按住小捲毛。

薇拉一口氣沒提上去，條件反射擋在巫瑾面前。

走廊盡頭，楚楚抱著一堆卡牌撲騰撲騰跑來，「真有人撿到卡牌啦！咱們捉到魚啦！看看都捉了啥……哎呀一隻小巫魚！」

靠在門上的衛時掃了眼楚楚。

楚楚趕緊站好，「薇拉姐，巫選手，你們那張卡牌是誰？」放棄抵抗吧！你們兩個已經被大神一個人包圍了！整座大特里亞農宮的線索都握在衛大大手裡！

楚楚正要欣賞巫瑾驚慌無措像受驚小兔一樣的表情，冷不丁看到巫選手在對著衛哥軟軟微笑。不過巫瑾一秒反應過來，做出警備姿態。

楚楚揉了揉眼睛，繼續聒噪：「薇拉姐姐，是誰呀？是誰呀？」

衛時：「蒙特斯潘。」

楚楚懵逼：「誰？」

巫瑾終於理清，兩人在矮桌腳下找到的卡牌不屬於凡爾賽宮，因此線索才會直指大特里亞農。而整座大特里亞農宮都是大佬布下的圈套。

大佬能上來堵人，手中一定握有籌碼。

巫瑾乾脆坦誠，兩隊不處於同一副本，不成對手必然能做交易。

「蒙特斯潘，路易十四的情婦。」巫瑾冷靜開口。

衛時：「誰的情婦？」

巫瑾一愣，重複：「路易十四……」

衛時一招手，楚楚趕快在牌堆裡翻找。

巫瑾、薇拉差點沒看直了眼——這人哪裡來的這麼多張牌？

楚楚把一張紫卡恭敬遞給衛時。

「過來。」衛時用下巴點了下巫瑾，冷淡開口。

法蘭西第一美人‧蒙特斯潘‧巫異常理智地沒有過去，反而蹭蹭退了兩步。

衛時亮出紫卡牌面，示意巫瑾俐落跟上。

熟悉至極的人物畫像印在牌面，甚至不少歷史教科書上都曾出現過這位法蘭西的君王——路易十四。

「噗」的一聲。克洛森秀導播室，應湘湘差點沒把養顏茶噴出。

彈幕一時激動如狂歡——

「媽呀圍巾鎖了！」

「我想當皇后你卻只給個情婦？WTF！」

「小巫衛鴨！法蘭西第一美人衛鴨！」

彈幕中夾雜著風信子秀直男觀眾的一連串問號：「什麼圍巾？」

「衛時選手路子這麼野，資料不多啊……喔來了，因塔羅牌副本與流量練習生巫瑾組『戀人牌』第一次上鏡，期間交流不超過兩句。後因克洛森秀強行組『圍巾CP』懷恨在心，於恐龍紀元淘汰賽中指使兩隻風神翼龍，將原本可衛擊冠軍的巫瑾選手強行擄走，巫、衛選手殊死搏鬥，以五、六相鄰兩名同歸於盡——這也能組CP？」

臺上，血鴿撿起麥克風語氣如常點評：「非常有意思的策略。紫色卡牌的線索冗雜分散，比起按部就班『解題』，挾持智囊型選手『代考』並作利益交換才是最快速的通關方法。」

「當然，所有前提建立在衛時過硬的選手實力上……」

畫面回閃，衛時開場跳傘至大特里亞農宮，兩小時內霸道清場。最終留在特里亞農的小隊都和衛時小隊存在服從、協定交易關係。

衛時幾乎掌握了整座宮殿所有藍、紫卡牌的動向，並在第一時間「暴力接手」了路易十四線索牌。

這位突然冒出的「王昭君式」A級練習生衛時，起初並不被多數選手重視，大眾印象還停留在「臉好」、「炒CP」、「養龍」上，此時無疑讓不少練習生膽戰心驚。

螢幕正中，巫瑾被迫跟在衛時身後。

薇拉一臉揪心，一雙會說話的眸子似乎下一秒就能冒出「小巫，麻麻不允許你為了副本做出這麼大犧牲嚶嚶嚶」的獨白。

楚楚在旁邊笑咪咪跟著，「兩位，我們的路易十四大王非常仁慈，想解鎖第一情婦蒙特斯潘夫人並不困難，小巫選手甚至不需要向國王貢獻美好的軀體！只要出賣腦力就能……」

薇拉內心抓狂，這辣雞國王明明要的就是小巫貢獻美好的……

她冷冰冰開口：「凡爾賽宮每張卡牌相互獨立，我想，我們的任務並不需要和國王糾葛。」

衛時無動於衷。

楚楚趕緊糾正：「香水架旁的資料有百分之九十都在我們手上，不能說『糾葛』，我更傾向於這是一場交易。你們是買主，我們販賣的是關於『蒙特斯潘夫人』的資訊。」

國王書房的大門砰的打開，兩本路易十四的傳記放在桌上。

「放輕鬆，」楚楚給兩人發下羊皮紙，「只是一場非常簡單的開卷考試。考題就寫在紙上，能解出多少，蒙特斯潘的資料就換給你們多少。」

羊皮紙上畫了幾個歪歪斜斜的長方形，和散亂的部分年份。

「……」不僅薇拉，就連巫瑾也瞬間當機。

衛時瞥了一眼楚楚，「這就是妳抄的題目？」

楚楚立即諂媚：「雖然有微小差距，但基本保留了原題的神韻。就這幾個數字，幾個矩形，大差不差！大差不差！」然後小手一揮，「開始解題吧，各位。」

長桌一側，薇拉反覆思索覺得不對，「我們要不要跑路？」

巫瑾艱難開口：「所有蒙特斯潘夫人的線索都在這裡，離開大特里亞農就是放棄解牌。沒事，我們做這個交易。」

薇拉再次恍惚看向那一群扭曲的幾何圖形，「這到底是個什麼？」

巫瑾掃了眼被大佬斂在手裡的卡牌，輕聲開口：「那是路易十四的牌面線索。」

薇拉一愣。

「他們還沒把牌解出來，」巫瑾說道：「從密碼箱拿出來的人物卡，至少有名諱、生卒年份，不該只有路易十四畫像。最大可能，他們手裡那張紫卡只是未通關的副本牌，牌面線索就是這張幾何圖，他們占領大特里亞農宮，是為了挾持選手替他們解題。」

許久，薇拉輕輕動了動嘴唇：「用藍卡的任務書籍去換紫卡的線索……他們可真是穩賺不賠。」巫瑾攤手，「我們別無選擇。」

夜幕終至，特里亞農宮燭火初燃。紙筆相交沙沙作響，房門略開一條縫，深秋的夜風依稀飄入。

巫瑾已經將傳記翻了大半，羊皮紙上間或記下密密麻麻的年份、地點，旁邊還攤開一張法蘭西十七世紀行政地圖，幾大戰役用雜亂線條標注。

薇拉靠在房間最遠處的軟榻上，腦袋上蓋著傳記，有巫瑾守著，早已睡得人事不知。

大佬中間出去一次，再回來時帶著一身寒氣。

巫瑾嗖的挺直脊背，心思顯然已經不在資料上。男人慢吞吞沿著長桌走近，就像是開卷考的監考老師。

衛時在巫瑾身側站定。一旁的自動機位趕緊追上來拍了幾鏡，少年在羊皮紙上苦大仇深地奮筆疾書，監考老師惡劣地在身後施壓，巫瑾憤懣紅起耳廓。

攝影機拍完，咔嚓熄燈省電。

楚楚還在外面溜達，薇拉睡夢香甜。

巫瑾頭頂一暖，粗糙的大手在軟乎乎的捲髮上肆意揉弄。

巫瑾乖巧揚起腦袋。

衛時彎腰，粗糲的唇舌抵住巫瑾長驅直入。

少年立刻慫成鵪鶉，生怕薇拉驚醒。

天旋地轉，一吻而畢。男人把軟成棉花糖似的巫瑾重新搓揉好形狀，溫柔舔舐少年牙關。

「琴彈得不錯。」衛時低聲點評。

巫瑾心中得瑟，又想起什麼，同樣壓低聲音咕嘰咕嘰指責：「我要看你那張原牌。」

男人乾脆抽出，巫瑾這才重新拓下一行矩形的間隔排布，和大佬打了個手勢表示「沒你事了」。衛時面無表情搬了個椅子，坐在巫瑾身旁，大長腿愣是不嫌膈著，非要和巫瑾翹在對面凳子上的腳丫擠在一起。

筆尖在羊皮紙上窸窣滑動，巫瑾對那排矩形靈感全無，只能轉而研究年份，「一六七二，法荷戰爭。一六八五，楓丹白露敕令。一六八八，大同盟戰爭。一七〇一，西班牙王位繼承戰爭……所有年份都是路易十四的執政功績。以時間為座標軸，矩形為重大事件，間隔又和年份對不上。」靈感枯竭，兩隻腳丫無意識在大佬腿上踩來踩去，「想不出來啊……」

衛時表示：「那就再踩踩。」

巫瑾一僵，就要無聲無息收回雙腿，卻硬是被衛時壓住。

男人純黑的瞳孔在燭光下微閃，像有簇火苗靜謐跳動，熾熱的荷爾蒙讓巫瑾瞬間找不到北：「靠過來，睡會兒。」

巫瑾小聲做出口型：薇！拉！

衛時：「怕什麼，她又不是沒見過。」

巫瑾一個頭昏腦熱，喪失思考就美滋滋湊上，「那，薇拉醒了喊我……」

他狠狠吸了一口副本中的大佬，一會兒趴這裡，一會兒趴那裡，拱來拱去一秒也不安分。

迷迷糊糊中似乎回到了R碼基地，自己還在欺負十來歲的衛時小天使，就差沒美得冒了泡。

「別動。」男人聲音微啞。

巫瑾瞬間乖巧，帶著鼻音嗯了一聲——

衛時眼神一深，想把人弄醒又下不去狠手。只能報復性在少年頸側摩挲了兩下，粗糙的槍繭和曾經癒合的壓印扣合。不想正在此時，遠處壁爐旁的薇拉睡眼惺忪醒來，就要把扣在腦袋上的傳記擼下。

巫瑾嗖的驚醒。

少年眼睛睜得溜圓，眼見薇拉快要揭下那本傳記，手忙腳亂就想和大佬拉出距離，不料腳踝還擱在大佬腿上，整個人重心不穩，從椅子移出的屁股砰地向下摔去。

衛時眼疾手快把人攬住，巫瑾卻一個鹹魚翻滾愣是把自己撲騰了出來，吧唧摔在絨毯上。

衛時：「……」

薇拉瞬間清醒。看到巫瑾慘兮兮摔在地上，衛時坐在椅子乾看著，頓時火冒三丈：「他不就是解不出題嗎！你踹他做什麼！把小巫踹壞了怎麼辦！」

她掃了眼攝影機，見錄製燈熄滅，才痛快又補了一句：「渣男！」

一刻鐘後，巫瑾口乾舌燥解釋完畢，薇拉卻猶豫開口：「咱們一開始找畫的時候多好！小巫別怕，咱們趕跑了魏衍大魔王，也能趕走衛時！」

巫瑾趕緊接著解釋，餘光無意中掃到拓下的矩形——

他驟然一頓，「找畫……矩形是畫框。」

薇拉茫然：「什麼畫框……」

巫瑾飛速開口：「法荷戰爭、大同盟戰爭是繪畫主題，矩形是依次排列的畫框。整座凡爾賽宮，只有一個地方以油畫敘述了整個法蘭西戰爭政變史。」

「路易十四卡牌的下一個線索在戰爭長廊。」

巫瑾推開椅子站起，「走，我們去做完這筆交易。」

夜晚九點。楚楚在得知線索破解後立刻找來調香室內的衛時。這位準國王收下線索，瞬間消失在了凡爾賽的黑夜中。

「等等，蒙特斯潘夫人的資訊……」巫瑾抓狂伸手，「交易！交易！」

楚楚安慰：「放心！大神會給噠！」

等幾人再回到長桌，不僅薇拉，包括楚楚、巫瑾在內都睡得天昏地暗，克洛森秀高強度賽程中，一晝夜最多也只能睡三、四個小時。

直到有人敲了敲桌子，巫瑾迷糊睜眼。

大佬把一串鑰匙遞給楚楚，「妳帶薇拉小姐去客房。」

楚楚喳了一聲，把薇拉搖起。趕在白玫瑰清醒之前，巫瑾連人帶毯子被裹著抱起。

掙扎的巫瑾：「……」

下一秒主臥打開，裹好的巫瑾捲直接被扔到床上。

巫瑾嚇了一跳，終於理智回歸，使勁兒打起精神問了句：「找到了沒……」

「嗯。」衛時命令：「乖，去睡。」

沒想一回頭巫瑾就橫在了床上，以游泳姿勢趴了一個斜對角，小圓臉蹭著床邊，飄飄然如在雲端，顯然不知今夕何夕。

巫瑾睡眼惺忪又強撐開口，還拍著床要脅：「蒙特斯潘……資料……」

衛時掃了他一眼，面無表情：「脫衣服。」

巫瑾：「什、什麼！」

衛時：「等你鑽進被子，蒙特斯潘的資料會以睡前故事的形式發送。」

巫瑾遲鈍想了想，覺得不虧。於是慢吞吞脫下作戰外套，在床上滾著滾著又扔了條防水作戰長褲在地上，然後攤平不動。

衛時把睏成一片的巫瑾塞進被子，作為報償在白晃晃的小細腿上捏了兩把。

巫瑾被捏一下，叫一下：「哎哎！」

衛時打開路易十四的櫥櫃，極其有主人公意識地換上路易十四的睡袍，即將熄滅燭燈的前一瞬，又被巫瑾扯了睡袍袖子。

巫瑾：「睡前故事！睡前故事！」

衛時頷首，去書架取了本書，「路易十四最知名的情婦名叫蒙特斯潘，國王在舞會對這位夫人一見鍾情，大特里亞農宮就是國王送給蒙特斯潘的禮物。」

幽暗的燭燈放在床頭，見大佬靠過來，巫瑾刺溜兒把被子掀了一個角。

男人體溫灼熱，被子內狹小的空間像是被陽光烤炙。

巫瑾往他身邊挨了挨。

「後來，國王移情別戀。蒙特斯潘被指控……」

巫瑾繼續向衛時蠕動。

男人合上書，滅燈，「好了，睡覺。」

巫瑾一呆，憤憤把剛才蠕動的距離都滾了回去，「騙人！關鍵資訊呢？」

衛時面無表情忽悠兔：「剩下一半會以起床故事的形式發送，你該睡了。」

巫瑾還待再說，冷不防被衛時按住懲罰性淺吻。

房間一片黑暗，巫瑾只能做小瞎子哼哼唧唧掙扎。大佬的聲音沙啞，像有電流掃過耳畔發麻，「情緒鎖後遺症，周楠醫師讓你一天睡幾個小時？」

巫瑾心虛：「七小時……不過比賽是特殊情況……」

衛時漠然：「我不是來給你解決特殊情況了嗎？」

巫瑾一愣，猛然想起第五輪淘汰賽，大佬一改往日風格，落地就清場了整座大特里亞農宮，凶殘程度與先前藏拙完全不符。

衛時下最後通牒：「睡覺。」

巫瑾趕緊閉眼，眼珠子在眼皮底下淺淺亂動，直到灼熱氣息逐漸侵襲方寸之間。少年咂了咂嘴，最終擋不住疲憊陷入夢鄉。十分鐘後，已經差不多熟睡的巫瑾又向前挨了挨，直到和衛時貼在一起才舒適地把自己團起。

衛時低頭看向巫瑾，腦海中無數聲音嘈雜——

「從沒見過這樣的案例」、「最好的劍鞘」、「檢驗結果出來了，數值和常人完全不同，如果他本人願意，我們想跟進瞭解一點——巫先生有沒有在十五歲前大量，準確來說，是過量、濫用MHCC類精神藥劑？」

國王寢宮開了一條縫的側門被吱呀關上。

巫瑾起初還未察覺，幾分鐘後呼吸逐漸急促。

「放鬆。」衛時在他額頭上淺吻，把人固到懷裡。

等巫瑾恢復睡熟再將側門打開。

夜風自門外透入。藥劑殘留，聽覺過分敏銳，輕微幽閉恐懼。

衛時眼神鋒利如刺刀。

清晨六點。

睡了整整七個小時的巫瑾愉悅甦醒，在枕頭被子上軟塌塌蹭來蹭去，心滿意足後才赤腳跳下真・King Size大床。

大特里亞農宮正廳，薇拉把切好的奶油小麵包分給巫瑾，衛時從與巫瑾截然相反的房間方向出現。

克洛森秀直播間，血鴿也剛起床，觀眾大多還在補覺，零星幾條彈幕在衛時出現後發出「唉唉」嘆息。

血鴿：「嗯？」

節目PD把腳本遞給他，打了個哈欠，「不用管，這些CP粉恨不得小巫、小衛打一半乾柴烈火，非得抱一起睡著才好……哎哎給我分根菸，正好懶得刷牙……」

直播鏡頭再轉，已是切成昨晚八小時精彩打鬥集錦。

大特里亞農宮。

衛時果然遵守諾言，把資料遞給薇拉，旋即和楚楚消失在了凡爾賽宮方向。

「他們是要去通關路易十四那張卡。」巫瑾思索：「很可能是比賽開場第一張通關紫卡。」

薇拉粗略翻了翻書籍，猛然想起什麼，心有餘悸，「還好是早上給咱們交易線索，要是昨天晚上……等蒙特斯潘的第二輪線索出來，其他選手看到卡牌，都會不顧半夜往大特里亞農趕。」

薇拉攤手，「就不能補覺啦。」

巫瑾被小麵包一噎，腦海中嗖的躥出兩句「線索會以起床故事的形式發送」、「我這不是來給你解決特殊情況了嗎」。少年趕緊埋下腦袋，嘴角控制不住往上揚。

等兩人休整完畢，薇拉最後看了眼腕表，「三百零五人存活，舞會晚上八點開始，還有十三個小時。」

巫瑾點頭，動手在資料中飛速翻查。

「蒙特斯潘夫人是路易十四最富盛名的情婦，權力、儀仗都高於皇后，被稱為法國實質上的皇后。」薇拉隨手翻查一部太陽王情史野史，「蒙特斯潘為路易十四孕育有七名子女，正式被驅逐於一六八〇年。最終國王禁止子女與她見面，禁止任何人為她的死亡哀悼……」

巫瑾點頭，迅速捕捉關鍵字：「一六八〇……一六八〇年蒙特斯潘被員警指控參與一樁知名的……事件。」巫瑾一頓。

薇拉湊過來看去，只見一個法文詞彙赫然出現在記錄中：messe noire。

「這什麼意思？」

兩人面面相覷，在翻查了所有指控資料後卻只得到寥寥幾語。

「如果這是一樁皇家醜聞，國王第一情婦被指控，」巫瑾合上書籍，「路易十四很大可能會採取一切措施替蒙特斯潘夫人洗脫，抹去相關記敘。線索不在這裡。」

薇拉揉了揉眉心，看著巫瑾翻開大特里亞農地圖。

「我們去蒙特斯潘的房間，」巫瑾指向一處，「還有，我們需要知道她是如何失寵。」

粉色大理石堆砌的走廊上，巫瑾快步走在前面。

整座大特里亞農宮在陽光下如夢似幻，粉色晶體折射出絢爛的光芒，草地點綴鳶尾花與橘樹——這兩樣都是波旁皇室最推崇的自然圖騰。

整座宮殿都曾經是路易十四送給蒙特斯潘夫人的禮物，她的榮耀沒有任何一位法蘭西皇后可以比擬。

路易十四對情婦相當大度，很難想像這位夫人最終是如何被國王驅逐的。

身後，薇拉翻書聲不斷。這位風信子秀女選手動態視力異常強悍——能在長跑速度中精準、無負擔地分辨出書頁上的小字。

「一六六九年，蒙特斯潘夫人為國王誕下第一個孩子，並聘請了一位家庭女教師。這位教師不能是年輕貌美的少女，所以她選擇了一位年長的寡婦——也就是後來的曼特農夫人。」

巫瑾一頓：「曼特農夫人？」

調香室的配方記錄中，與路易十四、皇后、蒙特斯潘夫人同時被提及的就是這位女家庭教師，曼特農。

薇拉往後翻了幾頁，一愣，低聲念道：「後來，國王無可救藥地愛上了女教師曼特農。」書本啪的合上。

與此同時，大特里亞農宮國王寢宮一側，蒙特斯潘夫人房間終於打開。

濃郁的香草、茉莉與桔梗混香襲來。紅色天鵝絨帷幔自高聳的房頂垂下，打在繡工精緻的床被上。正對著這座大床的是女主人的油畫。

法蘭西第一美人，蒙特斯潘女侯爵。

畫中的婦人年輕貌美，有著在幾十年、乃至幾個世紀後都不會過時的衣著品味。她蘋果肌高聳，高傲、尖刻，卻無法阻擋骨子裡的迷人。

「任何國王的情婦最終都會失寵，」薇拉聳肩，「即使國王下一任情婦是她聘請的家庭女教師，蒙特斯潘手裡依然是一副好牌。雖然……」

薇拉嘆息：「不僅國王愛上曼特農，比起母親，孩子們也更喜愛這位家庭女教師。」

巫瑾看向畫中的貴婦人，點頭，「心理落差。」

兩人捲起袖子，開始著手翻找蒙特斯潘的房間，薇拉表示：「國王的寵愛沒了也就沒了，大特里亞農宮的房產拿在手裡才是最重要的！三十一世紀最重要的是什麼，房呀！」

女選手推開一扇衣櫃，嘴角微微抽搐，「裙子少了好幾條。」

巫瑾立刻開口：「會不會是新線索……」

薇拉合上櫃子，搖頭，「不會，應該是楚楚順走了。能被楚楚挑走六件衣服，只能說明這位夫人衣著品味非常出挑，至少是個聰明的情婦。」

巫瑾想起楚楚臨走時背的一大筐不知道什麼物資，神情恍惚點頭。等兩人揭開套間的第二重帷幕——巫瑾蹬蹬倒退兩步。

這是一幅陳舊的掛畫，女性渾身赤裸躺在草地，背後用赤色畫出詭譎圖案。牧師將嬰兒遞給她——準確來說，是脖頸不自然下垂的嬰兒，臉頰甚至貼到了青紫的胸口。

「牧師左手。」薇拉突然顫抖開口。

那是一把滴血的匕首。

「這是什麼？」薇拉幾乎露出作嘔的表情，畫面並不複雜，除去匕首、死去的嬰孩，對於那位貌美女性、神父和場景的刻畫與十八世紀的爛漫肖像如出一轍。畫中陽光明媚，卻讓人脊背生寒。

巫瑾看向那位女性的側臉：「是蒙特斯潘夫人。」視線上移，粉紅的大理石牆壁閃閃發光：「在大特里亞農宮東側……」他眯眼分辨：「橘林草坪。」

話音剛落，巫瑾口袋中的卡牌一熱，標識第二輪線索的紅點出現在線條簡略的地圖上。

大特里亞農宮東側，E110。

兩人對視一眼，轉身向目標點奔去。

巫瑾在奔跑中飛速整理線索：「蒙特斯潘一六八〇年被驅逐，被指控的原因是意義不明的『messe noire』——很大機率和掛畫有關。在此之前她育有七名兒女，也就是女家庭教師曼特農夫人代替了蒙特斯潘的位置，估計至少有七年。」

「時間線上是得寵，失寵，被指控。新提示是牧師，死嬰，法陣……」

巫瑾抿住唇，「獻祭。」

薇拉張大了嘴巴。

此時多數選手都在凡爾賽宮，兩人顯然是第一波趕到線索點。地上的布置幾乎能以假亂真，紅褐色液體凝固在腳下，泥土有新翻過的痕跡。不遠處樹下，胡亂扔了幾把鐵鍬。

「我來吧。」巫瑾毫不猶豫捲起袖子，讓薇拉在旁邊放風。

乾硬的泥土遠比巫瑾想像要難對付，幾乎過了有一刻鐘，才有一張羊皮紙顯露。

巫瑾彎腰撿起，像是手記破碎的一角，「她卻可以輕而易舉獲得他的心。而我十幾年間為了穩固路易的愛，每個月都會求助於凱薩琳，以死嬰於彌撒獻祭，以祈求他回心轉意。——蒙特斯潘。」

「凱薩琳。」巫瑾皺眉，「我們要在蒙特斯潘的手記裡面找到凱薩琳。她應當是一位皇后的常客，女性，知曉宮廷隱祕，地位不低，還有足夠的管道去提供成千上百的死嬰，以供這位國王情婦完成用於祈求固寵的……」巫瑾腦海中再次劃過幾個關鍵字。

獻祭，牧師，彌撒。messe noire。

Messe。

「獻祭彌撒，黑彌撒。」

蒙特斯潘將死嬰碾碎在赤裸的身軀上，利用血骨、皮膚組織溢出的黏液施法，以穩固國王對她的愛情。

薇拉倒吸一口涼氣，對於蒙特斯潘夫人的同情終於盡數變成厭惡。

巫瑾看向硬土，「下面還有東西，我繼續往下挖……」

薇拉突然抬頭。

遠處，兩名選手快速跑來，當先一人身形如風。見到巫瑾拿了鏟子，趕緊也去樹下搶了把鏟子，嗖的向巫瑾靠攏。

明堯笑瞇了眼，看著就像隻大尾巴狐狸，一身和巫瑾同款的情婦香水還沒消散：「小巫玩泥巴呢！一起一起唄！」

「……」巫瑾從沒見過蹭副本線索如此厚顏無恥之人。

薇拉不動聲色向明堯的隊友靠近，分割戰場。

巫瑾略一思索，想著泥土堅硬難破，索性點頭，「一起。」

換做明堯警惕看向巫瑾。

兩人你一鏟子、我一鏟子挖了有幾分鐘，巫瑾不著痕跡把挖掘方向避開先前鏟頭碰到的硬物，明堯突然把鏟子一丟，「你偷懶！」

巫瑾狡辯：「我沒！」

明堯抱臂就要離開，「我不挖了，你自己玩。」

巫瑾樂意之極：「好鴨好鴨！」

明堯一步三回頭，眼見巫瑾凝神看向土裡，又於電光石火之間躥回，拿著鏟子就要截獲戰利品——土裡空無一物。

巫瑾做出恍然大悟的表情，鏟子一扔，向薇拉一招手，「我們走。」

明堯頓時傻眼。趕緊蹲在挖出來的大洞旁邊參禪，還招招手讓隊友過來，「妳看看這裡面都有啥，我是不是傻了……」

隊友簡直心累，說道：「你可不就是傻了！裡面什麼都沒有，他驢你呢！我們去追上小巫那隊啊！」

明堯一拍腦袋，拔腿狂奔。

大特里亞農宮，巫瑾、薇拉在走廊之間飛速穿梭，身後腳步追逐急促，路過蒙特斯潘房間時，薇拉一石子扔到對面走廊，刷的推開大門帶巫瑾躲入。

追逐聲終於遠去。

「我們時間不多。」薇拉抽出砍刀，「他們很快就能找到這裡。」

巫瑾點頭，在蒙特斯潘的書櫃中手速如電翻找。浪漫小說、法律文獻、法律文獻，依然是法律文獻……巫瑾指尖一頓。

一本一六七七年的訪客箚記。

四月到七月之間密密麻麻寫了幾百條，巫瑾掃了一眼就把記錄塞到作戰服裡，又在書架上挑了幾本和宗教相關的書。

薇拉：「準備走？」

巫瑾：「等我半分鐘。」少年迅速抽出書桌上的紙筆，在畫框右下角寫了一行小字：凡爾賽宮和平廳。

薇拉眼睜睜看著巫瑾偽造線索，趕緊豎起拇指。除了字體圓乎乎太可愛以外，沒毛病！

兩人從房間側門悄無聲息撤出，明堯的腳步正巧自正門進來。

巫瑾緩緩、緩緩帶上房門。

兩人迅速彎腰離開走廊，正要找一塊安全區域——薇拉突然看向窗外。

巫瑾挖出來的大洞旁，薄傳火剛跟著線索趕來，正蹲在洞口參悟。

兩人立刻躲回窗戶，薇拉心跳加劇，「是不是還有東西沒挖出來？他會不會繼續……」

巫瑾搖頭，「按照正常選手心理，只會認為東西已經被取走了。」

窗外，薄傳火思忖半天，終於哭喪著臉看向紅玫瑰寧鳳北，「被人搶了一步。」

寧鳳北露出關愛智障的眼神，「開線索的人本來就在特里亞農宮裡。不拿走還能讓給你？你當人家是孔融？」紅玫瑰玉手一揮，「走，去搜特里亞農宮！」

薇拉長舒一口氣，眼神晶晶亮亮看向巫瑾。就這情形，巫瑾再說什麼她都信。

巫瑾安慰：「只要別碰到思路跑偏的，都是會往宮殿裡搜。」

側門吱呀一開，兩人躲在一間客房內研究蒙特斯潘的待客手記。四月到七月間共出現過二十六位「凱薩琳」。薇拉幾乎兩眼一黑。

十七世紀法國，名媛們顯然喜歡扎堆取名安妮、瑪麗、凱薩琳。

巫瑾循著記錄依次看去，這些「凱薩琳」們大多是某某伯爵夫人、某某女侯爵、某某貴族小姐……他視線突然停在一處。

巴黎來的凱薩琳，一位助產士夫人。

「助產士……」薇拉一瞬反應過來：「那些用於黑彌撒的死嬰！」

書頁被迅速翻過，這位巴黎來的凱薩琳在四月拜訪兩次，五、六月各一次，七月甚至有三次。每次都住在左翼樓第六間客房。

「是她。」巫瑾終於確認。

窗戶另一側，卻是明堯突然與隊友跑出，向著凡爾賽宮方向奔去。

「……」薇拉感慨：「還真去找左手第三個櫃子了。」

大門響起腳步，薄傳火與紅玫瑰同時進入宮殿內。

「等他們離開走廊。」巫瑾簡短道。

草坪大洞旁，又呼呼跑來兩名B級練習生，接著原來的薄傳火的姿勢蹲著參禪，半天一拍大腿，「我說這洞怎麼空了，早被人拿走了！」

走廊對面，蒙特斯潘的臥室門推開，巫瑾從門縫裡確認薄傳火一隊進入臥室。

「走。」薇拉迅速跟著巫瑾離開藏匿點，向助產士凱薩琳的客房摸去。

左翼樓第六間客房裝飾簡樸，純白的窗簾在微風中飄動。

薇拉看了下腕表，「距離舞會開始還有四個小時。」

巫瑾點頭，兩人配合熟稔開始翻找。

牆壁一側不出意料掛著凱薩琳的肖像，作為對選手的提示。

「的確是她。」薇拉也鬆了口氣，仔細端詳肖像。畫中的凱薩琳約莫四十歲左右，裹著助產士頭巾，肖像被惡魔舉著。

「她的風評應該並不好。」薇拉琢磨，指尖在書脊逡巡。有了無數次找書、翻書的經歷，她這次下手尤其精準，翻開正是對凱薩琳的法院審訊：「……利用助產士身分，盜取數千死嬰、胎盤，舉行邪惡宗教儀式，經調查，客戶涉及數位大貴族以及國王情婦……此外出售毒藥，試圖刺殺國王……施以火刑……」

「蒙特斯潘應該是她供出去的，凱薩琳在一六八〇年被捕，和蒙特斯潘被驅逐的時間吻合。」巫瑾說道，打開一本署名凱薩琳·蒙瓦森的筆記。

——應當是我最後一次拜訪蒙特斯潘夫人，她討要托法娜仙液。上帝啊，黑彌撒還沒能滿足她的胃口。這位夫人說，如果國王已經不愛她了，她要像那些義大利的婦人一樣……

巫瑾把最後一本手冊藏好。

幾乎所有線索已經收集完畢。

薇拉揚眉一笑，「去挖洞？」

巫瑾點頭，「挖洞，準備通關。」

兩人正待出門，走廊外突然有交談聲傳來。

寧鳳北：「嗯？你竟然還有點用？」

薄傳火表示：「那字一看就是小巫的，跟他畫畫一樣胖乎乎的。得，這副本簡單極了，找什麼線索。抓小巫啊！」

「……」巫瑾一噎。

正在此時薇拉卻突然提醒：「等等，牌面變成『托法娜仙液』了！還有那個洞……」

窗外遠處，凱撒和小染蹲在洞口，凱撒手裡還拿了把鏟。

小染氣急敗壞：「都跟你說了！別人早把線索拿走了，你還挖！你還挖！」

凱撒不服：「怎麼著不能挖了！那算塔羅牌的說了，哥可是天命之子，說不定人家挖漏了……」說完蹬蹬就開始掘土。

薇拉顫顫巍巍回頭，「按照正常選手心理，只會認為洞裡的線索被取走……」

凱撒壓根兒就不是正常選手！

巫瑾心中咯噔一聲，等凱撒把東西挖出來，從凱撒與小染手上搶道具的難度不亞於再推一個副本……只有一個辦法。

巫瑾當機立斷，一腳俐落踹開房門，扯著嗓子大喊：「薄哥！」

走廊盡頭，薄傳火傻愣看向巫瑾，「……喲，找到小巫了。」

巫瑾一扯薇拉，「薄哥！你那兒的線索……」

窗外。

凱撒左右看看，「我怎麼聽到有人在喊薄傳火那孫子？」

幾秒後，大洞旁的凱撒突然站起，「聽到沒，那騷男還有線索！」

薄傳火懵逼：「啥？我有啥？」

腳步聲自宮門外傳來，凱撒一伸腦袋，哎呦一聲砍刀瞬間到手。追著薄傳火就氣勢暴漲：「交出來！交出來！」

薄傳火一聲粗口：「傻逼啊你，不追小巫打我？」

凱撒樂了：「線索在你這兒，我追小巫幹啥？」長刀呼呼砍去，「爺爺我打的就是你這傻逼孫子！」

身後巫瑾拉著薇拉秒撤，「卡死角，回調香室。」

薄傳火近戰比凱撒稍遜，寧鳳北不得不幫著薄傳火招架，小染卻是思索一瞬，毫不猶豫朝著巫瑾追去。

調香室大門近在咫尺。

薇拉劃拉推開，忽聽身後風聲——

巫瑾徑直壓住薇拉肩膀，「妳進去找。」接著按住長刀守在門口。

正對上追來的小染。

小染嫣然一笑：「得罪了。」

騎士劍如白練抽出，這位女選手悍然劈下，巫瑾持刀迎戰。

小染一聲悶哼擋住巫瑾的刀勢。巫瑾鋒刃驟轉，從拖割變為點刺，拉開與對方劍刃距離。從刺擊要害轉為進攻對方手腕。

幾十公里外，克洛森秀直播室。

血鴿一看樂了，應湘湘挑眉。

血鴿：「最紳士的打法。」

夕陽照耀大特里亞農宮，粉色大理石在一側投下淺淺的影。小染遁入雕滿鳶尾花的石柱後，劍刃翻轉。少年倒退一步，踹開一間調香室側門。

小染毫無意外身形驟頓，劍刃失控劃入一側香精陳列架。

無數香味駁雜奔湧而出——

檀香、雪松是最基礎的木調，和小豆蔻混雜在一起，從清苦交疊到厚重。小染急促喘息，巫瑾雙手重壓刀柄，瞳孔在昏暗的調香室內波瀾不驚，像壓住浮風的橫梁。

刀鋒劈開陳舊的木料，將在陳列架中躲閃的小染逼出。

第二排木架轟然倒塌，橙花、醛與脂粉鋪面而來。皂與脂肪醛是最奇異的香水原料，像是古靈精怪的少女。它起初隱匿在橙花之中，甚至可以似模似樣做出山楂和紫羅蘭香調，卻在最出其不意時露出本來面貌，濃烈甚至於刺鼻的皂香——

小染再次出現出劍，這一次的她毫無保留，將招牌式的詭異身段發揮到極致。

女選手向來以速度見長，巫瑾比她稍慢，卻守得更穩。

第三排木架被戰火殃及。

小染的劍鋒越來越快，細密劍光像是無孔不入的水。

清冷的青草與薄荷香料灑落，但很快就被皂香覆下，皂與脂肪醛終於在無序、紊亂的香氛盛筵中占得上風。一身皂香的小染抓住巫瑾破綻，一劍刺向少年脖頸——

哐的一聲，小染愕然張嘴。

騎士劍應聲跌落。長刀刀柄直擊少女手肘，接著巫瑾跟著擠入狹小的牆壁縫隙之間，抬手精準制住試圖逃跑的小染。

雪松與檀木終於將皂香鎮壓。

少年眼中光芒淬亮，握住刀柄的左手肌肉緊實流暢，浸染木質香料的作戰服拉鍊半開，不留情面地收繳了小染的佩劍。

小染吸了吸鼻子，耳後微紅，直勾勾看向巫瑾，「喂，我認輸，你能不能……」

房門吱呀被推開。

薇拉斷然開口：「找到了！托法娜仙液！」

白玫瑰捧著兩三本書合兩瓶香水，不著痕跡用眼神剜向小染。

小染：「……」

巫瑾立時驚喜，拎了新收繳的佩劍朝薇拉集合。身後，薄傳火已經帶著寧鳳北就要追上——

薇拉扯住巫瑾，「跑！」

巫瑾：「稍等。」

刀刃橫推，剩餘六列香精木架齊齊倒塌。玫瑰、茉莉、蘭姆酒、忍冬混出辛辣到讓人作嘔的濃郁香調。整座調香室嘈雜到極致，似乎只動一下鼻翼就要窒息而亡。

巫瑾不再耽誤：「我們走。」

打鬥中身上沾染的香料終於被一地破碎的香精掩蓋。

落日西斜。

兩人隱匿在凡爾賽農莊內，遠處大特里亞農仍能依稀看到在翻找的人影。

「還差最後一樣通關道具。」夜幕降臨，薇拉皺眉。

「凱撒、薄傳火他們都在裡面，我們等人走再挖。」巫瑾安慰：「還有一小時舞會才開始，他們一定會撤。」

農莊旁，從調香師順走的書籍攤開到線索頁。

「托法娜仙液，是一款沒有氣味的香水，販賣時也偶做美白化妝水……卻沒有人會把它真正拍在臉上。」薇拉輕聲讀道：「托法娜仙液起源於義大利，由火山析出的礦物組成，含有亞砷酸，毒性致死。十七世紀義大利，飽受丈夫欺凌的女性從女巫處購買托法娜仙液，以慢性毒藥謀殺丈夫……也被女性用於『處決』負心男子。」

薇拉感嘆：「蒙特斯潘夫人，為了得到路易十四的寵愛向魔鬼獻祭，最後果然也要拉他一起下地獄。」

兩瓶香水，一瓶處決路易十四、一瓶處決她自己。

「投毒事發……」薇拉看向資料的最後一行字，說：「一位宮中的貴婦被永久驅逐，終生不得返回凡爾賽宮。」

夜色終於將凡爾賽籠罩，燭燈漸次亮起。

「舞會還有半小時開始。」薇拉終於開始緊張。

巫瑾安靜看向遠處的大特里亞農宮，突然伸手，「托法娜仙液給我吧。」

薇拉：「你……」

巫瑾示意薇拉放寬心：「妳先去舞會。」

見薇拉還要再爭論，巫瑾笑笑，「放心。最差情況，舞會開始前拿不到卡牌，我就折回與妳會合，蹭勒摩恩的身分牌進去。」

「如果舞會五分鐘前我還沒有回來……」

「只可能是拿到了蒙特斯潘卡牌。舞會意義不明，我們必須分一個人提前過去打探。」

薇拉嘴唇動了動，最終給了巫瑾一個擁抱，兩人火速分攤物資。

「盡力即可，不要勉強。」薇拉說道。

遠處大特里亞農宮，凱撒終於放棄搜查，與小染一同向凡爾賽宮跑去。五分鐘後是薄傳火。

巫瑾在黑夜中視線模糊，卻把路記得極熟，很快就摸回到大特里亞農宮。

幽暗的燭光燃起。

巫瑾迅速撿起鐵鍬，對著之前的大洞鑿去。

舞會前十九分鐘。

慘白的4D投影突兀飄出，被做黑彌撒獻祭、眼眶帶血的嬰孩穿破濃密的夜幕，瞳孔一片漆黑怨恨。就連場外的彈幕都嚇了一跳。

巫瑾睜圓了眼，辣雞視力半天也只看到個馬賽克到處飄動。

「小巫膽量不錯。」應湘湘讚歎。

舞會前十七分鐘。

鐵鍬終於將硬物翻出，巫瑾迅速湊近燭光研究。

與此同時，凡爾賽宮內。

薇拉已經換上一身畫師長袍，低頭傻眼看向規則——

當前存活289/350。比賽進度即將加快，卡牌持有者依照身分優先順序挑選舞伴結隊，作為下一輪次搭檔。

作為宮廷舞池的鏡廳還未開放，門外瞬間喧嘩。此時不少選手還在被節目組強行拖過去換裝，剩下的人七嘴八舌。

「藍卡先選人？然後才輪到綠卡……」

「等等，萬一有紫卡，豈不是在所有人之前挑人？」

「哎兄弟你那張卡是誰？是貴族不？我這看著就是個衛兵……」

大特里亞農宮。

被挖掘出的硬物終於露出全貌。一只小巧、精緻的水晶聖杯，杯內彎折放置一張空白卡牌。沒有紙條提示，甚至沒有輸入字母的密碼轉盤，巫瑾研究許久才看到杯底一行小字鐫刻。

路易贈蒙特斯潘夫人。

杯口有個小小的傾倒標識。

巫瑾恍然醒悟，迅速將兩瓶托法娜仙液打開倒入——卡牌被化學物質浸泡，最外層遮擋褪去，終於露出牌面複雜的紋路，一行小字出現。

人物卡蒙特斯潘夫人（一六四〇—一七〇七）

卡牌到手。

巫瑾迅速撚起人物卡，扔掉一切負重向凡爾賽宮跑去。牌面還殘留著不知名的液體，帶著濃郁的蘋果醋氣味。

巫瑾鬆了口氣——不管節目組的道具托法娜仙液是什麼，總歸不會是亞砷酸。

舞會前兩分鐘。

悠揚的管弦樂自凡爾賽宮鏡廳響起，大廳中無形的幽靈將香檳遞給遠道而來的客人。樂池中所有器樂像是被透明的手演奏，咋一看詭異至極。

巫瑾上氣不接下氣，終於從大特里亞農宮趕來，就差沒累到爬進凡爾賽宮大門——卻突然被執法機器人攔下。

舞會前三十秒。

鏡廳所有燈火點亮。四百八十三塊鏡片將珠光映成熊熊天火，舞池極盡奢華，敞亮如白晝。一道道法式料理被無形的手送上，饑腸轆轆的選手幾乎看直了眼。

舞池旁的選手此時著裝各異，只能依稀分辨出宮廷侍衛、吟遊詩人、名媛與學者。楚楚趁舞會還沒開始，一口吞了個小蛋糕，再優雅整理裙撐。

「我想要蒙特斯潘夫人的小裙子……」楚楚哀怨道：「安妮公主的裙子柄圖不好……」衛時無動於衷。

楚楚吃太快打了個嗝，「早知道咱們就拿蒙特斯潘那張卡……嗚嗚嗚現在肯定在薇拉手上。嗚嗚嗚她穿得會比我好看……我好不容易才挑了六件裙子，全被節目組搶走了……」

楚楚忽然一頓，呆呆看向門口。

薇拉正神色焦急從側門走來，分明穿著宮廷畫師的長衫。

舞會即將開始。

「……薇拉是宮廷畫師裝束？他們沒搶到蒙特斯潘那張卡？」楚楚思索：「等等，怎麼不見小巫？薇拉姐這麼急，不會吧？難道她也不知道小巫在哪裡……」

此時選手已盡數進場。

門外。

正在絕望拍門的巫瑾強硬被兩個執法機器人攔住，拚了命的掙扎，「這不合理！不可能！

我能不能先進去和我的隊友交換卡片？」

執法機器人毫不留情，架住巫瑾就往走廊的小隔間一丟。再對著巫瑾的入場卡牌掃碼，「蒙特斯潘夫人，卡牌已驗證。道具發放，請選手裝備道具。」

地上扔了個大布包，散了一角，華麗繁瑣的襯衣、長裙、內裙襯裙底裙、假髮胡亂攤開。

「……」巫瑾心中警鈴大作，掉頭就往門外跑。

十幾架攝影機齊刷刷對準他。

左手，腕表滴滴響起：「300012號選手巫瑾，消極比賽警告第一次、警告第一次。」

巫瑾抓狂：「別、別！我穿還不行……」

鏡廳舞池。

和緩的暖場弦樂變為小步舞曲，小提琴輕快高昂。衛時眉頭微擰，整座舞廳都不見巫瑾。

正在不遠處拉幫結派痛數巫瑾「偽造線索」罪狀的明堯也是一樂：「媽呀……小巫不會淘汰了吧？」

正在此時，舞池大門突然打開。

香檳色襯裙顫顫巍巍露出，向上是重疊繁瑣的深紅刺繡裙襬。裙襬堆成弧形帷幔，高踞於垂墜的襯裙。再往上是纖細的腰身，柔軟捲曲的金髮——

巫瑾一臉生無可戀。

大廳唯餘琴聲婉轉。

所有選手當機。

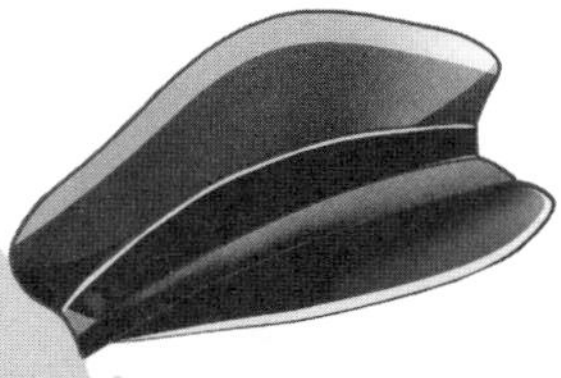

【第二章】——裙襬搖搖！我背鍋，我光榮

舞池邊沿。

先是明堯的高腳杯啪嗒掉地碎裂，這位井儀狙擊手的嘴巴大到能塞進一顆紅油鴨蛋。

接著整座鏡廳如夢初醒，喧嘩暴漲。

有練習生目瞪口呆轉向女伴，「妳們……妳們風信子這個女選手挺好看的啊，怎麼之前沒注意到……就是長得有點像、像那誰……」

女伴有氣無力：「大兄弟你再瞅瞅，這是女選手嗎？」

鍍金雕花大門前，金髮美人板著小圓臉，神情毫不開心。然而這都無損他的美貌，洛可可式的華麗繁縟把他略顯冷淡的氣質暈染成一種恰到好處的疏離，泛著冷光的琥珀色瞳孔在水晶頂燈下光彩流淌。

十幾公尺外，凱撒嚥了一口口水。

激動至極兩眼昏花的小染一驚，難以置信地看向凱撒，質問道：「你你你！難道對小巫心懷不軌……」

凱撒茫然：「啥？臥槽，這是直男的正常反應……哎讓讓，讓讓！」凱撒立刻跟個炮仗似的擠出人群，「我得把小巫擋起來，別要有其他選手把持不住，不好跟公司交代！」

小染一口水噴出來，這特麼是跟公司交代的事嗎？她一連做了三次掏出終端抓拍的動作，才突然反應過來是在淘汰賽內。再一回頭，薇拉簡直都傻了，雙手合十兩頰緋紅，「兒砸，麻麻愛你，麻麻給你買小裙子！都買都買！……」

舞池門口，凱撒終於摸到巫瑾所在，胳膊肘一伸擋住一個想摸巫瑾裙襬的小妹子，沒想又有無數隻手伸來，「哎別別別！別把小巫摸壞了！修不好咱公司得血虧……」

巫瑾被群眾熱情一驚，粗暴拽著裙子往安全區跑去，襯裙裙襬輕紗蕾絲如翻飛的玫瑰花瓣，還帶出在大特里亞農宮沾染的一身淡香。巫瑾此時恨不得挖個洞把自己埋進去，猛然抬頭對上遠處一道視線。

少年秒速低頭，滿腦子都是「在男朋友面前丟臉」、「這是什麼副本我要不要給自己一刀當場淘汰算了」，本來就被女式假髮壓得有氣無力的小捲毛更加耷拉，低頭時長長的睫毛簡直讓人心碎。

楚楚看夠熱鬧後，往自家隊友一掃——蹬蹬後退兩步。

衛時這眼神……就跟獨狼在挑獵物似的，深不見底還泛綠。

楚楚試探：「大神，餓了？」

衛時喉結動了動，闊步向前走去。

舞池另一端，左泊棠目光欣賞，理性點評：「小巫怎麼穿都好看，女裝也適合。」思索幾秒補充：「五官很溫和，沒什麼攻擊性，挺治癒，百搭……」

巫瑾身旁，明堯嗖的擠入人群。對著巫瑾大聲嗶嗶：「你騙我！」

巫瑾一面往人群外擠，一面趕緊堵回去：「友誼第一，比賽第二！」

明堯斜眼：「你讓我……我就原諒你了！」

巫瑾：「什麼？」

明堯比劃：「摸一下你那個腰！有這麼細嗎？平時不覺得啊……」

巫瑾蛇形走位，「不行！別碰，啊啊啊——」

明堯憤懣：「不是吧？這麼小氣！小巫你還香香的，要不給我抱一下，我長這麼大還沒抱過女生！」

巫瑾抓狂：「和我有什麼關係？」

明堯伸出罪惡之手，「說，你有沒有妹妹可以介紹……別跑！我就摸一下！」

明堯眼前突然一黑。

衛時選手冷硬攔住人群，身材高大壯碩，直接把巫瑾擋在身後陰影，再一轉身——

巫瑾呆了兩秒，大腦內紛紛閃過「傷風敗俗」、「成何體統」、「驚！某練習生相處一個月發現男友是偽娘，一怒分手」。

嗖的一下以最快速度溜走。

衛時揚眉，「……」

克洛森秀直播間。

無論現場觀眾、彈幕早已亂成一團。

螢幕長期被毫無意義的「啊啊啊啊啊啊——」霸屏，應湘湘手忙腳亂清屏。後臺，節目PD拎來兩個小編導，砰砰敲著桌子，「說說，你們都看到什麼！」

編導打起十二分精神讚美：「看到一位女裝新星冉冉升起……」

PD不滿：「不靈光啊！這看到的得是勃勃商機！現在就給我插個滾動廣告，巫選手淘汰賽女裝寫真官方精裝八十信用點預定，搭買其他周邊包郵。快去！」

凡爾賽宮舞池。

食物上的銀色餐盤蓋被撤下，一群饑腸轆轆的練習生瞬間看直了眼，轟然跑去爭搶。

舞會前的搶卡階段已經淘汰了近七十名選手，藍卡獲取難度大，綠卡適中，此外還有純粹靠拳頭的白卡。為了搶奪進入舞會的「身分」，最後兩小時內凡爾賽宮打得不可開交，規則卻也保證選手憑實力晉級。

此時的鏡廳中，選手難得和平相處，紛紛抓緊機會大吃特吃。

凱撒打了個嗝，指著遠處面向牆角乖巧靜坐的巫瑾，「小巫怎麼不吃飯？自閉了？我給他拿個盤！」

文麟：「應該是不想看鏡頭。」

盤上嗖嗖多了兩塊牛排，文麟趕緊制止肉食性凱撒，往牛排上加了點蔬菜。

餐桌另一端，衛選手似乎也弄了個盤，剛要走向巫瑾，周圍一圈攝影機矚目升起，就要捕捉圍巾互動。巫瑾嗖的警覺，搬著小椅子逃竄到另一個角落。繼續乖巧面壁坐著。

「他就這麼兩個牆角換來換去，種蘑菇啊。」凱撒說著，佐伊也過來，往盤裡放了兩個雞蛋：「蛋白質。」

眼看盤子高高累起，凱撒打了個響指，「行了！我送個外賣給小巫。」

路走一半，正好經過衛時。

衛選手往盤裡壘了兩張手抓餅，遞了雙筷子。

身後佐伊看呆，「這都能疊上去？」

白月光隊長忽然沉思：「他怎麼知道小巫愛吃手抓餅？」

文麟笑笑，「都知道吧。」

佐伊鬆了口氣。

等正餐結束，視線焦點終於集中在舞池。巫瑾偷偷摸摸送回餐盤，見攝影機差不多跑得沒影兒，才趕緊和薇拉會合。

白玫瑰眼神柔軟慈祥，狀似無意摸了摸巫瑾的裙襬。

「卡牌持有者依照身分優先順序挑選舞伴結隊，」薇拉戳了戳蕾絲，幸福冒泡：「蒙特斯潘夫人的身分牌應該相當靠前。等輪到咱們，就立刻結隊。」

巫瑾點頭，躲在暗處掃視人群。穿了將近七層裙子的巫瑾只覺得自己就是個移動炮臺，走得賊慢，近戰防禦力max——多數騎士劍並沒有他裙撐的半徑長。要想戳到他，敵人得一隻腳翹到後面，橫著身子砍，跟梁龍似的。

舞池音樂終於響起。

「淘汰賽進度加快，」巫瑾鼓著臉頰琢磨：「按照往常慣例——節目組會把原本零散的小副本拼合成大副本。」

薇拉隱隱捕捉到什麼：「混戰？陣營戰？」

巫瑾：「就現在來說還不明瞭，至少要等離開舞池。」他走向牆壁，示意薇拉貼住耳朵。

幾秒鐘後，這位女選手驚訝睜眼，「舞池外有聲音……」

巫瑾比她聽得精細許多，在牆角自閉的時候就能精準分辨出地毯拖動、機關磨合，金屬零件相互撞擊。

「地圖在改變。」巫瑾輕聲道：「舞會把選手聚到鏡廳，因為鏡廳外在更換場景。」

「舞會前副本大小平均在20×20，通常是四人以下副本規模。如果節目組要開啟混戰——地圖一定會改。反推亦然。」

舞池內，第一支舞曲淡入。

薇拉點了點頭，更加確信不能弄丟智腦小巫。此時她的思考能力大幅度下降，正停在一種非常玄妙的亢奮狀態。

幾分鐘後，就可以摸著愛豆的小軟手，帶著眼神濕漉漉的愛豆在舞池跳舞！

薇拉似乎想放聲大笑，又強自忍住，表情相當扭曲。

遠處，紅玫瑰敲著薄傳火去看，「你看她那蘋果肌！我說她打針打僵了你還不信！嘖！」

薄傳火思忖，忽有所得，「妳說我也穿個女裝，能漲人氣不？」

舞步進拍的一刻，幾乎所有選手都直勾勾看向舞池。

腕表會按照身分順序依次提醒選手出列，第一位出場的至少是藍卡，甚至有可能是傳說中的紫卡——

有兩位選手嘴角抽搐，接著驚喜對視。

「你也是跳大特里亞農宮的？」

「你也被……清場了？」

「兄弟啊！」

舞池角落，巫瑾毫不意外大佬會出列領舞，更不意外大佬下一秒會秒選楚楚。巫瑾彆扭坐著，就像一塊黏在椅子上的千層餅，恨不能把裙撐翻上來套頭上，還能舒服點。

舞池中央，人群譁然看向出列的衛時。

「紅衣主教卡在左泊棠手裡，」寧鳳北怔怔開口：「比左泊棠更高，他是什麼？路易……」寧鳳北忽然屏息。

衛時方才還一身戎裝，此時站起時披上白色披風，和畫像裡的路易十四極其相似——

路易十四身高一百五十公分，衛選手直逼一百九十。

男人像是一座沉沉壓迫的山巒，湛藍的舊式戎裝肆意挽起袖子，佩劍、馬靴鋥亮，眉眼冷峻英挺。

正在所有人以為衛選手要秒選楚楚的間隙。

楚楚比了個V字手，「去吧，伊布……不對，大神衝啊！」

男人在無數雙視線間穿過舞池，走到陰影中的一角。

巫瑾一呆。

衛時脊背挺直，面無表情向他伸手。

巫瑾一抖，腕表滴滴滴亂叫。

卡牌持有者依照身分優先順序挑選舞伴，弱者沒有拒絕的權利！

在腕表即將發出二次消極比賽警告之前，巫瑾火速伸手，顫顫巍巍碰了一下。

略帶汗濕的手在男人粗糙的掌心一觸。

衛時握住，彎腰在少年手背輕吻。

舞池齊齊呆滯。

G小調西西里舞曲悠然奏響。大提琴與長笛像是溫柔詠歎，一身戎裝的衛時極其霸道，不容反抗地將神情恍惚的金髮美人拉到懷裡。

那隻原本被珍重親吻的手終於反應過來，下意識就要掙扎——帶有槍繭的指腹立時將其固住，蠻橫侵入。少年被迫揚起脖頸，十指與對方牢牢扣合。

第一個重音舞點響起。

馬靴向前一步踏入如同領域侵犯，巫瑾刷刷後退，正好巧不巧踩在第二個舞點。衛時另一隻手借勢攬住少年腰身——

巫瑾被欺負似的睜圓眼，全身猛地一顫！

男團主舞的腰不能碰！

大提琴上滑轉調，衛時就著兩個小節強行帶著巫瑾一個轉身。披風俐落帶起，懷中香檳與酒紅色裙襬翻滾如玫瑰盛放。

遠處，舞池譁然吵開！

衛時面無表情，眼神幽深駭人。指腹下的線條柔韌瘦削，平時還能炫耀的幾塊小腹肌塞到洛可可禮裙裡就沒了影。巫瑾睫毛動個不停，琥珀色瞳孔愣是被嚇得圓溜溜映出自己面孔，垂在腰間的鉑金色蜷曲長髮在男人指側戳動如挑逗。

男人在少年腰間微微摩挲。

巫瑾一驚，瞬間來不及思考：腰！腰子！腰！

衛時俯身錯位如親吻。

大提琴轉調，裙襬再次翻滾。

牆角，薇拉強吸了口氣，心情最終難以平復，猛然一腳踹開椅子：渣男！搶我兒子——！

更多角落，練習生轟然笑開。

「強行組隊巫哥，666！」林客趕緊給衛時鼓掌。

「這才叫善於利用卡牌優勢……」薄傳火思忖。

明堯拍桌狂笑，「跳女步！你也有今天，傻了吧！要是不拿假線索騙我，你現在還是一個有尊嚴的全乎巫……你說對吧隊長隊長！」

左泊棠狀似冷靜嗯了一聲，心中卻翻起驚濤駭浪。腦海再次閃回浮空城酒吧內衛、巫兩位練習生的激吻。此時全場竟沒有一位選手察覺！

這兩個人是真搞在一起……

明堯：「哈哈哈哈隊長你怎麼不笑？哈哈哈哈笑死本狙擊手了！」

舞池另一角，同樣笑不出來的是白月光隊長佐伊。

佐伊皺眉，「他手放在哪裡？」

文麟安慰：「交際舞，你和凱撒練習的時候不也按著他的腰。」

凱撒：「哈哈哈哈哈哈小巫哈哈哈——」

佐伊咬牙：「……他的眼神怎麼不對。」

文麟思考：「正常眼神。」

凱撒：「媽耶小巫哈哈哈哈哈哈——」

佐伊從牙縫裡擠出一句：「我怎麼覺得他在吃小巫豆腐？」

凱撒：「哈哈哈——啥？」

紅毛趕快拉住凱撒，「哈哈哈哈哈——」

凱撒瞬間被感染，快樂得無憂無慮：「哈哈哈哈哈哈哈哈嗝——」

比賽之外。

正在圍觀直播的CP粉渾身一個哆嗦。

如果說起初打開直播是為了在刀光劍影裡摳糖，此時就是被糖包裹不知所措，漫天糖雨洋洋灑灑，天邊一道彩虹搭橋，兩位蒸煮乘雲而上高歌官宣。

CP粉顫顫巍巍一個截圖。再截圖，再截，錄屏，再錄……

等遮罩已久的彈幕再次打開，到處都飄蕩近乎瘋狂的文字泡：「啊啊啊啊啊啊圍巾is RIO！」

正在監控室抽菸的節目PD趕緊咳出一口菸圈，「還傻愣著?快去廣告條推銷粉紅色會員彈幕泡！」

凡爾賽宮舞池。

巫瑾終於用眼神交涉為自己爭取到了「不被捏腰間軟軟肉」的權利，口型微動無聲申辯：「不行！我答應了薇拉，組隊要有始有終！」

兩人聲音極低，又刻意避開收音。

克洛森秀彈幕，立刻有熱心網友瞎瘠薄翻譯：「小巫選手：阿時OwO！為你羅裙九疊臨妝鏡，獻君一舞終不悔！」

衛時：「無妨，楚楚會邀薇拉。」

熱心網友傳譯：「衛時選手：小瑾！我亦心悅於你！（￣▽￣）」

巫瑾：「啊！我得給薇拉一個交代……」

網友：「小巫：嗷！我得給阿時生一個猴子——」

直播室內，血鴿忍無可忍關掉彈幕，「什麼跟什麼！」

舞池。

少年聲音清清亮亮，穿著女裝也別有一份意味。衛時視線在少年裸露的鎖骨、一馬平川的胸膛和纖細的腰身上逡巡。接著一個轉步，背對攝影機俯身與少年耳垂擦過，呼吸電得巫瑾酥酥麻麻。

衛時：「穿成這樣，我有義務對你負責。」

巫瑾一傻：「……嗝。」

第一支舞曲臨近末尾，第二位身分順位選手進入舞池。楚楚揚了揚手中的「曼特農夫人」卡牌，這位陪伴路易十四生命中最後三十年的女士樸素、虔誠、豁達，既是路易的心靈救贖者，也是他最信賴的政治幕僚。

她擁有蒙特斯潘夫人最想要的真心，曼特農夫人才是法蘭西真正的無冕之后。

楚楚提著小裙子，走路都歡快不已。她迅速跑到薇拉面前，提起裙角躬身一個淑女禮，笑咪咪向薇拉伸手。

薇拉木然接過她的手。

楚楚低頭，MUA親了一下。

薇拉臉頰陡紅：「妳作甚？」

楚楚表示：「跳舞之前不都要這樣？我看衛神就親了下！薇拉姐咱倆跟著衛神、小巫他們走流程，肯定不出錯！信我信我……」然後接著嘰嘰歪歪：「妳想啊，舞會請柬上妳和小巫一組，我和衛神一組，現在換個舞伴，請柬也沒改，咱們再找他倆也不算非法組隊。」

「所以說，換個舞伴不是拆隊！而是兩隊聯誼！聯誼！從此之後我們四人就擁有並肩作戰的友誼，妳突擊來我狙擊……」

幾公尺開外，巫瑾陡然領悟。

只要原本兩組選手同時挑選對方為舞伴，就能建立牢不可破的四人小隊合作模式。如果將模型拓展為三隊、四隊——巫瑾迅速排除可能。小隊成分太雜，尾大不掉。

舞池邊沿，不僅是巫瑾，有幾位選手也瞬間知會。

當第二支舞曲響起，第三順位身分終於進入舞池——手執紅衣主教卡牌的左泊棠。

吱呀一聲。

正在此時，舞會出口開啟，巫瑾、衛時腕表同時一亮，示意兩人可以離開鏡廳。

身後卻是不少選手神色微變。

巫、衛兩位選手擅長不同，優勢互補，默契眾所周知。一旦強強聯手，對於任何小隊都是嚴重威脅，除非能壯大自己隊伍，為小隊找到可靠的聯盟——

左泊棠身形堅定走向明堯。

向他伸出手。

還在吃瓜的明堯一頓，整個腎上腺素、多巴胺卻先於意識做出反應，脖子後側不受控制變紅，眼皮子眨個不停。

左泊棠猛地清醒。最終目的是和小明結盟，自己完全可以去邀請小明那位隊友跳舞。那隻伸向明堯的右手一滯，硬生生轉向明堯身旁的小妹子，左泊棠紳士俯身，狙擊手修長如精美殺器的手掌心向上。

小妹子慌不迭搭上。

左泊棠「按照慣例」禮節性一吻。

明堯一僵。在隊長轉頭時又趕緊露出招牌式笑容：「妥！懂了，一會兒輪到我，就去邀隊長你的隊……」

左泊棠循著音樂走向舞池正中，井儀狙擊手在水晶燈光下溫柔地像最儒雅的紳士，女伴臉頰微紅。

明堯頓了兩三秒，才自顧自接著剛才說完：「……嗯，去邀……隊長的隊友。」

舞池出口，巫、衛兩名選手終於消失。

臨走時不知從哪兒冒出來一位幽靈侍者，向著兩人淺淺躬身，「國王的客人，請不要忘記明晚九點的議會大廳，等候您的蒞臨。國王嘉獎每一位為法蘭西榮耀而戰的勇士。」

巫瑾凝神聆聽。

侍者卻沒有多提，只恭敬地替兩人打開通往走廊的大門，「……您走得真早，一定是舞會太過吵鬧。請您放心，下一次舞會……國王只會邀請真正的貴族……」

幽靈穿牆而走，投影消失在了通往舞池的那面空牆。

巫瑾望著它的背影開口：「邀請真正的貴族，下一場舞會的准入機制變窄了！第一局搶到身分卡就不會被淘汰，第二局，只有『貴族身分』才能繼續遊戲。」巫瑾迅速計算：「凡爾賽貴族只占極小部分，如果要去找卡……」

走廊隔間燈光灰暗。

攝影機拍了幾鏡就悠悠飛回鏡廳，大佬神色不明地看向自己。

巫瑾猛然警覺，往牆角就是一縮。

大腦再次翻來覆去，女裝，女裝，分手，女裝，退貨，女裝……

衛時開口：「還有兩分鐘。」

巫瑾捂住腦袋，「什麼？」

衛時：「她們還有兩分鐘出來。」

巫瑾立即恍然，大佬說的是薇拉和楚……

巫瑾猛然被壓在了攝影機死角，衛時徑直索取應有的福利。

戀人溫婉的長裙露出鎖骨、肩臂，為少年蒙上一層出離詭譎的魅力。和平時的活潑耀眼不同，此時的巫瑾就像是一道被刻意裝飾柔弱無害的飯後甜點，讓人想肆無忌憚品嘗。

把香檳玫瑰布丁欺負到在狂風暴雨中哭泣。

巫瑾：「唔唔唔——！」

半分鐘。

粗糙的手掌穿過蜷曲的金髮，從鬢角、脖頸到鎖骨、腰身。

巫瑾眼角發紅，「啊啊啊——別碰！腰子別碰！」

巫瑾在衛時懷裡撲騰撲騰，洩憤的捏上大佬的腰子，壯碩的肌肉在虎口堅硬如鐵。

衛時聲線沙啞：「喜歡？」

巫瑾：「……」

一分半。

衛時把神情潰散的巫瑾按下重啟。

「我要換衣服、我要換衣服……」巫瑾機械重複。

衛時點頭，「好，回頭把這件衣服買下來。」

巫瑾換了一段程式迴圈：「不買！不買！不買……」

身後，從舞池出來的大門再次敞開。楚楚提著小裙子一蹦一跳跟在後面，薇拉快步走在前面，看到愛豆終於鬆了口氣。

四人小隊匯合。

巫瑾推開走廊大門，冷風中終於清醒。

與來時不同，幽暗的走廊此時燈火通明，遠處隱隱有腳步。

「副本進度加快了，」巫瑾向三位隊友解釋：「剛才舞會，鏡廳外機關翻新，我們要搶到至少兩張貴族卡牌才能確保兩隊同時晉級……」

腳步聲走近。

幾人齊齊看向走廊。

三兩幽靈侍女倉促走來，表情尖刻嫌惡：「她？玷污皇室的平民，如果我是國王，十年前就會把她趕出凡爾賽……」

「我只能從她身上聞到巴黎市井的魚腥味，上帝啊！讓法國蒙羞的情婦！」

侍女們迎面撞上走在最前面的衛時，突然一愣。在看清衛時裝束後立即躬身行禮，其中一位還臉頰微紅。

巫瑾感慨，這AI寫得真好！

其餘兩人視線止不住瞄向巫瑾，又是好奇又是興奮，巫瑾分明從中辨認出了吃瓜的眼神。

侍女在走廊另一側消失。

「幽靈現身了？」薇拉愕然開口。

巫瑾點頭，「她們能看見我們，我們也能看見她們。」此時已經與翠安儂宮幽靈事件完全一致——選手不再在十幾個世紀後遺失的凡爾賽宮中追尋傳說，而是深陷歷史本身。

巫瑾突然看向牆壁一側的掛畫。

「路易十五。」

侍女來時的方向，突然有一群男男女女如風一樣飛掠走來。他們正中簇擁著一位美麗的女士，眉眼溫柔嫻靜，手中持有一封信封。

身旁是略顯傲慢的信使。

「您見過腓特烈二世？」這位夫人溫聲問道：「謝謝您送來伏爾泰閣下的來信，我會告訴國王——替我向伏爾泰閣下傳達來自龐巴度夫人的問候……」

她忽然停下，驚訝看向前方，繼而向幾位選手微微頷首。

「正巧，我的客人們也到了。」

這位龐巴度夫人的視線掃過四人面頰，在經過巫瑾時微微停頓。

楚楚嚶嚀一聲抓住薇拉袖子。

薇拉：「嗯？」

楚楚悲傷：「龐巴度是路易十五的首席情婦，她看咱們，肯定要挑對她最有威脅的。說實話，我是不是……沒有……沒有小巫好看？」

薇拉恍惚：「咱不說實話了……等等，又是情婦？」
這位夫人的侍女小碎步趕來，為幾人引路。
巫瑾低聲道：「不止是情婦，還是法蘭西翻雲覆雨的鐵腕女政治家。」
衛時：「七年英法戰爭。」
巫瑾點頭。
薇拉、楚楚還在雲裡霧裡，侍女已是帶領眾人走進龐巴度夫人的會客室。地圖、沙盤鋪滿整張長桌，冗雜的書籍堆在架上，從百科全書，到歷史傳記、法律、哲學。
會客室房門大敞，侍女在巫瑾問詢時甜美微笑。
「侯爵夫人說，她還有四位客人沒到。」
八人副本。
巫瑾終於確認。不出意外，這張牌就是龐巴度夫人牌，只是等下一組選手出現——鏡廳舞池。
選手一個接一個挑選舞伴，結盟，親吻對方手背，直到佐伊輪次。
這位白月光隊長走向文麟的隊友，伸手。
女選手欣然答應，還沒等到「禮儀性」親吻，就直接被拉進舞池。
女選手：「……」
一曲完畢，文麟、佐伊正式結盟，在走廊會合。
「結盟果然不需要吻手禮。」佐伊壓著怒氣開口。
文麟：「欸……」
佐伊斷然肯定：「這禽獸就是在吃小巫豆腐！」

佐伊從身後抽出光芒鋥亮的一點五公尺大砍刀。

文麟：「你要……」

佐伊握住刀柄，冷酷殘忍：「砍他。」

離開舞池的大門被白月光隊長一腳踹開。

身後，兩位嘰嘰喳喳的女選手表示佐伊就像出籠的小鳥，比賽幹勁十足，令人欣慰。文麟只得大闊步追在自家狙擊手身後，和他保持一點五公尺距離。

文麟：「怎麼砍？」

佐伊冷漠：「用他餵刀。」

文麟勸說：「你是狙擊位，衛選手是突擊偵查位……」

然而還沒等文麟說完，就見佐伊衝上去揪了個到處晃蕩的幽靈，「看到第一組沒？」

幽靈內侍嚇了一跳：「走開，你這個粗魯之人！」

佐伊描述：「一位身穿紅色長裙的金髮淑女，非常耀眼耐看，身邊還有兩位高貴的女士和一位變態。」

那侍者恍然：「閣下是說三位女士和一位紳士，他們在龐巴度夫人的會客室，等等，變態是什麼？難道是啟蒙沙龍後用來形容紳士的新詞……」

眼前一晃，那位砍刀戰士已是不見蹤影。

龐巴度的會客室。

女主人自內間出來，向幾位客人送上溫熱的紅茶。巫瑾從4D投影與懸浮送餐設備組成的「侍女」手中接過，眼神嗖嗖掃射四處。

他必須儘快找到更衣室，脫下繁冗的長裙……

衛時：「嗯？」

這一刻，巫選手又想起了舞會前的陰影。三架執法機器人齊齊把自己按在地上，輪流往無助的練習生頭上扔束身馬甲、撐架、襯裙罩裙，最後還悶頭套上假髮。

巫瑾低頭戳了戳肚皮上的束腰，「這裙子我自己脫不下來……」

衛時滿意：「我幫你脫。」

身旁，薇拉差點噴出一口茶水，眼神恍惚驚悚：「你你你敢在比賽……」

楚楚毫無知覺，趕緊舉手，「小巫不急，我會我會，我也能幫！」

衛時掃了眼楚楚。

楚楚「啊」了一聲，茫然閉嘴，半天又小聲來了句展示自我價值：「真的！我是專業的，我是住在小裙子裡的……」

會客室書桌，龐巴度夫人正坐在主位賞弄清晨送來的玫瑰。侍女在一旁展開信紙，這位貴婦人隨手從櫃中抽出小巧的花剪，將六朵鮮紅嬌豔的玫瑰修得層次錯落。

侍女低頭接過，「用白瓷瓶嗎？」

龐巴度夫人點頭。

侍女：「要送給陛下嗎？」

龐巴度在淡色信紙上精巧署名，插入花卉之中，「不用。去送給皇后，告訴她，閣下今天的紅裙讓我著迷。」

客座一側，楚楚看得目瞪口呆，「她是國王的情婦，皇后是法定妻室，還能這麼玩？」

巫瑾直愣愣看了半天，終於應了一句：「很有想法。」情商很高。如果整座凡爾賽宮是龐巴度的大型攻略遊戲，那她已經完全精通該如何增加每一位重要人物的好感。路易十五身邊周旋的女性成百上千，也只有龐巴度夫人能得到皇后支持。

巫瑾微微瞇眼，開始思索龐巴度夫人的副本任務。從「國王情婦」的角度來看，她擁有的一切足以讓半個世紀前的蒙特斯潘夫人都嫉妒不已。從灰姑娘到影子皇后，從情婦到政客，之後即便從情婦職業退役，龐巴度也是國王的至交密友，這樣一位人物，理應不存在「執念」。

窗邊，小侍女輕聲朗讀伏爾泰的來信：「尊貴的龐巴度侯爵夫人，請寬恕我像過去一樣直呼您為珍妮。親愛的珍妮，這一小片信紙無法訴說我對妳的思念。這幾月我在腓特烈二世宮廷接受他的召見，時時會想起……」

楚楚打從聽到隻言片語就聽八卦似的豎起耳朵，忍不住把凳子往前挪了挪，又挪了挪——

薇拉眼疾手快，一把將腦袋要塞到信紙上的楚楚拉住。

楚楚兩眼放光，「伏爾泰和她……」

巫瑾解釋：「歷史上有過傳言，誰都不能確信。就算有，情婦被文豪戀慕，對國王路易十五也是一種間接奉承。」

楚楚滿臉嚮往：「這麼好！我也想穿越過去養九十個備胎……」

薇拉皺了皺眉頭，明顯並不贊同這種扭曲的愛情觀。以白玫瑰的武力值，如果戀情有人插足，她能一刀劈死渣男。

薇拉岔開話題：「龐巴度夫人是平民？她怎麼會和國王搞上？」

巫瑾思索中，旁邊大佬懶洋洋提醒：「伏爾泰。」

巫瑾靈光一閃，趕緊點頭，「對。龐巴度夫人出生於中產階級家庭，先是大肆宣傳『巴黎第一美人』名號，在十九歲嫁給貴族。然後借助貴族沙龍認識了伏爾泰，布置了史上最早的行銷策略之一……」

「她借用伏爾泰的筆開始包裝宣傳自己為『法蘭西第一美人』，確保路易十五有所耳聞後請來無數畫師繪製肖像，想方設法塞進凡爾賽宮。等時機成熟，直接去國王獵場定點刷臉。」

「然後和路易十五一拍即合。」

楚楚激動不已：「膩害！」

薇拉不屑。楚楚嚷嚷：「這不跟我們帝國一樣嗎！那些女明星、小鮮肉、網紅都一個個包裝好了嫁給貴族，都三十一世紀了，一點沒變！」

巫瑾卻是腦袋打了個岔，那本《帝少祕戀：我成了他的神祕未婚妻》裡也有無數軟妹前仆後繼把照片發到「浮空王執政利民小信箱」，和龐巴度夫人如出一轍。

巫瑾斜眼看向衛時。

衛時揚眉。

楚楚還在嚷嚷著想去親親龐巴度的小臉蛋，巫瑾在向兩人解釋這位夫人比宮鬥更出名的是政鬥——正在此時，會客室敞開的大門忽然落下幾道陰影。

冷光一閃。

巫瑾嗖的挺直脊背，目光第一時間捕捉到對方的一點五公尺大砍刀。再往上，一人橫刀而立殺氣騰騰。

白月光隊長逆光於門口夾縫，訓練服外套扔給文麟，露出虬結駭人的肩臂肌肉。他眼神肅殺，刀鋒斜斜指地，三位隊友從他的身旁奔湧而入，只有佐伊冷然站在那裡。

砰的一聲。大門徑直關閉，佐伊被一個撞擊向前踉蹌一步。

關門的小侍女抱怨開口：「別傻站著！夫人在等你們呢！」

會客室光線驟亮，巫瑾只來得及高高興興給隊長打了個招呼，就有無數攝影機盤旋升起。

龐巴度夫人副本啟動。

文麟給巫瑾使了個眼色。

巫瑾茫然睜大眼睛。

文麟做出口型。

巫瑾……佐伊看向文麟，文麟最終閉嘴。

主座上的龐巴度夫人終於起身，迎接的卻不是八位客人，而是那位送信的信使。信使約莫三十來歲，有著標準的日爾曼人相貌，神態倨傲冷淡，似乎是一位普魯士貴族。

龐巴度夫人笑容依舊禮貌疏離。

「夫人，伏爾泰閣下向腓特烈陛下提及過妳。」信使慢吞吞開口。

龐巴度夫人面露好奇。

「腓特烈陛下說，」信使終於露出一個施捨的笑容，比起懦弱、私生活混亂的法王路易十五，他顯然認為普魯士國王腓特烈要高了不止一等：「陛下說，他從未聽說過您，他對法國的平民情婦毫無興趣。」

龐巴度夫人的笑容終於消失，「是嗎，那還得感謝您的告知。」

信使不依不饒：「他還說，法蘭西的軍隊，什麼時候被國王扔到了情婦的襯裙底下。」

侍女倒吸一口冷氣。

客座，巫瑾立即凝神傾聽。

襯裙是女性的最貼身衣物。如果說之前還是諷刺，當「襯裙」從信使口中說出，就是赤裸裸的羞辱。不僅是對於情婦職業，也是對於這位女性本身。

龐巴度夫人安靜頓了三秒，再開口時依然溫柔而慢條斯理。

「如果我沒有記錯，腓特烈陛下可從來沒有贏過任何一條『襯裙』。」

「神聖羅馬帝國皇后，瑪麗亞・泰瑞莎冕下在推行改革、訓練軍隊，維也納以她命名的戰爭學院無償傳授整個哈布斯堡家族的幾何、地理、防禦知識。她的軍隊曾將腓特烈陛下打得落花流水。」

「莫斯科第一美人，伊莉莎白一世陛下，剛剛把冬宮中的普魯士暗線清理乾淨。腓特烈陛下想必損失不小。如果腓特烈陛下穿上襯裙，或許還能與她們一戰。」

巫瑾立時看向龐巴度，這位貴婦人淺淺抿了一口茶水，再度恢復溫柔安靜的氣質。信使卻神色陡變。

龐巴度在還擊他的侮辱。

十八世紀的歐洲，女性地位比中世紀還要不如。讓國王穿襯裙，就像是在往普魯士國王的臉上吐唾沫。

「她很聰明。」巫瑾低聲說道。

冷靜，反應極快，氣度雍容，龐巴度擁有成為政客的所有潛質。

楚楚眼神晶晶亮亮。

信使刷的站起，這位AI已經發怒：「法蘭西、奧地利和俄羅斯的聯盟是非正義的，你們觸怒上帝，必然會被擊潰。」

客座，巫瑾快速向隊友解釋：「奧地利是瑪麗亞・泰瑞莎皇后的地盤，這位皇后不願把土地拱手讓人，和法蘭西以及俄羅斯帝國的伊莉莎白女王結盟，共同抵抗侵蝕奧地利土地的普魯士，也就是腓特烈二世的王國。」

——這是三位女性的同盟。

龐巴度的冷靜與信使形成極端對比。她終於站起身，「腓特烈陛下無法打勝仗，還要寄託希望與上帝？難道戰爭靠祈禱就能勝利？」

信使冷笑：「夫人難道沒有聽說過羅布西茨戰役？」

巫瑾低聲補充：「羅布西茨戰役，腓特烈早期軍事勝利之一。普魯士大勝奧地利軍隊，腓特烈二世是個軍事天才……」

龐巴度向侍女做了個手勢。

蒙在沙盤上的白布終於被揭開。地形、軍隊旗幟密密麻麻擺了一圈。

龐巴度夫人顯然已經不知在沙盤上推導了多少次，在其中耗費的心力和做職業情婦相比有過之無不及。

「羅布西茨鎮，河道，山脈，騎兵，加農炮。」龐巴度開口。

信使皺眉，「妳想複盤？」

龐巴度夫人傲然開口：「我要證明，腓特烈在羅布西茨戰役的勝利只是一次偶然，他能贏得了奧地利，卻贏不了法蘭西。」

信使：「棋子呢？」

龐巴度忽然勾唇。這位夫人緩慢移開了長桌一端、原本用來擺放玫瑰的花瓶。一張卡片正壓在瓶底。

客座，八位練習生齊齊眼神驟亮。

紫卡。不出意外就是龐巴度夫人角色卡，能確保進入下一次「舞會」的身分憑證。

龐巴度夫人終於看向客座，「法蘭西的勇士們，請在普魯士的客人面前展示你們的英勇，我手上的這張牌。就作為能贏下戰役複盤的獎賞。」

巫瑾一頓。

普魯士、奧地利、複盤、羅布西茨鎮戰役。卡牌的獲取條件已經清晰，但是戰役在哪……轟的一聲。

巫瑾猝不及防抓住長桌邊沿，腳下機關驟響，會客室地板旋轉，與身後的牆壁形成漏斗。這一幕熟悉至極，在畫廊副本中不止一次出現，選手將被迫下落到戰鬥場景。

楚楚一聲尖叫。

巫瑾急促抬頭，包括佐伊、文麟和大佬在內所有選手都在急速下墜，不對，只有大佬是自己跳下去的……

巫瑾不再支撐，習慣性護住薇拉就往下跳。會客室下層一片漆黑，看不到光線更看不到底。巫瑾保護薇拉緩衝，仗著身上有七層裙子絲毫不怕摔壞，直到撲通一聲觸及海綿。

八位選手著地。

光線微亮，這是一座足足有一個足球場大的地圖。河道、山巒、小鎮漸入視野，巫瑾還看得不甚清晰，視力健全的隊友已然驚呼「羅布西茨鎮戰役」。

和沙盤上一模一樣。

普魯士帝國的神鷹旗幟插在一側，神聖羅馬帝國的雙頭鷹插在另一側。

龐巴度夫人和信使的交談從上方傳來：「為了公平，四位勇士為普魯士而戰，四位為神聖羅馬……」

巫瑾陡然反應過來，招呼隊友：「是4V4陣地戰！」

「旗子代表陣營。我們先手搶雙頭鷹旗！這裡是龐巴度夫人的沙盤，神聖羅馬帝國才是法蘭西的同盟……」巫瑾秒速站起，接著又咚的一聲撲地，七層裙子愣是讓他重心不穩。

光線終於全亮，巫瑾瞇眼抬頭。

大佬面無表情看著自己，金髮美人・巫此時還保持著保護薇拉的姿勢，手臂護著少女腰間，薇拉雙頰緋紅。

巫瑾大吃一驚，求生欲極強地三兩下和大佬靠攏，直接抓著戀人的手就往後腰上放，「裙子，替我解開，穿這麼多打不了……」

衛時背對鏡頭，在少年腰間報復性捏了一把。

巫瑾瑟瑟發抖。

不料正在此時，一點五公尺長刀斜刺劈來。

佐伊怒氣洶洶：「放手！」

幾人腕表齊齊一跳。

戰鬥開始。

克洛森秀直播間。

螢幕正中，魏衍與薄傳火正在煙霧繚繞的北歐水鎮打鬥，最終以寧鳳北被火槍擦邊擊中收尾。血鴿長舒一口氣，就著鏡頭做完最後兩句點評：「從戰鬥觀賞性角度，很少有選手能超過小薄……」

臺下導播忽然打了個手勢。

鏡頭切換。奧地利小鎮邊陲，巫瑾正在土坡吃力往下衝，罩裙裙角塞給衛選手手裡，「拽鴨！快快快快——」

鏡頭邊沿。

佐伊眼神可怖，怒意勃發，長刀慘白如練。

薇拉猶自神情恍惚，文麟複雜看著佐伊。楚楚靜默兩秒，大吃一驚，跌跌撞撞爬起來伸手，「不、不能拽！蝴蝶結是堆褶出來的，真的很貴！衛神放手，我、我給小巫脫……」

刺啦一聲。

戰場如同從魔咒中被喚醒，巫瑾欣然被大佬撕下第一件外裙，藉著慣性連滾帶爬朝雙頭鷹旗幟跑，一面還招呼大佬跟上。

衛時摩挲了兩下撚著裙角的指尖，眼皮微抬，毫無情緒看向佐伊。

佐伊雙臂猝然發力，長刀昂然砍下！

衛時身如鬼魅閃避。

楚楚顫抖圍觀裙子殘軀，「裙裙……阿裙……」

巫瑾則拖著剩下六層裙子蹦上高臺，在拔起旗幟的一瞬光芒一閃——

副本上層，龐巴度夫人溫柔聲線終於再次響起。

「四名勇士已經選擇了奧地利，那麼剩下的，就送給普魯士。羅布西茨鎮背山鄰水，羅波許山，艾格河。」

山巒與河水在浮光中微動，整個副本腥濕泥土氣息更重。一道戰渠如突然被利斧鑿開，將兩隊站位一分為二。

龐巴度緩慢道：「奧地利軍多於普魯士四成，普魯士擁有更精銳的騎兵，多出四十門加農炮，二十門曲射野戰炮。為了抵禦普魯士軍，奧地利在幾日前就布置好陣地優勢。」

濕潤土地猛然裂開，河床邊沿，炮臺、輜重逐一浮現，晴空被烏雲侵蝕一半，接著雷電轟鳴！炮臺、火銃，舊式槍在豆大的雨點中刺目入眼。

副本道具出現。

「武器！」薇拉終於反應過來，矮身撈起兩把，另一把扔給巫瑾。電光照透視野邊緣，陰霧瀰漫的艾格河畔，竟是有無數穿著兩軍軍裝的士兵渾渾噩噩走來。他們身體呈現乳白的半透明，有的肩纏繃帶，有的被火器炸得面目模糊。他們還保持著死前的面貌。

當戰爭號角響起，走在最前面的騎兵——或者說，亡靈騎士竟然還保有最原始的意志，沙啞、赫赫叫著操縱同樣血肉腐爛的戰馬向戰壕衝去。

薇拉倒吸一口冷氣。

他們被困於龐巴度夫人的沙盤。而沙盤完整復現了羅布西茨戰役的原貌——

黯兮慘悴，風悲日曛。往往鬼哭，天陰則聞。

「水鬼。」巫瑾喃喃道。

薇拉：「什、什麼？」

巫瑾：「妳看他們，奧地利陣亡的士兵面部浮腫，腹部鼓氣。他們中有近半是淹死的。」

這在一場戰役中極其不正常。

巫瑾眯眼，幾秒後快速開口：「野戰炮彈道彎曲，用作遠端突襲，楚楚妳是狙擊位？」

楚楚趕緊點頭，「我去。」

巫瑾握住薇拉遞來的槍柄，「加農炮直射攻堅，我們沒有重裝位，只能兩個突擊輪流兼顧。薇拉妳來？」

薇拉爽朗一笑，和楚楚站在巫瑾身旁，「一起。」

「衛……」巫瑾最後看向衛時，「衛哥！」

少年喊衛時的時候語氣飄了半個調，意識過來之後趕緊板起小圓臉。

衛時點頭，「行。」

楚楚、薇拉：嗯？你倆交流了啥？

衛選手掂了兩下槍管，又麻利裝上刺刀，迎著薄霧左臂下曲，頸部向右側傾斜，視線水準與瞄準線重疊——子彈猝然出膛。

溝壑對面，佐伊一聲悶哼。

還在裝槍的巫瑾一呆，大佬不會就這麼把隊長淘汰……

衛時收手。

十幾公尺開外，勉強躲過子彈的佐伊斷然開口：「你們打狙擊，這場換我突擊。」

衛時示意巫瑾。

巫瑾啪嗒啪嗒跑來，腰上微微一熱。

大佬：「繼續。」

第二件蓬鬆的蕾絲長裙落下。男人動作俐落到粗暴，低頭視線專注，不像替美人解衣，倒像是替小將軍卸甲。布滿槍繭的指尖顯然不熟於這類精巧暗扣，撤下蕾絲時卻有一種莫名的暴力美學。

香檳色絲線扯斷，少年乖巧坐等被層層剝開，在敏銳察覺到對面腳步的一瞬突然連帶大佬臥倒，反手抽出男人腰間的長槍——砰砰兩聲，溝壑兩側同時對狙。

佐伊翻身躲入掩體，在看到巫瑾掩護衛時的一刻差點嘔血，當即俐落掏槍。

巫瑾把大佬一推，「跑！」

薄霧散去，視野終於再次明朗。當看清戰壕對面時，兩方都是同時一震。佐伊持槍一馬當先，兩位女選手分守雙翼，文麟沉靜把守炮臺。身後無數普魯士亡魂列隊。

巫瑾一側，兩座炮臺堅守戰壕，奧地利軍士密密麻麻占滿整座山谷。

加農炮突然炸響！

巫瑾一個滑步把自己丟到炮臺後面，終於舉起了雙頭鷹旗幟，對面炮臺，文麟同時揮旗——這場是真正的國戰。

選手奇襲是為了打開缺口，為的是給身後數不清的亡魂製造機會，代領十幾個世紀前的戰爭亡魂翻盤這場必敗的戰役。

巫瑾：「擲彈兵清理戰壕！加農炮防守正面！」

對面，文麟不再正面糾纏，一列普魯士軍在他的指揮下消失在河畔。巫瑾瞇眼看向佇列消失的方向，立即補充：「我送兩門炮臺去南翼……」

薄霧再次升起，少年推著簡易炮臺飛奔。

交戰火力線，佐伊已然和衛時白刃相接。

克洛森直播間，血鴿點頭稱讚：「佐伊突擊位打得很有天賦，假以時日，會成為白月光最需要的全能型選手……」

「當然，衛選手的實力也不容小覷。」

彈幕刷刷橫飛一片：「搶小巫啦！娘家不甘心啦！暴揍衛選手啦！」

應湘湘：「我記得，他們四個是室友？」

血鴿點頭，略微思索又補充：「佐伊選手的策略非常正確，巫選手被服裝困擾很難有所作為，只要攔下替他解開裙子的衛選手，就能不廢一子先將敵方一軍。」

應湘湘恍惚看向「一切皆合理」的血鴿：「……」

場內，雨水蠻橫砸下。

數架攝影機圍繞佐伊、衛時兩人，佐伊任是有萬般質問也只能咬牙切齒。近距離搏擊下十八世紀槍械形如無物，兩人紛紛上了白刃。中途巫瑾推完炮車還彎腰過來伸了個腦袋——

衛時一刺刀劃下。

佐伊瞳孔驟縮：「你作甚……」

吃了豆腐還要淘汰小巫，為了名次不擇手段，渣男！人渣！

巫瑾嗖的縮回腦袋，高高興興藉著大佬的刺刀軌跡再撕了兩層裙子。

佐伊：「……」

衛時：呵。

佐伊眼神微瞇，放出劇烈腦電波：讓開。

衛時：你確定？

佐伊：渣男，把小巫放出來。

衛時一個側肩，放水佐伊。

——悉聽尊便。

剩下的三條長裙巫瑾終於能自己揭開，少年躲著炮彈，在薄霧中左跳又跳，扯著脫一件扔一件，就像是隨手亂扔小袋鼠的大袋鼠，直到還剩最後兩件襯裙。

巫瑾長舒一口氣。

霧氣再次散去，果不其然戰場轉移到南翼。不遠處槍炮聲逐漸吃緊，薇拉在雨水中大聲開口：「要不要撤主戰場支援南翼……」

巫瑾卻立即開口：「不用，再撐一下……」

奧地利軍士比普魯士多出三成，以對方的攻勢，普魯士至少有一半都被文麟撥去衝鋒。但巫瑾一邊卻有個顯而易見的弱勢。

一個文麟不可能放棄利用的弱勢——河道。

奧軍論蠻勇不及普魯士一半，在巫瑾搶旗子的一瞬卻是注意到河水在奧軍紮營的南翼背側。不具備背水一戰的勇氣，卻做出了背水一戰的架式，歷史上的奧地利大敗情有可原。一旦文麟指使普軍將奧軍逼入河道，奧軍崩盤只能比預想更快。

而河道在南側，要達成奇襲，文麟只會從北側攻入。

巫瑾沉聲道：「南翼是佯攻。」

薇拉睜大了眼，南面依然有源源不斷大軍壓來。

她咬牙：「炮彈不夠，如果再不支援……」

巫瑾一字一頓：「繼續抗壓，人手我抽到北翼了，這裡我來接手……」

薇拉忽然開口：「小心！」

身後，佐伊身形如電撲來。

巫瑾一個側身躲過強襲，倉促舉槍格擋。攝影機嗖嗖飛舞，幾息之間兩人竟是又已經交換了不下八招，佐伊天賦卓絕，巫瑾戰術躲避基礎扎實，即便有所疏漏，旁邊衛時一個走位就能迫得佐伊震開。

攝影機又跟了幾拍，最後綠燈一閃飛出戰局。

巫瑾心念驟轉，能在這個時候離開，必然是文麟那邊有所動作……

佐伊突然開口：「小巫！」

巫瑾一呆。

隊長竟然在比賽中主動聊天，巫瑾趕緊表示配合：「隊長好！」

佐伊一刀把巫瑾劈得假髮亂飄，皺眉壓低聲音：「你離衛選手遠點！」

巫瑾睜圓眼，「什、什麼！」

佐伊恨鐵不成鋼：「他亂摸你！」

巫瑾刷的臉紅，「這、這樣，我下次會注意……」

佐伊放心：「留個心眼就好！回去讓凱撒替你揍他！」

巫瑾繼續磕磕絆絆說完：「注意不在鏡、鏡頭前……」

佐伊氣急：「小巫別傻，鏡頭後難道就可以？他摸你小手你也給？你是小動物嗎？隨便誰路過都能薅個毛！」

巫瑾點頭又搖頭，「可以，沒沒沒！不是……」心中立刻記下，隊長在提醒自己不能將戀情曝光在鏡頭……

巫瑾身旁，衛時突然開口：「攝影機來了。」

巫瑾趕緊站直。

佐伊不爽：「廢話，誰沒看到……」

衛時：「攝影機，還有二十秒。」繼而迅速把巫瑾往自己方向按了按，熟練低頭，在額頭蓋戳，「打得不錯。」

獎勵。

佐伊：「……」

圍觀正歡的薇拉：「……」

巫瑾熟練揉揉臉，對上隊長空茫憤怒的視線，心中咯噔一聲。

等等，自己推敲戰役推傻了，完全沒想到隊長不是在提醒自己曝光戀情危機，隊長是壓根不知道這事……

「嗷！」巫瑾內心吶喊：等等，聽我解釋……

兩三架攝影機幽幽降落，幾人齊齊閉嘴。佐伊的刀尖顫個不停，手臂肌肉鼓脹，目光直戳戳鎖住衛時，像是要灼燒斬殺懲戒終結狂暴。

轟隆一聲。

正在此時。文麟帶著兩位女選手如尖刀插入北側防線，佐伊在震耳欲聾的槍炮聲中猛然怒吼，人刀合一就衝著衛時剁去。

霧氣在火光中炸散，文麟半邊肩臂纏著繃帶，在衝破防線的一瞬神色微凝。

北翼看似薄薄一層防守之後，嚴陣以待的卻是數百位幽靈騎兵。

巫瑾指令旗下的防守不是一字型，而是等待普魯士入套的U字。河水不是奧軍的絕路，而是藉勢布下的陷阱。

文麟身邊的女伴瞳孔收縮，抿唇問：「……怎麼辦？」

文麟掏出刺刀，向女伴颯爽一笑，「拚一把，殺。」

對面三人如一把尖刀衝入巫瑾布下的圈套，楚楚操控下的野戰炮立時斬斷幾人退路。薇拉再沒時間吃瓜，扛著刺刀就衝鋒而上。

那廂，佐伊一擊不中，怒極之下理智回歸，與文麟迅速換位：「先抓小巫。」

戰局陡變，文麟換下佐伊，對巫瑾發起衝鋒。

少年還踩在最後的襯裙裡，一手卻同時提起刺刀——

炮火與雷聲在耳膜炸響。

雨水濺著腥濕的泥，山巒、河道都被密密麻麻的幽靈軍士阻擋。神鷹旗與雙頭鷹的操縱者狹路相逢。文麟衝入的一瞬，整個羅布西茨戰役的脈絡在巫瑾腦海中完全複盤清晰。

普魯士終於從南翼佯攻。

與副本中不同的是，十八世紀歷史上這場真正的戰役，奧地利將軍抽走了北翼、正面的防守，讓腓特烈二世有機會從北翼衝入。

腓特烈在近戰中換上刺刀，南翼強烈的炮火和雨水遮擋了普魯士行軍聲響。

等到奧地利發現已是被逼入河道。士兵退無可退，慌亂中跌入湍急河水，留下的多數被俘虜，落水的化作水鬼。

刺刀嗆的一聲相交。亡去的軍士們哭嚎著衝入戰場，炮火中央像是絞肉機，選手尚且知道躲避，士兵們卻毫無意識的衝上去，倒地，下一排踩著屍體繼續——

七年戰爭自羅布西茨伊始。

絞肉機中隨後將加入日不落帝國、歐洲霸主法蘭西、遠東沙皇以及數不清的小國，其中繳獲的豐富軍事經驗又將用於一戰、二戰，周而復始，生死不息。

巫瑾深吸一口氣。

最後兩件襯裙終於卸下。穿著作戰服的少年陡然躍出，和文麟膠著廝殺，鏡頭嗡嗡繞了幾圈，轉過去拍攝佐伊。

巫瑾慌不迭開口：「文麟哥，我……」

文麟微笑，「行了。你那翼龍和兔子，見到衛選手就跟黑貓見到你一樣。好好比賽，其他回去再和你佐伊哥說。」

巫瑾睜大眼睛，興奮感動：「謝……」

攝影機飛回。

兩人面無表情對戰。

兩分鐘後，落入陷阱的普魯士軍士終於被絞殺過半，龐巴度夫人的笑聲輕輕飄來。副本即將結束，攝影機提前回到會客廳布置，巫瑾趁間隙往旁邊戰局一衝——

「佐伊哥！」

巫瑾一把抓住佐伊，臉頰泛紅。

然後趕緊抓了大佬衣角，扯到隊長面前。

「隊長！我我我……兩週前戀愛了，還隱瞞不報。」

巫瑾又飛快解釋，生怕隊長誤會：「是是是我先追的衛選手！」

衛時眼神微閃，「嗯？」

羅布西茨古戰場。

寒風凜冽，嵐氣復斂。佐伊表情如被寒霧冰凍，雙眼氣勢洶洶看向巫瑾。

少年一臉誠懇扯著狐狸精。

少年臉頰微紅護著狐狸精。

少年急急切切、口口聲聲說是自己勾引的狐狸精，就差沒在額頭上寫六個大字「我背鍋，我光榮」。誰特麼信！

佐伊大腦一片混亂，下意識拉下槍枝保險，裝彈，扣住扳機，黑洞洞槍口對準衛時——

白月光隊長面色冷酷。

他幾乎可以想像出兩週前，選手更換寢室時的光景。

衛選手身著露背魚尾晚禮服，搔首弄姿風情萬種半夜三更敲開小巫房間，強硬搶走了曲祕書特意買給小巫的六百信用點保健小枕頭！

渣男竟然在自己眼皮子底下勾搭上了小巫！變態！小巫只有九歲……不對，十九歲！

只要淘汰衛選手，小巫一定還能修好！

咔嚓一聲。佐伊從牙縫裡對衛時冷冰冰擠出兩個字：「拔槍。」

「隊長！」巫瑾嗖的睜圓了眼，慌不迭上前阻攔。文麟在旁邊溫言緩語勸著，衛時面無表情抽出腰間波茨坦制式步槍，在佐伊勾下扳機的前一瞬陡然把槍口擊飛——

步槍朝著不遠處河畔走火。

兩人左腕腕表同時滴滴響起，警告在副本清理期間違規械鬥。佐伊槍械被擊飛，面無表情換上腰間刺刀。衛時眼皮子微抬，隨手扔了佩槍以示公平。

巫瑾使勁兒躥到中間蹦躂，「隊長隊長！」

佐伊嫻熟拎走巫瑾，兩把刺刀在濕潤的空氣中猝然相交，迸出零星火光。衛時手臂一攬就把呆在旁邊的巫瑾按在懷裡，刀式肆無忌憚耀武揚威。

佐伊一頓。

沉沉怒氣自狙擊手背後升起，巫瑾趕緊把自己扒拉出來，「別！衛哥衛哥……」不知是哪個動作觸動判定，巫瑾腕表緊跟著響起警告。

兩把刺刀再次陷入焦灼。

副本內滴滴響個不停，遠處正在休憩補妝的女選手們驚異站起，七嘴八舌討論：「他們打個啥？咱們這要不要也意思意思打一下，免得被觀眾吐槽划水……」

察覺不對的攝影機終於慢吞吞飛回。

巫瑾心跳陡懸，卻只見大佬一個凶悍鈍壓把佐伊迫到掩體後，刀鋒橫在隊長脖頸前吐出幾個字：「克洛森，狙擊訓練室，來戰。」

攝影機降落的一瞬，兩人身如鬼魅分開。

昏暗燈光下副本出口終於亮起。衛時反手收刀，選手依次從副本走出。佐伊沉著臉，走到與文麟並肩，最終還是理智占了上風。

遠處巫瑾背著鏡頭，趁機轉身，小圓臉暗淡無光，向隊長做了個口型「對不起」。

「現在打，打給觀眾看？」文麟：「干擾隊員戀愛，嗯？」

佐伊扭頭，一臉「別惹我，想狙人」。

佐伊凶悍開口：「給我槍。」

文麟隨手把拎著的指揮小藍旗塞給佐伊，「拿著。」

出口外坡度向上，幾分鐘後兩隊四組選手再次回到龐巴度夫人的會客室。楚楚趁著劇情沒開始，還給小裙子舉行了一個簡短的葬禮。

薇拉豎著耳朵吃瓜，只隱隱聽到衛時簡短說了句「我來解決」就沒有下文。這位白玫瑰的視線左飄右飄，最終美滋滋停在巫瑾的臉頰上看出了神……

會客室大門吱呀打開。

龐巴度夫人像是裹挾晚香玉的微風，優雅走在前面，那位來自普魯士的信使繃著臉跟在後面，「夫人真的不想更改決定？」

龐巴度夫人微笑。

信使長吸一口氣，最終冷聲道：「您要做的不僅是普魯士的敵人，還有要將法蘭西推入萬丈深淵。」

龐巴度搖頭，「您錯了，我只是在維護法蘭西的榮光。」

鑲金門扇砰的被甩在牆上，信使氣勢洶洶離去。龐巴度夫人目送他離開，將目光落在選手身上。她最終看向巫瑾，做了個手勢。

兩位侍女脆聲應下，從花瓶底抽出那張人物卡，送到巫瑾手中。背身時竊竊私語：「這位小姐穿男裝也很可愛呢！」

「什麼，我怎麼覺得是位有特殊癖好的紳士！」

被選中為MVP的巫瑾：「……」

龐巴度夫人溫柔開口：「這張卡牌就作為我的禮物，當然，即便是失敗的一方也值得稱讚。」侍女將一卷羊皮紙悉心捆好，送給了作為普魯士指揮的文麟。

「宮中還有另外幾位閣下在等待客人，不妨去試試運氣，他們的名單就作為我贈與你們的補償。」

文麟眼神微亮，被驚喜砸中。

巫瑾舒了一口氣，他絕不希望隊長與文麟哥在第二輪中因為遭遇戰淘汰。

第一輪中集卡優勢大的選手最先離開舞池，也最可能在高級副本中相撞。好在最終勝方直接獲取卡牌，負方仍有去其他副本一搏的機會。

龐巴度會客室，佐伊深深看了眼巫瑾，走在小隊最後離開。

寬敞房間內，壁爐火舌劈啪作響，龐巴度夫人親手為勝利者沏上濃茶。

巫瑾仍在低頭摩挲牌面。紫色卡牌正中繪製這位夫人的肖像，卻並未出現她的生卒年月。這是一張「還沒有完全達成任務」的紫卡。

翻過牌面有一行小字——接受饋贈，繼承意志。

巫瑾猛然抬頭，正對上龐巴度夫人的視線。

這位女士淺淺勾起唇角，發布了這張卡的剩下一半任務：「兩小時後，議會結束之前。我要看國王親自批下對普魯士開戰的軍令。」

龐巴度夫人緩慢說道：「法蘭西的榮耀，將在他的手中重回輝煌。」

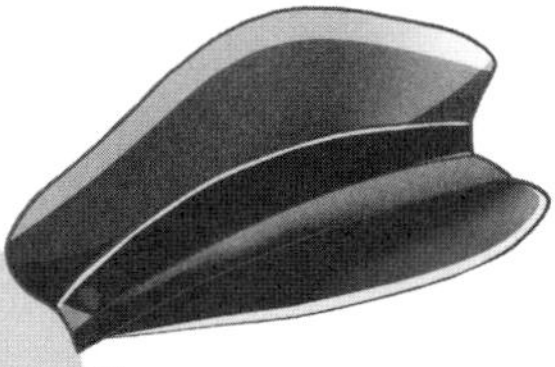

【第三章】圍巾不折，我寢食難安

一刻鐘後。

會客室大門再次打開，楚楚嘰哩呱啦說個不停：「我們現在做什麼？去找國王？為什麼要打普魯士？啊啊啊腦子糊了！」

巫瑾在走廊掃了一圈，隊長果然已經消失。他強迫自己把注意力集中在副本上。

「去藏書室？」巫瑾提議：「查查龐巴度夫人……還有，以我們現在的身分，不可能見到國王。」

凡爾賽宮走廊。數不清的淑女、紳士與侍者匆匆穿行在宮殿之間，歡聲笑語連作一片。窗外的噴泉為取悅國王而潺潺流淌，遠處的國王行政廳被裡三層外三層圍起，侍衛恪職阻攔每一位試圖闖入的選手。

腕表，存活數字降到二百零六。

楚楚吃了一驚。

「因為槍。」薇拉開口。路易十五執政時期，步槍已經是軍隊標配，熱武器比起冷兵器更容易淘汰選手。此時不僅巫瑾四人，視野中匆匆經過的選手不少也有佩槍。大理石庭院一側，零散有救生艙在陽光下晶晶發亮。

一行人快速走過迴廊，藏書室零星有一兩組選手在翻查。

「龐巴度夫人……珍妮……」巫瑾瞇著眼睛一排排掃視，衛時徑直從旁邊抽出了一本《侯爵夫人》遞給巫瑾。

少年趕緊道謝，迅速翻看，旁邊一左一右湊了薇拉、楚楚。

「她知道用最巧妙的方法去討好國王，已經對任何事物厭倦的路易十五很快被她迷惑，因為她而重燃起了快活的興味。龐巴度侯爵夫人非常清楚知道國王想要什麼……」

巫瑾翻向後一頁。

「路易十五，一生都活在曾祖父路易十四的陰影之下。」

「啊？」楚楚一臉懵逼，「國王到底想要什麼？」

「榮耀，愛戴，名聲，開疆擴土。」巫瑾解釋：「路易十四有的一切，路易十五都夢寐以求。作為太陽王的繼任，無論他做出什麼都會用來和舊王比較。」

「龐巴度夫人清楚這一點，所以她是對普魯士開戰的堅定支持者。她用來固寵的不是容貌、談吐，而是無條件支持君王的理想。」

巫瑾快速合上書，在地圖上查找議會大廳。

「路易十五治下的法國並不適合開戰，」巫瑾向隊友科普，「七年戰爭起始於羅布西茨戰役，原本是普魯士與奧地利之間的戰爭。奧地利轉而向法國求援——路易十五有充沛的理由拒絕，但他的野心讓決策動搖。」

「他想讓法蘭西重回歐洲霸主。就像太陽王當年做到的那樣……找到了，議會在北翼樓！」

薇拉率先推開門，巫瑾道謝，跟著隊友走出，「凡爾賽絕大多數貴族都是反戰派，路易十五想要開戰，必須有人替他做那把政鬥的尖刀。龐巴度夫人就是那把刀，她抓住機會，從情婦變為國王的政治夥伴。」

「她的政治手段太熟練，不僅凡爾賽無人可敵，就連普魯士國王腓特烈都畏懼她。」

楚楚張大了嘴，「那……最後開戰了嗎？」

薇拉替巫瑾點頭。

楚楚好奇：「贏了嗎？」

薇拉攤手，「七年戰爭，法國是最大輸家。如果不是龐巴度夫人的開戰提議，就算是三十一世紀，聯邦通用語裡面，法語也該排在英語前面。」

「到了。」巫瑾推開大門。

幾人齊齊抬頭。議會廳燈火輝煌，顯然是在舞會之後才被節目組分割而出。六張椅子整整齊齊擺在下首，最中是一張高高在上的王座。

王權高於議會，王權高於一切。

「路易十五接納議會的建議，但國王才擁有一票決定權。」巫瑾貼著玻璃彩窗，輕輕道：「國王上任後的一件事就是效仿太陽王自任首相，即使他並不具備擔當首相的能力。」

六把椅子之後，分別是通往議會廳的六道緊鎖的入口。

「六把椅子，六票。」衛時說道。

巫瑾點頭，「要讓國王簽下戰令，穩妥起見我們要至少搶到一半椅子，最好能搶到四個。」

衛時低頭看向腕表，「還有一小時。」

楚楚猛地反應過來，「我們要投開戰？等等，這場仗不是不該打……」

薇拉安慰：「我們只為卡牌行事。記住，這場比賽裡，我們不是歷史的參與者，只是歷史的見證者。」

巫瑾點頭。在窗戶上趴著趴著，思緒又飄到隊長那裡，也不知道隊長還生不生氣找到副本沒找到槍沒吃了沒冷著沒……

衛時伸手把巫瑾一拎，看向窗戶，「怎麼把自己黏上去了？」

巫瑾：「咳！」他清了清嗓子，故作嚴肅，「在其他選手趕來之前，我們埋伏兩扇門。」

薇拉詫異：「不是要搶四扇門？」

巫瑾摸了摸窗戶板，「找兩個大櫃子，把門窗都堵了。別被其他選手看見。四個門我們守不過來，先偷兩個！」

　　幾百公尺開外，凡爾賽宮三樓。被巫瑾牽掛的佐伊打了個噴嚏，眼神鬱鬱，手中攥著剛拿到的綠色卡牌，一位身分並不高的男爵。

　　文麟：「氣不過？」

　　佐伊一聲不吭看向手中的貴族名單。

　　文麟：「不說話了？」

　　佐伊又從頭到尾看了一遍。

　　文麟：「咦，不氣了？」

　　佐伊忽然一掌把名單拍到桌板上。

　　正在墊著一本《英法七年戰爭考》吃飯的女隊友吃了一驚。

　　佐伊伸手向隊友索要書目。

　　隊友把油膩膩的書籍遞過來。

　　「這些、這些和這些。」佐伊幾乎圈出了名單上的所有貴族：「都是龐巴度的政敵。」

　　文麟點頭，突然開口：「你不會是要……」

　　佐伊用指節敲了敲名單，「小巫和衛選手只有一張卡牌，放在小巫手裡。如果他們再也拿不到第二張貴族牌，兩隊裡只有一隊能晉級。」

　　佐伊目光轉涼：「我倒要看衛選手會不會搶走小巫那張。」

　　「如果他敢，」佐伊摩挲槍柄，「我就找個位置狙他出局。」

　　然後小巫會看透渣男，重投白月光溫暖大家庭的懷抱！

　　「如果他不敢，那就等著淘汰降級，收拾收拾搬出601寢！」

鐘聲自凡爾賽宮外小教堂響起。

沉靜的皇宮突然被喚醒，侍女、侍衛匆匆在走廊奔波，「注意地毯及窗簾上的灰塵……」

「還有要呈遞的議會文書……」

「國王五分鐘後會到……」

當先的侍衛長抬頭，向眼前的選手躬身，「侯爵夫人。」

巫瑾掌心扣著卡牌，不動聲色接受了龐巴度侯爵夫人的身分，安安靜靜搬了張椅子坐在議會廳門口，和薇拉輕聲交談。

侍衛小聲和值班同事議論，「侯爵夫人為什麼坐得這麼……乖巧？」

「……」巫瑾趕緊變換坐姿，企圖霸氣四射。

十幾公尺外，卓瑪娛樂秦金寶正嚴密監視巫瑾動向，並和隊友嚴肅探討：「巫選手坐在那裡……此舉用意？」

「細推緣由……」

「何如？」

「跟。」

一分鐘後，秦金寶與隊友痛快搬了椅子坐在巫瑾附近。

侍衛長再次向秦金寶躬身，「薩克斯元帥！」

巫瑾笑咪咪回頭，和秦金寶友好握手，腦海中兩本大部頭戰爭史簌簌翻頁。

他壓低聲音向薇拉解釋：「法國三大元帥之一，軍事理論對拿破崙影響極大。作戰擁有非常鮮明的個人特色。」

磨磨唧唧。這位元帥開戰前能和對面就「請英國紳士先開槍」還是「請法國紳士先開火」理論半天。

薇拉做出口型：「主戰派？」

巫瑾不動神色比劃出一個平向手勢。中立派。英法七年戰爭開始前，秦金寶手中的薩克斯元帥就因縱慾過度離世，歷史上自然沒有對這場戰爭表達過立場。

一分半，薄傳火、寧鳳北，並紅毛等四人組出現。寧鳳北似乎與紅毛的隊友妹子關係極好。侍衛長問候薄傳火：「湯森主教……」

巫瑾趕緊揮舞手臂和薄傳火熱情握爪，背身和薇拉做了個向下的手勢暗號。紅衣主教湯森，反戰派。

三分鐘，井儀雙C姍姍來遲。明堯迅速瞪起眼睛，「他們怎麼都搬了把椅子坐著！隊長隊長小心有詐……放著我來！」

明堯迅速搬了把椅子，哐啷放在巫瑾對面，剛要開口質問巫瑾，突然質問內容一變：「還沒讓我摸下就把衣服脫了，小巫你不夠意思！」

巫瑾一呆：「等、等等……」

明堯轉頭問秦金寶：「秦哥，你們坐這兒幹啥？」

旁邊侍衛躬身向明堯問候：「香檳總督蘇比茲閣下……」

巫瑾眼神一亮，趕快站起抓住明堯握手握手。

明堯抗拒：「哇！你別gay我！放手放手！隊長他非要摸我手！」

巫瑾毫不猶豫給薇拉打出暗號。蘇比茲，龐巴度夫人寵臣，不出意外，整個凡爾賽宮唯二的主戰派！

議會室只剩四個出口。薄傳火四人反戰，井儀雙C主戰，秦金寶中立，幾乎已經確保萬無一失……走廊上，密集的腳步聲傳來，路易十五終於將在議會廳露面。

秦金寶依然和隊友面面相覷。

巫瑾已經把椅子還回去了，他們跟巫瑾坐這兒幹啥？薄傳火更是懵逼看向秦金寶——你不知道你坐這兒幹啥？害得我們也跟著。

寧鳳北突然醒悟站起，冷冷開口：「選手過來一個，侍衛就報一次身分。現在巫瑾知道我們所有人身分，你們又有誰知道他的身分？」

明堯：「……臥槽，小巫套路我們！」

走廊遠處的腳步聲正在此時逼近。國王戴著白色假髮走在最前，侍衛紛紛躬身行禮。正對選手的四扇大門砰的敞開，議會室中六張座椅正中王座閃閃發光。

巫瑾嗖的向議會室衝去，突擊位秦金寶卡在零點一秒極限反應過來，眼疾手快扯住巫瑾胳膊，扒住門框就向裡面擠！

巫瑾手肘回擊防守，徑直托住秦金寶動作，給隊友創造機會——薇拉第一個進門！

薄傳火眼睛一瞇，「要搶椅子！」

寧鳳北瞅到離她最近的門框，剛要疾跑過去，紅毛卻比她還快。

寧鳳北折身的一瞬突然被明堯攔住，「隊長衝——快快快！」

混戰一觸即發。前兩張座椅被薇拉、紅毛搶到手，緊接著第三張給左泊棠。明堯、薄傳火在一邊打得不可開交，寧鳳北正要趁機鑽入——

巫瑾突然把秦金寶往議會室一推。秦金寶瞬間懵逼，一臉警惕捉了第四把椅子，還沒回頭看眼巫瑾，會議室四扇大門猛然關上。

四主戰，一中立，一反戰。

足夠。

巫瑾拔腿就跑。

所有選手被留在門外，許久，薄傳火突然開口：「關門怎麼有六聲？還有另外兩扇門？等等，還真有兩扇門被書櫃藏著，哎，巫瑾呢？」

走廊盡頭腳步漸遠，連著套路選手兩次的巫瑾竟是跑得比兔子還快，薄傳火暗罵一聲。

與此同時，議會正中。偷了兩扇門的衛時、楚楚卡著點出現。

近侍向國王遞上議題文書，恭敬開口：「是否與奧地利結盟，同英國開戰，國王需要諸位今天商討一個答覆……」

半小時後，躲在廚房角落啃餅的巫瑾腰側一熱，放在作戰服口袋的卡牌終於解封。

龐巴度侯爵夫人（一七二一——一七六四），紫色貴族卡牌。

任務一（羅布西茨的沙盤）達成。

任務二（七年戰爭）達成。

巫瑾再次掏出上一輪次中的國王情婦卡牌，牌面中的貴婦已經褪色為黑白。

蒙特斯潘夫人（已銷卡）。

兩張卡牌被再次放回。巫瑾慢吞吞把餅從滿月啃成半圓，整個遊戲機制已是基本摸清。

第一輪次路易十四，所有獲取卡牌隊伍晉級。第二輪次路易十五，只有獲取貴族卡牌隊伍晉級。卡牌身分優勢能給下一輪帶來先發優勢——選手在舞會上依次挑選隊友、結盟，但上一輪次獲取的卡牌無法用於下一輪次。

他要儘快給大佬、楚楚找到第二張貴族牌。

廚房大門吱呀開啟。巫瑾抬頭，楚楚嗷嗷叫著撲入，扯了個餅就往嘴裡塞。此時桌上只剩最後一張餅，薇拉眼疾手快舉起舔了一口，得意看向衛時。

衛時伸手。

巫瑾趕緊交出自己吃了一半的餅。

薇拉露出後悔萬分表情，在看到衛選手順著巫瑾咬痕直接開吃之後更是青筋直跳。

好在楚楚很快含糊不清開口：「妥了。投票的時候毛秋葵選手都傻了，秦金寶幫他投了一票反戰，不過最後還是四比二開戰。」

「國王看著高興得很……」楚楚思索：「我記得，這場仗是不該打？」

巫瑾點頭，「路易十五渴望勝利超過一切。」

後世只記得他是法國史上最平庸的國王，卻並不關注他也是法國史上最有野心的國王之一。只是連年戰爭失利、財政赤字將這位國王折磨到意志消沉。

巫瑾拿出啟動的龐巴度夫人卡牌，向幾位隊友展示。

衛時突然開口：「主布景十分鐘前換過一次。」

巫瑾愕然，楚楚打了個響指，「對，壁畫換了。侍女們都在討論前線戰事，內閣議會據說下次要討論海戰布兵，就像——就像時間往後推移了一段。」

時間往後推移一段——巫瑾眼神微頓開口：「時間在推，第二輪比第一輪結束更快，貴族牌數量有限，我們要儘快。」

廚房門吱呀打開。

吃飽喝足的四人小隊再次回到走廊遊蕩，在遇到等待客人的侍女時，巫瑾終於鬆了口氣。

四人組爆發戰鬥力強悍，但兩隊無法平分一張卡牌。龐巴度夫人牌給了巫瑾，他有義務確保大佬和楚楚也能晉級。

觸發新副本，就有希望。

那位侍女向幾人微微躬身，「閣下，非常抱歉。大公並不接待龐巴度夫人。」

巫瑾一頓，立刻和大佬打了個手勢，淡出侍女視線。在楚楚問詢時，侍女卻依然機械回答：「大公不願接待龐巴度夫人的客人們。」

大佬毫不留戀：「換。」

走廊上不斷有選手穿梭，遭遇新副本的頻率也在不斷降低。凡爾賽宮中此時仍充斥著不少平民、資本家卡牌，但此時幾人目的明確。他們只要能晉級的貴族卡。

「雷瑟夫侯爵……」

「龐巴度夫人發起了全法蘭西反對的戰爭，侯爵因此失去了在加拿大的殖民領地。請回吧，侯爵不會款待龐巴度夫人的客人。」

「抱歉，塞納主教也……」

窗外轟然有雷聲響起。雨滴順著凡爾賽宮敞開的玻璃大門落下。巫瑾收回目光。

副本頻次，惡劣天氣，不斷在推時間軸的路易十五時代……

第二輪次的難度遠遠比他想像要高。

楚楚淋雨跑來時，巫瑾正順著樓梯往下看，「剛才打起來了。」

楚楚低頭，吃了一驚。兩架救生艙丟在角落，牆壁與天花板有被子彈擊中的痕跡，選手卻不見蹤影。

「貴族副本越來越少，剛才有一組伏擊搶卡。」巫瑾頓了一下：「不過選手淘汰後，擁有的卡牌並沒掉落。」

「什麼？」薇拉、楚楚同時張大了嘴。兩隊結盟，至今仍缺一張晉級卡牌。凡爾賽宮中幾乎所有貴族都拒絕了他們參與副本，原本搶奪其他選手卡牌是僅剩希望，此時竟連希望都被摧毀。楚楚的表情比薇拉變化更快，龐巴度夫人在巫瑾手上，她依然無法晉級。

巫瑾深吸一口氣。和大佬同樣是龐巴度的客人，除了他們只有隊長、文麟哥兩隊，而此時整個凡爾賽宮無人不知無人不曉。

他有義務對大佬和楚楚的晉級負責。

雷聲再響，衛時從隔間進來。巫瑾看向薇拉。

薇拉少頃明白，彎了彎眼角，「走吧，我總不能看著楚楚淘汰。」

巫瑾眼睛一亮，感激道謝。接著迅速帶領幾人穿過光線幽暗的走廊，「第一輪次，我們把一張紫卡藏在了貯藏室。如果她，那位盔甲女武士還在，紫卡有很大可能是法蘭西貴族……」

貯藏室大門吱呀打開。

盔甲憤怒舉劍，巫瑾熟練閃身躲過，精良的刺刀直接抵住對面揮來的騎士劍。薇拉輕易取走盔甲手中的卡牌。

巫瑾心中一塊石頭落地，然而還沒等他摸摸石頭，薇拉卻表情一變，「這張牌……」

衛時伸手接過卡牌。

卡牌還保留著第一輪次的線索。提示牌面，簡單記敘一位女性的生平。楚楚湊過去讀道：「茱莉，路易十四馬廄總管的情婦，一位出身並不光鮮的平民少女……」

幾人同時一頓——平民。

楚楚顫抖著聲音又讀了一遍，卻依然無法改變這張也是平民牌的事實。甚至馬廄總管的情婦是一張紫卡都顯得匪夷所思。楚楚一咬牙：「要不要把這張牌解了？」

巫瑾還沒開口，幾人腕表同時響起提示。

路易十五的舞會將在今晚八點開始。

「還有六個小時。」

巫瑾心跳驟快，六個小時，到手龐巴度夫人牌也接近六個小時。他急促開口：「這張卡先放。解密紫卡線索太雜，我們耗不起時間。舞會還有六個小時，存活一百七十一名選手，截至現在最多只有三十隊擁有晉級卡。這個比例不對。」

楚楚：「什麼比例……」

巫瑾微微瞇眼，腦海中快速計算，分析道：「除了副本，應該還有獲取貴族卡牌的其他晉級方式。」

副本，身分卡。

十八世紀的凡爾賽宮中，時常來往的除了貴族、侍者、平民，還有……

有一類卡牌，只會在路易十五輪次出現。

巫瑾迅速起身，差點撞到貯藏室堆積如山的雜物。粗糙的手掌在小捲毛上不動聲色護了一下，原本急促的心跳終於平緩。

「我們需要拿一張牌。」巫瑾飛速開口：「不一定是貴族，但要和貴族關係緊密。」

幽暗的走廊被推開，寒風凜冽穿過窗扇敞開的迴廊。

「如果無法獲取貴族卡牌，那他們就是最接近的『貴族』的角色。他們沒有貴族身分，但掌握貴族的一切祕密，包括掌握貴族的家產、特權，他們甚至可以左右政局，影響皇室。好比伏爾泰。他並非出身貴族，卻是宮廷中許多貴族的債權人，他向他們放貸，他是……」

楚楚、薇拉一臉茫然，衛時揚眉：「資本家。」

凡爾賽宮南翼樓。

巫瑾在一間間客房中尋找等待客人的幽靈，「法蘭西連年戰爭負債累累，貴族為了維持體面不得不向資本家借貸。」

薇拉終於瞭然，卻依然皺眉，「即使這樣，也沒有理由推測，富裕中產階級角色牌中有隱藏貴族卡牌的線索。」

楚楚推開一扇門，突然拽住走了一半的薇拉。

門內是一間狹小的會客室。

一位穿著富麗堂皇的紳士正在靜靜等待他的客人，門牌上寫著銀行家・彈藥總司・煙草專供商，杜威尼。

「真有錢啊。」楚楚過了兩秒才感嘆。

巫瑾點頭，向薇拉解釋：「我們不需要得到貴族卡牌的線索。英法戰爭失利，貴族俸祿削減，這裡任何貴族都是龐巴度夫人的政敵。我們拿不到哪怕一張貴族牌。」

巫瑾目光再次劃過門牌上一長串頭銜。

「發戰爭財的富裕銀行家，甚至是整個凡爾賽宮的債權人。我們需要的，是他的身分和背後的資本。假如杜威尼先生能為法國皇室平帳，把路易十五從戰爭虧空中拉一把出來，解決法蘭西幾十年的財政赤字。」

「要求只有一個。為這道頭銜加上一段，法蘭西的男爵杜威尼。」

「如果你是國王，會不會同意？」

楚楚乾脆果斷：「會！赤字都要炸了，冊封一個男爵又算什麼……」

楚楚忽然睜大了眼睛。

她喃喃開口：「……沒有貴族卡，就脅迫國王冊封貴族……還能這麼玩？」

一小時後。

楚楚氣喘吁吁跑到議會大廳，與巫瑾會合，「杜威尼先生是藍卡，任務簡單得多。衛神半小時暴力清完。」

巫瑾看向在雷聲轟鳴中踏著水汽走來的大佬，眼中映出燭燈，晶晶亮亮。

「下一輪議會還有一刻鐘開始。」巫瑾簡短交代：「六個位置，我們儘量能搶兩個。還有其他選手會替我們投票。」

議會室周圍，此時圍聚了不少濕漉漉的平民白板練習生。

貴族牌果然只有三十張不到，能否讓路易十五答應這筆交易不僅是爵位之戰，更是晉級之戰。此時距離下一輪舞會開始不到四小時，巫瑾迅速拉扯了不少平民盟友。凡爾賽的資本家卡牌更是在短短一小時內被哄搶而光。

已經擁有貴族卡牌的練習生自然不會輕易讓這筆交易通過。白板練習生們則熱情得多。同樣沒搶到貴族牌的凱撒正蹲在牆角，不知道哪兒弄了個鐵碗敲個不停，「打倒封建主義！推翻貴族統治！」

衛時伸手，巫瑾把懷裡抱著的議會提案遞給大佬，順便把冷颼颼的手放在大佬腰上暖暖。

巫瑾呱唧呱唧解釋：「直接寫買賣爵位不大好，就給改善了一下措辭……」

議題上寫著一行圓乎乎的小字——法蘭西融資創新！論販售集土地經營權，稅收減免，貴族紅利為一體的新型國債金融產品（男爵爵位販售）。

衛時勾了下唇角。

遠處走廊，國王再次出現。議會廳六扇大門同時打開，巫瑾慌不迭拽著大佬、薇拉、楚楚向裡面衝去，一面信誓旦旦。

巫瑾：「等我給你掙個名分……不，爵位回來！」

大佬的聲線低沉，像在耳廓旁撩動：「好。」

巫瑾：「……」

巫瑾嗖的臉紅，使勁兒扒住門框往裡面擠。

楚楚在兩人背後激動感嘆：「薇拉姐，妳不覺得他們倆之間情誼深厚嗎？」

薇拉：「呵呵。」

楚楚：「就像是養大的兒砸對麻麻說，我一定要給你掙個誥命夫人回來。衛哥真的像小巫親媽啊！」

薇拉：「……」妳是什麼觀察力？混在女選手裡面的直男嗎！

無數選手自會議室外奔湧而入，國王幾乎看了個呆。

大佬搶了第一把椅子，接著是魏衍、凱撒、寧鳳北……

巫瑾小身板愣是連個椅子邊也沒搶到，只能在衛時身側站好。

六扇大門砰的關閉。

第二輪次最後一場內閣會議開啟。巫瑾向大佬打了個手勢。

少年迎著洋洋灑灑的鳶尾花帷幔，恢弘的浮雕與王座，徑直向前走去。

六人議會長桌。選手兩側依次而坐，左右涇渭分明。

燭光明晃晃自穹頂灑下，帷幔長達四公尺，厚重的布料上銀絲鳶尾繡紋光華流淌。一片寂靜中，巫瑾視線掃過六位搶到座椅的「議員」。

魏衍實力強勁，貴族卡牌在握。魏衍左手是寧鳳北，這位風信子紅玫瑰同樣可以依靠薄傳火的主教牌晉級。再往後，是元帥身分的秦金寶。

三組都有充裕的貴族卡牌，晉級鐵板釘釘，任何新選手授動貴族都會被三組視為爭奪名次的威脅。

而巫瑾一側。除去大佬外，平民凱撒還在砰砰敲碗，明堯半邊屁股貼著凳子，一手卡著步槍，鷹眼四處掃射，表情略顯焦躁。

以明堯反應，左泊棠必然沒有拿到貴族卡。

三對三。巫瑾微微瞇眼。

長桌上首。國王放下巫瑾遞交的提案，緩慢開口：「爵位?買賣?」

路易十五比他的曾祖父太陽王更高，更富態，卻面容疲倦。太陽王的豐功偉績像是壓在新王肩頭的重石，讓路易十五一刻都喘不過氣。他在盡全力模仿太陽王的裝束、神態。哪怕記憶裡的曾祖已經完全模糊。

提案被擱在桌邊。國王祕書向幾人遞來羽毛筆與光滑的紙張，「投票吧，諸位閣下。」

六張信紙上繳。

巫瑾仗著身高偷瞄，毫不意外明堯寫了個大大的「YES」，凱撒打了個勾。

國王皺起眉頭，「票數一樣。」

魏衍、秦金寶與寧鳳北都無疑投了否決票。巫瑾看路易十五。這位國王罷黜了宰相，內閣之中只有他有一票否決權。

「勳爵是法蘭西榮耀的根基，我想聽到你們的意見。」選票信封在國王的手中扣合，路易十五聲音陡然拔高，帶著不容置疑的氣勢，他用指節敲了敲桌，「用你的理由說服我。」

視線卻直直看向遞來議案的巫瑾。

巫瑾向國王微微點頭，語速緩慢有力：「陛下，授勳是削減戰爭財務赤字的最好途徑。資本家心甘情願為您貢獻資產，您得到的不僅是資本援助，還有他們的效忠。他們會和整個法蘭西的貴族一樣，聚集在凡爾賽宮，簇擁在您的周圍。這是一樁沒有損失的生意。」

路易十五眼中微微發亮，卻秉持國王的公平，看向長桌另一側。

寧鳳北就在眾目睽睽之下站起。

巫瑾身後，楚楚瞬間驚醒，趕緊用氣聲提醒：「寧姐嘴炮從來不輸，曾經開八個星博小號奮戰兩百黑子，還能立於不敗之地……」

薇拉視線冷然看向寧鳳北。

紅玫瑰向著國王輕笑，「法蘭西的貴族一向減免稅務，如果對大資本家授勳免稅——我來猜猜，明年的稅收會減少多少？一半？四分之三？」

路易十五陡然警醒，面色冷沉看向巫瑾。

「……」巫瑾被牆頭草國王的變臉速度嚇了一跳，然而歷史上的路易十五似乎的確將搖擺不定的性格發揮到淋漓盡致，並成功遺傳給了上斷頭臺的路易十六。

巫瑾冷靜聽完寧鳳北反駁：「我贊同寧小姐的顧慮。不過，一旦資本家晉升為勳爵，」少年微微揚眉，「國王以仁慈減免薪俸稅。利得稅卻並不在減免範圍。」

「好比銀行家杜威尼先生，」巫瑾毫不猶豫拿大佬舉個栗子：「一旦晉升男爵，薪俸二十法郎免稅，名下菸廠、酒莊、銀行利得課稅六千法郎不變，再加上工廠課稅，杜威尼先生依然是法蘭西財政收入的忠實貢獻者。國王陛下損失的，僅僅是二十法郎而已。」

寧鳳北神色微變，路易十五卻迅速被數字說服，再次發揮牆頭草作用，「原來如此，既然這樣……」

「等一下！」寧鳳北突然推開椅子，鳳目挑釁，一字一頓上前，「貴族生而血統高貴，如果平民授勳卻為爵位蒙羞……法蘭西的名譽將毀在他們手裡。」

路易十五面露遲疑。

巫瑾氣勢絲毫不遜，語速飛快反駁：「以資本家的社交影響力，他們顯而易見並不遜色於貴族。」

寧鳳北勾唇，死死咬住論據，「陛下，請您記住。您售賣出去的任何爵位，都是在消耗法蘭西的名譽，也是您的名譽。」

巫瑾眼中光芒微閃。座首，路易十五再次糾結，比起財政赤字，他明顯更在意一位國王的風評。許久，這位國王終於擰起眉毛，似乎要一票否決提議。

臺下瞬間譁然。

決斷議題是否通過的是路易十五，寧鳳北手段極高。她抓住的不是法蘭西的赤字、經濟甚至未來，她的論據只戳向國王的痛點。此時就連明堯都神色略顯空白，明堯低聲同隊長交換意見，楚楚也不知道嘰嘰叫著什麼，薇拉似乎在琢磨著把寧鳳北一槍狙掉。

巫瑾終於開口：「爵位確實是『售賣法蘭西榮譽』。但這種售賣限制在陛下約束之內，合情合理。」

眾人齊齊看向巫瑾。巫瑾繼續揚聲說：「資產家晉升動爵，將名下資本與法蘭西的榮譽牢牢捆綁在一起，大幅度削減七年戰事中頻發的資本外逃機率。這是其一。」

「爵位等同領土授予、薪俸免稅。」巫瑾頓了一秒：「也就是資本家並非無利可圖……交易中，爵位就是集領土期權、免稅紅利為一體的混合金融產品。法蘭西大勝，資本家分少量紅利，即使戰敗，也有資本家扶助兜底。這是其二。」

「我更願意將這類交易稱作——法蘭西發行國債。將國運、國家榮耀和流通資本聯繫在一起，資產入股國債，削減赤字，前線作戰而後方無憂，這是其三。」

一片寂靜。少年直直站著，像是牢牢抓住整座穹頂之下的光。路易十五在鄭重思索，明堯砰砰拍桌給巫瑾豎起大拇指，衛時視線穿過人群，在光芒彙集處緊鎖。

寧鳳北已然眯起眼。她突然開口，語氣不善：「資本家一次性買斷爵位，卻享有法蘭西世代相傳的貴族紅利，未免占了太多便宜。」

巫瑾秒速回擊：「爵位世襲削減，紅利也有窮盡。當然，國債可以多次發行、多次購買，波蘭王位戰爭國債、奧地利戰爭國債……陛下甚至可以運用爵位調控法蘭西金融市場。」

寧鳳北頓了足足幾秒，做出最後掙扎：「區區幾位資本家的資產，還並不足以支撐前線戰事……」

巫瑾靜等紅玫瑰說完，加上四個字：「金融槓桿。爵位販售只是第一步，資本家注資可以成為法蘭西金融產業的啟動資金。不僅國債可以販售，殖民地戰爭得利也可以股份化。」

「如果一位資本家注資不夠。那麼兩位、三位……甚至全民入股。」

寧鳳北神色再變，巫瑾所說的簡直荒謬到極致，但糊弄個十八世紀孤陋寡聞的君王卻又並不困難。

巫瑾再無顧慮，把文件遞給路易十五，「以商養戰，以戰養商。以陛下英名，屆時，法蘭西將是不能動搖的歐洲第一霸主。」

啪的一聲，路易十五欣然在文件蓋章，「你剛才說的，那位銀行家杜威尼先生……」

少年一秒抽出兜裡揣著的大佬卡牌，往國王印章下一湊。

衛時隨手簽了張不可能兌現的十八世紀支票，路易十五笑顏逐開，當場為衛選手授勳。

內閣會議結束，搶到資本家卡牌的紅毛蹭的擠入，舉了張空支票大喊：「我也買我也買！」

國王祕書遲疑：「封地不夠啊……」

紅毛大手一揮，「要啥封地，你就給我授個傲天秋葵男爵！」

凱撒趕緊汲取靈感，拍著手上那張卡牌，「我要霸天幻影凱撒黑暗公爵！」

小染忍無可忍：「你傻啊！你出多少錢能封你公爵？啊？男爵頂天了！要公爵你出門左轉買掛吧你！」

身後，無數選手蜂擁而入，與此同時，凡爾賽宮幾張最後的資本家卡牌使選手再次陷入膠著戰。

巫瑾護著薇拉掉頭就走，邊走邊說：「魏衍剛才好像有點要動手的意思，但人太多下不了手。還有寧鳳北……」

楚楚正豎著耳朵等巫瑾吐槽。

沒想到巫選手讚歎：「她很不錯。」

薇拉傲氣道：「她能搞事，就是打不過我。」

巫瑾彎彎眼角。風信子紅白玫瑰各有所長——寧鳳北倒是像克洛森秀的巫瑾，裝在小隊裡能當智腦，單打獨鬥也就是個B+或A-。

巫瑾側過腦袋，眼珠滴溜溜看向大佬。

新出爐的男爵身量頎長壯碩，英俊無儔。

男人伸手。

巫瑾把卡牌交給大佬，隔了一張身分牌的手掌猝然交握。

衛時將人往自己拉去，巫瑾和大佬熟練撞肩，「幸不辱命。」

男人嘴角線條鬆融。

養大的兔子不僅學會了蹦蹦跳跳，還能背著胡蘿蔔挑翻全場。

巫瑾突然想起，授勳時路易十五似乎被大佬要求的勳爵名號驚得一愣，問道：「冊封的是什麼男爵？」

衛時揚眉開口。

巫瑾瞬間當機：「什、什麼！……」

旁邊楚楚嘰哩呱啦湊過來：「走走走去休整！小巫你說的都是真？依靠金融槓桿……」

巫瑾趕緊搖頭，「槓桿也不能無中生有！法蘭西戰敗，霸主地位、國家信譽同時下跌，蕭條是必然。以商養戰裡的商指的是實業，不是歪門邪道……」

楚楚依然不死心，「如果在十八世紀引入先進金融制度……」

巫瑾思索：「金融的基石是信任。很大機率會資本信任、民眾信任一齊下跌，大蕭條下物價飛漲，被送上斷頭臺的估計不是路易十六而是十五。」

薇拉寧眉，「這場仗，法蘭西贏不了？」

巫瑾點頭。

鐘聲響起，走廊上布景再換。當資本家卡牌差不多被掠奪一空時，腕表存活數字開始大幅度下降——一百一十四。

「還剩一百人。」巫瑾提醒隊友：「按照克洛森慣例不可能一路避戰到尾。第三輪——路易十六，會有硬仗要打。」

舞會還有半小時開始。

等巫瑾給槍枝裝彈完畢，擦亮刺刀，布景再換。牆上一幅油畫筆觸匆匆，似乎是遙遠的俄國冬宮。

「冬宮改朝換代，」巫瑾看向油畫，「是七年戰爭的轉捩點。法國盟友——或者說，龐巴度夫人的盟友，俄國伊莉莎白女皇去世，繼任者是個普魯士控。」

楚楚：「什、什麼！」

巫瑾視線微移，看向一幅〈黎塞留將軍擊退腓特烈二世〉。

「腓特烈二世，普魯士國王。」巫瑾說道：「俄國新皇是他的崇拜者，瘋狂迷戀腓特烈二世，甚至收集腓特烈用過的勺子，下令原本對普魯士作戰的俄軍倒戈攻殺法蘭西。」

楚楚：「……挖槽這什麼操作？然後法國就敗了？敗了？」

巫瑾：「路易十五幾次戰略失誤，心態崩了。」

路易十五優柔寡斷，情緒脆弱，並不適合做一位鐵腕國王。相比之下，曾經多次被法蘭西逼入絕境的腓特烈要頑強得多。

腓特烈硬撐了整整七年，最失意時只有三千兵馬，幾次瀕臨戰死才等到來自俄國的盟友。

——「至於我，必須在沉船的威脅下，在遭遇暴風雨之際，思想、生活和死亡，都必須像一位王者。」

他打贏了一場近乎不可能的戰爭。

舞會前一刻鐘。

一片死寂的凡爾賽宮突然有侍者匆匆奔跑，「國王下令了，法蘭西……會在一週後投降。」

腳步聲自遠處響起，龐巴度夫人再次出現於走廊。

失意的國王向她走來，眼中帶著後悔與遷怒。

楚楚作為龐巴度粉十分不滿，「本來差點要贏的，而且這場仗又不是龐巴度夫人打的！開戰也是國王授意呀！喂喂，這位國王也太喜歡甩鍋了吧！」

樓下。

國王緩慢開口：「印度、加拿大、密西西比河都要割讓。基伯龍灣戰役本來不該敗。」

龐巴度夫人靜默幾秒，溫聲開口：「我知道了。」這位夫人從侍女手中取來一枝眉筆，略顯虛弱的手在紙張上淺淺畫下作戰地圖，「送到前線。」

國王看了她一眼，漠然離去。

楚楚：「什麼意思？」

薇拉慢慢開口：「基伯龍灣戰役失敗，國王不願擔責。龐巴度夫人用眉筆畫的作戰圖出現在前線，民眾會把矛頭指向她——然後歸咎於這位平民情婦指揮錯誤。」

薇拉最後看了眼龐巴度。她靜靜站在那裡，望著遠處的窗外出神。

她看過巫瑾那張卡牌。龐巴度夫人會在戰爭結束後第二年鬱鬱而終，國王會冷漠看著她的棺材被送出凡爾賽。

舞會開始前五分鐘。

巫瑾火速把龐巴度卡牌交給薇拉，在看到薇拉被強行拉入更衣室時鬆了口氣。少頃，大佬再次出現，馬靴刺刀皮革好看得很。

走廊光線幽暗，路過的侍者交談紛紛傳來。

「新王……總會比舊王要好。」

「路易十五陛下去世的時候，據說全身散發惡臭……」

巫瑾迅速與大佬對視。

路易十六時代開啟，最後一道關卡。硬仗開打。

樂聲自鏡廳舞池響起，選手紛紛湧入。

薇拉一身洛可可蓬蓬裙出現，高潔秀雅。紅玫瑰美豔不可方物，薄傳火主教長袍竟然穿得異常妖豔，約莫是眼線畫太濃眼影沒暈開。凱撒果然沒要到公爵，因為出錢太少只給了個普通小貴族身分，此時正在和某個選手嗶嗶：「注意你的措辭！你是在和尊貴的紅鑽貴族說話！」

第一支舞曲響起。薇拉腰間卡牌微微一熱。她立刻把卡牌遞給巫瑾，「你先去探地圖，我還得脫個裙子……」

巫瑾點頭。少年撚起卡牌，向舞池邊緣走去。

路易十六時代的第一位領舞者走向他的舞伴。

楚楚刷的抬眼，「衛神衛神！小巫過來惹！」

舞池陡然靜謐。

克洛森秀導播室。

比賽如火如荼，後臺一片繁忙。

應湘湘那廂剛介紹完路易十六末期的法國歷史，鏡頭緩緩轉向舞池外，牆壁一角懸掛著瑪麗安東妮皇后的肖像。寒風透過彩色玻璃窗扇擊打畫框砰砰作響，卻依然能藉著微弱的天光看清這位皇后的美貌。

「瑪麗出生於沒落的奧地利皇室，母親是七年戰爭中戰敗的神聖羅馬帝國女皇。奧地利財務赤字巨大，女皇為了償還債務不停生育，將公主們嫁到各處去換取和平。」

「瑪麗從小就被告知，她將會成為法蘭西的皇后。幼年的瑪麗時常跟隨母親去救濟窮人，學習皇后所需的一切禮儀、法律、政治，她博學而富有愛心……」

後臺，小編導急匆匆打了個手勢，「妥了！四個工程師趕工六小時，剛測試上線！」

直播畫面一切。

當前排名四十一至五十的選手投影在螢幕中央，分兩行五列展示在比賽中的「高光時刻」。下方赫然是一欄「人氣值投票通道」。

「……」應湘湘、血鴿嘴角抽搐。

節目PD表情滿意，「第三輪情節不複雜，只要動用一半畫框。咱們現在就把另外一半拍賣出去！」

應湘湘：「一張應援票零點零一信用點……一張票買一畫框？」

節目PD語重心長：「哪能呢！一張票買一個圖元點！湊齊1920×1080就放上選手應援圖，鼓勵咱們在比賽中鏖戰的練習生！」

螢幕正中，先是有一位選手票數變動，緊接著十人票數齊動！

畫面切到排名三十一到四十，文麟赫然在列。此時票數角逐更比剛才激烈。二十一到三十、十一到二十，直到前十……

正在讀取即時資料的螢幕微微一卡，繼而數字瘋狂上竄。

小編導目瞪口呆：「這也行？」

節目PD提點：「直播投票！咱要讓觀眾有參與感！選手在裡面比賽，咱們也得調動粉絲情緒在外面比賽不是？這個道理，和主播直播打賞是一樣的。」

「小哥哥線索找得好，買票，賞！小哥哥大刀耍得好，也賞！到時候獎金池咱們和選手五五分。講真，一群不愁吃穿的小哥哥、小姐姐在螢幕裡真刀真槍就為了討你開心，這錢要我我也願意花！看看票數多少了？」

零點零一信用點的應援票標價極其低廉，總票數以指數級別一路上竄。

前十選手中。魏衍、巫瑾以及紅白玫瑰票數高踞前列，往後是左泊棠、薄傳火、佐伊、楚楚、嵐第二梯隊，最後兩位名次不斷替換，眼花繚亂。

「咱們這幾位選手很平均啊！」PD思忖：「得想個法子激勵競……」

PD身前，小編導突然張大了嘴：「小、小巫……」

PD：「啥？」

一回頭，就連節目PD也一愣。巫瑾的票數竟是突飛猛進，直直往前推了一百萬……眼花繚亂的數字被嗖的簡化，變成一個「四千萬」，將其餘選手遠遠拋在身後。

「四千萬……四十萬信用點？一秒漲了四千萬票？」

小編導趕緊查看後臺：「對，都是一個觀眾貢獻的。還是新在咱們直播平臺註冊的小號，一秒砸了四十萬。臥槽，還在砸？」

節目PD眼冒金光：「切，鏡頭快切小巫。對於這種白富美富家小姐，咱們要和她搞好關係。人家扔了四十萬不就為了看看小巫，快把小巫放出來遛遛！」

「不是富家小姐，身分資訊是男……」小編導說著，把鏡頭火速切向凡爾賽宮舞池。

凡爾賽宮鏡廳。

燭臺、吊燈金碧輝煌，所有視線緊緊集中在一角。

巫瑾一身純黑作戰服，偶有露出包紮好的擦傷，與上輪舞會的舞伴距離一個身位。

衛時。

兩道鋒芒在視線中相錯。

衛時冷峻壯碩，氣質森寒。巫瑾此時沒穿蓬蓬裙，介於少年與青年之間的身量矯健顯露。他站得筆直如青柏，肩臂、肌肉都是最流暢的弧度。巫瑾卡了一個最能攫住目光的機位，與衛時氣勢絲毫不讓。

小捲毛張狂翹起，巫瑾在人影幢幢之中眼皮子微抬，像是露出深藏的爪牙，瞬間讓無數攝影機矚目。

目光交匯，腦電波離奇相接。

巫瑾：再卡五秒機位！讓我一雪前恥！

衛時：你再站五小時，PD也不會刪了前面的女裝。

舞曲的第一樂章悠然飄進。

人群再次恢復嘈雜。凱撒跟小染納悶：「看小巫現在，我還真忘了他剛才女裝啥樣……」

薄傳火謹慎給寧鳳北分析實況：「第三輪圍巾又要強強聯手，是咱們奪冠大敵，不得不除……」寧鳳北一肘子過去，「廢話，還用得著你分析？」

佐伊怒目：「眉目傳情？大庭廣眾之下勾引小巫！」

文麟趕緊解釋是小巫沒關好自己跑過去的，貴族牌也是小巫給衛選手弄來的。佐伊頓了幾秒，最終又從牙縫裡吐出三個字：「吃—軟—飯。」

克洛森秀應援頁面。擲了四十萬信用點的土豪粉卻再無動作。

巫瑾安安靜靜站滿了整個鏡頭。

巫瑾算著差不多所有觀眾都忘了女裝，然後興高采烈向大佬伸手——

掌心向左。

衛時伸臂，正要借勢把人拎到懷裡，忽然被巫瑾熱情握住。軟軟的掌心在粗糙的槍繭上蹭蹭。巫瑾鄭重其事：「咱們照舊結盟！」

然後手一縮，牽著旁邊還在擼裙子的楚楚就興高采烈走向舞池。

衛時：「……」

楚楚：「……」

等著看衛哥跳女步的紅毛：「……」

直到幾秒種後，楚楚才猛地反應過來。反正兩隊也是結盟，小巫邀自己不和邀衛神一樣！真是個小機靈鬼，這下小巫、衛神都不用跳女步！

舞池一角，衛時逐漸瞇眼，輪廓隱在燭火下幽深莫測。

巫瑾毫無所覺，場內的少年舞步優雅貴氣，照顧楚楚歪七扭八的舞姿紳士體貼。

等第一支舞曲完畢，身為蘇比茲親王牌的明堯第二位入場，舞池出口轟然打開。

巫瑾最後給薇拉一個鼓勵眼神，和大佬高興揮手，帶著楚楚迅速走出。身後，明堯正同手同腳走向隊長──

大門猝然關閉。

楚楚嫻熟扔了幾件罩裙，找了個隔間換上作戰服。

再出門時被冷風吹得一個激靈。

巫瑾正開窗看向宮殿之外。

窗外鵝毛雪片紛紛揚揚，整座凡爾賽宮被積雪覆蓋。原本秋日的陽光被遮了大半，在雪地裡隱隱衍射出幽藍的地形輪廓。

楚楚倒吸一口涼氣。巫瑾迅速把武器遞給楚楚，替她解下勾在作戰服拉鍊上的蕾絲，「最後一輪，惡劣環境。」

走廊上飄蕩於路易十五時代的幽靈們不見蹤影，整座城堡陳設如舊，卻愣是透出幽冷破敗。牆上依然懸掛太陽王的肖像，路易十六時代，人們似乎不再提及路易十五，茶几上卻隨處擺放著《巴黎和約》、《胡貝爾圖斯堡和約》等法蘭西戰敗協定。

路易十五之後，凡爾賽宮再也不是歐洲霸主的堡壘。

「雪天，重霾。」巫瑾飛速說道：「從這裡到任務地點，至少要在雪地跋涉四十分鐘。」巫瑾從楚楚扔的一堆裙子裡挑出兩件遞還楚楚，「注意保暖，我們等衛哥、薇拉出來，先摸索地圖。」

楚楚立刻問：「任務地點？任務地點在室外？」

巫瑾點頭，「翠安儂宮幽靈事件，瑪麗皇后出現在小特里亞農宮。要觸發劇情，選手必然需要跑地圖。」

楚楚趕緊把裙子當披風裹了裹，「我們要去找牌嗎？」

巫瑾卻微頓：「路易十六是最後一輪。剛才是這場比賽最後的舞會……卡牌沒有意義了，我們要做的就是活到最後。這一輪是生存戰。」

解謎、政爭都只是踏入決戰輪次的手段。

路易十六時代，他們唯一要做的就是淘汰敵人，活到最後。

腕表上，存活數字停在整整一百。巫瑾視野投向窗外，紛揚的雪片像是某種意向，和記憶中一處隱隱聯繫在一起，又想不真切。寒風將雪片捲入窗內，楚楚下意識伸手——雪片颳在掌心冰涼。

楚楚左手凍得沒什麼知覺，索性揉了揉，接著一聲尖叫：「這什麼！怎麼有血……」少女透明的指尖紅褐色刺目，「雪片」自指縫掉落。巫瑾眼疾手快接住。不是雪片。

「是……碎紙。」巫瑾驚訝開口。碎紙揉成一小團，似乎是從某張紙上撕下的一部分，內裡紅色顏料糊成一團，楚楚一搓就染到手上。

巫瑾打開窗戶，越來越多碎紙飛入，空氣沉悶嗆人，似乎上風口在燒什麼東西，煙灰瀰漫在大雪中。

少年陡然爬上窗框。

楚楚一驚：「巫瑾……」

巫瑾突然伸手，從飛來的紙片中攥住一張，從窗框跳下攤開。所有紙屑都是血紅色未乾顏料，像是有人畫了無數張詭譎的圖案，撕碎後扔到暴風雪之中。

「怎麼會有人敢在凡爾賽宮亂扔垃圾！」楚楚抱怨。

巫瑾手中這張還有大半，圖案較為完整，攤開後兩人齊齊湊上。

這是一張宣傳單。

冰天雪地之中，從凡爾賽城牆外藉著風雪送來的是無數張一模一樣的宣傳單。

血紅色塗料繪製著一個醜陋的女人，赤裸上身只著襯裙，在椅子上張開雙腿。有男人鑽在她的裙子下，椅子邊還有位貴婦人在與她接吻。

楚楚嫌惡皺眉。圖案下只能看到殘留的隻言片語：「皇后……通姦大公……豢養情婦……奧地利來的惡魔……」

楚楚突然反應過來：「奧地利？奧地利來的皇后，瑪麗安東妮？這是造謠！教科書上寫了，瑪麗皇后從沒做過這些！」

巫瑾把宣傳單收好，遠處還有無數碎紙、煙灰飄來，「是有人扔進凡爾賽宮的，目的是造謠皇后。國王維護皇后聲譽，才會讓宮人把傳單收集燒毀。」

「事實上，無論她有沒有做這些都不重要。法蘭西地位衰退，國民認定了要用她來發洩。因為奧地利是法蘭西戰敗的導火線，瑪麗皇后是奧地利的公主。」

楚楚憤慨抗議，巫瑾重新關上窗，安慰：「這輪淘汰賽，我們不是歷史的改變者，只是見證者。」

比賽規則會以既定的歷史軌跡推移，選手也只是其中微不足道的棋子。

「我們儘量避開所有卡牌，不進入卡牌就不用承擔人物身分。路易十六時代，多數貴族以悲劇收場。尤其不能碰兩張牌。」

「路易十六和瑪麗皇后。」

楚楚裹好「披風」，將步槍握在掌心，終於與巫瑾踏入一片森寒的凡爾賽宮。

旁邊廢棄的幾個畫框一閃，突然冒出巫瑾的LED官方應援圖，緊接著是楚楚的應援——這位風信子女選手這才笑咪咪振奮。

克洛森秀後臺。

鏡頭切到明堯領著左泊棠隊友走出舞池，場務正在向節目PD彙報：「那位……土豪又開始砸錢了，在小巫和楚楚分頭行動之後……」

PD吐了口菸：「把投票停了。」

場務一呆：「什麼？現在票池吸金八十萬了，光投小巫那土豪都已經砸了六十萬信用點了，這個還有希望繼續衝……」

PD敲桌，「現在就停。」

場務只得關了應援通道，掛上「應援票池已滿，敬請期待」公告。回頭就聽到PD在那教訓人：「咱們是拿選手當搖錢樹，但你得記著。任何付費都是得有回報的。六十萬不少，再多點肯定有蹊蹺，咱們小節目，不能拿這錢。」

「要是土豪來問，讓接線客服知會我。粉絲競票我見得多了，小巫現在把第二名超了五千萬票倉，這人還往裡砸，不對勁。不是傻就是瘋。還有，選舞伴的時候不砸票，和楚楚組隊也不砸票。單獨行動才砸，這叫啥？」

「極端唯粉！等人花錢多了，什麼要求不敢提。懂？」

一群編導神情恍惚，齊齊點頭。

PD突然想起什麼：「把那土豪帳號給我看看。」

工程師喳了一聲，調出頁面。

投了幾百萬票，中途換了上千次IP，定位在帝國、聯邦跳來跳去。

「用了IP跳板。」後勤慢吞吞道：「不管他人真實在哪裡……反正肯定很有錢。」

「廢話！」PD繼續在監控室吞雲吐霧，往土豪ID一瞧：「有意思。」

「這ID取的，是唯粉沒差！」

旁邊有人小聲問道：「啥意思？這土豪ID不就一個『瑜』字嗎！」

PD恨鐵不成鋼：「巫瑾，瑾。握瑾懷瑜，瑜？懂不懂，啊？」

克洛森秀，凡爾賽宮舞池。

明堯過後就是手持主教卡牌的的薄傳火。

目光聚集之處，這位薄主教卻再次小聲問詢：「能行嗎？」

寧鳳北：「那你想怎麼樣？坐以待斃？等一會兒衛時去邀請薇拉，你是能打得過衛選手，還是能算得過巫智腦？」

紅玫瑰眼神一睇，「圍巾不拆，我寢食難安。」

薄傳火趕緊給女王大人遞卡，「成。妳去邀衛時，我一會兒去找薇拉跳舞。」

寧鳳北冷聲開口：「不行。你去邀衛時。」

薄傳火：「啊？姑奶奶，我倆都男的啊！再說妳去邀薇拉作啥？」

寧鳳北肆意一笑，「不做什麼。」

「噁心她。」

眾目睽睽之下，一身黑色哥德長裙的紅玫瑰優雅出列。

文麟在一側推算：「應該是去找紅毛，挑魏衍也有可能，畢竟人形兵器實力在那……」

寧鳳北走入舞池，腦海中最後過了一遍計畫。

搶走薇拉，孤立巫瑾。

再斬斷衛時支援。

妥了。

寧鳳北走向薇拉，嬌笑伸手，「小美人，跟我走。」

鏡廳舞池。

刺刀刷的從亞麻色長髮少女的腰間抽出，與此同時步槍被薇拉憤怒上膛，繼而是腕表滴滴不停的違規警告。

警告一次、警告兩次……

寧鳳北得意輕笑。

當舞曲再次響起，眾人齊齊呆滯的目光中，鏡廳終於恢復平靜。

隔了一道鍍金大門，彎曲冗長的走廊之末。

明堯、巫瑾兩組都在飛速翻箱倒櫃。巫瑾的表情凝肅。楚楚不斷向兩隻手哈氣，簡陋的披風把自己裹得緊緊。

凡爾賽宮太冷了。

四處窗戶大開，寒風呼嘯。窗外就連風雪都如同凝固，一眼望去，每一片雪都與上一刻無差。選手在灰暗的凡爾賽宮中摸索，就像是被凍入陰森的油畫。鏡廳往外，沒有一處壁爐點燃，就連牆壁偶爾的燭光都微弱不堪，看餘蠟隨時可能熄滅。

「嘶，」楚楚倒吸一口冷氣，悄聲道：「我真想拿著槍口對自己來一下，怎麼著也比凍死淘汰要好。」

巫瑾的作戰服抗寒能力幾可忽略。有那麼一瞬，他甚至被凍到神情恍惚，如果這時候給他套個七件罩裙，自己說不定真不會反抗……

「再找找，」巫瑾安慰：「肯定有取暖設備。否則按照這個溫度，除非殺回鏡廳，所有選手都會被極寒淘汰。」

從室內溫度推算，節目組至少把室外溫調到了攝氏負十度以下。巫瑾思索，規則再荒謬，也不會變成「先跳完舞的先凍死」，先發隊伍必然有先發優勢。

兩人經過一處迴廊，楚楚瑟瑟發抖往門上一靠，「走不動了，還是靠著暖和。」

楚楚忽然一頓，難以置信地睜眼，接著驚喜開門——微熱、乾燥的空氣撲面而來。

巫瑾立時跟著進入，反手帶上門。

巨大的議會廳堂裡共有近百張座椅，每張座椅上都放置了樣式不一的便攜供暖設備。

楚楚迅速掃過視線，「左邊兩列，最長供暖八小時。再靠右兩列供暖九小時，其餘供暖四小時。我們選哪個？」

近百張座椅，對應一百名選手。

三組供暖設備截然不同，巫瑾微一沉吟：「不把蘋果放在一個籃子裡。」

他挑出中間一組的九小時供暖遞給楚楚，自己裝載了八小時自熱背心。鐵銹、碳粉和奇異膠質的味道在空氣中飄浮，巫瑾按下電流按鈕，防護服內薄薄的衣料立時開始發熱，就連凍僵的心跳都開始復甦。

楚楚嘗試想順走第三套供暖設備，卻被規則腕表制止。

「暴雪，一百套設備，供暖剛需。議會廳，三組座椅。只能取走自己那套……」楚楚呢喃：「這和路易十六有什麼關係？」

巫瑾帶著楚楚走出房間，「至少暴雪和他有關。法國大革命的誘因就是暴雪，土地歉收，糧價飛漲，平民暴亂。我們去等衛哥他們。」

門吱呀開啟，又悄然閉合。

等壁鐘指針轉了一圈，兩人同時向鏡廳走去接應。

「按照男爵身分，衛神他們該出來了。」楚楚掐著點，眼神突然一亮，儼然是衛時的小迷妹。舞曲三分鐘一首，不出意外就在現在——

舞池大門打開，紅毛一愣，給巫瑾打了個招呼，露出試圖透露線索的眼神，然而很快就被隊友拉走。

接著出來的是一對B級練習生，再然後是運氣極佳留到這一輪的林客……衛時、薇拉皆不見蹤影。

楚楚蹙眉，「他們先出來了？」

巫瑾卻突然看向窗外。不遠處的雪地留下淺淺腳印，風雪中有兩個人影正在向遠處跋涉。兩人都偏瘦削，其中一人與薇拉裝束相同，另一人絕不是大佬……

楚楚猝然開口：「寧鳳北？寧鳳北和薇拉姐一起！她們組隊了？」

巫瑾脫口而出：「不可能。凡爾賽副本組隊方式有兩種，一種是初始請柬，同一請柬上選手結隊自始至終不變。第二種是舞會。只有兩隊同時選擇對方才能合法組成四人小隊，寧鳳北單組薇拉……也就是說薄哥的舞伴無法和薇拉『合法結隊』，相當於損失小隊戰力，兩敗俱傷……」

楚楚卻動了動嘴唇：「我怎麼覺得是寧姐做得出來的事……」

巫瑾分析：「如果要晉級……」

楚楚終於打斷解釋：「寧鳳北的目的從來不是晉級。她和薇拉姐兩人，輪流霸占風信子秀榜首。對她來說，掉名次遠沒有『輸給薇拉』來得丟臉。」

——與其讓薇拉勝過自己，不如拉薇拉下水，要麼同贏，要麼同輸。

楚楚的思路瞬間打通，明顯懊惱：「我早該想到！寧鳳北肯定要下手拆掉薇拉姐的完美聯盟。我們現在怎麼辦？」

巫瑾神色頓凝。

舞會邀請楚楚，是因為他的預設模型中，每位選手都會為「名次」而戰，在「四人結隊」

與「二人結隊」的博弈中都會選擇最優方案。而寧鳳北的特殊目的卻將他的所有預想打亂。大佬、薇拉落單。大佬就算單獨一人，閉著眼睛也能卡到名次前十。

情境對於薇拉卻要複雜得多。

「我去找薇拉。」巫瑾迅速開口。結隊只能保證寧鳳北不對薇拉動手，不能保證薄傳火不會淘汰薇拉。

楚楚瞬間反應過來，巫瑾說的是「我」而不是「我們」，然還沒等楚楚開口，巫瑾安撫解釋：「妳去議會廳等著，衛哥一定會過來會合。」

而自己再和大佬組隊，此時已經被規則視為違法。把楚楚交給大佬之後，他必須走。

楚楚不滿：「你都邀我跳舞了，咱倆也是隊友！要不我們偷偷跟在衛神後面，我把衛神找到的物資偷偷勻給你……」

巫瑾一噎，失笑搖頭，「走吧，我送妳過去。別忘了，衛哥說了要帶妳躺贏。」

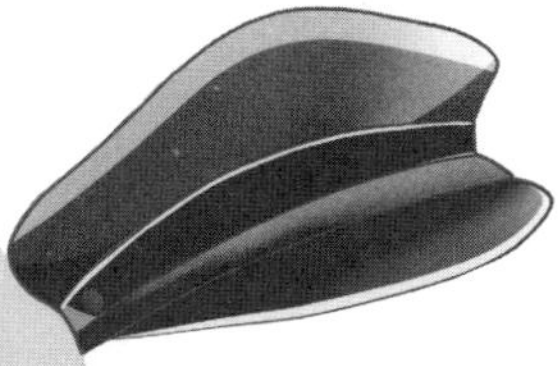

【第四章】——複製三級會議的大混戰

狹小的議會廳內，供暖設備已經被領走了近三分之一。左側腕表的存活數字跳到了九十八，一旦選手沒有在體能承受範圍內找到這裡，最有可能被凍暈淘汰。

巫瑾送走楚楚，視線飛快掃過所有座椅。

九小時供暖設備已被盡數領走，八小時那檔還剩兩件。剩下的則是無人動過的四小時禦寒裝置。四小時，連比賽流程都撐不過就要再次瀕臨砭骨寒冷，顯然是下下之選。

薇拉與寧鳳北挑走的都是九小時。從兩人離開的軌跡來看，方向是小特里亞農宮。她們是要去找翠安儂宮幽靈事件中的瑪麗皇后。

議會廳門外，大佬終於出現。

兩人眼神相錯，無數攝影機飛起。巫瑾立時警覺，就這個架式再看一眼都要天崩地裂！少年趕緊起身準備去追薇拉。

議會廳大門狹窄，巫瑾不可避免和大佬撞肩。

衛時似是從凡爾賽宮外進來，有霜雪落肩頭。錯身一瞬冷意直直鑽入巫瑾鼻腔，還帶著陽光下的堅果乾草味道。

巫瑾突然一頓，逃竄奔走。毫無所覺的攝影機追著巫瑾飛出……

楚楚瞪大眼睛，「小巫送我過來的欸！衛神不要欺負小巫，捏他的手幹什麼？小巫整個人都被捏紅了！」

衛時隨手撈了個供暖設備，楚楚這才反應過來，「你你你從外面進來的！你沒用供暖背心？肉身進出暴風雪，媽耶衛神你是正常人嗎……等等我們去哪兒？」

衛時面無表情，「去小特里亞農，帶妳躺贏。」

凡爾賽宮外。

巫瑾甫一踏入大雪，寒風如刀割迎面而來。遠處的特里亞農宮隱在一片灰暗之中，輪廓都看不清晰。

比賽三天，巫瑾的視力稍有進步，卻仍比不上正常選手。他瞇著眼，儘量避開直視雪地，防止雪盲瞎眼。紅白玫瑰的腳印已經在暴雪中被覆沒到只剩兩列淺痕，遠處還有一道四十三碼足跡，不出意外應當是去和寧鳳北會合的薄傳火。

巫瑾很有理由猜測，與寧鳳北相似，薄傳火邀了大佬做舞伴，然後被逼倉促跳了女步，最後大佬走出舞池，瀟灑撕毀聯盟做獨行俠……

巫瑾突然瞇眼。

遠處還有一道痕跡，不像是腳步，倒像是某種動物的蹄印……

又幾張碎紙飄來。

依然是焚燒的傳單。巫瑾在雪地裡艱難讀了幾句：「國王倒戈貴族，第三階級與巴黎在尋求義士相助……她是奧地利來的惡魔，將法蘭西軍情洩露給奧軍，要得到應有的懲罰。尋求義士……刺殺……刺殺瑪麗安東妮。」

瑪麗皇后？

巫瑾一愣，整個凡爾賽宮一隻幽靈也沒，怎麼刺殺？皇后在哪兒？

雪地中光芒更暗，約莫又走了五六分鐘，焦糊味再次傳來。這一次已是下一批傳單紛飛，巫瑾念道：「皇后在小特里亞農宮……戴著臭名昭著的項鍊……一旦刺殺成功，將在大理石庭院接應慶功……」

造謠傳單變本加厲，與其說是在引導輿論，不如說是在發布殺手任務。

巫瑾表情一頓，無論瑪麗皇后在哪裡，他必須儘快告知薇拉。

此時已隱隱能看到小特里亞農宮黑影，他走的這條路略偏，遠處卻已是有人抄近道趕去。整個暴風雪中都飄著殘缺的傳單，對方很可能就是接任務的練習生。

然而以他的速度，趕到小特里亞農還要至少二十分鐘。

雪地上紅白玫瑰的足跡已盡數消失不見，薇拉與寧鳳北提早抵達小特里亞農宮，自然不知曉傳單上的變化。

那道動物蹄印卻仍未被風雪掩蓋。

蹄印從右側起始，一路奔向小特里亞農宮，又返回凡爾賽。

大佬。只有大佬是沒拿供暖裝置，戴一身風雪出現在凡爾賽。也就是說大佬在十分鐘內從這裡返回凡爾賽宮，決計不可能是腳力能達到。

巫瑾猛然調轉方向，向右走去。藉著夜色降臨之前，他嗅到寒冷空氣中的動物氣味，還有耳邊逆風的嘶鳴。

馬廄！法蘭西皇家馬廄。

巫瑾立時向聲源衝去，一匹棗紅色母馬鞍蹬俱全，正在冒暖氣的棚沿下甩著尾巴。

半小時前，大佬顯是走過來，騎馬回去。巫瑾極度懷疑大佬騎走了公駿馬，留下一雙眼睛水靈靈的母馬。巫瑾再不多想，依照克洛森課程的經驗翻身而上。

節目組的馬駒被馴養得極好，除了起步幾秒外毫不顛簸。巫瑾在馬駒動身前一瞬看到草垛裡光芒一閃——一把劍，劍柄刻著花體「J」字的騎士劍，紋路頗為眼熟。

馬駒向著小特里亞農飛奔。

小特里亞農宮。

薇拉冷冷看著寧鳳北，寧鳳北冷冷看著薇拉。

嵌滿珠寶的權杖就放在兩人中央的長桌上，光芒流轉杖柄中央還嵌了個針孔鏡頭。就差沒把「我是任務物品」寫在杖柄上。

紅白玫瑰僵持不下。

薇拉：「是我先找到的。」

寧鳳北：「充公，我保管。」

旁邊，薄傳火正一臉正經分析：「議會廳，三列座椅。這代表什麼？」

薇拉、寧鳳北：毫無興趣。

這會兒薄傳火顯然還沒吃透組隊規則，薇拉是寧鳳北隊友，也是他自己的隊友。然而薄傳火毫無所覺，還格外注意和薇拉保持距離，以免觸發「非法組隊」警告：「三權分立、三民……喔不對，三階級議會！路易十六時代，教士、貴族和平民分別代表三階議會，議會長老手持權杖，代表議會法案頒布的神聖性！」

薄傳火瞳孔發亮：「權杖就是法蘭西的權柄！只要咱們三個人組隊，又有整個法蘭西古文明權柄。何愁大事不成！」

寧鳳北：「你確定？」

薄傳火點頭。

寧鳳北：「既然這樣……」紅玫瑰驟然如閃電出手，一把搶走權杖。

薇拉眼神驟閃，伸手就要箍住權杖頂端繁複華麗的裝飾，沒想竟是一個撈空，扯下一堆細絲串聯的珠寶，像是一副項鍊。

權杖手柄鏡頭忽閃，劇情觸發。

整個小特里亞農宮突然燭光亮起，像是雪地裡猝然煥發光芒的寶石。宮殿之中消失已久的幽靈侍者們出現，紛紛湧來對著寧鳳北鞠躬，「國王陛下。」

寧鳳北、薄傳火：「……」

薇拉滿意一笑，「路易十六？恭喜了啊。」

斷頭臺提前道賀！

寧鳳北臉色驟變，拿起權杖就要毆打薄傳火，反手又斟酌要不先淘汰薇拉。

侍者趕緊又向拿著項鍊的薇拉行禮。

「皇后閣下！」

薇拉：「……」

寧鳳北哈哈大笑：「斷頭臺同喜同喜！」

薄傳火一聲「臥槽」，喃喃自語：「我要不還是脫隊單幹算了……」

燭火自大廳點燃，接著是走廊、旁室，所有光芒向紅白玫瑰彙聚。薇拉不得不戴上項鍊，寧鳳北嫌棄扯著權杖。正在此時，宮門突然打開！

寒氣自冰涼的大理石地面襲來。

一道黑影手持步槍，在看清薇拉脖子上的項鍊後猛然拉下保險栓，黑洞洞槍口筆直對著薇拉——「砰」的一聲，槍聲自門外更遠處傳來，直直狙向黑影。

那黑影翻滾了三兩下才試圖躲入掩體。

薇拉一秒掏槍補刀，銀色救生艙彈出。她突然又看向窗外。

雪如銀屑，馬蹄驟停。

巫瑾玄衣於馬背之上，仰頭看向眼神晶亮的薇拉和飄灑於雪地的月光。

少年隨意用黑色作戰服擦了擦槍。

然後趕緊握住熾熱的槍口，小圓臉湊近槍口白煙，兩手摩擦摩擦，「太冷，我先暖暖。」

巫瑾摸著槍，翻身而下，直接把小母馬牽進了小特里亞農宮。

薄傳火思忖：「我記得下面有停車位，不對，有馬廄……」

薇拉、寧鳳北同時反駁：「拴外面，被別的選手搶了怎麼辦？」

事到如今，國王皇后身分把紅白玫瑰捆在一起，巫瑾薇拉、薄傳火寧鳳北又是請柬上蓋了戳的隊友，兩隊已經是拴在一條繩子上的螞蚱。

「把壁燈都熄了。」巫瑾簡要開口。

薇拉不問緣由，利索照做。熄燈後幽靈侍者又盡數消失。

薄傳火自告奮勇去摸救生艙，半天只提了那位已淘汰選手的自熱裝置過來，「還剩三點五小時供暖。」

巫瑾謹慎地和薄傳火保持距離，防止非法組隊判罰。壁燈被熄了大半，只剩幾位選手手中的微弱燭光。

「這裡是國王主間。」巫瑾低聲道。小馬駒在他身後亦步亦趨跟著，眼睛水靈靈的，溫溫柔柔朝巫瑾靠。寧鳳北擼了把馬駒腦袋，「為什麼要熄燈？」

融融燭光下，巫瑾把雪地裡飛來的傳單遞給幾人，「任務派發。刺殺瑪麗皇后。」

薇拉瞬間一驚。

瑪麗安東妮的宿命遲早要來，沒想卻來得這麼快。

「現在時間線應該在對奧地利戰爭之後，法蘭西戰敗，民眾把仇恨強加於奧地利血統的瑪麗皇后身上……」巫瑾飛速解釋：「當然，這些都不重要。」

最重要的是這個。巫瑾展示腕表，腕表一側亮著與刺殺傳單上相似的紋路，表盤朝向薇拉的一側散發微弱螢光。

巫瑾換到薇拉左側，螢光同時變換方向——自始至終指著薇拉。

寧鳳北一秒反應過來，這特麼簡直是害怕刺殺者找不到路，特地搞了個自動引路螢光燈——她拍拍巫瑾肩膀就要和薇拉擺脫干係：「那行，小巫玩得開心，我們先走！」

巫瑾指向傳單與腕表上一致的紋路，橢圓徽章內藤蔓包裹著幾行小字：Jacobin Club，雅各賓派。

寧鳳北一頓。

「雅各賓派是把國王、王后送上斷頭臺的主要推手，近代……古代史上少數『正大光明』奉行高壓恐怖統治的政權之一。現在他們能發刺殺王后的號召令，難保幾小時後不會發布任務針對國王。」

寧鳳北眯眼。

幾乎每一本歷史教科書都會提到雅各賓派，推動法國大革命背後最後影響力的政治團體之一。路易十六的隊友只會是皇后，絕不會是雅各賓派。

「這場戰鬥至少有兩個陣營。」巫瑾慢慢開口：「國王陣營、激進革命陣營。我想我們隸屬同一陣營。」昏暗燭光中，巫瑾向寧鳳北伸手，「結盟。」

寧鳳北微微側頭，薄傳火在她耳邊輕聲說了句什麼，少女點頭，握上巫瑾的手。

巫瑾鬆了一口氣，冷不丁聽到寧鳳北疑惑：「小巫手怎麼這麼冰？」

巫瑾趕緊搓手搓手，他的基因比所有練習生落後了一千年，不抗凍也在常理之中：「沒事沒事！」

薇拉自告奮勇要幫愛豆捂捂小手，巫瑾慌不迭拒絕。緊接著薄傳火試圖展現盟友魅力，要給巫瑾搓搓，不料一靠近腕表就紅光直冒，警告非法結隊。

巫瑾只能把手放在小馬駒身上，一會兒手心朝外，一會兒手背朝外。

小馬駒眼睛水汪汪，乖巧看著巫瑾。

巫瑾趕緊對這匹用來捂手的小生靈喊了聲對不起，思緒飄到剛才的馬廄。那把刻有花體J字母的騎士劍，還有被大佬牽走的另一匹馬，估摸著也水靈靈甜美可人……

等體溫恢復，巫瑾迅速站起，加入三位盟友的場地布置之中。

「小特里亞農宮陳設密集，一旦熄燈，易守難攻。」結盟時，巫瑾向幾位隊友解釋。戰鬥經驗老道的薄傳火乾脆擔當布陣指揮：「南、北兩個方向石階，選手只可能從兩條路上來。我們需要一名狙擊手，一旦對方亮燈直接開槍。」

薇拉勇擔重任。

「如果對方不亮燈……我們要確保刺殺者進入火力線後，第一時間發現他的位置。南、北埋伏兩個突擊位。」

巫瑾和薄傳火各自接下。

「最後一道防線。」

順著巫瑾手中微弱的燭光向薇拉的狙擊手位置看去，長椅、書櫃與盆栽橫倒一地，任對方是隻猴子一時半會兒也擠不進來，牆角一側靠門搭建掩體。

薄傳火把腰間的普式步槍遞給寧鳳北，替她把掩體固好。

交叉火力。

幾分鐘後，窗外又有腳步聲漸進。

巫瑾安靜貼服在牆壁上，進入靜止伏擊狀態。他守在北門，寒風瑟瑟從通道颳來，冰涼的大理石面刺得腳底、脊背發寒。取暖裝置傳來的熱量剛好夠正常練習生抵禦負十幾度嚴寒，對於巫瑾卻並不夠用。

巫瑾對著雙手哈了口氣，石階南側有微弱火光亮起——薇拉一秒開槍。

腕表閃爍了一下，存活數字還沒跳動，薄傳火已是一躍而上把人淘汰結果。

存活九十二降為九十一。

第一位刺殺者走的南門。

北門，巫瑾耳朵微動。

他聽見細小、幾不可聞的橡膠鞋底在大理石地面磨擦的聲響。黑暗中空無一物，他死死盯著面前，藉著月光他能勉強看見飛雪落在石階，甚至遠處幽幽稀疏的灌木，但愣是不見一人。

鞋底還在摩擦。似乎因為寒冷，底膠下還沒融化的雪水連帶淤泥一起把來人的腳步和地面黏膩在一起，發出像把膠水揭開的聲響。

他，或者她離巫瑾很近。

對方也許已經發現自己，從聲音傳來的方向——

巫瑾毫不猶豫側身躲入掩體，火燭點亮就向對面扔去。

北門光線驟亮！

臺階上依然空無一人，樓中樓走廊扶手上卻弓著一道黑影。她的腳黏在光滑、有弧度的扶手上，卻能近乎詭異的維持平衡。她卡在巫瑾的監視死角，像沒有骨頭的貓，或者修煉了柔術的異人。火光照亮她的臉龐。

這是一位十七、八歲的少女，面色蒼白如紙，瞳孔帶著幽幽綠光。

薇拉猝然開槍，「小巫，跑！」

巫瑾撒腿就跑。

能讓薇拉不惜暴露位置提醒，對方至少是風信子秀的危險人物之一。巫瑾飛快翻過腦中資料，擅長伏擊、刺殺的有一位，第一輪中，薇拉曾經提過——

「還有一種獲勝的方式，只要把同副本的所有選手強行淘汰，就能成為唯一獲勝者。風信子秀就有……」

嵐。

巫瑾一個滑步，在躲入牆體的一瞬開火。

嵐呼吸急促，又是一個詭異的側身躲過巫瑾火力。巫瑾緊接著把人帶入寧鳳北火力區，嵐卻意識到什麼，輕輕一頓，消失在錯綜複雜的房間之中。

「別去。」寧鳳北提醒：「小巫你過來，換我去追。」

巫的戰鬥實力和寧鳳北差了一截，而嵐顯然和紅白玫瑰是一個檔次。如果他能再強一點——就能在看到嵐的一瞬反擊，但在真正的A級練習生看來還是遠遠不夠。

巫瑾和寧鳳北換位，向薇拉靠攏。

「嵐有點難搞，」薇拉低聲安慰：「各種意義上的。」

巫瑾點頭知悉。打不過就不能硬剛，正式淘汰賽，他自然不會去硬追送人頭。掩體之後，巫瑾安靜觀察南翼動向。

薄傳火正在雪地裡翻找救生艙周圍，半天再次撿起個供暖裝置。

「四小時供暖那款。」巫瑾瞇著眼睛說道：「接任務攻進來的，都是供暖系統只有四小時的練習生。」

薇拉：「要想贏，他們必須要在四小時內結束比賽，合情合理。不過，另外兩套供暖，八小時和九小時差別倒是不大。」

巫瑾：「大雪是法蘭西起義的誘因，糧食歉收平民不得溫飽。當然，也僅限於平民。自平民往上，還有教士、貴族兩大階級，掌握整個國家用之不竭的資產。」

薇拉立刻想起薄傳火所說：「平民、教士、貴族，是三……三階級議會？」

巫瑾點頭，「一七八九法國大革命是糧食剛需動盪，放到這場比賽——逼迫選手動手的是取暖剛需。四小時供暖，平民。八小時，教士。九小時，國王與貴族。」

巫瑾還在思索：「具體每階級職能還不清楚……唯一能知道的是，第一批選手停止供暖的期限是四小時。戰鬥會在供暖壓力下儘早爆發，不過……真正螳螂捕蟬，想要把所有人一網打盡的，會是貴族，卡在四小時整，平民淘汰完畢，國王、王后戰鬥力衰竭的時候進來。」

薇拉深吸一口氣，恨不得扔了手上的項鍊，「我能把這項鍊套嵐的頭上嗎？」

「……」巫瑾一噎，趕緊安慰：「國王、王后身分應該也能有左右比賽的權力，就是不知道該怎麼使用……」

薇拉點頭，把玩手中項鍊，說道：「項鍊到手的時候，腕表提示過。國王可以在議會重新分配物資。」

「分配物資？」巫瑾忽有所覺，正此時寒風凜冽颳來。

巫瑾被凍得一抖，往後縮了縮，半天又縮了縮。熱源似乎來自身後——等薇拉再回過神，巫瑾正整個兒黏在淘汰選手的救生艙上，就像抱著一個銀球。

薇拉：「……」

巫瑾趕緊解釋：「救生艙裡有暖氣！」

薇拉愛憐地看著巫瑾抱球。

巫瑾突然想起什麼：「剛才在馬廄，我看到了那張紫卡盔甲上的花體字……等、等等！又有人來了！」

巫瑾瞳孔驟縮。來的不止一位練習生。

視野中，地平線上浩浩蕩蕩，至少有十四、十五名練習生成群結隊而來。他們互相保持著非法組隊監控距離，但無疑互為同盟。

他們是來協力拿取刺殺瑪麗皇后的賞金。

走廊上，寧鳳北迅速同幾人會合，面色並不好看，「嵐跟丟了。還有這些人……」

十幾名練習生，縱使幾人布置再好都無法全身而退。

寧鳳北突然開口：「等等，他們停下來了。他們……」寧鳳北訝然：「他們想要談判？」

巫瑾輕聲提醒：「國王、王后掌握凡爾賽宮最高權力。」

國王可以在三級議會重新分配物資。

取暖物資。

人群中，卻是有一位小姑娘高高興興走出。

巫瑾一眼認出是凱撒的隊友小染。凱撒上一局以貴族鄉紳結尾，舞會中先發名次必然不高，無法優先挑選貴族、教士身分。從小染的取暖設備來看，也是屬於平民的四小時款。

眾人對小染帶頭走出毫無異議。

巫瑾喃喃開口：「最占優勢的身分不是貴族，而是平民。」

薇拉：「什麼？」

巫瑾解釋：「利益相關，只有平民開局才能在短時間聚起最多盟友。貴族、教士沒有生存壓力，傾向於各自為營。」

小染笑咪咪開口：「國王陛下！」

寧鳳北哼了一聲。

小染呱唧呱唧說著：「……咱們就一個要求，提前舉行議會，三階級供暖物資平分……您答應了我們就一起高高興興回凡爾賽！」

「挺公平。」薄傳火琢磨：「咱們保證自己的供暖就行，管其他貴族教士幹啥？除了小巫有誰過來表示下的？這座凡爾賽宮太冷漠了！保皇黨呢？凍死球了？」

寧鳳北又哼了一聲，不置可否。小染顯然看到希望，開開心心露出小虎牙：「那咱們也不刺殺皇后啦！就是……」

巫瑾看著小特里亞農宮欄杆下的小染。

風信子秀——或者說逃殺女選手大多有一種條理分明的溝通氣質。像是路易十五議會中的寧鳳北，還有此時的小染。約莫是性別優勢，她們極其擅長提出「恰到好處」的條件，讓對方無法拒絕。

寧鳳北勉強點頭，「去凡爾賽。」這位英姿颯爽的國王背起槍，威懾力十足。

巫瑾卻突然輕聲開口：「十五個人。」

薇拉茫然：「什麼……」

巫瑾神色陡肅，語速飛快：「下面只有十五個人。無論是二人組或四人組，選手結盟一定是雙數。還有一個人在哪裡？」

小染又呱唧呱唧說道：「就是……三階級議會各持一票。平民投通過，貴族教士肯定投反對。二比一咱也沒轍！所以咱們還有個要求！」

巫瑾猛然一頓，腦海中簌簌翻過課程史料。

一七八九，法國大革命。平權法案第一次提出，與小染所說一致，貴族、教士同時投出反對票。平民無法撼動貴族統治，將槍口齊齊對準教會階級——彼時天主教會是法國領土的最大持有者，十三萬教士擁有可以比擬貴族的財富。

短短一年間，巴黎民間政治團體開始大量打擊教會威信，宗教體系近乎廢除。權力從教會轉移到國家、平民。教士喪失投票權，第三階級躋身議會次席，而曾經作為皇室同盟的教士大量逃亡或被處死。

沒有永恆的盟友，只有利益既得者的角逐。

如果映射到淘汰賽——所有取暖設備被貴族、平民所分，教士將一無所有。

此時紅白玫瑰、薄傳火均為貴族身分。

巫瑾在這輪之初把九小時供暖設備給了楚楚，自己戴著的是橙色的八小時供暖裝置。

就差沒在腦門寫著「巫小教士」……

小染咧嘴一笑，「我們想和陛下結盟。希望陛下同意，凡爾賽宮第一批被清出去的選手。不該是我們，也不該是陛下，而是與我們都無干的教士階層。」

薇拉、寧鳳北下意識看向巫瑾。

巫瑾還未開口：「我……」身後猛然一道勁風。

淡淡的茉莉香味從鼻子尖飄來，巫瑾抓住刺刀的手硬是一頓，接著突然換為肘擊。

「小巫！」

巫瑾反手出刀，身後人如鬼魅，冰冷的槍口正抵在他後脖頸。

正是欄杆下消失第十六人——嵐。

少女清脆冷淡的聲音傳來：「別動。」

薇拉瞬間槍口對準嵐。

「小巫猶豫了。」薄傳火皺眉，低聲道。

半公里雪地之外。

在雪地跋涉的楚楚同時脫口而出「小巫猶豫了」，然後拍著裙子歎惋：「這時候講什麼紳士風度！衝鴨！上去就是揍鴨！」然後又自顧自說道：「哎呀，不過小巫一看就是從小到大乖乖噠，教養很好鴨，沒怎麼和女孩子接觸才會猶豫……」

一回頭，衛時面無表情。

衛神的眼光在嵐挾持巫瑾的手上逡巡。

男人突然夾緊馬背。

楚楚風中凌亂：「衛神，慢慢慢點……我這要掉下去了啊啊……這馬好瘋啊！眼睛還長這麼奇怪……媽呀真要掉了啊啊啊……」

小特里亞農宮露臺。

巫瑾呼吸終於平緩，「我同意。如果你們能保證皇后安全，我可以退出議會投票。」

嵐卻輕輕一笑，「你也可以選擇退出比賽。」

巫瑾無論在哪個陣營都是比賽中的不定數。

巫瑾表情無奈，雙手輕輕舉起刺刀並步槍，眼神平靜掃過薇拉，示意無害，同時開口道：

「妳誤會了……」

少年突然翻身對嵐亮刀。

嵐措不及防就要扣動扳機，薇拉卻搶先一步作勢扣下——

嵐動作驟停，不得不放開對巫瑾的脅迫。

巫瑾心跳急劇。

太想贏的人，一定捨不得一命換一命，他賭對了。

小特里亞農宮下一片譁然，巫瑾飛速藏入樓道，接著刺刀雪亮斬斷繩索。

寧鳳北斷然開口：「我以為你們是來談交易的，原來是來強搶的……」

在盟友掩護下，馬駒一聲嘶鳴載著巫瑾從後院衝出。

巫瑾猝然矮身，兩三顆流彈順著身側擦過。他一把捉住轡繩，沒想這匹水靈靈的馬駒竟是跑得賊快，撒著歡就向雪林一處衝去。

那裡有另一匹駿馬。還有馬背上的人。

楚楚上氣不接下氣：「衛神別折磨我了……我能跟小巫坐那匹嗎？嗎嗎嗎嗎？這馬要把我顛吐了……」

衛時敷衍嗯了一聲。

楚楚眼睛驟亮，「您同意了？啊？咱要不找個地方把馬換了，不對，把我換給小巫……」

衛時突然拉住馬轡，「下去。」

「……喔。」楚楚乖巧提著裙子下馬。

身邊一道棗紅影飛過，巫瑾眼睛睜得溜圓看向衛時。

楚楚趕緊揮手揮手，小巫這小圓臉和小馬駒圓溜溜水汪汪的眼睛倒是交相輝映，可愛得緊——衛時突然伸手。

巫瑾下意識伸手，兩匹馬錯身的一瞬聽大佬開口：「跳。」

掌心沉穩有力。

巫瑾一個懸空，被衛時拉上駿馬馬背，熾熱有力的手臂把人穩穩按住。

然後衛時漫不經心示意楚楚去追那匹蹦躂蹦躂的小馬駒：「自己上馬。」

楚楚：「……」

巫瑾一呆，趕緊撲騰掙扎著要跳下去。按照結盟規則，隊友的隊友就是自己的隊友，大佬與自己結盟不會觸發非法組隊。但是……

衛時：「做什麼？」

巫瑾趕緊解釋：「衛哥！我得殺回去……」

衛時：「嗯，我們殺回去。」

寒風凜冽如刀。

雪片像翻飛的銀刃，在氣流中劃出斑駁的碎光。駿馬踏寒流而來，漆黑的馬蹄在漫天大雪中劈開一道淺窄的路徑。

馬背上少年衣衫獵獵翻飛，迎著冰雪的眼眸微微瞇起，瞳孔如被寒意浸染。覆住韁繩壯碩、沉穩而有力。

「這裡。」男人啞聲道。

馬轡驟緊，駿馬立足長嘶，巫瑾緊緊抱住馬脖子，身後大佬一躍而下，將積雪從深灰色男爵斗篷上撣落。

巫瑾這才驚悚發現，大佬好像自始至終都被節目組打扮得很俊俏，在多數綜藝中，這是得給節目組塞錢才有的待遇……

富可敵國．衛時：「嗯？」

巫瑾趕緊搖搖腦袋，殷勤去幫大佬的坐騎撣雪，駿馬活潑得很，親昵地向巫瑾蹭來，後面小馬駒噠噠趕上。

巫瑾這才猛然想起：「楚楚！」

楚楚氣憤下馬，「你們怎麼忍心丟下我一個人！」

衛時冷靜陳述：「妳自己要騎。」

楚楚強調：「我是要讓小巫帶著我同騎，不是把小巫挪出來讓我一個人騎……算了和你這種直男講不清！」

小馬駒甫一見到巫瑾就湊了上來，尾巴悠閒甩著去拱他。先前那頭駿馬又轉過來蹭小母馬，看那架式就是匹種馬……

巫瑾抬頭，在漫漫風雪中看向遠方。

這裡有兩間房舍，像是路易十六在凡爾賽宮與別院往返間的「小型驛站」。北面有座幾公尺高的小山坡，地勢一路向上。越過灌木林就能看到小特里亞農宮的情景。

此時遠處的小特里亞農宮再次回復安靜，風雪中的肉眼視線距離不到兩公里，巫瑾只能隱約看見有人從小特里亞農走出。

與其說是「協定結盟」，不如說薇拉三人更像是被「平民階層」的選手劫持。

巫瑾正要開口，忽然被蹦蹦跳跳的小馬駒不經意往後一撞——

巫瑾使勁兒搖晃，「啊！」

砰——跌到雪地裡時，小馬駒立時驚動，又恢復了乖巧濕漉漉的眼神。

衛時隨手把熱騰騰的巫瑾從雪地裡拎出，像是在挖起地裡的筍尖兒。

巫瑾趁著重新撣雪的工夫，簡要敘述了小特里亞農宮的事情經過。

「薇拉姐是瑪麗皇后？」楚楚一呆：「我們要不要等人往凡爾賽宮走了，半路去截？」

巫瑾搖頭，「我們等議會開始。現在人手太少，保皇黨都窩在凡爾賽宮不願出來。只有議會能讓他們出頭。」

保皇黨不願露頭。似乎歷史車轍也和此時情景扣合，只有當法蘭西貴族的利益受到切實侵犯，他們才真正開始活躍。他們所維護的不是皇室、不是君主制度。這場法國變革的棋盤上，任何人只會維護自己。

衛時表情冷淡，熟練給巫瑾拉好作戰服拉鍊，像是把冬筍拆開之後再一圈一圈包好。

巫瑾琢磨，一旦等議會開始，他們就從這裡殺回去。

巫瑾冷不丁被人遞了一杯溫水。

——等等，大佬哪裡來的溫水？

巫瑾咕嚕咕嚕喝下，呼出暖暖的白氣，小圓臉再次回復紅潤。

衛時滿意，繼續面無表情給冬筍澆水澆水。

正在此時，遠處小特里亞農宮，浩蕩的選手隊伍終於開始挪動。

「我們也準備！」楚楚立刻嚷嚷。

衛時翻身上馬，颳起一道勁風。此時不少攝影機都在四處飛旋，巫瑾膽小如兔，愣是沒往大佬再看一眼，筆直長腿一跨，騎上原本的小馬駒。

楚楚趕緊樂顛顛地坐到巫瑾背後。

衛時淡淡掃了眼兩人。

巫瑾一個激靈，磕磕絆絆：「楚、楚楚妳要不坐前面……」

楚楚大手一揮，得意洋洋：「不用，你擋風！」

巫瑾、衛時同時夾住馬背。

馬蹄驟響。

楚楚坐得穩固，前面小巫擋著風，像是熱騰騰的一塊小燒餅。楚楚頓覺心喜，腦海中美滋滋便是自己和小巫蹭個同框，比賽結束刷一波通稿「金童玉女兄妹情深」……

忽然一陣寒風飛過。

兩匹馬驟然挨近，鼻息湊著鼻息，衛時轠繩放鬆，那匹駿馬速度放慢，連著小母馬也跟著慢跑。兩位相隔甚遠的騎士驀然拉近。

衛時微微側頭。

雪地裡光線躍動如撒金。

雪泥被踏出碎屑飛濺，晨光籠罩下的整個凡爾賽熠熠璀璨，兩人抵肩並騎。

「……」楚楚徹底淪為背景板。

攝影機飛速追來。巫瑾這才反應過來，趕緊一個加速，小馬駒乖巧衝出。那駿馬緊跟其後，一行人最終在灌木林邊微微一閃，消失在了去往凡爾賽宮的通路。

凡爾賽宮議會廳。

鐘聲於九點響起，彩繪玻璃下坐著悄無聲息的選手——第三輪到現在存活的所有選手。六十七人。平民四十一人，教士十四人，貴族十二人。

腕表顯示存活數字六十九。

「魏衍不在……」楚楚數來數去，小聲道。當然衛神也不在。

嚴寒使得選手存活極大依賴於供暖裝備，議會廳門外乃至幾公里外的雪地，被淘汰的救生艙隨處可見。取暖設備皆被行兇者搶奪。

分針合向整點。

皇室身分的紅白玫瑰推門而入，身後是一長列侍者，手中提著十八世紀巴黎隨處可見的麻編織袋，是第二批供暖設備。

所有選手瞬間矚目。

寧鳳北鳳目微挑，冷冰冰讀著議會條例：「……會議將決定第二批供暖設施分配……各階級持有一票，統共三票……」

臺上，薇拉視線掃過巫瑾、楚楚時終於表情微緩。

而當小染以清脆聲線提出「九小時供暖給貴族，八小時給平民，四小時留給教士」時，場內突然譁然。

同為貴族的佐伊眉頭微皺，明堯一秒炸毛。即便明堯是貴族身分，隊長左泊棠卻選了教士。投票亂哄哄開始，平民階級幾乎是以秒速交出投票，其餘兩階級卻措手不及。

「組織性。」巫瑾低聲道：「他們……平民階層之中應該有一名指揮者。」

指揮者先是在最短時間內籠絡了絕大多數平民牌，然後策劃了小特里亞農宮的「脅迫國王同盟」，接著還在議會布局。

「如果不是指揮者，平民會在開局四小時大量自相殘殺。指揮者能相互溝通籠絡，還能協調好利益分配，」巫瑾腦海中突然閃過零碎的書本記憶。

──聚集有共同政治立場、政治目標的聯盟，協調利益分配。

「黨派。」

指揮者就是黨魁。

此時竟是完全復現了路易十六執政末期的議會景象。貴族缺乏對時政、輿論控制，權柄掌握在各民間政黨手中。而平民陣營指揮者，正是用詭譎的凝聚力在塑造暴力反對君主制、提倡平權的「雅各賓派」。

「指揮者……是嵐？」楚楚推測。

巫瑾並不確信：「嵐走隱匿刺殺路子。歷史上只有荊軻刺秦王，沒有太子丹刺秦王。」

「小染？」

巫瑾：「小染在明……如果我是指揮者，我會在暗。」

楚楚趕緊問：「這個，資源重新分配，損害教士利益……議會能通過嗎？」

巫瑾想了想，最終給出一個「能」。

「這一輪包括上一輪，絕大多數選手都是四人組隊。四人能同時拿到高級供暖設備的機率太小。也就是，比起二貴族加二教士，二貴族加二平民才更常見。貴族選手為盟友考慮，也會把票投給平民階級。再者，平民階級相對實力比教士更差。八小時供暖設備，如果必須給敵人，他們更願意給弱小的敵人。」

他能想到，對方指揮者必然也能想到。

此時十二名貴族中，竟是有六人已經投了贊成票，明堯還在嚷嚷著拉票，試圖給自家教士隊長爭取供暖資源，然而票數竟是呈一邊倒的態勢。

明堯：「這不公平！」

八位貴族投給贊同。

明堯：「……」

九位。

明堯一秒慫，趕緊把自己身上的供暖設備搓滅，凍得瑟瑟發抖，「我得省著點用，才能給隊長留一套……」

議會投票臨近結束。貴族、平民兩階級同時投給「贊同」。此時被搶走資源的教士階級無論如何努力都無法挽救命運。侍者唱票到教士巫瑾。

「棄權。」

全場瞬間譁然，竟是連巫瑾都放棄抵抗。

左泊棠擰眉，明堯恨鐵不成鋼。嵐饒有興趣看著巫瑾。

巫瑾攤手，「不做無謂掙扎。」

少年在無數視線中巍然不動，楚楚倒是緊張極了：「等投票結束，嵐他們拿到供暖設備，肯定要卸磨殺驢！對你和薇拉姐下手。保皇黨呢？保皇黨在哪裡？」

巫瑾低聲道：「不急，我們等保皇黨站出來。」作戰服旁的指尖無聲扣向腰間刺刀。

臺上，似乎因為平民階層的脅迫，國王寧鳳北提筆就要在議案通過上簽字……

槍聲伴隨呼嘯驟響！

子彈飛旋飆向高臺上的寧鳳北，卻在激出的一瞬倉促偏移。薇拉一肘子把還在和薄傳火嗶嗶的寧鳳北摜到掩體後，冷然舉起槍保護國王。

黑洞洞的槍口鎖住襲擊者。

那襲擊者一頓，左泊棠卻在零點一秒急速反應時間內把襲擊者護住。火力線緊對薇拉，目光卻不斷瞄向巫瑾。

一把刺刀插在左泊棠腳下。

明堯的槍口還在發燙。

任是誰都沒有想到，向國王寧鳳北開槍的是井儀明堯。

但巫瑾卻比他動作更快，刺刀橫貫小半個議會室破空而來，硬生生把明堯的射擊預判擾亂，讓紅白玫瑰有了反應時間。

一秒沉默，兩秒、三秒……

一片驚愕目光中，楚楚嗖的吸氣，「小、小明襲擊國王，要造反？」

議會室硝煙密布，只能聽到有人目瞪口呆：「這、這是井儀雙C 對上圍巾？巔峰CP之戰？明哥為啥要開槍？」

「什麼圍巾？衛選手連個影子都不見！利益相關啊，紅玫瑰一簽字，左隊供暖就得被砍。狙擊手長時間伏擊很依賴恒定體溫，供暖設備對井儀比對任何隊伍都要重要！明堯絕不能讓這議案通過，懂？」

明堯此時調轉槍口直指巫瑾，嘴裡不斷嚷嚷：「我不想這樣啊！小巫你怎麼能和平民勾結！你好歹也是個教士……」

巫瑾微微整理呼吸。

整座議會廳人聲喧雜。議會廳與路易十四、十五時期相似，見證過太陽王的輝煌，也曾被龐巴度夫人翻雲覆雨。節目組似乎自始至終都把劇情走向控制在「真實歷史」的範疇之內，包括法蘭西的興盛、包括衰落、包括動盪。

包括此時。

時間線被節目組推移到了一七八九。

革命分化了天主教權力，利益大量向其餘兩階級轉移，三級議會激化了民眾對天主教的憤恨。而曾經作為皇室同盟，此時卻利益受到動搖的教會、教士——就像明堯、左泊棠，則開始嚴厲反對代表「自由、革命」的選舉投票系統，以及反對在法案上簽字的皇室。只有永恆的利益，沒有永恆的盟友。

巫瑾放下槍，徑直向明堯走去。明堯戒備看向巫瑾，沒想巫瑾卻和他擦肩而過，在耳畔輕飄飄丟了幾個字，越過井儀雙C去和紅白玫瑰匯合。

臺下，嵐饒有興趣看著發生的一切。

左泊棠低聲問：「他說什麼？」這位井儀隊長的視線不自覺掃向明堯，眼神有一瞬複雜，又因為明堯第一個跳出來維護自己而百感交集。

明堯困惑：「他說……保、保護國王……」

巫瑾終於走到紅白玫瑰面前。

寧鳳北與他低聲交談兩句，點頭，再次站到高臺前，「那麼，因為明堯公爵的強烈反對，很遺憾，我們將最終否決這次提案……供暖設備將依然按照開局比例分配，貴族九小時、教士八小時、平民四小時。不做修改。」

議案駁回。

臺下一片譁然，平民臉色驟變，明堯喜色頓生，嵐和小染同時冷哼。兩人竟是沒想到寧鳳北敢公然違抗雅各賓派，看來小特里亞農宮的威懾還是不夠。

小染一揮手，幾架長槍同時向國王、王后架起。她顯然並不擔心實力差距，雅各賓派有近二十名選手，巫瑾那裡滿打滿算也只有三人。

楚楚緊張問起巫瑾：「這就要要打了？等等，保皇派還沒……」

巫瑾：「保皇派已經站出來了。」

楚楚東張西望，「哪兒？誰！」

巫瑾重新將刺刀插入腰間，指尖摩挲槍身，「井儀。」還有全部教士。

固有的資源配置象徵「秩序」。無論秩序好壞，終有一方將被秩序「壓迫」，只能取得四小時供暖，其餘兩方從秩序中「獲益」。

平民資源最少時，小染、嵐所代表的雅各賓派厭惡秩序，企圖推行改革。教士資源最少時，換成井儀雙C要不惜一切代價發動暴力變革。

比賽中，秩序化身為一人——唯一能簽字通過議會法案的國王。

「重新分配取暖資源」的提案激化教士與雅各賓派之間的利益矛盾，而與歷史相似的是——只有利益衝突時才會出現保皇派。

保皇派要護住的不是皇室，而是受到皇室支持的「固有秩序」。

議會之前沒有保皇派。矛盾激化之後，保皇派就被生生「製造」出來。

一旦寧鳳北再次倒向教士階層，井儀必然會出手保護寧鳳北。

臺下身影一閃，嵐倏忽向寧鳳北衝來！

紅玫瑰一聲冷笑，徑直亮出刺刀。巫瑾單手撐桌，一個騰身開槍截下與嵐同盟的秦金寶，小染無人阻撓，正在十幾公尺外堂而皇之架槍。

嗖嗖兩聲。兩道子彈飆出近乎一致的彈道，凶猛向小染周身襲來，接著是第三槍、第四槍。

四矢貫侯，為之井儀。

小染猛地側身，如果不是站在文麟身旁的凱撒突然把她推開，小染怕是立刻化身救生艙。

「躲著，別剛正面。」凱撒斷然開口。這位同樣處於平民階級的白月光突擊位皺眉盯著左泊棠，像一隻遠遠與強敵對峙的獸：「井儀有點麻煩。」

小染看了眼三百斤肉身替自己擋著的凱撒，竟是難得露出了有點欽佩崇拜的眼神⋯⋯

凱撒：「哎我這一進議會廳，腦子就不帶轉了。還是打槍能轉！」

小染：「……」

亂戰一觸即發。

楚楚因為井儀支援大喜過望，臺下幾乎所有平民都憤然拿起武器要向國王衝去。利益相關，教士選手毫不猶豫站在國王一方，貴族即使能以立場避戰，但又不得不因同盟結組的緣故加入雙方陣營。

腕表驟跳。存活數字再減。

火線壓力激增，井儀邊打邊退，很快和巫瑾、薄傳火、紅白玫瑰匯合。

左泊棠頂著槍林彈雨硬生生殺出一條血路。明堯急吼吼問巫瑾：「你家衛時呢？你們圍巾怎麼缺一個？」

巫瑾眨眼眨眼，「什麼？我聽不見！」

明堯：「臥槽不會被你坑了吧，少一個打不過……」

對面，凱撒、佐伊同時攻進。

巫瑾這才注意到，文麟也處於平民陣營。佐伊與文麟結盟，加上個別原因怒氣槽爆滿，把槍口對準國王時那叫一個爽快。

明堯被佐伊狙得嗷嗷亂叫：「隊長，點子扎手！」

左泊棠：「你退後。」

兩人站位驟變。巫瑾於百忙之中掃了眼，記憶中忽然劃過一句。

——君子五射，白矢、參連、剡注、襄尺、井儀。襄尺作讓尺，臣與君射，不與君並立，襄君一尺而退……

明堯比左泊棠後退半步，左泊棠站君位，明堯為輔，兩人心有靈犀一般同時押槍——佐伊頓時被迫與凱撒從戰場分割。

「注意小染，秦金寶！」明堯急促提醒。

井儀擊退佐伊，壓力卻並未緩解，背後紅白玫瑰鏖戰正酣，正此時嵐與秦金寶卻同時衝來，歐皇凱撒更是詭異躲過槍林彈雨直接一拳頭朝著薄傳火面門。

薄傳火：「哪個傻逼打我！」

凱撒：「臥槽真巧，你咋每輪淘汰賽都被爺爺揍……」

嵐直直向巫瑾逼近，一面幽幽道：「小巫，你使壞！」

「……」巫瑾努力分出心思掐算時間，應該快了：「我、我什麼……」

嵐一雙眼睛偏綠，像是天真的貓瞳，「你讓北北在提案上簽字，我們就能結盟了，可惜……」可惜沒說完，一刀直直掃向巫瑾腰側。

巫瑾趕緊撲騰閃避，「結、結盟？」

嵐：「是呀，現在反悔還來得及。」

巫瑾一肘子擊開秦金寶戳來的槍口，「怕是提案通過，你們第一個就要對國王下手。」

嵐故作驚訝：「咦？怎麼會。」橫刀如練，不疾不徐。

巫瑾急促喘息，肌肉因鏖戰而緊繃，眼中光芒凜冽，回道：「第一道議案是排斥教士，第二道就會針對貴族。如果我猜得沒錯，出於保存實力考慮，你們不會直接搶奪九小時供暖，而是採取更溫和的方式。比如修改議會制度為一人一票，而不是一階級一票。再比如，廢除國王簽字權……」

嵐歪著腦袋，「我們怎麼有資格影響國王？」

巫瑾刺刀驟轉，猛然退向門口，冷靜分析：「平民沒有，有一樣卻可以。讓我猜猜看，顛覆議會的下一步就是逼迫國王修憲，你們的指揮者是不是說過，利用憲法提案為緣由限制國王的簽字權……」

嵐眼神一變，唇角卻微勾，有些讚歎：「小巫，你怎麼不相信我們呢！」

巫瑾在嵐的詭異攻擊下艱難後退，脊背終於撞上通往議會出口的大門。

隔著門扇，似乎有腳步聲傳來。

存活五十二人。

整個議會室嗆著硝煙的光鑽入眼眸。

巫瑾深吸一口氣。

排斥教會、修憲、架空國王、奪權，顛覆君主制度，綁架皇室，送路易十六上斷頭臺……他甚至不用猜測那位指揮者「黨魁」的心思。

一切不過是歷史的重演。

十八世紀法國大革命，平民起初索求的只是一塊麵包，最終卻是掌控整個法蘭西的野心。

縱貫歷史長流，變革是翻覆，是人權於廢墟中崛起。

但單看路易十六治下的法國——越是開明的君主制度，越無法掌控治下的國民。路易十六一生至死都在為平權努力，哪怕他優柔寡斷。甚至直到這位君主被送上斷頭臺，他都拒絕動用軍隊。

路易十六永遠不會把槍口對準他的子民。

即使路易十六的存在本身就是矛盾的根源。君主首腦制度，和民眾要求的共和截然背離。

路易是必定要被摧毀的符號。

秦金寶示意嵐快速解決：「小巫，對不起了哈！」

這位卓瑪娛樂隊長舉槍。

嵐嘆息：「小巫還是不願結盟呢，我們本來還想擁護路易陛下……」

巫瑾悄無聲息抵住一側門扇。

「第三階級不可能和路易十六結盟，對於你們來說……」巫瑾深吸一口氣。

「路易必須死，因為共和必須生。」

嵐瞳孔驟縮。

正要開槍處決巫瑾的秦金寶突然暴喝：「小心！」

議會廳的門扇從外拉開。一人悍然補上巫瑾在夾攻下左支右絀的戰術缺口。

被打得滿地亂竄的楚楚眼睛一亮，「衛衛衛衛神！」

衛時廢話不說，一槍抵著秦金寶開火。

救生艙瞬間彈出。

空氣一窒。不少選手都在此刻思維有一瞬空白。

秦金寶被一擊斃命。

衛選手有這麼強？就算是偷襲……也許突然推門也能算、算得上偷襲……

無論如何，第四輪淘汰賽決戰，終於被一槍鳴響。

存活四十七人。

衛時身形矯健如凶獸，一槍震懾之後毫不拖泥帶水，反手抽出秦金寶掉落的步槍扔給巫瑾。

巫瑾伸手，利索攬過，指尖一摸知曉大概。

德萊賽M1841，軍用後膛裝填步槍。普魯士製——比起深陷泥潭的法蘭西，普魯士在

十八、十九世紀間秉承腓特烈二世大帝的意志，將軍工發展到極致。

德萊賽步槍是人類歷史上第一枝後裝彈步槍，俗稱「灌腸槍」。在這種超前設計下，槍枝填彈機動性強，且士兵臥倒亦可以從槍枝尾部裝彈，射速是前裝槍的五倍不止。

它也有一個致命的缺陷。

巫瑾甫一開槍，恍然明白大佬奪槍用意。

德萊賽步槍密封性遠比後世槍枝要差，灼熱的氣體從槍枝尾部噴出——凍了將近半小時的巫瑾臉頰生起暖融融的紅暈，忍不住打了一個暖和舒適的小嗝！

凍僵的手迅速回溫。

這是大佬給他搶的小暖爐！

對面，被子彈擦過的嵐不得不高聲呼叫支援。

巫瑾一個斜步，左臂微曲，換標準韋氏射擊站姿，脊背傾斜時驀然一熱。

大佬就在身後，兩人脊背緊貼，互相為對方防守視野盲區。

子彈自巫瑾斜右方飛速飆來——

「一點鐘方向。」巫瑾一槍回擊，對面急速撤入掩體，正好被旁邊苟著的楚楚撿漏，拿槍狂掃。

衛時側身以毫釐之差躲過，男人聲線像是摻了粗砂的烈酒，讓巫瑾血液躥上耳廓，「十一點鐘方向，殺出去。」

巫瑾興奮：「妥！」

人群如同被刺刀穿入。

存活四十四。

流彈在巫瑾大腿根部劃過細長的血痕，血珠在凝滯空氣中迸濺。明明熱度自步槍尾部、創傷口不斷燒灼，但所有血液熱量的源泉都來自於兩人靠近的脊背。

槍流彈與血液將神經末梢挑撥到極致。

他能聽到大佬低沉的呼吸，催生心中蓬勃戰意。巫瑾槍速在變慢，準心卻不斷上提——

存活四十二、存活四十一。

平民陣營。

文麟驚訝一頓，低聲和佐伊交流：「小巫狀態很好。」

白月光娛樂內，巫瑾基礎最差，提升空間也最大。逃殺選手的進步在初期能靠努力彌補，中期卻需要契機突破瓶頸。

巫瑾自打動態射擊達B之後，似乎從來沒有在比賽中實戰發揮這麼順暢。

佐伊冷聲：「你看看他和誰靠在一起。」

文麟：「……」

四小時還差五分鐘。

交火聲稍緩，小染不出意料打出停戰手勢。

巫瑾趕緊和大佬換位，趁機問詢：「怎麼樣？」

衛時：「供暖設備是從北翼樓出來……」後半句淹沒在楚楚撒歡式的突突突槍聲之中。

巫瑾一喜。

第三輪開始，供暖設備出現過兩次，凡爾賽宮沒有空投，則存在某個資源豐饒角。自己與楚楚兩組之間，只有大佬有過偵查位經驗能順著追查。只要找到資源角……

小染緩慢放下武器，向寧鳳北示好。

開局四小時，貴族、教士階級還能耗下去，平民供暖設施卻僅有四個小時。此時存活數字降到三十六，已經有選手避戰逃出議會廳。繼續打下去只會以國王陣營全殲雅各賓派收尾。

小染果然咬牙妥協：「我們同意，如果供暖分配照舊，第三階級也附議投票……」

巫瑾終於停槍。

「果然運動完了比剛才暖和點……還是說溫度上升了……」楚楚咕噥咕噥說著，嗖的冒頭：「這就不打了？」

巫瑾點頭，「打下去兩敗俱傷，鷸蚌相爭漁翁得利。沒有利害相關的貴族選手都在避戰保留實力，包括魏衍也不在。」

巫瑾收了槍，視線在人群中輕掃，「停手罷戰對雙方都是最優選擇。」

楚楚恍然，又好奇：「小巫找誰？」

巫瑾輕聲道：「指揮者。」

對面指揮者異常警覺，直到現在都沒有冒頭。只能說明整個局勢、包括提案否決後的Plan B都在他的計算之中。

他甚至對巫瑾的布局也非常瞭解。

巫瑾視線略過凱撒、嵐。

兩人是平民陣營的最強戰力，指揮者站位極有可能被同時覆蓋在兩人的保護範圍內。凱撒身後，除了正在給佐伊哥裝彈的文麟哥之外，還站著林客，和兩位負責狙擊的風信子女選手。

巫瑾突然想起大佬說了一半的話：「供暖設備是從北翼樓出來。還有……還有什麼？」

衛時：「魏衍也找到那裡了。」

巫瑾一愣：「魏衍……他還沒回來。」

從北翼樓到議會廳至多一刻鐘腳程，以魏衍的性格不大可能有架不打到處遊蕩，現在還沒出現多半是因為某種緣由，或者受到某種指令。

巫瑾腦海驟然一閃。

失蹤的魏衍。

雅各賓派的神祕黨魁指揮者。

楚楚還在一旁嚷嚷：「是暖和了點啊，還變得有點乾啊。濕度下降了，我嬌嫩的肌膚可是很敏感的……」

「魏衍有沒有可能結盟？」巫瑾一頓。

魏衍不可能，但魏衍第一輪的女隊友，似乎自始至終都被平民陣營照顧得極好，連一顆流彈都沒有向這位「女貴族」飛去。

一切支離破碎的片段陡然串聯在一起。

臺上，嵐和小染略一商議，由嵐上臺代替平民陣營在法案上簽字。

臺下，凱撒表情懶散，左手似乎在拍小肚子，一側卻刀光微閃……

巫瑾猛然開口：「小心！」

凱撒驟然暴起，和嵐同時出手，在佐伊、文麟的雙火線掩護下徑直制住措不及防的寧鳳北，接著嵐身如鬼魅，刀鋒扼住薇拉咽喉。

「……」楚楚突然跳起，「他們……他們怎麼敢對國王出手？議會沒有國王簽署，他們是不要供暖設備了？等等，四小時到了，怎麼沒有人被凍住淘汰，這屋裡還有點熱……」

巫瑾一槍打出，彈道卻與預想偏離了十萬八千里。

氣溫變了，灼熱的空氣影響彈道。

巫瑾猛然看向窗外。

凡爾賽大雪簌簌一片。

氣溫沒變，變的是室溫。

皚皚積雪映出蓬勃的豔光，光源不是接近正午的旭日，而是倒映於雪中的凡爾賽宮——是火。整座走廊在著火。

議會廳大門突然被推開，魏衍就站在門外。

熱浪從走廊傳來，靠得最近幾人差點沒站穩，走廊盡頭早已被火焰吞噬。

巫瑾突然想起同樣是以大火結尾的第二輪淘汰賽。

凡爾賽副本中，節目組沒有任何理由縱火。縱火的是選手。是消失整整半小時的魏衍。

克洛森野外求生課程第一節，起火的兩個基本要素，助燃物和著火源。火源可以來自於魏衍手中的槍枝。凡爾賽零下二十度的條件卻足以使任何助燃物，乾草、紙張、木條全部失靈。除非助燃物本身就是高質燃料——取暖設備燃料。

巫瑾急促開口：「他把取暖設備都燒了。」

摧毀資源遠比搶奪資源要簡單。

巫瑾眉心一跳，「宮殿起火，議會廳溫度上升。取暖設備用盡的平民選手就不會被淘汰。」

取暖設備消失，意味所有選手都將在火勢熄滅後陷入極端寒冷境地。這一把火竟是生生將貴族、教士、平民三個階級扯到了統一的起跑線。

一著好棋。

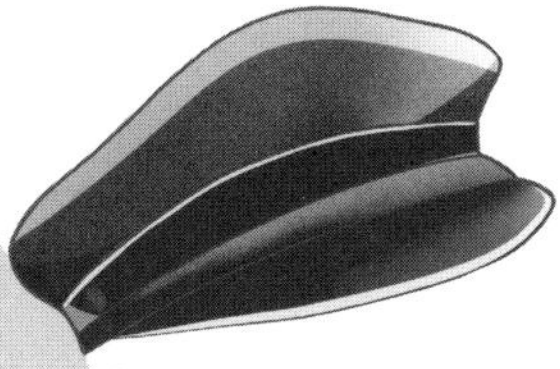

【第五章】

英勇，虔誠，絶不後悔

火勢向議會室蔓延，魏衍面無表情走向小染，他的隊友，那位小妹子很快從人群走了出來，慌不迭同魏衍會合。

「臥槽，」楚楚看了半天，終於明白：「小染他們是挾持了魏衍的隊友？所以魏衍才幫他們縱火——有點厲害啊！」

臺上，小染笑咪咪看向巫瑾，做了個咔嚓的手勢，「小巫，我們等你來找薇拉姐。還有薄哥也是！」

與火勢背離的房門打開，凡爾賽宮最後的國王與王后被第三階級挾持而去。

寧鳳北鳳目冷然，即便被威脅下巴也揚得老高。羈押薇拉的是一位男練習生，他步子比薇拉更慢，出門被踩了一腳，一個踉蹌。

薇拉面無表情：「真對不起，我不是有意的。」

巫瑾突然反應過來：「薇拉！」

嵐關上門，薇拉剛要回頭，就消失在視野之中。

巫瑾深吸一口氣，他指揮失誤了，原本不該這樣的，「我……」

楚楚眨眼看著他。

衛時：「救不救？」

巫瑾那充斥著愧疚感的大腦勉強被拉回當下，如果救，打的是雅各賓派主場，他們勝算並不高。如果不救……不可能不救。

巫瑾認真道歉：「對不起，是我沒有想到……」

衛時：「指揮位不需要道歉。你要做的是補救。」

巫瑾一個激靈。

熱浪蓬勃扭曲，節目組的劣質刺刀在高溫中逐漸變形。不僅是刺刀，幾分鐘後當大火燒來，一地武器都將被吞噬。

存活數字跳動到三十二，不再變動。

不救，他們能苟到大火結束，保留實力再與雅各賓派決戰名次。但數字會在此之前跳到三十，紅白玫瑰會被平民斬首。

救，下一位被淘汰的，最大可能就是自始至終被雅各賓派針對的，巫瑾自己。

巫瑾抬頭。

佐伊說過，指揮位不需要尊重隊員意見，需要的是冷靜、判斷、責任和絕對權威。

巫瑾緩慢開口：「救。」

走廊焰光衝天。

在大火吞噬議會室之前，選手蜂擁向門外逃去。

槍聲、凌亂呵斥聲響成一片，金屬刮擦著牆壁、門框，戰線沿著著火的迴廊排布，烈焰劈哩啪啦作響，有一堵牆壁轟然倒塌！

先跑出的選手回頭想要崩上一槍子兒撿漏，瞳孔卻驀然微縮。

一發子彈擦肩而過！接著第二發！

議會室內，德萊賽M1841步槍兩次點發，將牆壁外掃出近二十公尺的真空區。

巫瑾抿住唇，抱住槍托的手臂沉穩有力，表情冷淡危險，他回頭伸手，從廢墟裡拉出摔了一跤的楚楚。衛時殿後。

議會室被幾人搜刮了大半，楚楚殷勤從衛神手中接過物資清點，「紙殼定裝槍彈十二枚，沒有更多。基本都是從選手救生艙彈出掉落，估測有六枚適配德萊賽步槍，另外撿到一盒黑色子彈，看口徑目測……」

巫瑾視線在彈盒上停頓：「前裝滑膛槍子彈。」

十七、十八世紀，槍枝還處於火器的最初雛形。射速低、單發，裝彈緩慢，槍體沉重。但如果「將就」下來，倒也能臨時武裝起一支標準的逃殺秀小隊。

巫瑾手中的德萊賽步槍能充用近距狙擊，而前裝滑膛槍則能勉強替代一百多年後的霰彈槍。大佬手裡的那柄普魯士波茨坦制式步槍就是前裝滑膛槍的分支之一。

巫瑾把彈盒向衛時拋去，男人默契伸手截住。

「狙擊彈六發，滑膛槍彈三十發。」巫瑾低頭估算：「火勢還在蔓延，如果燒到五小時後……平民、貴族教士，所有取暖設備都會停止運轉。選手命運將由火勢決定。」

楚楚表情焦慮：「彈藥太少了。」

巫瑾點頭，「外面還在打。從時間線推，現在是議會後第一次大規模交火，第二次將在貴族、教士失去供暖之後，也就是五小時後。第三次……」

衛時：「火勢熄滅之前。」

巫瑾打了個響指，「對。我們省著點子彈，撐到第三次交火。平民陣營那裡，子彈儲量也不會太多。現在……我們去找薇拉。」

火舌吞噬富麗堂皇的牆壁，留下焦黑可怖的影。

巫瑾並沒有費太大工夫就找到了雅各賓派的紮營。開局五小時，貴族、教士還能滿地亂竄，平民陣營卻只能倚靠大火取暖。

大理石庭院一側，外交廳上方，參與羈押皇室的林客一閃而過。

楚楚握緊了刺刀就要跑上去第一個組成頭部——巫瑾趕緊按住鐵頭楚楚：「等。」

遠處，林客手中同樣一把滑膛槍，晃晃悠悠轉了圈。

少頃，一位挑染著粉色長髮的女選手與他換班。兩人相隔極遠，視線交接卻並不靠近。

巫瑾打了個手勢，在換班的一瞬——衛時身如鬼魅，身影在牆角一閃而逝，片刻回隊，「嵐和小染組隊巡邏。」

巫瑾點頭，腦海中無數零碎記憶閃過，突然伸手，捲起沾滿塵土、碎屑的作戰服袖子，用殘垣碎石沾著焦炭開始寫寫畫畫。

楚楚迷迷茫茫看了半天，猛地訝然低呼：「組隊……組隊機制？」

巫瑾點頭，語速飛快：「第三輪組隊機制。存在舞會請柬、舞伴兩種關係。」

火光詭譎舔舐半個凡爾賽宮，幾人躲藏的角落逆著光，黑咕隆咚裡只能看到巫瑾兩隻琥珀色瞳孔在撲閃撲閃。巫瑾早把自己蹭得灰溜溜不大反光，小捲毛上灰撲簌簌往下掉。

衛時隨手在小捲毛上擼了一把，手指狀似無意地在巫瑾臉頰擦過。

巫瑾晃晃腦袋。

楚楚看看巫瑾，又看看自己的手，表情期待，欲言又止。

衛時把彈匣扔給楚楚讓她抱著，「繼續。」

巫瑾趕緊繼續，手中示意圖畫完大半，「選手通過請柬、舞伴結隊，但組隊關係只能衍伸一次。」

楚楚與巫瑾、衛時畫作三個小人，之間互相有箭頭，三人為合法結隊。巫瑾再次延伸出薇拉——巫瑾在薇拉與衛時中間連了一條虛線打叉。

「薇拉是衛哥『隊友的隊友的隊友』，延伸兩次，無法同衛哥在規則下組隊，所以必須保持警戒距離。」

正如同小特里亞農宮中，有非法結隊警告，巫瑾始終不能接近薄傳火。

「平民陣營雅各賓派，到現在存活至少有二十人，是凡爾賽宮現存規模最大陣營。但相應的——尾大不掉，零散組隊機制是大規模陣營下最容易攻陷的軟肋。」巫瑾看了眼遠處，「好比剛才，林客與換班值守的女選手不具有組隊關係，所以間隔較遠。而小染和嵐同時巡邏，類推小染與嵐為舞伴，凱撒也是嵐的隊友。」

示意圖中，佐伊、文麟一併被加上，正是雅各賓派最強五人。巫瑾迅速在人物間劃出分割線，「佐伊哥、文麟哥互為隊友，必定不可能是小染的隊友。甚至因為規則限制，他們與小染無法靠近。一旦我們在打鬥中限制對面陣營選手走位……」

「……如果小染被迫和佐伊他們靠近，雅各賓派就會分崩離析。」楚楚倒吸一口氣，眼神一秒燃起，「好！」

槍聲稍歇。凡爾賽宮一片沉悶，窗外是鵝毛大雪，屋內火焰熊熊燃燒。

林客第四次換位巡邏時，存活數字降落到三十。

這位克洛森選手一陣恍惚，三十可以完全保證自己晉級下一輪淘汰賽，更何況還是兩節目組選手加起來的存活數字……自己似乎很有躺贏的潛質。

上一輪是巫哥帶贏，這一輪是……

尖叫聲驟響！

林客剛要架槍，冷不丁的對面哐噹一聲，楚楚扛著黑洞洞槍口指向自己。

林客哭喪著臉，深知比賽進程到現在，自己就是個弟中弟：「楚楚姐……」

楚楚逼迫：「叫。」

林客：「什、什麼？」

楚楚毫不客氣上膛，林客嚇得嘰哇亂叫：「別別別啊啊啊啊——」

被挾持的房間內，寧鳳北與薇拉被卸下所有武器，寧鳳北正在百無聊賴撩薇拉，往人脖子上吹氣兒，「梓童……」

薇拉毛骨悚然：「滾！外面、外面什麼聲音？」

寧鳳北立即推門，凱撒如同小山一般堵在門外嚷嚷：「不許出，大妹子們不許出來！」

門外。嵐的巡視路線同時遭遇敵襲，她冷冷看向面前的衛時，急速開槍，子彈飆出！身後小染腳步聲傳來，正要跳下支援，遠處卻突然傳來林客慘叫。

小染腳步一頓，硬生生轉頭，就在此時衛時已然裝彈完畢，滑膛槍槍口濺出火星。小染被迫急退，她始終貼著牆，保持與翼樓會客間的最大距離。緊接著一聲招呼——會客間側門打開，佐伊火力接上，彈道狠狠對著衛時鞭笞而去。

佐伊終於出現。他不是小染的隊友，卻因為陣營關係卡著警報距離給小染火力支援。

巫瑾沉聲靜氣，在心中默數三、二、一，接著槍口暴烈熾熱！

德萊賽步槍彈與前裝滑膛彈幾乎同時彈出！佐伊瞳孔一縮，兩把槍潛伏在截然不同的角落，滑膛槍的操縱者是衛時，德萊賽的操縱者必定是巫瑾。聽辨槍聲，兩人間隔至少有五十公尺，在一片殘垣廢墟之中形成交叉火力。

不僅佐伊的視野與巫瑾藏匿處隔絕，就連衛時都未必看得到巫瑾——

這兩個人怎麼做到同步剛槍的？

小染閃避及時，兩顆子彈一齊落空。她剛鬆了口氣，冷不丁一抬頭卻看到佐伊表情凝肅。

佐伊：「跑，別被押槍。」

小染：「什麼……」

第二波子彈再次從巫瑾陣營飆出！

小染倉促再退，一個折腰倒在地上，還沒來得及爬起，右側腕表突然紅光湛湛！

非法組隊提示。

小染愣了幾秒，會客間內佐伊已是先她之前跳窗而出。紅光時閃時滅，小染猛地意識到自己已經進入了同佐伊的非法組隊距離。

是自己無意識跑進來的，不對，是巫瑾、衛時押槍押她進來的。

搶先預判她的走位，再開火逼迫她調整走位，最終撞上佐伊。

「圍巾」的押槍技術不如井儀精湛，但角度卻算得太過刁鑽。凡爾賽宮被燒毀大半後進入巷戰，牆壁、掩體之錯綜複雜難以窮舉——小染一頓。這些個掩體，在巫瑾腦子裡可不就是跟初中生解幾何題一樣簡單？

小染心跳驟急！巫瑾的目的不是擊殺自己，而是……

原本就脆弱的牆體因交火而倒塌，濃煙飛起。

掩體之後，巫瑾終於出現。少年端著普魯士時代沉重、繁長的舊式步槍，面前一片坦蕩。

佐伊已經跳下翼樓，放棄火力支援。

嵐依然被衛時狠狠壓制，小染則被剛才的槍線逼退到視野之外。

衛時遠遠對他豎了個拇指。

巫瑾唇角微揚，緊接著一腳堅定踩進煙霧繚繞的廢墟，留下虛無的背影。

他還剩四發子彈。

三樓傳來寧鳳北囂張的叫喊，很快被淹沒在滾滾濃煙之中。巫瑾消失的方向，突然再次響起德萊賽針發出膛聲。少女尖銳的叫喊響起，很快就被按住，再次悄無聲息。

還剩三發。

嵐還在瘋狂反擊衛時，其餘幾名平民選手正在快速趕來。佐伊和女伴已經轉為支援林客，楚楚奪命狂奔。

楚楚別的不行，穿衣品味和逃生本領一流。巫瑾眯眼傾聽濃霧外的槍聲。佐伊在遲疑。他此時開槍的速度遠比裝彈的速度要慢，只有一種可能——雅各賓派的子彈也不多了。

黑煙嗆得巫瑾眼睛泛紅，步槍被他背在身後，手中赫然已經換上刺刀。第五輪淘汰賽的冷兵器相當劣質，僅大火燃起的溫度就讓刀刃彎曲，但挾持小染綽綽有餘。

小染哭唧唧。

巫瑾趕緊安慰：「抱歉，就一會兒！」

小染喃喃：「萌上的牆頭小哥哥竟然在比賽裡公然拉著我走！光天化日萌煞我……」

巫瑾：「什、什麼？」

三樓就在眼前。

巫瑾深吸一口氣，從樓梯踏出——面前凱撒正用槍指著薇拉。

硝煙沉悶刺鼻。

薇拉眼神驟亮，少年披一身焦黑的灰燼，刺刀卡著小染頸動脈從黑洞洞的樓梯出現。臉頰蹭得灰黑，只有小圓臉淺淺的酒窩附近被擦出一道乾淨的白印，像是被誰做了個記號。

指印。

薇拉一個走神。看形狀肯定不是楚楚的，所以只能是……

巫瑾看向凱撒，只吐出一個字：「換。」

人質交換。

凱撒一臉臥槽看向巫瑾，似乎怎麼也想不到人是怎麼從下面衝上來的。半天還是點了下頭，大手一揮，「行！」

巫瑾緊緊盯著凱撒的微表情，還有他的眼神方向，試圖猜測出那位「指揮者」藏匿的方向，但最終毫無所獲。

巫瑾心想：凱撒哥的思維根本讀不出來，聽隊長說凱撒哥比賽的時候根本沒有思維……

凱撒咋咋呼呼表示：「進裡面換。」

巫瑾點頭，帶著小染緊跟進入內間。

這裡帷幔重重，傢俱簡約小巧，牆壁擺放瑪麗皇后的肖像——這是皇后在凡爾賽宮中的寢室。她在這裡出嫁、為皇室履行義務，甚至也在這裡分娩。在法蘭西，皇后分娩被視為整座凡爾賽的慶典，為了確認皇子「為皇后親生」，所有民眾都被允許在皇后分娩時參觀。

當瑪麗安東妮誕出皇子、皇女時，整座房間的牆壁前、櫃子上、桌椅上都擠滿了好奇參觀的國民，並在嬰兒呱呱墜地的一剎依據政治立場喝出讚歎或倒彩。

很難分辨，瑪麗在這裡獲得是榮耀更多，還是恥辱更多。

凱撒把薇拉塞到帷幔後，示意巫瑾把小染的手遞給自己，「我數三、二、一。誰不放手是小狗啊！」

巫瑾點頭，帷幔後，薇拉向他伸手。

腕表一切如常，沒有非法組隊提醒。至少凱撒沒把嵐瞞天過海塞給他。

凱撒嚷嚷：「三！」

巫瑾握住薇拉的手，放開對小染的挾持。

凱撒：「二。」

「一！」

凱撒一把把小染拉到面前，巫瑾於電光石火之間護住薇拉。

人質交換成功，凱撒不出巫瑾意料就要反殺兩人。巫瑾迅速把背後的步槍遞給薇拉，自己則換上刺刀——身旁嫣紅一閃，步槍猛然逼退凱撒。

巫瑾一頓。

薇拉的作戰服是白色……

他倏忽轉身，一身紅衣的寧鳳北正抱著他的步槍，一臉興奮，充滿了NTR薇拉的快感：「小巫！我們現在去救薇拉……」

——等等，薇拉呢？被換出來的怎麼是寧鳳北……

彎曲的刺刀猛然劃開帷幔。

薇拉就在帷幔後，被另一把槍控制。

文麟笑咪咪地站在薇拉身旁。

巫瑾表情一頓。

雅各賓派的黨魁指揮者，完全熟悉自己的指揮路子，甚至能逆推預判巫瑾的布置，並搶在之前設好陷阱。黨魁的布局風格偏保守，與輔助位作戰風格類似——

黨魁就是白月光的輔助，文麟。

紅白玫瑰同時被劫持。用寧鳳北換小染，並不違背凱撒和巫瑾的君子協定。但只要薇拉沒有被解救出來，巫瑾就一定會再次送貨上門。算無遺策。

巫瑾輕輕呼出一口氣，由衷讚歎：「厲害了！文麟哥！」

文麟笑笑，「小巫也是，等比賽結束……」

巫瑾突然拔刀出手，直直劈向凱撒，同時飛快提醒拿槍的寧鳳北，「還有一發子彈！」

砰——救生艙猛然彈出，巫瑾只掃一眼就知道寧鳳北做出了最正確的選擇。她擊殺了最沒有防備的小染。

存活二十八。

文麟終於變色，手腕使力就要處決薇拉。寧鳳北正要一槍托解救薇拉——反正她也不在乎這位白玫瑰死活，卻愣是被巫瑾拖著下樓，「跑！」

寧鳳北：「跑跑跑什麼……」

巫瑾在濃煙中使勁解釋：「薇拉變成人質的價值比變成救生艙來得大。」

身後槍聲再響，對方篤定兩人再無子彈，打得肆無忌憚。

巫瑾伸手遞向寧鳳北。

寧鳳北眼睛一亮。

巫瑾輕聲道：「最後兩發子彈。我們卡視角。」

硝煙瀰漫。

五分鐘後，寧鳳北貼門開槍。

存活二十七。

十五分鐘後，兩人從翼樓瘋狂逃出，身後槍線已是比剛才弱了一半。寧鳳北上氣不接下氣：「能開槍嗎？現在能嗎？」

巫瑾咬牙，「再撐一會。用最後一顆子彈換他們彈盡糧絕，不虧……小心，開槍！」

寧鳳北回身還擊。一人隔了幾十公尺被狙，倉促從樓上掉下，銀色救生艙瞬間彈出！

存活二十六。

不遠處有沉悶槍響，旋即復為沉寂。雅各賓派再也沒有彈藥支撐，可以向兩人開槍。

存活猛然跳到二十五、二十四，巫瑾不再多想，不是魏衍就是井儀雙C動手。

撤退目標點，楚楚一陣歡呼：「薇拉姐回來了……等等，是誰來了？我這提示非法組隊——寧、寧寧姐？」

警報聲滴滴響起，巫瑾趕緊把寧鳳北帶走，「跑，去找薄傳火！」

寧鳳北點頭，臨走時向巫瑾鄭重道謝：「你要把薇拉帶出來？」

巫瑾點頭。

寧鳳北面色糾結：「你一個人？要不要我……」

巫瑾平靜解釋：「雅各賓派沒有彈藥了。」

薄傳火手上還有槍，大佬也有半板子彈沒有用完。兩組晉級前十板上釘釘。他們都沒有再跟著巫瑾救薇拉的理由。就算大佬、楚楚願意友情援助，但大佬並非薇拉盟友，且結盟的兩組最終也需要決出名次。

薇拉還被雅各賓派關押在翼樓。

比起最終干戈相向，和盟友楚楚、大佬一決勝負，巫瑾更願意去為了救薇拉而獨自冒險。

這場比賽，他不能讓大佬代練躺贏。

存活二十二人。

終於只剩為巫瑾一個人的戰鬥。

巫瑾打了個加油的手勢，掉頭就走。

寧鳳北在身後突然喊道：「要不要我把小薄那把槍借給你？」

巫瑾抬手示意寧鳳北無需顧慮，小圓臉笑意不減，黑漆漆的臉頰依然留有大佬那道擦開灰塵的指印。風塵僕僕，一往無前。

寧鳳北一頓，露出罕見欣賞的神色：「決戰見！」

巫瑾點頭，在踏出戰場之前視線掃向掩體。大佬靠殘牆邊，嫻熟給槍裝彈，五指翻飛如同最危險攫人的藝術。

兩人擦肩而過。

巫瑾伸手，男人低頭順應一個擊掌，「去吧。全力以赴。」

認同他的決策、予以他尊重。

巫瑾笑容陡然璀璨。

門外火勢漸弱。巫瑾略微估測，魏衍縱的火會在兩小時後熄滅，屆時平民陣營沒有供暖，必定會在淘汰前處決薇拉。留給他的時間不多。

雅各賓派用盡彈藥，只剩下冷兵器——節目組的劣質刺刀。巫瑾情況相似，但他卻有更好的兵器。現在不在他的手裡，但他清楚知道該怎樣去找。

巫瑾踏出走廊，身後，楚楚正在同衛時鬧：「我們再去幫幫小巫怎麼啦……怎麼讓他一個人去……」

衛時：「那是他的選擇。」

寒風從掉落的窗扇外颳入。

巫瑾避開交戰選手，迅速向地下室衝去。那裡有他和薇拉開局時遇到的第一位NPC——盔甲女武士。地下室大門打開，沒有解開的紫色卡片靜靜躺在地上。巫瑾徑直撿起人物卡牌。

「茱莉，路易十四馬廄總管的情婦，一位出身並不光鮮的平民少女……」

腦海中線索微動，記憶中所有細節串聯。

巫瑾衝出凡爾賽宮，一聲呼哨。小馬駒蹦蹦跳跳跑來，載著巫瑾向馬廄衝去。

蹄踏飛雪。

寒風自耳邊呼嘯。巫瑾清楚記得，馬廄裡有一柄上鎖的利劍，劍柄與女武士的盔甲上同樣篆刻著花體J字，明顯是任務物品之一。

紫卡，盔甲，武士與劍。這位「茱莉」的身分並不高貴，身為紫卡人物必當另有緣由，比如她的那把劍……

巫瑾拉緊韁繩，一躍而下在馬廄中翻找。那柄騎士劍依然埋藏在雪地中，劍身被鎖鏈纏繞，能看到鎖鏈末端小巧的密碼箱。與第一輪不同的是，巫瑾僅有一個小時時間能用來解碼，否則就只能繼續拿著劣質刺刀去單騎救隊友。

少年心跳急促，掌心冒汗。

小馬駒瞪著乖巧的眼神看著巫瑾，半天從雪地裡踢出一樣物事。巫瑾立時撿起，書本到手時一愣。

曲譜，這本依然是盧利的曲譜。但盧利的副本明明已經解開——巫瑾飛速翻看，在掃過第二頁時一頓——主唱，巴黎歌劇院首席女演員。Julie d'Aubigny。

主唱茱莉。

巫瑾飛速上馬，「回凡爾賽宮，去盧利的歌劇院！」

凡爾賽宮，火勢比方才更弱。好在大火只燒掉半邊翼樓，巫瑾以最快速度向歌劇院衝去，終於在無數本人物小記中找到茱莉。

「她曾是馬廄總管的情婦……這位十四歲的少女不向情夫祈求珠寶，不願穿著華服，她請求像他的扈從一樣學習劍術……」

「在她的生命中，曾經只有歌聲和劍能奪取她的注意，直到她遇到那位富商的女兒，安娜。茱莉不可自拔地愛上了安娜。她帶著安娜私奔，遭到了整個巴黎員警的通緝。她不得不回到凡爾賽，祈求路易十四的赦免……」

「茱莉最終用歌聲打動了太陽王。她闖入了安娜的舞會，向追求安娜的三位男士提出決鬥。茱莉以一敵三，對方不死即傷，這位女劍客聲名大噪……」

「安娜最終嫁給了佛洛朗薩克侯爵。」

「茱莉帶著她的佩劍始終跟隨安娜，她是安娜最忠實的騎士。茱莉的一生中未嘗逢過一敗。她是花劍的創始者之一，她是少女閨閣的守護神。她是法蘭西人人景仰的第一劍姬——茱莉‧奧碧妮。」

巫瑾再度跨上馬背，「走，我們去取劍！」

鵝毛大雪鋪天蓋地而來，等巫瑾回到馬廄，距離大火熄滅只剩半小時。馬廄一片灰黑，巫瑾瞇眼看去，視線陡然一凝。

那把鎖鏈纏繞的騎士劍旁，似乎有個半透明的身影一閃而過，在黑暗中又看不真切。然而巫瑾無暇顧及，下馬一個滑步靠近密碼鎖，鍵入女騎士的戀人，「安娜」的姓名……

鎖鏈咔嚓打開！

巫瑾毫不猶豫伸手握住劍柄，劍身光芒流轉，甚至能看到劍鋒上細小的電光——巫瑾幾乎篤定節目組在騎士劍裡塞了電源！

在巫瑾上馬殺回去之前，卻突然有一雙半透明的手同樣握住劍柄。

巫瑾一頓，抬頭看向這位女騎士的幽靈。

與巫瑾想像的大相徑庭，茉莉溫婉貌美，穿著覆雪的斗篷與花邊小帽。她笑起來有著罕見的含蓄美麗。很難想到，這是一位打遍法蘭西無敵手的女劍客。

茉莉輕聲說道：「拿上它，去為你的戀人而戰。」

巫瑾臉色微紅，趕緊解釋自己是去救薇拉：「不、不是戀人……」

茉莉微笑：「那或許有一天，你會為戀人而戰。」

「願你與我一樣，英勇，虔誠，絕不後悔。」

「去吧。」幽靈緩緩消散。

巫瑾愣了幾秒，這才跨上馬駒，再次衝著凡爾賽宮奔去。

大火接近熄滅。

存活十八人。

翼樓，瑪麗皇后內間。

就在凱撒猶豫怎麼淘汰薇拉的當口，窗外突然馬聲嘶鳴。

高塔樓下，巫瑾單騎負劍而立。

守在門口的嵐瞇起眼睛，「你一個人？」

巫瑾點頭。

嵐看了半天，突然一笑，「君子戰？」

巫瑾想了想：「怎麼都行，別動薇拉。」

嵐一拍窗，「有意思，」回頭問：「這裡有個A級練習生積分，你們誰要？」

佐伊面無表情：「衛選手呢？決戰臨頭各自飛？」

文麟無奈：「你這……衛選手跟小巫身邊你不爽，不跟旁邊你也不爽……」

那位粉紅色挑染長髮的妹子立即舉手請戰，「我我我！」

嵐：「准了！」

兩分鐘後，巫瑾走上塔樓，身後長劍出鞘。

騎士劍與刺刀猝然向擊，刺刀一晃，斷成兩段。

那小妹子一怔，就著半截斷刀猛然戳向巫瑾頸動脈——

少年一個斜身躲過，劍鋒化守為攻，鋒刃陡亮。救生艙在兩個回合交鋒內彈出。存活十七。

巫瑾輕微喘氣，支撐膝蓋站起，動作毫不拖泥帶水，目光戰意凜冽，「下一個，誰來。」

嵐表情微凝，少頃輕笑，「我。」

匕首如鬼魅出鞘，巫瑾甚至能看到鮮紅凝固的血槽。他一個下腰躲過刺擊，劍鋒直直劈下，一如在浮空城訓練室的幾萬次揮劍。嵐匕首詭異靈巧，巫瑾走沉穩守拙，短短十回合內，兩人對招越來越快，直到巫瑾一個閃身——

嵐收勢不住衝出窗外，跌落時突然拉住巫瑾手腕，兩人齊齊從二樓落下！

咔嚓一聲，繼而是無數浮冰碎裂的細微聲響。

佐伊眉心一跳，半天才想起來巫瑾是這一輪的對手：「下面是什麼？」

「是河。凍住了，凍得不大結實。」文麟揶揄：「心疼了？」

佐伊冷哼。

窗下。

巫瑾先於嵐一步爬起，兩人所過之處無不綻開碎冰裂紋，像是冰晶聚成妖花在腳下綻開。巫瑾一劍裹挾濕氣寒風，向嵐以雷霆之勢斬去。少女驀然翻滾，站起時一腳揣在巫瑾小腿。

第一個冰窟窿裂開！

巫瑾斷然向後劃去，腳下冰面把他推得極遠。然而緊接著嵐揉身而上——冰面蓬開碎雪如珠，薄冰開始向著窟窿的方向塌陷。

巫瑾一劍橫斷嵐的退路，少女一匕首襲來，在側身時突然探出另一隻手。

巫瑾倒吸一口冷氣。碎冰赫然夾在嵐的兩指之間，自己自手臂到肩胛被劃拉出一長道血口。巫瑾瞳孔微縮，氣勢猛然暴漲。

佐伊、文麟、凱撒同時一聲嘶氣。凱撒直接爬窗，「太陰了！臥槽……」

文麟費全力把三百斤的凱撒從窗戶上揪下來，「別下去，這是比賽。」

不遠處，凡爾賽宮樓頂。

衛時眼神微壓。

冰面上金屬嗆然交擊。巫瑾與嵐同時開始下沉，巫瑾第一個脫下吸水外套，毫不介意半邊身子浸在冰冷的河水中。

嵐的秀髮已經盡數濡濕，背後同樣劍傷滲出血跡，但眸子裡還帶著狠意。她始終貼近巫瑾身軀，倏忽突然浸沒於水中。

巫瑾同時沉水！

碎冰在兩人周身漂浮，俄而一道血跡從河水翻上。文麟眼皮一跳。

這兩人打得太慘烈。無論風格，他們都是最值得尊敬的競技者。

腕表存活數字一跳。

十六人。

河底，救生艙終於彈出，緩緩浮出水面。無數雙眼睛同時盯著河水。

終於有人從水底鑽出——巫瑾。

他一手拿著嵐掉落的匕首，卡入河畔石縫，艱難從河水中爬上來。半天將臉上的冰水胡亂一擦。少年原本頗深的傷口被冰水洗得發白，還在慢慢泛出血跡。那把茱莉劍姬的劍還在他的手中。他用劍身支撐著試圖站起。

文麟終於開口：「把薇拉帶出來。」

遠處，寧鳳北愣是看得於心不忍：「嵐是瘋子，小巫也跟著拚？他還不開救生艙？」

薄傳火帶著寧鳳北瘋狂躲避井儀雙C狙擊：「姑奶奶，咱先逃命好不？小巫基礎差，他要是不拚，第一輪淘汰賽就該出局了。能留到現在，他比嵐還要瘋。第五輪了啊。小巫粉絲多，黑子也挺多。這場是他的正名之戰……哎臥槽，魏衍怎麼也狙咱們？」

頂樓，衛時隨手一槍。

存活十五。

巫瑾試了幾次，終於勉強站起，脊背挺直，對著樓上低聲開口：「下一個。」

佐伊定定看了他幾秒，最終深吸一口氣下樓，「我來。」

無數攝影機盤旋飛舞。

佐伊伸手找凱撒借來一把騎士劍。

凱撒憤憤不平：「小巫已經這麼慘了，佐伊怎麼還要這麼欺負他……」

文麟嘆息：「不是欺負。」

窗沿下，巫瑾再次持劍。此時供暖設備泡水，已經完全停止運轉。少年手臂略微發抖，劍卻握得極穩。他無疑已經用了全身所有的力量。

佐伊：「來吧。」

巫瑾點頭，橫劈而上。

任何人都能看出巫瑾接近脫力，劍勢虛浮輕飄。此時不止佐伊，任何一個哪怕是淘汰了的F級練習生都能輕易把他推翻在地。

屋頂，衛時指節罕見泛白。他直直看向巫瑾，卻沒有絲毫動作。

認同他的決定，予以他尊重。

佐伊一劍劃過，乾淨俐落。

巫瑾所在之處，救生艙毫不意外彈出。

存活十四人。巫瑾淘汰。

茱莉的劍失控落下，拴在不遠處的小馬駒焦躁亂跑。

樓上，文麟解開對薇拉的挾制，「恭喜，妳自由了。」

樓頂，驀然一道黑影落下。

魏衍一頓，極速撤退，躲閃不及的兩名練習生轉眼化為救生艙。繼而淘汰的是到處亂竄的凱撒，緊接著明堯、文麟。衛時像無聲的利刃插入人群——最終對上魏衍。

存活，三。

存活，二。

楚楚瑟瑟發抖，「衛、衛神……我這就躺贏了？」右側腕表突然炸開一道煙花。

第五輪淘汰賽結束。

克洛森秀首名：299976號選手衛時。

風信子秀首名：FX63522號選手楚楚。

整場的攝影機同時向兩人聚攏，直升機盤旋而下，機器人從賽場各個角落躥出，趕緊回收救生艙……

壁爐劈啪作響。

巫瑾翻了個身，迷迷糊糊睡醒。然後茫然看向周圍。

練習生橫七豎八睡了一地，凱撒、紅毛一個賽一個鼾聲震天，自己躺在兩層小墊子上，蓋著卡通被子，也不知道被誰整整齊齊塞進去捲好的。

身側燈光微弱，巫瑾轉身，美滋滋湊過去。

大佬靠在牆上，戴無框眼鏡，斯文俊朗，正在讀一本紙質書。

撲通一聲，衛時半敞開的被子裡擠進來一個暖烘烘的巫瑾。

男人翻到封面——《雙城記》。

「這是最好的時代，也是最壞的時代……」

巫瑾在被子裡擠著，大佬看一頁，他就跟著看一頁。

「恐懼和仇恨的陰影籠罩著法國，沒有人知道明天會帶來什麼危險……」

如果說第五輪淘汰賽展示的是伏爾泰眼中的法國，那狄更斯眼中的法蘭西與他截然不同。

大佬把人按進被子，「再睡會兒。」

巫瑾盯著大佬的無框眼鏡，嚥了一口口水。

衛時隨手關了燈，把人按在枕頭上，低頭俯身。

乾燥的吻落在眼尾、癒合的創口和頸側。

巫瑾在大佬側臉吧唧一下。

衛時封住少年的唇。

清晨。

載有三百五十名練習生的星船在克洛森基地緩緩降落。

練習生下餃子似的從星船往外冒。節目PD拿著個喇叭，還沒來得及開始賽後總結，就被餓腸轆轆衝向食堂的練習生們擠到一邊。

克洛森食堂。

機器人捧著一大籠叉燒包，還沒上菜就被凱撒半途截住，整籠擼走。第二籠上來後再次被凱撒擼走，第三籠……

排在窗口前第一個的薄傳火投訴：「包子！包子呢？都等了快十分鐘了！」

佐伊趕緊放下筷子，連拖帶拽把凱撒弄走。

佐伊：「不是讓你看著小巫嗎？」

凱撒拍胸脯擔保：「一整夜啥事兒沒有，他肯定躲小被子裡面睡得呼呼的！」

文麟把豆奶遞給凱撒，「行了，有情況再彙報。」

吃完早飯，凱撒把包子、豆奶都扔進打包盒，晃晃悠悠回到星船，往巫瑾的隔間門口一坐，打了個飽嗝，警惕地看向門外。一面對佐伊的任務嗤之以鼻。

——這大清早的，哪有人來隔間搞小巫？

身後吱呀一聲，衛時從房間推門而出。

畢竟是浮空城一起喝過酒的友誼，凱撒興高采烈：「大兄弟，吃了沒？」

衛時點頭。

然而凱撒還是熱情洋溢地塞了個包子給他，「你和小巫睡一間啊？怪不得昨天沒看到……喔，佐伊讓我守小巫門口，別讓人進去……剛才紅白玫瑰來了一次，嘿嘿，都被我趕走了！那行，回見！」

幾分鐘後，巫瑾洗漱完畢，跟在凱撒身後慢慢回寢室。比賽之後克洛森隊醫把選手挨個兒看了遍，給巫瑾和嵐一人批了一張「靜養三天」的紙條兒。

凱撒不大放心：「小巫咋樣了？」

巫瑾笑咪咪點頭。比起剛出救生艙，他的狀態已經恢復不少。

大佬就像高級人形充電寶，一晚上無私奉獻體溫！巫瑾感覺自己被充滿電，頭上的小捲毛都能發出皮卡丘尾巴的滋滋聲。就是大佬看上去好像沒怎麼睡好！

巫瑾突然想起：「嵐怎麼樣？」

凱撒：「喔，沒啥事！楚楚早上把人接回寢室了。」

巫瑾好奇：「楚楚？」

凱撒對女選手背景瞭若指掌：「啊對，楚楚和嵐，她倆都是帝國戶籍，來聯邦參加逃殺秀，為了以後回帝國出道。那啥，出口轉內銷！」

巫瑾瞭然。

凱撒一肚子八卦，也不知道從哪吃的瓜，表情高深莫測，「小巫知道不？楚楚背景挺深的，家裡在帝國是大貴族。聽說楚楚還是皇位順位繼承人……」

正在啃包子的巫瑾差點嗆住。

凱撒補充：「順了六百多位的那種。」

「……」巫瑾瞭然。六百多位，怎麼順也順不到楚楚繼位。不過三十一世紀貴族小姐選擇職業的自由度還挺高。

臨近寢室，巫瑾和凱撒道別，門內空無一人。

文麟哥排名靠前，這會兒應當還在賽後採訪。

佐伊作為白月光隊長，比其餘三人要忙碌的多。

飄窗旁「喵」了一聲，黑貓懶洋洋甩了甩尾巴，跟巫瑾打個招呼。巫瑾趕緊把被黑貓強行舔毛的兔哥解救下來。

有了大佬的警告，黑貓早不敢對兔哥下手，但不知為何經常趁兔哥不備，上去就是舔舔舔。

巫瑾順手追蹤了下小翼龍，定位顯示在克洛森小樹林裡愉快玩耍。

透過小翼龍的爪環監控，巫瑾似乎看到牠在泥地上滾動一個——一個克洛森劇組小型鏡頭。

巫瑾趕緊出門，一刻鐘後抱住一身泥的小翼龍跟劇組道歉。

場務哈哈大笑：「我說怎麼少了個機位！這編號，是安在你們寢室外走廊上的吧。這翼龍搗亂啊！來調個監控看看。」

監控調出，一室沉默。

把鏡頭挖出來的根本就是黑貓。鏡頭在黑貓爪子底下玩了三天，直到一小時前佐伊、文麟回寢——黑貓一爪子踹給小翼龍讓牠背鍋。

「這貓真有意思。」場務一臉感慨。

小翼龍無罪釋放，毫無所覺，在巫瑾身上親昵亂蹭。

臨走時場務突然喊住巫瑾。

「打得不錯。」場務小哥給巫瑾豎了個大拇指。巫瑾笑咪咪揚起小圓臉。

午後兩點，巫瑾通訊振動，通知他去備採間準備。

巫瑾把小翼龍放回樹林，進入採訪室前恰巧遇到隊友文麟，抱著某個長型物體。

「文麟哥！」巫瑾眼睛一亮。

文麟微笑，「去吧，我在外面等你。」

巫瑾點頭，等採訪結束，他就去向文麟、佐伊哥坦白，認真交代和大佬的戀愛經過，努力讓大佬融入溫暖的白月光大家庭。

帶路的小編導看見，趕緊安慰巫瑾：「放鬆、放鬆！又不是第一次採訪了，緊張什麼！小巫別打嗝啊！」然後把人往小房間一推，「就這兒！導師在裡面等你。」

採訪室光線敞亮，帷幔後有人聲溫柔交談。

那位凡爾賽復刻景區的經理人，夏佐導師還在帷幔後做準備。

巫瑾將視線轉向不斷滾動的螢幕，此時正是賽後重播，彈幕討論熱火朝天。

「小巫啊啊啊啊啊——我哭死，麻麻愛你！打得太漂亮了嗚嗚嗚！麻麻明年就要參加聯邦高校統考了，麻麻要像小巫一樣努力QAQ！」

「薄家軍路過！順便兜售瓜子兒安利，紳士小薄吃不吃！BG薄寧CP吃不吃！」

「你看到我家兒砸了嗎！最聰明的那個，穿小裙子的那個，打得最帥氣的那個……」

巫瑾一噎，耳後微紅，手忙腳亂翻過彈幕，視線停留在評論區一處。

「衛時陛下從屋頂跳下來，清場一共多久？九分鐘！心臟蘇死！求扒衛選手有簽約戰隊了嗎？目測這場比賽下來身價要翻。求衛選手考慮銀絲卷啊！風格這麼剛，絕對適合大小薄和寧鳳北！」

「白月光全員粉實名反對！佐麟&雙突擊完美！抱走白月光全員不約。四小隻磨合這麼好，衛神進來你讓他打替補？」

「真心想知道衛選手簽哪家戰隊。」

「真心+1。衛神肯定是奔著出道位來的，保守估計他會在決賽名次出來之後簽約。保持上一場的水準，身價只會漲不會掉。」

「真心+2。順便想知道我家秋葵簽哪個戰隊？公認有出道實力的選手裡面，只有他們倆是個人練習生吧？乾脆他們組隊算了，剛好蔚藍聯賽的戰隊資格是至少有兩名出道選手（笑）」

「……樓上別YY啦！組建戰隊要多少人力財力？誰投資？誰做經理人？誰當教練？找誰打訓練賽？從來沒有練習生直接出道搞戰隊，除非人家的第二身分是霸道總裁……」

夏佐導師仍沒出現，巫瑾左看右看，悄悄地把進度條往前拉了一點。正是決賽最後幾分鐘的重播。

大佬站在凡爾賽宮頂端狙擊。

熠熠日光刺破雲端。凡爾賽宮頂並非一片平坦，路易十四將他的戰利品融為雕塑裝飾在這裡。甲冑、頭盔、火把銅飾反射陽光，衛時就站立在明晃晃的視野正中。

巫瑾猛然想起凡爾賽宮中的天頂畫。

神祇在拱頂的碧空中，聖光自濃雲射出。大佬手中的滑膛槍就像神祇手中的權杖，當他從樓頂自窗沿、露臺躍下，所有對手都將被這把槍審判。

巫瑾眼神發亮。沒有人不崇拜征服一切的力量。

此時意念像是被一分為二。

一半如有熊熊烈火燃燒，如果再努力一點，就能像大佬一樣成為賽場上的統治者。還有三輪淘汰賽，衛時也是他的對手，他必須在決賽前想出制裁大佬的戰術，哪怕希望微渺。

意念另一半……

巫瑾嘴角上揚一下，被使勁壓下去，再一下，恨不得倒回來再看一遍。

採訪導師夏佐：「小巫要再看會兒嗎？還是我們開始採訪？」

巫瑾一秒轉椅，乖巧坐好，「……導師您好！現、現在開始。」

夏佐導師溫和一笑。

螢幕中央，比賽中巫瑾所見到過的任務物品依次浮現。盧利的曲譜、勒摩恩的畫到蒙特斯潘的香水……甚至包括了路易十六的權杖、瑪麗皇后的項鍊，最終是茱莉的劍。

「巫選手印象最深的是哪一樣？」

巫瑾略微思索：「劍，茱莉騎士的劍。」

夏佐揚眉。

巫瑾解釋：「選擇其餘任何人物卡，都會陷入人物的立場，被他們的命運所推動，完成救贖他們的任務。」

夏佐導師：「茱莉呢？」

巫瑾：「茱莉送出那把劍，只讓我去英勇赴戰。不問緣由，不計後果。」

茱莉一生與許多凡爾賽宮中的人物相似，平民出身，為了父輩的前途委身權貴作情婦，她的美貌足以讓她一生無憂無慮。但她卻騎馬逃出凡爾賽，一生為信念負劍。

夏佐少頃頷首，「也對。茱莉不會發布任何任務……因為她做了一切她想做的，她沒有執念。」夏佐的目光掃過剩下的任務物品，「蒙特斯潘夫人，一手好牌成最終輸家；龐巴度夫人，她的目光太遠，野心太大；瑪麗安東妮，即便沒有項鍊詐騙事件，也會有耳環事件讓她聲望跌入低谷。她太想做好一名皇后，太想成為『奧地利送給法蘭西的天使』，就像她從小被教育的那樣。凡爾賽宮裡的故事不過是上帝對命運的選擇。」

夏佐在筆記本上簡要寫了幾個字，鋼筆劃過紙張沙沙作響。

「小巫知道自己的名次嗎？不是總名次，我是說克洛森晉級名次。」

巫瑾搖頭，好奇。

他淘汰的時候存活十五人，自己應當是總名次第十五。剩餘十四人中包括了克洛森、風信子的選手。

夏佐導師點頭，「猜猜？」

巫瑾給了個預估，不激進、不保守：「……第十？」

夏佐：「第十一。」

這位第五輪淘汰賽導師不放過巫瑾最細微的表情，少年眼睛圓溜溜的，看上去毫無攻擊性，甚至像某種無害的小動物。很難想像他在比賽中有那樣能攫住目光的爆發。

巫瑾不出意外有一瞬遺憾，但很快就拋到腦後，繼續乖巧坐好。

夏佐問道：「小巫掉出出道位了。按照克洛森秀規則，每一輪淘汰賽前十都會在最終決賽有特殊獎勵，每一輪獎勵都比上一輪豐厚。如果當時不去選擇救薇拉小姐，你有很大可能進前十。你後悔嗎？」

巫瑾搖頭，笑咪咪道：「不留遺憾，下一輪再戰。」

夏佐終於露出欣賞的目光。

一刻鐘採訪結束，臨走時導師助理遞給巫瑾一個長盒。

巫瑾沒估算好重量，接手時差點被盒子壓趴。

助理趕緊道歉：「小巫沒被壓壞吧！不好意思啊，忘了你這幾天要休養……」

巫瑾搖頭擺手，懷中重量似曾相識——

巫瑾把盒子悄摸摸拉開一個角，正看到鍍漆的騎士劍劍柄，和一個花體的字母J。

巫瑾驚喜。

助理笑呵呵道：「你選的任務道具，就當禮物送給你了！拿回去收藏吧。PD說了，以後要是哪個練習生紅了，等記者來家裡採訪，一定要記得把任務道具拿出來展示！臺詞都給你們想好了……回憶起當年作為練習生的艱苦歲月，多虧了克洛森節目PD對我的悉心照料和鼓勵，沒有PD就沒有今天的我……」

巫瑾自動從耳邊過濾。

劍柄下塞了一張紙條，應是從筆記本中撕下——英勇，虔誠，絕不後悔。

夏佐的字。

身後，這位克洛森臨時導師在遠處對巫瑾一笑。

幾分鐘後，巫瑾抱著騎士劍與文麟會合：「文麟哥，久等！」

文麟微笑，「小巫看上去挺開心。」

巫瑾趕緊把騎士劍抱好，探頭去看文麟選擇帶走的道具。

文麟解釋：「是斬刀。路易十六親手設計了這把斬刀……用於在斷頭臺上斬首重犯。如果不斷首路易，被送上斷頭臺的就是雅各賓派的黨魁。」

巫瑾恍然。

如果他選到文麟的角色，必然也會與文麟做出相同的選擇。

「行了，走吧。」文麟站著，看巫瑾把斬刀摸摸蹭蹭了個夠，等人收了爪子後開口：「對了，剛才PD通知，這次比賽後的團綜取消，大家準備準備一起上《衝啊，人氣少年》。」

巫瑾：「衝、衝什麼？」

文麟解釋：「一檔無界限亂燉綜藝，娛樂公司練習生、網紅、模特都有，下週錄製。」

「這個不用準備，逃殺圈沒人關注這個，PD就是想讓咱們跨圈吸點粉，再炒個『克洛森小鮮肉』熱搜。」

巫瑾瞭然。

巫瑾跟在文麟後面走。

巫瑾突然想起：「文麟哥，咱們去哪裡？」

文麟笑咪咪道：「靶場。」

「就剛才，衛選手和你佐伊哥，他倆提著槍，氣勢洶洶進去了。」

克洛森基地，巫瑾頂著烈日撒腿狂奔。

草坪上，劇務還在給一眾練習生講解下週的綜藝。

「贊助商是雪豹網娛，今晚之前每個人去應老師那裡領一個直播房間號，上傳綜藝嘉賓頭像一張。不會修圖的去找攝影組，拍照之前記得洗頭……」

人群中，薄傳火詫異瞅了眼還在狂奔的巫瑾，「隊醫不是要小巫靜養嗎？他怎麼跑起來了，文麟還跟著。」

明堯琢磨：「莫非是白月光不傳之祕？動態養生！」

靶場。

工作人員笑呵呵掃完巫瑾的身分晶片，給兩人登記，一邊說：「你們問誰？衛選手和佐伊選手，喔，他倆在裡頭，鬥槍！年輕人血氣方剛啊！果然女選手們一來，咱們克洛森秀就充滿活力……」

巫瑾底氣不足，唯唯應下，同手同腳走進場館。視線所及之處，光線昏暗不明，縱深一百公尺的地下射擊室被防護玻璃遮擋。看臺席位上空無一人，靶場內人影一閃——

還沒等文麟反應過來，巫瑾吧唧一下貼上鋼化防護玻璃，開始撲騰，試圖從隊長槍口保護大佬：「隊長隊長隊長隊長……」

射擊室內，佐伊面無表情冷哼。

這位白月光隊長冷酷打了個手勢，示意文麟把巫瑾擼下。

玻璃上這一片小巫太不讓人省心！才幾個月就被衛選手騙色。

不過，佐伊冷漠看向衛時。

男人之間的事情，就該用男人的方式解決。

此時靶位還沒出現，佐伊、衛時身後各自擺放一張長桌。數百個通體漆黑的槍械零件散亂地放置在長桌上。

倒數計時四十秒起始。計時板紅光一閃，下方浮現一行小字：毛瑟槍，Kar 98K。

原本靜止不動的兩人驀然轉身，在金屬零件中手速如電挑揀。

巫瑾陡然睜圓了眼。三十一世紀對於古董槍械的熱愛就如同二十一世紀之於冷兵器。原本以為鬥槍近似於擊劍——沒想決鬥者雙方竟是要從拼裝槍枝開始。

射擊室內，兩人動作行雲流水。十二秒，佐伊手中膛室剛具雛形，大佬已經開始拼裝擊錘。二十秒，佐伊一掌按下隔熱護木，大佬已經握穩槍托。二十六秒，大佬裝好目鏡校槍，佐伊還在調整彈匣——

四十秒。掩體、靶位同時出現！

「鬥槍，一對一solo戰。贏下的規則是，搶下一百個靶位，或者，一槍把對方爆頭。」文麟解釋。

場內，佐伊衛時同時出手！

逃殺秀中，最具藝術感的位置毫無疑問就是狙擊手。他們必須冷靜，理智。狙擊手可以吃下全隊最優渥的資源，他們甚至有權在掩體後等上數個小時——出手必熟慮，一擊決勝負。

「靶位」微微發亮，大小如硬幣，邊緣模糊融入漆黑背景，浮空亂竄，乍看如灑下一把繁星。佐伊一個滑步把自己反推入掩體，開鏡，目光精準鎖住一處靶位運動軌跡。他的手腕靜止不動，穩穩架住槍托，槍口在幾公釐間精準移動。

「等狙。」巫瑾道。

佐伊執行的正是最標準的等狙微操，默算目標運動軌跡，等待靶位與準心重合，一擊斃命。

「砰」的一聲，毛瑟98K擊錘清脆敲響，兩槍前後響起！竟是衛時先得一分，旋即佐伊擊中靶位追上。

巫瑾趕緊順著防護玻璃奔跑，在暗淡光線之間瞅到大佬。

「瞬狙？」文麟愕然開口。

衛時幾乎沒有瞄準，隨手一槍就準確打下動態靶。從常識來看幾乎不可能，細節卻又偏偏找不出差錯。從抬槍到開槍，他只有最後零點三秒在看四倍狙擊目鏡。

只有一個解釋。

「這！」文麟罕見失態：「這是什麼怪物？抬手就用肉眼瞄準了百分之九十，然後半秒掃一眼刻度直接瞄準？這把槍他就校準了不到十秒，怎麼做到的？就連魏衍……」

巫瑾恍惚，不說瞬狙了，讓他在那兒站個十幾秒瞄準都打不到。巫瑾自己的動態靶平均命中只有七環，更何況此時射擊室內動態靶只有硬幣大小，也就是說——除了十環就是零環。

比分幾次上跳，衛時二十四分、佐伊十七分。

紅色指示牌再換：勃朗寧M2，重機槍。

兩人同時扔下大狙，組裝第二把槍。這一輪依然是衛時略快，佐伊卻只慢了兩秒，繼而端起槍體瞄準靶位——然後槍口左偏，赫然向衛時掃去！

勝利的兩個條件，爆頭，或者最先一百槍中靶。

衛時瞬狙優勢太大，只第一輪就把佐伊壓了七槍。佐伊眉頭緊皺，毫不猶豫做出了唯一選擇——爆頭衛時，把他淘汰出局。

重機槍哐啷啷響起，這座曾經服役百年的重機槍有著毫不遜色的點射壓制能力，為了搶先手，佐伊驀然從掩體後跳起——抬槍，開鏡，甩狙。

能在一秒內把重機槍抬起，佐伊的肌肉爆發能力在狙擊手中已屬頂尖。重機槍當狙，預瞄，壓制與甩狙，狙擊手的所有炫技在此刻佐伊身上表現得淋漓盡致。

文麟頓了許久，低聲笑，「進步不小。」

兩架機槍同時對轟！

掩體如山巒倒塌，灰塵漫天飛舞，震耳欲聾的機槍聲搖天撼地，一板板子彈掉落如銀屑。

直到規則器「滴」了一聲。

佐伊一聲悶哼，防護頭盔彈開。

這位白月光狙擊手猝然跌落在身後掩體，半天掙扎爬起。

衛時用機槍爆頭佐伊，鬥槍勝出。

射擊室外，巫瑾嗖的衝到門口，敲門，打不開。繼續趴到玻璃上，央求，蹦回去，敲門。忙忙碌碌成一道虛影。

射擊室內。

佐伊漠然坐起，就這槍法，不說練習生、不說血鴿，與白月光聯賽戰隊狙擊手，甚至巔峰時期的R碼隊長邵瑜都有得一拚。

對面，衛時抱臂，剛完槍一身煞氣。這個人應當不止打過比賽——佐伊甚至有種狙擊手的本能直覺，衛時的危險程度比他所見過的任何人都要高。

佐伊：「為什麼參加比賽？」

衛時居高臨下，身形沉沉壓著氣場冷冽，倒是沒什麼敵意：「出道位。」

佐伊譏諷：「你還需要出道？」

衛時沒什麼表情：「組建戰隊。」

佐伊一窒。素人，個人練習生出道，直接搞戰隊，任何一個看過逃殺秀的都覺得衛時要瘋。但他還真有這個實力。

佐伊停頓許久，一字一頓開口：「小巫怎麼招惹你了？」

衛時冷靜陳述：「我準備和他登記。」

「……」佐伊一抖，登記什麼？登記……領證？

——你們才認識幾個月，你們什麼時候戀愛的？小巫才九歲，不對，十九歲。藍星有房產證嗎？知會雙方家長了嗎？告訴凱撒和曲祕書了嗎？

佐伊胸腔陡然激憤，原本滿腦子的「渣男」、「對野生小巫出手」、「玩弄無辜小巫感情」卻像是撲了個空。衛時表情太鄭重，佐伊也算半個情場老手，比凱撒多帶個腦子的那種，竟能相信衛時在坦誠交代。

佐伊啞然：「你他媽……你認真的？」

衛時點頭，陰影分明的眼部輪廓下，瞳孔漆黑冷冽，不容置喙：「我認真的。」

射擊室外，巫瑾使勁敲門，文麟樂呵呵看著，直到射擊室內像是猝然爆發爭吵。佐伊言辭極快，表情激烈，防彈玻璃將兩人的對話隔絕，巫瑾慌不迭跑去隔空勸架。

佐伊：「人是你追的，小巫搶著背鍋？」

衛時：「對。」

佐伊：「戀人牌那次，是你把我狙走，要擠到副本裡跟小巫炒CP？」

衛時：「嗯。」

佐伊：「白堊紀副本，小巫是自己騎著翼龍去找你的？」

衛時：「是。」

佐伊終於冷靜，然後又頗為憤慨。小巫傻子根本就是把自己往火坑裡送——瞞著家長談戀愛，這下一步是不是就得私奔了？

但原本積攢好的歷歷罪狀竟是打了個空，衛時竟然是認真的。作為白月光隊長，他應是巫瑾的家人、堅盾，替他攆走情感詐騙犯，而不是阻礙巫瑾去自由戀愛。

佐伊沉默許久，終於開口：「他的槍法也是你教的？」

衛時點頭。

每個狙擊手都有最細微的操作習慣、風格，就像指紋與筆跡一樣帶著強烈個人印記。巫瑾入行不久，還沒形成自己的用槍偏好，預瞄、開槍本該是佐伊和血鴿傳授。但打從第二場淘汰賽開始，佐伊就覺著巫瑾的風格誰都不像。

直到剛才，衛時真真正正當著他的面開槍。

佐伊清楚知道巫瑾的天賦。能讓巫瑾在五個月內打出「風格」，衛時至少校準了巫瑾的開槍姿勢不下千次，才能把自己的印記完全留在巫瑾的戰術習慣上。

射擊室內許久沉默。

佐伊冷硬開口：「今天先這樣。開門放小巫進來。」

衛時頷首，轉身前向佐伊伸手。佐伊僵了幾秒，又矛盾半天，最後決定給他這個面子，剛剛被「一槍爆頭」的白月光隊長借力爬起。

門外，文麟感慨：「妥了。讓你隊長再糾結幾天，他就拉不下這個臉。」

巫瑾：「欸——」

射擊室防護門解鎖。

巫瑾趕緊彈上去，表情堅定，誠懇認錯：「是我沒有上報組織……」

佐伊在巫瑾肩膀上拍拍，「行了，進去練槍吧。晚上回去複盤。」

巫瑾一頓，長舒一口氣，喜滋滋點頭。

等佐伊走後。

衛時揚眉，「我說過。我會解決。」

克洛森靶場，佐伊沖完澡出來，一言不發。半晌又憤憤不平：「領證是不可能現在領證的！小巫這簽證……他這簽證，註冊結婚還有點麻煩。」

文麟：「你不就是被人一槍爆頭了嗎。不服氣？」

佐伊不滿：「不是我弱，是對手太強，而且據我觀察，這人很能裝逼，」佐伊冷靜分析：「他當他是誰，克洛森逼王？我總覺得不能讓他這麼輕鬆過關……」

文麟：「那還要怎樣？給他出幾道題考驗下？你這是嫁文成公主啊？」

佐伊：「……」

過了幾秒。

佐伊琢磨：「有點道理啊。你說松贊干布求親的時候，是給他出了幾道題來著？」

文麟詫異：「你當真了？你是不是和凱撒待久了，逐漸凱化？」

佐伊：「……我沒有，我不是，我就問問。」

克洛森靶場。

趁大佬洗澡的工夫，巫瑾琢磨了會兒瞬狙。

等人出來突然想到：「你之前去了趟R碼基地……」

正在此時，兩人終端同時亮起，是克洛森秀的通知。

半小時後在演播廳集合——發放上一輪比賽中應援投票選手抽成，以及發放綜藝腳本。

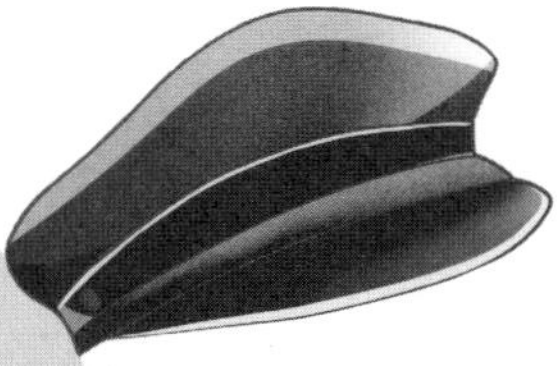

【第六章】——衝啊！人氣少年！我真的是逃殺秀練習生

克洛森導播大廳。

地上亂七八糟坐了近百位練習生，第五輪淘汰賽後，能進入下一輪角逐的只剩九十人。

節目PD正在用擴音器宣布接下來的比賽章程：「第六輪淘汰賽，按照歷年老規矩，咱們不打自訂，改打固定圖，九十進五十……」

臺下，巫瑾趕緊打開終端，查閱往年克洛森賽制。

固定圖，往往是由節目導師在若干個既有地圖中抽選比賽主題。克洛森秀海選複賽與第一輪淘汰賽均是固定地圖。然而下一輪淘汰賽，地圖難度要比第一輪大得多。

巫瑾粗略掃過。克洛森第六輪淘汰賽——去年是鬼屋，前年是輻射城市，大前年還是鬼屋……往幾年中，鬼屋、遊樂場、輻射城市和荒島均有被抽到。

PD繼續口沫橫飛：「因為和星塵杯逃殺賽撞了檔期，咱們下次比賽在兩個月後，這中間最重要的是什麼？」

練習生拖拖拉拉喊起口號：「訓練、訓練和訓練……」

PD一拍桌子，「錯！是熱度！」

嗖的一聲，兩位場務齊齊在PD身後張開虛擬投影，一系列圖表、資料錯綜複雜，無疑出自克洛森市場行銷部手筆。

「星網，」節目PD把桌子敲得梆梆作響，「日新月異，變化萬千。逃殺秀的熱度主要集中在每年二、三兩個季度，從星際聯賽開始，到蔚藍賽區星塵杯結束。觀眾最期待的是什麼？」

「職業選手！能打出成績，KA資料（殺人率、支援率）高，帶領戰隊奪冠的職業選手！那練習生是什麼？練習生對觀眾是次要的，練習生就是每季度冒出來的韭菜，割完一茬還有一茬！在馬上來到的兩個月休假裡，記住，一個最重要的任務就是讓觀眾保持記憶！怎麼做？」

投影刷刷一換，赫然一行大字——

綜藝，星博，炒人設，炒緋聞，蹭自家戰隊熱度

巫瑾&所有練習生：「……」

臺上，節目PD開始洋洋灑灑介紹以往練習生的行銷案例：「當年大薄在咱們節目的時候，平均每兩週爆一次緋聞。不要小看緋聞，觀眾不看逃殺選手的緋聞，也會跑去看藝人、網紅的緋聞！前幾年有兩個戰隊，被十幾流小報報導『深夜正副隊先後進入同一賓館』，雖然兩人只是在討論螢光戰術本，但觀眾反響熱烈，熱情高漲！所以公司高層一拍板，決定就開個發布會『坐實戀情』。當天兩人星博粉絲暴增，公司股價上升……」

臺下，左泊棠身形一頓。

秦金寶：「咋了?PD又沒明說是你們井儀。」

不遠處，明堯還在拉著巫瑾嘰哩呱啦說個不停，熱情高漲也不知道在討論個啥。臺上投影再換。

「當然，要保持熱度，咱們綜藝上鏡率也不可或缺！」PD一臉雄心壯志，「下週末的《衝啊！人氣少年》就是節目組為大家爭取到的寶貴機會！屆時我們的逃殺選手要和網紅、時尚博主、藝人練習生、新人模特兒同臺獻藝……」

臺下驟然炸開。

練習生神態誇張，表情各異，根據有才藝、無才藝劃分，反應大相徑庭。

薄傳火欣喜若狂，故作謙遜：「我也算是身兼網紅、時尚咖、逃殺練習生多職，多才多藝，文體兩開花……」

凱撒嚷嚷：「獻藝?我這也沒藝可獻啊，最多也就獻個身……」終端迅速響起，嗶嗶提醒

凱撒還在錄製中，注意言辭，剪鏡頭警告一次。

魏衍依然面無表情，眼神裡卻露出一秒的放空恍惚。

紅毛倒是興奮得很：「我有機會喊麥不……」

凱撒身邊，佐伊正在查詢《衝啊！人氣少年》的節目環節，文麟湊過去一瞧，巫瑾也趕緊探出腦袋。此時十幾架攝影機漫天飛舞，巫瑾理智和大佬保持在警戒距離之外，和自家隊友安全扎堆。

「《衝啊！人氣少年》隸屬雪豹娛樂，收視指數二十四點二（分位百分之五十二），網路傳播指數三十六點一（分位百分之三十一），」佐伊調出頁面：「口碑比收視率好，至少不會太掉檔次。綜藝拍攝中，嘉賓需分組完成規定遊戲環節，跨行業互動合作……錄製前一週需提交嘉賓人設……」

巫瑾立刻想起，克洛森秀的選手個人資料頁面，四人小隊都是交給白月光宣傳部門管理：「隊長，咱們從個人頁複製一份？」

佐伊看了眼巫瑾，半天嗯了一聲。

腦海控制不住開始設想，如果巫瑾資料頁改成「已婚」……

「不行！」佐伊冷然開口。

巫瑾一呆：「不、不能複製的嗎……」

立即乖巧點頭，等回寢就重新手打一份發給節目組。

人群中，綜藝腳本一一下發。巫瑾大致翻了幾頁，有等於無。

臺上，節目PD正在做發言總結：「打得好不好是主觀決定的，流量炸不炸是客觀決定的，但是客觀世界是主觀意識推動的，希望大家好好在兩個月裡發揮主觀能動性。行了，下面我點到名字的請後勤老師重點關注下，一定要監督他們在上節目前洗頭。毛秋葵──」

紅毛：「哎喲，別，別啊，怎麼公開處刑呢！」

晚飯鈴聲一響，練習生紛紛散去。

克洛森食堂的賽後菜色遠遠比不上賽前一頓斷頭飯。不僅克洛森秀選手，風信子秀選手都難以忍受。

好在風信子女神們對生活品質要求極高，飯點一到，薇拉就提著干鍋竹鼠飯煲，慢悠悠踱步到白月光的餐桌上坐好。女神慷慨把干鍋分給幾人。

輪到巫瑾時毫不掩飾心中喜愛，給自家愛豆塞了兩隻竹鼠腿子，加一勺乾煸了的蟲草花。

過來找凱撒蹭飯的紅毛也分了兩勺干鍋，欣喜若狂連連道謝。

這會兒紅毛還惦記著PD單cue他的事，憤憤不平：「咱們逃殺選手是靠實力吃飯的，洗不洗頭有什麼關係！」

薇拉一笑，「這兩年逃殺秀大火，吸的不止是硬核粉。有觀眾不怎麼看逃殺賽，但略有耳聞，拾掇拾掇自己也好，總不能摧毀觀眾想像。之前熱度挺高那個奇葩連載帖，〈克洛森迷情：女扮男裝參賽後四百九十九位練習生向我表白〉就挺吸粉，別上綜藝讓觀眾一看，說好的克洛森男神呢？怎麼不洗頭？怎麼跟連載帖裡不一樣？」

紅毛琢磨：「就算拾掇好了，拚唱歌跳舞顏值也比不過人家藝人練習生……」

一桌目光齊刷刷看向巫瑾。

巫瑾：「……」等、等等，我也拚不過啊！都多久沒跳舞了！

薇拉笑容益發慈祥。她粗略掃了一眼白月光，倒是滿意點頭。桌上五人連著紅毛在內顏值都能打，這屆白月光可以全員pick……

薇拉視線突然一頓。

不遠處，一人走近，「勞駕。」

紅毛趕緊把屁股挪挪，就差沒鼓掌恭迎衛哥入座。

衛時坐在巫瑾旁邊。

巫瑾本來還咬著勺子，瞬間眼睛亮起，又故作鎮定。

薇拉：「……」坐什麼坐！你擠到我家小巫了！

佐伊：「……」這人不僅愛裝逼，還臉皮厚！這是白月光占的桌子！

凱撒虎目一張，端的是熱情好客：「小巫往旁邊擠擠，來來給衛兄弟騰個位置！」

紅毛見狀，趕緊機智岔開話題：「那個〈四九九練習生〉寫什麼來著？我看看哈……」紅毛打開終端，在一片詭異沉默中大聲朗讀。

「最新連載：我哭著對兩位戀人說，『小薄、凱撒，我喜歡你們，但我的心是公平的，它告訴我，我也愛著小巫，愛到難捨難分，還有衛神、佐伊、泊棠、阿麟，放棄你們之中的任何人都會讓我的心撕裂，它好痛，好痛好痛……』」

「凱撒邪肆一笑：『寶寶，我怎麼忍心讓妳那麼痛，我能接受傳火，就也能接受他們。』」

沉默更加詭異。

紅毛適時轉移話題：「呃，來，吃吃吃，夾菜！」

凱撒憤然放下碗，「這寫的什麼？這不OOC嗎！開後宮也要講基本法，我特麼能接受騷男？怕不是一拳就把他錘出克洛森。這玩意兒比小巫生子的條漫還扯！」

餐桌眾人：「……」

巫瑾差點被米飯嗆住：「……」

衛時把水遞給巫瑾，面無表情，嘴角冷硬的線條微微鬆融。

晚飯後的訓練時間到二十二點截止。

巫瑾還在被要求「靜養」，終端刷不開訓練室，和隊友一起複盤後就到處溜達著閒逛。

中途路遇背著手聽評書的秦金寶兩次，到處拉人唱K的明堯一次，小樹林裡開直播的薄傳火一次。

二十一點，巫瑾特地去探望了嵐。這位妹子年齡不大，性格耿直，就是喜歡直勾勾看向巫瑾。臨走時驕傲開口：「下次再戰。」

好在有楚楚活躍氣氛，巫瑾也和嵐初步建立友誼。

楚楚與嵐同寢，床位亂七八糟，小裙子堆積成山，大咧咧邀請巫瑾進門時也沒想過收拾。

巫瑾毫不知曉小裙子的實際標價，只覺得楚楚怎麼看都不像是帝國順位繼承人。

二十一點半，巫瑾從小樹林捉回小翼龍，開始在水龍頭下洗洗刷刷。小翼龍不怎麼怕水，就是翅膀撲騰個不停，洗個澡給方圓十幾平方公尺的花圃都強行澆了水。

二十二點整。

所有練習生趕在宵禁前一窩蜂趕回雙子塔，巫瑾用毛茸茸的洗臉巾包裹小翼龍，抱著牠就往寢室走。

明堯喝高了回來，眼神不大聚焦地問起巫瑾：「洗乾淨了啊，明天燉了不……」

巫瑾嚴肅申明小翼龍是寵物，順便領著路都走不利索的明堯回寢室。

小翼龍被洗得香噴噴，回寢後就把自己倒掛在衣架上玩。

黑貓鄙夷看向翼龍，占了沙發動也不動。等巫瑾打開臥室門，小翼龍嗖的一下跟了進來。

確認過兔哥不在蓓天翼龍食譜上，巫瑾並不阻止小翼龍進門。

燈光微開，巫瑾這才察覺自己的視力已經恢復大半。書桌上整整齊齊貼著第五輪淘汰賽前的訓練計畫，巫瑾把計畫表撕下，重新抽出一張寫字紙。

第六輪淘汰賽，九十進五十，容錯率比上一輪更低。以他現在的實力，真刀真槍搏鬥只能被打個B+。要想最終站在出道位……

筆尖沙沙摩擦，巫瑾逐條寫下月度計畫。

動態靶九環。

固定地圖背圖。

進階近戰格鬥。

給隊友、大佬、明堯、薄哥……還有兔哥、小翼龍、黑貓買新年禮物……

終端滴滴作響，提醒巫瑾檢查個人帳戶餘額。巫瑾掃了眼數字，猛然被嚇一跳。

四十萬信用點應援投票分成——巫瑾決定還是等明天白天去問問PD，是不是把下場淘汰賽的預算都錯手打給他。

寫完計畫，巫瑾抱住跳上來的兔哥大擼特擼，小圓臉在軟乎乎的兔毛裡猛蹭，發出吸兔的舒適喟歎。然而一回頭才反應過來寢室床上砰砰作響。

小翼龍正在努力啄他的枕頭。

「哎別！這是由祕書買的保健枕頭！」巫瑾趕緊把小翼龍攔下，小翼龍卻嘎嘎叫著，對枕頭敵意很大。

巫瑾撿起枕頭，翻來覆去看了幾眼，愣是沒發現有什麼不對。

小翼龍嗅覺極好，性格乖巧，沾有主人氣息的東西基本不會亂拆，只有陌生人的物品、或是巫瑾給牠帶的玩具才有興趣肢解。

竹炭纖維枕頭散發淡淡的清香，沾了小翼龍口水之後，巫瑾只能拆了枕套。巫瑾摸了摸小翼龍的腦袋，關了燈，給牠留了扇窗戶就蓋著被子躺好。

晚風依依，被窩舒適宜人，就是枕頭沒有套枕套……

兔哥暖烘烘團在臉頰旁，就是枕頭沒有套枕套……

入冬後，空氣夾雜淡淡的山茶花香味，就是枕頭沒有……

巫瑾突然興奮爬起。

這簡直是個絕好的理由！少年向兔哥道了晚安，悄然無聲打開門，再三確認隊長、文麟哥已經入睡，繼而理所應當敲響大佬的房門。

門應聲而開。

克洛森練習生寢室。

窗扇半開，男人聲線低沉，在通訊中交談：「體徵指標接近正常，嗯，活蹦亂跳。上次給他的精神安撫藥物，MHCC，沒有發現任何副作用症狀。」

通訊對面許久沉默。

宋研究員猶豫開口：「衛哥，那管MHCC，在巫先生血液中峰值有每毫升0.2mg。理論上不是普通人類能承受的藥物濃度。」

「我依然保持之前的判斷，巫先生十五歲之前已經大量接觸過這類精神安撫藥劑，以及存在明顯藥物濫用情況——沒有後遺症，對藥物濃度無明顯反應，就是最大的後遺症。」

山風摻著山茶花香在夜空中浮動，衛時看向窗外，神色沉沉凌冽如刀。

通訊對面，宋研究員斟酌分析：「……MHCC精神安撫藥劑造價高，如果是幾年前，唯一的可能流出管道就是聯邦R碼軍事基地。」

「我查過當年資料，MHCC存在非常罕見的民用、醫用案例，但沒有一例和『藥物濫用』有關。我猜想，巫先生是否當年也在R碼基地，進行某種改造……」

寢室外，敲門聲響起。

衛時掛斷通訊，對面語音自動轉為文字——

衛哥，你們上週去了趟R碼基地，聽二毛說把基因復刻倉庫都給炸開了。

門打開一條縫，小圓臉立刻擠入。房間內一片漆黑，衛時簽收了半夜三更送上門的巫瑾兔，掃了眼在被子裡亂鑽的黑貓。

「……」黑貓可憐兮兮下床，出門，侍寢爭奪失敗生無可戀。

床上，巫瑾乖巧坐好，開始誇張描述隔壁被蹂躪的枕頭、糟糕的睡眠環境，和讓大佬收留自己一晚的美好願景。

衛時應允。

巫瑾一秒撲在大佬床上，抱住枕頭興奮非常，像是渾身有勁兒沒處使！

克洛森學員單人床不寬，和太陽王的king size大床毫無可比性。但巫瑾卻駕輕就熟，畢竟當初在R碼基地——大佬潛意識裡，兩人就這麼暖烘烘擠一張床！

巫瑾往床內一縮，抬頭才察覺大佬要比記憶裡十六歲的崽崽壯碩得多。

巫瑾趕緊表示：「我不占地兒！」

衛時看著巫瑾把自己在被子裡捲吧捲吧好，又給自己留出半個空隙。

男人霸道擠進被子，還在翻騰的巫瑾瞬間被壓制在套了枕套的枕頭上。熾熱的吐息與粗糙的吻自肩頭、臉頰燒灼，接著雙唇相接。

巫瑾努力撲騰。

巫瑾無力露出肚皮。

帶著槍繭的手精準探入巫瑾毛茸茸的睡衣，在精瘦的腰身上肆無忌憚享受福利。

巫瑾掙扎：「啊啊——欸！別，啊啊啊不要——哎喲——」

衛時給他把睡衣展平，「怎麼還能叫出音階的。」

巫瑾像一條翻出肚皮的鹹魚，眼角泛出生理性水光。嘴唇翕張，努力搶過枕頭做防禦武裝，「學、學過音樂的，怎麼了！」

少年強行辯駁，活色生香，攤平予取予奪。男人瞳孔再深，欺壓而上。

幾秒淺嘗輒止，衛時顧著巫瑾還在休養中，卡在了收勢不住的臨界點上。

等衛時從洗手間回來，巫瑾已經昏昏欲睡，勉強撐起眼皮。枕頭一半扣在臉上。

衛時在他身側躺下，隨手把巫瑾圈住，「等綜藝結束，跟我去浮空城。」

巫瑾哼哼唧唧。

衛時：「秋日祭，領證。然後需要你做個決定。」

巫瑾勉強清除睡意，沒有絲毫猶豫，熱情高漲：「行！領！」

衛時定定看向巫瑾。

腦海中閃過在R碼基地遺址收繳的資料。

「『劍鞘』和『利劍』同為改造人，他們之間吸引力來自於基因，卻不完全取決於基因。他們甚至可以在茫茫人海中找到對方。成長經歷、性格決定他們的相處模式。」

記憶回溯。克洛森海選初賽，衛時一槍指上蹲在樹墩上的巫瑾。槍口對準軟趴趴的小捲毛，就像捏住兔子耳朵，「這麼弱，來做什麼的？」

「當劍鞘與劍完美適配，劍鞘替利劍疏導情緒，施加於劍上的『鎖』將不復存在……」

浮空城十幾例治療案例中，只有衛時在「伴療者治療方案」中有顯著治療成效。

「劍鞘是情緒鎖的鑰匙，最完美的劍鞘能匹配不止一把劍。」

「就像是萬能鑰匙。」

床上，巫瑾繼續蹭著枕頭就要入睡。

衛時突然緩慢開口：「進鎖的時候，你都看到什麼？」

巫瑾打了個哈欠，「看到小時候的事……還有小朋友們排著隊進改造室……應該是和你的記憶混了……」

衛時把人往懷裡按了按。

巫瑾抬頭，想睡前再瞅瞅大佬，卻硬是被衛時按著，沒讓他看見自己眼神。

最後一道證據終於被擺在面前。

衛時第一次改造在十六歲。改造室那段，巫瑾看到的不可能是衛時的記憶，只能是他自己的記憶。

巫瑾被枕頭悶得不行，呼出來都是濕濕熱熱的水氣。他拍拍自家戀人的腰線，「都過去了。」然後抬頭琢磨，試圖把大佬注意力引開R碼基地的艱苦過去，「衛哥，來個晚安吻？」

一分鐘後，巫瑾再次被親得哇嗚亂叫，幾次反撲皆以失敗告終，深切斥責自己人菜癮又大。

「是睏了。」衛時陳述：「音階都走調了。」

巫瑾：「哎哎！」

夜色沉沉如水。

巫瑾終於高高興興睡著。

枕側，衛時終端調到亮度最低。

宋研究員：衛哥，你們找到「鑰匙」的下落了？

宋研究員：衛哥，你……應該已經知道鑰匙是誰了。我這裡隨時可以做基因匹配測驗，還有，你需要做一個決定……

衛時：基因檢測不用。另外，決定由他本人來做。

男人關閉終端。

床頭，枕頭早就被巫瑾無意識搶走。男人枕著手臂，另一隻手摩挲巫瑾曾經被咬過烙印的頸側。

基因只決定注定相遇，此後萬般與基因無關。

第五輪淘汰賽後第二天。

兩個月長假讓一眾練習生徹底放飛，啤酒、烤肉、炸雞成堆成堆地被練習生往寢室搬。

佐伊趕在一大早就往凱撒寢室蹲點，不出意外抓了個現行。

從凱撒臥室收繳的速食炸雞很快被轉移到了佐伊寢室，巫瑾循著香味出來，對上文麟感嘆的目光，「幸好你隊長不在。」

巫瑾反應過來，火速把大佬的房間門帶好，鎮定擼兔。

早上九點，小翼龍還在睡覺。

剩了個枕芯的枕頭被牠一爪子踹到了巫瑾床底下，過來收拾屋子的家務機器人只能可憐兮兮趴在地上找枕頭。

黑貓神色懨懨，對著重新安裝好的鏡頭張牙舞爪。

在節目組友善提醒衛選手，他養的貓會摳攝影機之後，大佬明顯採取了某種教育手段。

「這貓真可憐啊，早上衛選手把牠所有玩具都沒收了。」文麟憐愛道。

吃完隊長沒收的炸雞，巫瑾立即找到了節目組後勤。

「四十萬信用點打賞對吧，」克洛森財務員一核對，拍拍巫瑾肩膀，「沒算錯，應該是有土豪粉給你打榜，喏，就這個土豪。」

巫瑾戰戰兢兢圍觀完ID為瑜的土豪主頁，轉身就給公司發了訊息。曲祕書回覆很快，表示收悉瞭解，巫瑾安心比賽即可。

等巫瑾回到克洛森南塔，隔壁寢爆發出殺豬式的笑聲。

「喔豁！」明堯直接從窗戶裡伸出個腦袋，「抓到小巫了！過來一起看綜藝！」

螢幕正中，播放的正是往期《衝啊！人氣少年》。

凱撒、紅毛笑得嘎嘎不停，小富二代明堯在對薄傳火吹牛：「這個明星我見過、那個被雪藏幾年了吧，後來跟我哥一發小結了婚，馬上爆紅。」

「哎喲這個牛X了，這個節目主持籍貫不在聯邦，在蔚藍深空。節目組和嘉賓都不敢得罪她，據說是黑白兩道通吃……」

此時節目環節正進行到第二輪，一群小明星為了完成野外燒烤任務，正在挨家挨戶刷臉，借食材借調味料。

旁邊一圈練習生立即陷入探討。

「食材刷臉也借不到啊，我們自己打獵行不？」

「這拍攝又不是荒郊野外，地上跑的都是農民伯伯養的家禽！要不搶其他嘉賓食材……什麼？不給搶？一個綜藝不給打架也不給搶，我們這些逃殺選手不就廢了嗎！」

巫瑾這才發現，《人氣少年》是一檔戶外綜藝。

這類綜藝每期任務都會變換，形式倒不會有太大變動。然而比起戶內，戶外無疑是巫瑾的弱項。他對這個時代瞭解太少。

當初一不留神就出現在白月光娛樂大廈，往後多數時間也是待在克洛森的象牙塔裡。出門次數屈指可數，唯一能摸得清路的還是蔚藍深空浮空城。

巫瑾心中警鈴大響，不說其他了，他可能連交通規則都是一知半解！

接下來一週，自己必須得出去走走，以免被寫出〈驚，某逃殺選手日常生存能力堪憂，退役後恐成流浪漢〉的通稿。

然而等巫瑾回寢室，很快另一件事占據他的注意力。

小翼龍還躺在沙發上睡得香甜。

從昨晚開始，牠加起來約莫睡了十二個小時。在給小翼龍領寵物證的時候，巫瑾仔細諮詢過，藍星含氧量低於牠的原始生存時代，在供氧不足情況下一天睡八至十個小時也有可能，但十二個小時已經超出「健康」範疇。

巫瑾搖了搖小翼龍，牠撲撲翅膀，鑽進巫瑾訓練服領子裡繼續睡。

巫瑾終是撥出了當時「進化天平」工作人員留給他的終端號。

「睡眠時間過多？攻擊枕頭？」終端對面，工作人員思忖：「我知道了，牠附近有其他翼龍嗎？」

巫瑾搖頭搖頭。

「應該是孤單了。」這位實驗室研究員解釋：「帶牠出去，認識認識新朋友就好。」

通訊掛斷，巫瑾一呆，趕緊向小翼龍深切道歉。打開終端飛快搜索。

「南十字星神龍翼龍妹妹相親【圖片】【視頻】，性格佳，溫順能打。有意私。」

這個不行，翼展太長了……應該看不上自家小翼龍！

「十三香蓓天翼龍驚爆價，一隻三十點，三隻一百點。」

這個熟了，也不能做朋友！

「霸天龍寵專賣，翼龍五十點起……」

正在巫瑾猶豫要不要買個同伴陪小翼龍一起玩的當口，寢室門從外打開。

衛時：「怎麼？」

巫瑾趕緊陳述事實，並檢討自己作為主人的失責。

大佬知悉，按下終端。一輛懸浮豪車飛馳而來，正停在寢室飄窗外。

飄窗嗡嗡作響，窗扇旋轉九十度展平，與懸浮車接駁。

巫瑾：「……」三十一世紀窗戶竟然能動！還有這車看著好昂貴！

衛時示意巫瑾把小翼龍遞給自己，「上車。」

巫瑾跟在後面，一路磨磨蹭蹭，好奇不已：「我們……是要帶小翼龍出去遛遛？幫牠找小夥伴？」

衛時點頭。

車內裝飾炫目豪華，巫瑾看到目不轉睛，「出去一趟，開這輛會不會太拉風了？畢竟只是遛下小翼龍……」

男人轉動車鑰匙，戴上墨鏡，把另一副遞給巫瑾。駕駛座上，衛時墨鏡下的五官俊朗深邃，一件純白襯衫解開兩扣，挽起的袖口下手臂肌肉壯碩，哪兒都與「低調」不沾邊。

衛時：「嗯，遛下翼龍。順便遛你。」

克洛森基地。

豪車騰然滑翔，車身被昂貴的裂變引擎助力反推，颯遝如流星掠過。

不少草坪上攤著的練習生驚異抬頭。

隔壁寢室，原本還守著綜藝嗑瓜子兒的幾名A級練習生嗖嗖圍上窗戶。

明堯一臉豔羨，「這、這誰的車？」

佐伊從鼻子裡冷哼：「逼王的車。」

車內。

天風從敞篷湧入，濾網精準調節車內溫濕度。等待被遛的巫瑾興奮抱著同樣等待被遛的小翼龍。打從懸浮車升起，小翼龍就興致高昂，秒速轉醒，翅膀拍打激動得不行。

巫瑾揉揉小翼龍這裡，又捏捏那裡，「不睏了？」

懸浮車終於減速。

克洛森基地距離市區約莫幾十公里，幾分鐘後兩人已是抵達鬧市。

面前一座高樓聳然入雲，下方無數虛擬投影廣告彙集：「藍小象幼稚園」、「晏氏家用機器人」、「YBB購物中心」……

巫瑾視線突然一頓。

大廈六層，赫然掛著一道廣告——「寵物託管貼心陪伴」。

懸浮車緩緩駛入泊車位。

侍者禮貌迎接兩人下車，周圍不少車主都有意無意地盯著豪車嘖嘖稱奇。旁邊還圍了一群眼睛亮晶晶的引路機器人，發出或可愛或性感的電流音：「小哥哥掃碼嗎！先生掃碼嗎！導購需要嗎！電子捏腳有需要嗎！今天的電影票有需要嗎……」

衛時隨手招來一個戴兔耳朵的機器人。

巫瑾伸著腦袋往外看，寵物託管旁邊已經站了不少人。

「哇……我要不先帶小翼龍去排隊？」

衛時點頭，「過來。」

男人靠在懸浮車上，槍繭厚重的手指給巫瑾調整墨鏡，順著按了把蓬鬆的小軟毛。

巫瑾的終端發出細微電流聲。男人滿意：「去吧。」

巫瑾抱著小翼龍在人群中擠來擠去，直到站到隊尾，才想起電流聲源自哪裡：兩週前，浮空城實驗室，大佬給自己終端裝上的晶片。

雖然從功能上看，晶片可能和曲祕書的兒童防走失手錶沒什麼區別……

隊伍裡小朋友極多，有的抱著小白兔在揉，有的在和小倉鼠說話，有的還笑咪咪對著巫瑾招手，還有要玩小翼龍翅膀的——很快被家長拖走教育。

「真年輕啊。」一位娃爹對著巫瑾感慨。

等巫瑾排到隊首，一位中年女士把登記表遞給他，「進去之前先填好喔！」

巫瑾接過表單。

寶寶姓名。

巫瑾這才想起還沒給寵物取名，只能填了圓溜溜的三個字「小翼龍」。

寶寶年齡。

巫瑾按照領養時的資訊表，認真填上「九個月零五天」。

家長姓名。

巫瑾簽完名，旁邊卻還有一個空格。三十一世紀託管寵物竟然要填寫兩個主人……巫瑾迅速瞅了眼旁邊的填寫參照，兩格均有填寫。巫瑾恍然，應該是為了防止主人聯繫不上，才加了一個緊急聯絡人，於是大筆一揮，寫上「衛時」。

身高：二十公分。

學齡：零天。

主要科目：嗯？科目？蜥形綱翼龍目！

等填寫完畢，巫瑾乖巧跟在人群裡遞表。

一位二十來歲的實習保育員妹子正在收表，在看到巫瑾時小姑娘一愣。

巫瑾把表單往窗口裡塞了塞。

小姑娘顫抖接過，臉頰泛出紅暈，「您、您好，您真好看……」說到最後聲如蚊蚋，再低頭往表單上一瞅——

她撲通一聲把表單攥緊，眼裡露出詭譎的亮光：「巫先生這、這邊請，寶寶帶來了嗎？」

巫瑾欣然遞出小翼龍。

保育員姑娘：「好、好的小朋友要帶寵物一起入園對吧，我給您登記……」

一旁的同事盯著「小翼龍」三個字，猛然反應過來，趕緊站起給巫瑾道歉：「先生不好意思，這裡排的是藍小象幼稚園的隊！今天有入園面試，地方不夠用就把寵物店的門面給占了！太對不起了，寵物託管得從後門走，我帶您過去。」

巫瑾一驚，趕緊把小翼龍抱回，自己丟臉得就像是從克洛森秀放出來的傻子。

按照常理，保育員應當立即歸還錯填表單，小姑娘卻是依依不捨，顫顫巍巍，萬分糾結，彷彿下一秒就要嚶嚶嚶出來。

家長：巫瑾、衛時。

她的同事連忙提醒：「快點啊，人還在外面等著。」

突然窗口外陰影籠下。

身材高大壯碩的男人伸手。即便戴了墨鏡，依然能看出表情淡漠，氣場冷肅。

小姑娘求生欲極強，手忙腳亂交出表單。

衛時低頭看了眼，面部線條微微鬆融。沒等巫瑾回過神來，男人已經迅速疊好那張紙揣進口袋，對小姑娘做了個噤聲的手勢，唇角微揚拉著巫瑾往外走。

小姑娘慌不迭點頭。

兩人消失在人流之中。

小姑娘直愣愣看了十秒，然後猛然從椅子跳起。

——衛神好帥，小巫軟綿綿好溫柔！剛才……疊好，揣進口袋，把手……

——麻蛋讓妳天天搞圍巾！搞圍巾！妳搞到真的！搞到真的了啊啊啊啊啊啊！

藍小象幼稚園的隊伍停滯了少許，就繼續往前推進。

衛時把剛買的口罩遞給巫瑾，遛著自家戀人，一路走到寵物店門口，這日的客人寥寥無幾，年輕的店長熱情接待了兩人。

在給小翼龍做完身體指標檢測後很快給出報告：「小傢伙很有活力。基因改良過，腦部發育比正常蓓天翼龍優異很多。嗯？你說孤單？對，翼龍是有自己的生態群，個體行為會產生相互關係……我再測一下。」

幾人坐電梯上樓，打開標有「蜥形綱—晚三疊紀」的寵物溫室，三隻比巴掌略大的小翼龍歡快撲騰而來。

「白果！別亂撲客人！」店長笑著訓斥：「牠們叫白果、銀杏和公孫樹子。」

小翼龍一臉好奇，往前飛了幾步，又回頭看看巫瑾，再往前挪挪，再回頭看巫瑾。

巫瑾笑咪咪鼓勵。

小翼龍嗖的躥起，撒歡兒似的衝向三名同類。四隻翼龍短暫湊近，互相嗅聞對方的氣息。

白果性格最皮，很快就要去拱小翼龍的尾巴，銀杏卻警惕用長喙呵斥，公孫樹子暗中觀察。

小翼龍嘎嘎叫著，像是無依無靠的轉學生。

衛時突然開口：「那些是售賣品？」

寵物溫室一側，玻璃隔絕了翼龍的活動範圍和走道。走道旁展示櫃內，陳列了不少亮晶晶的小玩具。

多數做成三葉蟲、銀杏樹果和鸚鵡螺的樣式，大小設計精巧，不會被翼龍長喙誤吞。

店長點頭，「是，專門給小型翼龍寵物設計的玩具……」

很快，店長表情恍惚給衛時刷卡。開在鬧市的寵物店，任何小玩意兒都價值不菲，這位英俊多金的土豪竟然直接把展示櫃敞開，讓小翼龍隨便挑！

小翼龍毫不客氣挑走了兩只橡膠鸚鵡螺和六只袖珍板龍手辦。

寵物溫室內，另外三隻翼龍簡直看紅了眼！

巫瑾感激捏了把大佬緊實的腰線，摸摸小翼龍腦袋，「去吧，有玩具要和朋友分享。」

衛時：「……」

小翼龍興致高昂，叼著玩具們就向新朋友撲去。白果嘎嘎兩聲搶下玩具，和小翼龍黏糊在一起，銀杏似乎還在猶豫，小翼龍卻絲毫不記仇剛才的排擠，把鸚鵡螺扔給銀杏。

溫室外。

寵物店店長默默感慨，信用點果然可以解決一切問題！如果有問題解決不了，那一定是信用點砸得不夠多！

兩人離開時，小翼龍已是被留在了店內玩耍。

「再向您核對下剛才訂購的寵物託管套餐，每天早、晚會有我們的保育機器人去地址……克洛森基地雙子塔南塔七樓，接送您的愛寵『小翼龍』來店內玩耍。」

巫瑾確認無誤，簽字。

店長賺得盆滿缽滿，樂呵呵送兩人出門，「其他詳細檢測資料會在一週內出來，屆時我們會通知到您的終端……祝您今日愉快！」

門外，巫瑾振奮期待：「下面去哪裡？」

衛時投影出虛擬地圖，翻轉到巫瑾方向，「你想去哪裡？」

聯邦鬧市處處繁華。

一小時後，巫瑾打著有規律性的飽嗝，捧著一大桶冷串串胡吃海塞，邊吃邊問：「……電影票幾點……嗝……」

大佬看終端，漠然開口：「還有五分鐘。」

「嗯！」巫瑾趕緊又往嘴裡塞了一串，眼睛也被撐得圓溜溜，「坐、坐下來吃。」

衛時領著巫瑾坐下，複盤兩人剛才的爭論：「嗯。我說過買二十串。」

巫瑾狡辯：「什麼！二十串怎麼夠，四十串肯定能吃完……在電影開始前！」

大佬：「還有四分鐘。」

紙桶裡還剩十二根冷串串。

巫瑾絕望：「真不能偷偷帶進去？」

大佬明確點頭。

巫瑾左右為難，艱難下決定：「我們要不遲到個十分鐘，或者……」油膩膩的爪子突然伸向大佬。

衛時洗乾淨的手再次被巫瑾污染，大佬終於擼起袖子：「最後一次，對半分。」

男人飛速把六根串串消滅，明明和巫瑾一起坐在街邊啃串兒，氣度卻還像優雅進食的化形猛獸。巫瑾剛啃完一串，還剩五串，乖巧開口：「再對半分？」

「……」衛時消滅三串，還剩兩串甜不辣。

巫瑾大喜：「再對半！你一串、我一串！」

衛時深深看了眼巫瑾，少年啊嗚把甜不辣吞下，猛灌一口可樂，攤手示意完成任務。

衛時把最後一根甜不辣消滅：「還有兩分鐘。」

巫瑾高高興興扔了紙桶，就要往電影院狂奔——衛時突然把人按住，在烤串兒味的少年唇間大肆侵略。

電影開場後三分鐘。

遲到的巫瑾不得不在檢票機器人控訴的目光下灰溜溜摸黑進門。

好在放映廳寬敞舒適，觀眾直接間隔極遠。螢幕上正是巫瑾挑的恐怖片《詛咒布偶大戰荒野殭屍》。

「剛才不該接吻。」巫瑾壓低聲音控訴。

衛時：「不該買串串。」

巫瑾：「不該接吻！」

衛時：「最後誰說要續一分鐘？」

巫瑾抓狂：「你脅迫我說的。」

衛時：「這個不重要。」

螢幕中，詛咒布偶開始暴揍殭屍，5D座椅瘋狂抖動，相互碰撞，前排的妹子們激烈尖叫。

巫瑾卡著椅子問：「為什麼不讓我看《密室暹羅大戰遠古蛇精》！」

衛時：「密室，幽閉恐懼症。」

巫瑾：「什麼！我才沒有。」

衛時：「嗯，我有。」

前排尖叫聲稍歇，殭屍突然站起，瘋狂啃咬被詛咒的血紅色布偶。放映室內，慘叫聲再次穿破耳膜，椅子不斷翻騰折磨繫著安全帶的觀眾。

巫瑾哐噹哐噹又嗝出一口可樂氣：「打嗝……停不下來啊！」

衛時：「手給我。」

巫瑾立時對大佬刮目相看，大佬不愧為大佬！文能治城武能剛槍，還懂這種捏捏手指止嗝的小偏方！

螢幕中央，殭屍和布偶同歸於盡。

一片黑暗的電影院內，十指終於交握。

五分鐘後。

巫瑾小聲提醒：「沒用啊，還在打嗝！捏手心真能止嗝？」

衛時：「不能。我想捏而已。」

一場電影兩小時結束。

巫瑾興致勃勃拖著大佬去街邊打氣球。有了將近六個月的特訓，巫瑾很快用氣槍打下五百積分的兌換玩偶：「再兌一個再兌一個，給黑貓換著玩……」

計算積分的機器人突然滴滴提醒，射擊資料異常，將不再提供裝填粒彈。

巫瑾：「……這不公平！」

衛時接過氣槍，只剩最後一發填彈。

扳機俐落扣下，男人動作毫不拖泥帶水，子彈凶猛彈出，擊破了靶位正中只有米粒大小的超微乾癟小氣球——五百積分。

巫瑾飛速兌換第二隻貓咪玩偶，機器人滴滴作響：「射擊資料異常，射擊資料異常，疑似專業人員參與遊戲……」

巫瑾拉著大佬就逃，「跑跑跑跑跑——」

華燈初上。

被大佬沒收所有玩具的黑貓收到巫瑾送的禮物，對巫瑾好感度大增。

此後一週時光過得飛快。

週末，前來接載練習生的《衝啊！人氣少年》節目組大巴停在克洛森基地門口。臨上車前，巫瑾挨個向小翼龍、兔哥、黑貓告別。接著終端響起。

通訊對面正是寵物店店主：「巫先生，您的愛寵檢測報告已經出來了。」

「一切指標正常，睡眠正常，與人相處友好。您說牠之前睡到中午……牠是幾點入睡的？入睡前有什麼異常行為？拆枕頭？我懂了，牠應該是和枕頭打架導致睡得太遲。哈，說不定還是枕頭先動手的。」

「話說回來……您的愛寵攻擊性不強。蓓天翼龍嗅覺靈敏，是不是枕頭出了什麼問題？」

巫瑾一愣。

道謝掛斷通訊後，他直接連通了克洛森後勤部。

「喔，小巫有東西落在寢室了是吧！」劇務直接幫巫瑾申請了勤務機器人的操作許可權。

巫瑾用終端充作遙控器，操縱機器人進入自己臥室。被曬得乾燥溫暖的保健小枕頭正套著洗淨後香噴噴的枕套，安靜躺在床上。

臥室外，還在等寵物店接送的小翼龍歡脫飛入，嘎嘎跟機器人打招呼，停在床頭歪著腦袋，開始每日例行參觀兔哥。

巫瑾讓機器人把洗好晾乾的枕頭遞給小翼龍。

小翼龍瞅了眼，沒什麼興致，繼續快樂參觀兔哥。

枕頭……巫瑾快速思索，勤務機器人幾天前換過寢具，所有織物都在洗衣機裡過了一遍，之後小翼龍對枕頭的敵意消失。克洛森基地南塔七樓，替選手整理內務的時間是每週四。

也就是枕頭出現問題在上週四之後，週六選手比賽回寢之前。

最大的疑犯是寢室裡的心機黑貓……

巫瑾切斷與機器人的聯絡，再次打給克洛森後勤組。

「寵物打架？沒問題！小巫要哪幾天的臥室監控？我整理一下晚上發給你……」

大巴緩緩浮空。耳邊噪音嘈雜，明堯、凱撒直接包了大巴後半截激情唱K，不少練習生跟著起哄。趁明堯鬼哭狼嚎的當口，凱撒一把撈起巫瑾，拎著個音箱快活無邊，「小巫——起立！來來唱歌唱歌……」

窗外，景色瞬息萬變。

郊區青蔥碧綠，零星有機器人在勤勞耕種，進入鬧市後才人口密度陡增。

《衝啊！人氣少年》節目組雪豹娛樂大廈就坐落在幾百公里外的市中心。三十一世紀的交通變革與物聯網發展使得城市規劃向多中心變遷，經濟、生態績效大幅度提高。城市繁華而不過分擁擠。

等一眾練習生下餃子似的從大巴躥出，才發現門口已經圍了一大圈交通工具。

「導演啊，為什麼其他嘉賓坐保姆車來，咱們九十個人就擠了輛大巴？」

明堯一眼發現盲點。

帶隊PD掏出喇叭，「人家是藝人！精貴得很，不小心被磕了碰了怎麼辦？都給我記著，節目裡不許打架，遊戲環節下手輕點。特別是那些男團主唱、主舞，別看人家有腹肌當成自己人，碰壞了你替他上臺表演……」

PD提點完了，招手喊了個小劇務去替練習生們區號排隊。

此時日頭毒烈，大太陽下熙熙攘攘擠了不少人。戴著墨鏡、口罩的其他參賽嘉賓都在樹蔭裡躲著，一眾最遲過來的逃殺選手只能馬路牙子上蹲著。

來往各娛樂公司經紀人、助理絡繹不絕。偶然往路邊掃一眼最先看到的也是紅毛。衣服脫到只剩一件大汗衫，背上紋身延伸到脖子，頭髮染色劑掉一半，半黑半紅慘不忍睹。

就差沒在臉上寫著「社會閒散人士」。很快就沒人再注意這裡。

出於節目娛樂性考慮，幾方嘉賓互不知曉對方身分。來的都是練習生、小博主、小網紅，更是誰也認不出誰。

佐伊出去晃蕩了一圈，回來時瞅著巫瑾看了半天，「……小巫別跟他們一起蹲著。」

凱撒、紅毛、秦金寶蹲在旁邊，尚能氣勢洶洶，工作人員處於安全考慮都得繞著走。只有巫瑾夾在人群極其突兀，就像一隻乖巧蹲在草叢裡的野生小白兔。

巫瑾聽話站起，拍拍草。

不遠處某經紀人視線掃過，突然一頓，詫異好奇看向巫瑾，顯然是把人當成了自家藝人的潛在對手。

佐伊：「……算了，小巫還是蹲著吧。」

半小時後，綜藝錄製方終於開始叫號。嘉賓分批次進入，由專職人員有序組織，杜絕一切拍攝前互相交流的可能。

薄傳火琢磨：「這怎麼著？」

秦金寶發揮想像：「大亂鬥？逃殺選手打輸出，會唱歌的在後面釋放魔法，跳舞的當德魯伊輔助，還有那個skrskr的……」

巫瑾：「Rap！」

秦金寶：「喔，rua普，那個是無差別攻擊，聽見的頭昏腦脹全部減速……」

PD：「行了行了！排好隊排好隊，前二十名跟導播走，其他選手跟我走！」

雪豹大廈頂層，節目組正在做最後籌備：「藝人練習生三十六人，超模十二人，明星歌手十六人，還有……最後是克洛森逃殺秀二十人，選手名單都在這裡。」

「OK，準備開始。」

《人氣少年》節目組，所有嘉賓終於入場，就連神出鬼沒的衛時也好整以暇地站在隊伍最後頭。

百餘人抵達錄製廳時，列隊順序已經完全打亂，由節目組挨個檢查，關閉嘉賓的終端通訊功能。當所有嘉賓的終端螢幕灰暗，主持人沈戈出場。

「歡迎來到《衝啊！人氣少年》。」

「場內共有一百二十五位嘉賓，你們將被隨機分為二十五個五人小組，在兩天兩夜中角逐遊戲勝利。」

「你們之中有街舞新秀、有未來偶像、有職業逃殺選手，也有直播達人、競技王者，超模之星。但是，你們的身分僅有少部分人知道。」

「從現在起四十八小時內，你們會被切斷一切網路、通訊。能在節目錄製中引領你們走向勝利的，只有邏輯推理，和敏銳的洞察力。每天上午你們將會以小隊為單位被派發任務，全部完成則整小隊晉級，失敗則整小隊淘汰。」

場內瞬間譁然。

主持人沈戈又道：「當然，你們也有一項福利。」

「每天晚上，排名第一、第二的小組可以向任意名次更低的小組發起挑戰，並決定挑戰內容。五位小組成員輪流solo，可以鬥舞、rap battle、飆歌，可以虛擬競技對戰——甚至是真人近戰搏擊。失敗組整組淘汰。」

巫瑾眼神一動。

此時不少選手已經反應過來，solo賽遠比任務危險。

如果五人小隊內有三位逃殺選手，完全可以挑「近戰格鬥」為solo主題，同理如果己方有強力舞者，鬥舞是solo賽的不二選擇。

但只有兩組能發起挑戰。

從機率來說，「被挑戰」的可能遠大於「挑戰別人」的可能。各小組為了保護自己，必須對外隱藏組員弱點，甚至於隱藏身分。

「節目中，選手不允許向任意人透露他人已知場外身分。」

「下面，請第一位選手上臺抽取隊友。」

舞臺驟然亮起，鎂光燈打在帷幔中央，序號洗好、打亂。

燦爛的白光讓巫瑾突然血液沸騰，目眩神迷。

選手依次抽卡，等巫瑾回到座位席，一張序號「十二」展開在掌心。

「請選手與同序號隊友匯合。」

一片安靜的演播廳終於騷動，巫瑾還沒站起，身旁一位眼影眼線高光唇釉齊全的選手突然伸爪，「幸會，我是十六組阿元，素人模特。」

巫瑾反手握上，笑咪咪，「幸會，十二組巫瑾，虛擬遊戲主播。」

阿元一頓，掌心擦過巫瑾虎口的槍繭，若有所思。

巫瑾老老實實開口：「FPS射擊遊戲主播。」

兩人友好會晤，擦肩而過。

十分鐘後，巫瑾終於在茫茫人海中找到隊友。放眼望去，克洛森秀二十名逃殺練習生被分配到了二十個不同小組，顯然所謂的「隨機」也經過了節目組調整。

極端敏銳的聽力在人群中捕捉到了阿元與隊友間的交流：「十二組那個小白兔，看臉就知道是偶像預備役，就不知道是哪個節目裡的，騙我說是遊戲主播，看著不乖啊……」

巫瑾：「……」看唇釉也知道你是男團練習生好嗎！

再一回神，自家四位隊友已經自我介紹完畢，齊刷刷看向巫瑾。

巫瑾禮貌微笑，坦誠攤牌：「巫瑾，克洛森秀逃殺練習生……」

巫瑾一呆：「……」

「停。」一人冷冰冰皺眉，「我以為，五人小隊之間，信任是合作的基礎。」

那人飛快拷問：「幾歲被星探找到的？」

巫瑾：「十、十八？」

那人連珠炮式發問：「真聲高音區在哪個key？後空翻會不會？寫過自己的flow沒有？能battle freestyle嗎？」

巫瑾老老實實：「真、真聲高音差一點能上G4，後空翻可以，flow寫過一般，只能唱hook和melody rap，freestyle不大行……」

那人嗯了一聲，下定論：「男團副舞。」

巫瑾：「……」

那人高傲開口：「藝人練習生沒錯了，如果你不是，剛才第一句就該問我『什麼是真聲高音』，上不了G4不能唱vocal，能後空翻代表肌肉爆發力還行，flow一般唱不了rap。」

其餘三人一臉崇敬看向這人，「樊哥真厲害！」

巫瑾飛快為自己正名：「為什麼不是男團主舞？」

那位樊哥：「這麼傻，怎麼做主舞？」

巫瑾：「……」

樊哥揚起下巴，「行了，跟我混沒錯。那我就當隊長了，嗯，我在自己團也是隊長，大家沒意見吧？你叫啥，巫瑾？看著年齡不大，那就小巫了。有你在，加上我，咱們solo顏值也很難輸。好了，跟我下去等任務……」

巫瑾強行作最後掙扎：「但我真的是逃殺練習生……」

四人齊刷刷地戲謔看向巫瑾。

樊哥攤手，「你看，誰信？」

場外，在嘉賓被切斷網路之後，《人氣少年》的當期參與名單終於放出。

幾位男團練習生的粉絲幾乎是第一時間趕到現場，拉橫幅鋪花牆，應援手幅在陽光下閃閃發光。

原本還在哀嚎克洛森秀停播兩個月的逃殺粉們，遲了整整兩個小時才看到活動通知。

「……」粉絲們一陣眩暈。

「看我刷到了什麼？這群直男終於被PD從廠子裡放出來了？」

「等等，我兒砸（老公）怎麼可能沒有應援？怎麼應援來著？嘿，第一次看逃殺選手上娛樂節目，不會搞啊！過去只要去論壇裡撕誰背鍋誰抗壓就行，現在怎麼還要做橫幅？」

「橫幅管用嗎？我做個螢光PPT一頁一頁宣傳愛豆豈不是比橫幅更好？」

「還有探班是什麼流程？是直接去，還是直接去還是直接去……」

一眾追星粉絲終於看不下去，趕緊在論壇緊急組織一盤散沙。

「不要單去！不要單去！《人氣少年》的開放探班時間是明天下午，想去先找應援站報名啊寶寶們，應援物資不要自掏，站子會集資，探班禮物不要貴重，名額在一百個以內……」

克洛森論壇猛然炸開。

「可以送禮物？我要給凱撒小哥哥送烤全羊！看他每天被佐伊隊長沒收吃的都心疼死了！」

「啊啊啊啊啊要送小薄香吻一個！不許他拒絕！」

「想去現場——麻蛋等這麼久節目組終於捨得把小巫放出來了！姐妹們衝啊！現場搞小巫啊！搞小巫啊！」

雪豹娛樂大廈門口。

一百二十五名選手嚴陣以待。

第一輪任務卡派發，十二隊隊長莊樊親自接卡。

門外聲音嘈雜，劇組人員正在禮貌謝絕散粉探班。

莊樊回來時眼神疑惑：「誰在外面喊？什麼搞笑巫啊？」

巫瑾也沒聽懂，大家紛紛表示不知。

莊樊點頭，拆卡，第一輪任務赫然紙上。

莊樊慢慢呼出一口氣：「還好，挺常見的綜藝任務。下午四點之前，去往城市北郊，賺取一千信用點，條件是……」莊樊突然瞪大眼睛：「什麼？條件是隱藏身分？不能刷臉？」

雪豹娛樂大廈門口。

隨著一百二十五位嘉賓選手如離弦之箭奔出，守在外面的粉絲興奮高亢。

「哥哥啊啊啊哥哥！」

「我兒砸呢？糟糕人這麼多會不會把兒砸擠扁？」

應援粉絲團激動非常，尖叫聲此起彼伏，然而很快地場外的沸騰一滯。

一百二十五名嘉賓。清一色的墨鏡、寬大深色口罩加棒球帽，外罩深綠軍大衣，身高密集集中在一百七十至一百九十，一窩蜂衝出，誰還能看出是自家哥哥？

選手們慌不迭向粉絲招招手，奪門而出撒腿狂奔。粉絲群裡只沉寂了零點幾秒，繼而再度喧嘩上天。

「染白頭髮的是阿元！」

「最胖的絕逼是凱撒！」

「小巫！那個跟在後面跑的是我兒砸，他還回頭給大家鞠躬，要不要這麼乖啊——」

組織最散亂的一處粉絲堆裡再度騷動，哇嗚亂叫：「搞到小巫啦！搞到小巫啦——」

這群粉絲亂七八糟站在一起，穿得花裡胡哨都沒個應援色，應援牌、手幅更是一樣沒有，倒還有人懷裡揣著炸雞、花枝丸，看著簡直不像是跟飛過來給愛豆撐場子的，倒像是逛街逛一半走來湊熱鬧的。

其中只有幾個零零散散推舉出來的粉絲頭頭，在人群上方投影自家愛豆視訊短片，也不知道從哪兒摳下來的，logo浮水印裡裡外外都蓋了五層。

旁邊的某男團團粉終於忍不住：「妳們家……管理呢？不組織組織？」

啃炸雞的小妹子興高采烈：「管理？她自己還在開車往這兒趕呢！嘿嘿我們比她先到。」

團粉吃了一驚：「……妳們，妳們事先都不知道他們要在這裡開機？怎麼這麼倉促？」

小妹子：「是不知道啊！咱也不是專業搞這個的，過去也沒追過星！我家兒砸本來是被關在郊區克洛森廠房裡面，哪知道今天就被放出來玩了呢！我本來也是和閨蜜約好出來SPA的，這不，飯吃一半聽到消息就趕來了！搞搞小巫，吃嘛嘛香！」

「……」團粉表情恍惚，但還是善意提醒：「妳們應援圖修太過了吧？」

小妹子昂首挺胸，「沒有！修什麼修！我兒子就長這樣！來，再給妳看看我兒媳照片，喏，這個騎翼龍的！」

場外，百餘名選手終於氣喘吁吁狂奔到磁懸浮地鐵口。

「剛才、粉絲喊誰、這、這麼響，難道咱們、裡、裡面混進來一個、超人氣大、大佬……」十二隊隊長莊燓差點跑岔氣，約莫是嘻哈唱多了大喘氣也能出flow，此時一手撐柱子就要勉力站起。

短暫交流後，他已經對其餘四人迅速摸清根柢。知名虛擬競技遊戲主播洛洛，走冷酷人設的男團饒舌擔當陳少，剛簽約兩個月沒分專長的十六歲小練習生Hudi，和顏值擔當巫瑾……

莊燓愣了一秒，脫口而出：「你跑得不累？」

此時十二小隊內，除巫瑾外四人臉色發白，胸膛劇烈起伏。只有巫瑾在旁邊乖乖站著，「我受過專業訓練，逃殺比賽……」

莊燓恍然：「懂了，練舞，練肌肉爆發！」接著迅速打消疑慮，神情鄭重抽出任務卡。

下午四點之前賺取一千點。

不能向粉絲伸手。不能靠顏值，因此必須佩戴墨鏡、口罩——莊燓抓狂：「不能靠臉，這不是削減我傲視全場的優勢嗎？」

巫瑾終於琢磨出這是一句自誇，然而隨後莊燓就憐憫拍拍巫瑾肩膀，「小巫更慘！」

Hudi點頭鄭重說：「巫哥沒事，這場我們carry你，等後面要拚顏值了你再carry我們！」

巫瑾很快被隊友義氣感動，看向任務卡下方的小字。

莊樊：「為任意小隊成員摘下口罩需花費一百信用點，墨鏡兩百信用點……合著想跳脫衣舞還得給節目組交一萬點？」

五人齊刷刷聚成一團研究任務，巫瑾突然感覺脖頸後一熱，似乎有目光從極遠處投射而來，頸後甚至汗毛倒立微微發麻。他突然回頭，背後卻只有來往絡繹的行人。

莊樊還在琢磨戰略：「從目前陣容來看，咱們小隊最拿得出手的是rap和顏值，弱點是vocal和打架。最後這項有點難度，但這一輪我們可以先偽裝實力，所謂虛虛實實，實實虛虛……」

巫瑾一眼瞅到遠處，「樊哥！有人上地鐵了！」

莊樊拔腿就跑，「……還愣什麼，咱們也上！跑！」

所有選手都要從此處乘地鐵去北郊，門口熙熙攘攘圍了一圈人，地鐵票明碼標價寫著每人兩信用點。

還沒等巫瑾反應過來，莊樊熟門熟路去地鐵口找了個餐飲店：「大爺好啊！我們這拍綜藝，五個鏡頭！收視率三百萬起，我們全程替你念五十遍廣告詞，只要十信用點，大爺好不啦？」

那店主欣然同意：「行，記住我這叫白白火鍋。十信用點拿好！」

莊樊接過名片，隨手塞給巫瑾，「隊長有更重要的事情要做，反正這局帶你躺，你念！」

巫瑾欸了一聲，字正腔圓：「白白火鍋，藍月灣大廈六十七號濃香菌菇湯底……」

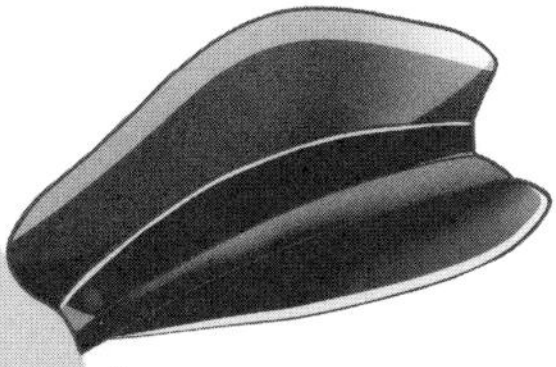

【第七章】

哪裡來的暴力小白兔？

一刻鐘後，幾人終於抵達北郊。

莊樊詢問Hudi：「怎麼著，先圈個地方跳跳舞賣藝？」

巫瑾認真：「白白火鍋，藍月灣大廈六十七號……」

Hudi：「行！就是沒有伴奏……」

巫瑾對著鏡頭：「白白火鍋……」

莊樊大手一揮，渾身散發出救世主的光芒，「沒事，我會b-box。」

其餘三人大喜，齊齊看向莊樊面露崇敬。莊樊裝逼完畢一身舒坦，正要回頭提點巫瑾，冷不丁看著人還在念：「白白……」

莊樊：「別火鍋火鍋了！五十遍有了吧？你這怎麼還在念？」

巫瑾連忙解釋：「還差六遍，剛才地鐵上鏡頭關了。」

莊樊：「……我說五十遍你還真來五十遍，哎，怎麼傻乎乎的。行了，開工！小巫你看那兒發呆幹啥？」

巫瑾回頭，表情茫然：「是不是有人在跟著我們？」

莊樊：「廢話！這不全是攝影機跟著嗎！」

北郊市民廣場，隨著無數攝影機奔騰而來，路人聚集越多。

十二隊挑選的位置並不偏僻，街對面卻很快被另一組占據。此時選手們身無分文，幾乎無一例外選擇街頭賣藝。搶在莊樊之前，街對那組迅速圈起場地，動次打次動次打次b-box響起，剩下四人作海帶亂舞。

「……」巫瑾眉心一跳，不忍心看對面組慘不忍睹的踩點和重心。

莊樊卻一聲冷哼：「他們也是rap-dancer組。」Hudi、陳少同樣面色凝重，同為男團練習生，三人對圈子內未出道的競爭對手還是有所耳聞。如果說巫瑾與更為靦腆的遊戲主播洛洛是他們的「圈外人」，那對面組無疑就是「圈內人」。

遠處有別組vocal的清唱歌聲傳來，莊樊再不遲疑，直接起了個節奏，Hudi尖叫造勢，陳少開始跳breaking。

「……」巫瑾眉心再一跳。莊樊的節拍比對面準確，陳少的舞蹈也炸，但卻完全跟不上莊樊的節拍。約莫是主攻rapper的緣故，陳少對肌肉的控制並不完備，視覺全靠toprock、倒立來帶，實際卻連一個freeze都招不出來。

街邊路人雖然看不大懂，但也能隱約察覺，很快對面就有路人喝彩打賞。

巫瑾趕緊走到莊樊旁邊，「隊長！我能跳嗎？」

莊樊擺手，「沒到最後關頭你別出來，我們這隊就你一個dancer，一百二十五人裡有至少二十六個dancer，先把你身分保密了再說。」

巫瑾：「喔……那我一會兒再問問！」

莊樊：「……」

身邊，巫瑾小聲提醒：「隊長！節奏放快。」

莊樊一愣，眉頭擰起，「不能再快了。陳少跟不上。」

巫瑾輕聲道：「沒磨合，節奏慢也跟不上。節奏是給觀眾聽的，重鼓點慢給就行。」

莊樊猛然醒悟，回頭就招呼隊友重來。等鼓點再響起，陳少錯了兩個八拍，接著終於與節奏融合，莊樊加快速度後，炫技式喊拍讓人眼花繚亂——莊樊向巫瑾豎起了大拇指。

十分鐘，第一位路人向十二組打賞——五信用點。

一旁，小練習生Hudi也熱身完畢，洛洛主動提出自己也幫不上忙，不如和隊友分頭行動。

巫瑾看著洛洛走到一處虛擬網路會所，開機時廣播悠然響起：「B區九十九號機位，僵甲之鋒七區，最強王者上機！」

廣播播了整整三遍，周圍已是有人愕然看向這裡。

洛洛靦腆：「我在這裡看看，能不能接到代打。一小時三十點沒問題，但現在到四點……只有六小時。」

巫瑾肅然起敬：「不急，我們慢慢解決。」

離開虛擬網會所，巫瑾沒有立即同隊友會合，而是在路邊站了許久，繼而向廣場周邊探索。十分鐘五信用點，十二隊的賣藝所得太少，甚至放在二十一世紀也慘不忍睹。莊樊實力夠看，剩下只有一種可能——

市民廣場周邊，人員流動絡繹不絕。巫瑾站在高處，視線很快掃到腳下的幾組選手。dancer過多了，rapper也太多，停下駐足的遊客寥寥無幾。

而遠處則活潑得多，巫瑾看到紅毛圈了個地兒在激情喊麥，左泊棠不知道哪兒弄的文房四寶在賣山水畫，明堯在能看到隊長的街拐角舞劍……

巫瑾收回視線，迅速同隊友會合。

那廂，莊樊已經喊得口乾舌燥，節奏都要跟不大上——巫瑾一拍他的肩膀，右手虛握，偏低卻精準有力的節拍自喉腔振動而出。

「……」莊樊驚呆：「什麼情況？你也學過b-box？」

巫瑾點頭點頭。

等Hudi跳完，巫瑾示意隊友聚集，「北郊廣場這裡，過來的全是rapper和dancer。應該是節目組刻意安排，現在已經形成同質競爭了。」

同質競爭意味遊客審美疲勞。

遊客從廣場東邊走到西邊，早就看膩了千篇一律的表演。饒舌跳舞賣藝的收成遠不該這麼低，但因為同質競爭，收益卻遠遜於洛洛的代打、左泊棠的賣畫。

「兩個解決方案。」巫瑾伸出兩個手指，約莫是上週跟在大佬後面吃多了顯得有點胖乎乎，「第一個，我們離開廣場換個地方跳舞。」

莊樊一口否決：「小巫你第一次上綜藝吧？機位都布置在廣場周圍，就算我們離開，節目組也會把人拉回來。」

巫瑾點頭，「那第二個方案。」

眾人齊齊看向他。

巫瑾認真道：「廣場噴泉，那裡人流量最多，也是廣場遊客入口。我們遷到那邊。」

這會卻是Hudi把頭搖成撥浪鼓，「那……那誰在噴泉。」節目中，選手不得透露已知對手身分，另外兩名藝人練習生卻齊齊眉頭一皺，他們顯然知道Hudi說的是誰。

Hudi跟巫瑾哀歎：「他挺強，出道水準。咱們在那兒跳肯定拚不過他。還有，咱們過去他也不會走……」

巫瑾看向遠處的噴泉，那裡已經聚集不少遊客。

「嗯，黃金地段只有一個。」巫瑾揚起小圓臉，確認開口：「走吧！哎隊長，我現在能跳了嗎？」

「……」莊樊在b-box中略遜一籌，底氣不足，不由開始反思自己怎麼讓巫瑾這個rapper補位去念火鍋廣告詞，「行吧行吧，咱們先過了這關再說。」

巫瑾眼睛亮起。

莊樊又問：「怎麼搶噴泉那塊地盤？」

巫瑾脫下外套，棒球帽壓低，再抬頭時氣勢陡強，與讀白白火鍋時截然不同，他一字一頓開口：「兩隊只能留一個。很簡單。街舞battle，成王敗寇。」

市民廣場，音樂噴泉。

午後日光暖融融烘烤地面，四濺的水花在陽光下虛幻不真。

廣場中央同樣有一隊少年。與其他組粗糙的b-box伴奏不同，噴泉四周布有音箱，低音炮震得人渾身酥麻。節奏富有律動的流行樂立體環繞，視野正中人潮湧動。

天時地利，得天獨厚。

其中一人從地上彈跳起，隔著墨鏡口罩抹了把臉，周遭掌聲如雷鳴。

這一小隊中，五人分別來自不同男團。短時間難以磨合齊舞，賣藝也是選取輪流solo模式。剛才跳hip-hop的大男孩黑髮挑染深藍，看著桀驁不馴，眼神卻格外緊張。他先是抬頭看了眼隊長鷹刃，直到鷹刃微不可查點頭，才像獲得嘉許般突然放鬆，微笑向四處觀眾鞠躬。

此時卻有不少視線依然停留在靠著牆壁的鷹刃身上。

「什麼時候能再看他跳？」有少女們對著鷹刃的側影唧唧喳喳：「他跳，直接炸場。」

這一小隊正是《衝啊！人氣少年》的第六組。

鷹刃是當之無愧的S級練習生，還沒出道就粉絲眾多，堪稱唱跳饒舌創作無一不精，人設還是數位大經紀人精心修過。

此時他只靜默站在隊友身後，就有無數路人心甘情願等著他再跳一首。

「多少了？」鷹刃聲音聽不出什麼情緒。

一名隊員看向終端，興奮非常：「六百五十信用點！」

不出意外，他們將是第一組完成任務的選手。

不遠處突然騷動。

隊員愕然伸頭，越過熙熙攘攘的人群，赫然有另一組選手堂而皇之招搖過市，不對，是毫無眼色搶了噴泉的另一側，兩隊相距不足二十公尺。

「……」這難道不是公然挑釁？隊員顫顫巍巍看向鷹刃……

周圍觀眾也是一愣，接著興味突起。數架攝影機循著火藥味嗖嗖飛來，靠在牆上的鷹刃終於脊背挺直，墨鏡下眉頭皺起，冷氣直嗖嗖往外冒。

一位隊員終於認出：「Hudi？這是十二組？」

不遠處。

Hudi鄭重看向巫瑾，「巫哥，接下來就靠你了。」

巫瑾默契伸手，拳頭互碰。

噴泉切歌完畢，一首動次打次響起，Hudi不浪費一分一秒，直接清了塊地就開跳。背景音樂比b-box舒心太多，Hudi起初還有顧慮，接著越跳越勇直接把鷹刃拋到腦後。

鷹刃再也站不住，他從隊員裡挑了個基礎比Hudi更好的：「你去解決。」

那人乾脆答應。他向十二組走去，周圍遊人自動清場，幾秒鐘後終於有人反應過來：「這是，要battle搶地盤？」

人群轟然喧嘩炸開！相隔二十公尺搶場子無異於按頭羞辱，無論輸贏，第一個敢上去battle

的都是英雄。

先前那嗑瓜子的小妹子眼神驟亮，呼啦呼啦往裡面擠。

Hudi做練習生不久，肌肉力量還沒跟上，蹦躂起來彈性極佳，踩點卻略飄。鷹刃叫出戰的隊員往Hudi旁邊一站，突然肌肉有節奏抖動，腳下踩太空步後滑！

人群一愣，接著猛然有人喝采。那小妹子趕緊開口：「Poppin，機械舞！你看他的wave，爆發力好強，還有他在模仿對手……」

這位隊員模仿的正是Hudi的動作，只是肌肉收縮有度，力道強硬。他緊跟Hudi步伐，一拍一拍就像對Hudi的嘲諷。周圍看熱鬧的還罷，懂行的直接哈哈大笑，示意Hudi下場。

有個戴眼鏡的小男生喏喏開口：「這樣不大好吧？不尊重人……」

那瓜子妹兒直接開口：「什麼跟什麼！街頭文化好勇鬥狠，敢搶場子就要做好心理準備！battle就這樣，你不diss輸家才是對勝者的不尊重！再說了人家王牌還沒打出來！」

周圍觀眾紛紛起哄：「不行啊，下一個、下一個！」

Hudi攤手，作為rapper輸了也毫無心理負擔。

那位勝利者得意洋洋看向對面，冷不丁一人走出，身高不到一百八十，棒球帽壓得極低，墨鏡、口罩中露出的五官舒服耐看，沒什麼攻擊性，就像是偶然路過噴泉的小動物。

那人思索半天，硬是不知道對面是誰，至少不是他所認識的任何練習生或者出道藝人，頓時負擔減輕。

第二首音樂響起，對面倏然而動。

同樣是poppin！

周圍猛然沉寂，甚至有人瞠目結舌。

無他，這位代替Hudi出場的少年氣勢轉變太快，上一秒還溫溫吞吞安安靜靜，下一秒猛地氣場飆起。同樣的機械舞，同樣仿照Hudi的動作，肌肉震感卻細節到幾乎驚悚。細微、如同有電流躥過。

第一個重音！

少年突然踩點。poppin靠「收」，前兩個八拍中，他的肌肉收得非常到位，甚至控制到了近乎苛刻，此時力度隨著重音爆發，離得近的人幾乎能看到靜止前的衣襬隨風揚起，肌肉弧度完美的腰腹露出一線——

一個靜止，無聲無息的freeze凶狠而耀眼。

勝負立分。

鷹刃突然站起，向少年走去。

少年模仿的是Hudi，自然也連帶著「模仿嘲諷」了那位擊敗Hudi的六隊隊員。那隊員知道自己落敗，歉疚看向鷹刃：「隊長……」

鷹刃搖頭，「換我。」他徑直對少年開口，冷冰冰沒什麼波動：「鷹刃。」

少年同樣乾脆俐落：「巫瑾。」

遲了幾秒種，圍觀人群終於爆發歡呼，離得最近那妹子甚至喃喃開口：「媽呀有點蘇，他那個freeze怎麼讓我看得都腿軟……小哥哥叫什麼？巫巫巫什麼？」

六組，幾人齊刷刷看向巫瑾。能讓鷹刃親自動手解決，就代表六組裡其他三位dancer都不是這人對手。但這人名字根本沒聽過——

鷹刃停頓幾秒：「我知道你。」

隊員齊齊茫然，等等這人是誰？怎麼連鷹刃大大都知道？鷹刃傲然：「我看過你的比賽，可惜battle不是解數學題。」

鷹刃脫下外套，隨手往身後一扔，耳邊有人嗷嗷尖叫。

「……」巫瑾靜默，扔衣服是每個主舞必備舞臺技能。他瞅了鷹刃一眼，毫不猶豫跟著卸甲脫衣。陽光熠熠璀璨，少年流暢的肌肉曲線和上輪淘汰賽還未癒合的疤痕如刀芒刺入眼底。

「……！臥槽！」不僅路人，就連巫瑾身後十二組隊員都愕然開口。

肌肉和疤痕是男人的終極性感。

巫瑾穿著衣服還像是無害的小白兔，脫下就是妥妥兒一行走的荷爾蒙，嵐留下的匕首痕跡，最深一道自肩膀到選手T恤衣領，像是惑人不管不顧把衣服撕開。

鷹刃並不意外：「走。」

巫瑾跟在他身後，很快到了鷹刃的battle選地——就在音樂噴泉的觀賞臺。觀賞臺比平地高出約半公尺，四周沒有圍欄，對舞者多一樣考驗。地面材質光滑帶木紋，跳breaking也能適用。最重要的是噴泉——按照曲目循環，噴泉再過兩分鐘必然會掃過觀賞臺。

鷹刃是要在兩分鐘內結束戰鬥。

鷹刃揚眉。

巫瑾與他站開，「請。」

第三首歌響起！

鷹刃首先開動，他肩臂寬闊，比巫瑾略高。動作凶悍直接，開頭就是兩個power move，接一個tribal單手著地，十秒炸場！

噴泉下，已經被完全興奮激起的人群嗷嗷亂叫。

鷹刃停下，抱臂看向巫瑾。

巫瑾俐落點頭，把棒球帽隨手往下一壓，三個power move卡節奏連接。

臺下，包括Hudi、莊樊在內，眾人眼花繚亂。

莊樊簡直匪夷所思：「五秒三個combo？他他他怎麼練的？」這種銜接沒個二十年苦練根本不可能，可巫瑾才多大？正好……二十？

鷹刃墨鏡下表情凝肅。

緊接著巫瑾單手撐地，T恤因為重力翻下，露出瘦削卻有力的腰線，隨著旋轉與呼吸收緊。

Hudi也跟著呼吸一緊，心直口快：「巫、巫哥好漂亮……」

莊樊打斷批評：「什麼用詞？這叫帥！1990，」他聲調壓低：「是1990旋轉，breaking裡面難度係數最高的動作之一，小巫那個手臂，這個力道，把兩公尺大漢壓著暴揍也沒什麼問題。比爆發力，鷹刃拚不過他。」

臺上，鷹刃驟然變色。

莊樊一語中的，1990是職業舞者動作，需要的爆發力太強。練習生再肯吃苦也不會去啃1990，巫瑾卻是逃殺選手，打打殺殺，在這方面遠比他有優勢。

觀賞臺，鷹刃動作一改，柔韌性陡增。力量與柔韌往往是身體兩個方面，此消彼長。鷹刃一個前空翻接freeze，流暢帥氣。

巫瑾跟動作，這次全盤照抄。前空翻，freeze，然後背部平攤著地。

Hudi心臟一跳：「失誤？」

臺上，巫瑾只著地半秒，接著彈起再combo——

莊樊盯了巫瑾許久，終於心服口服：「前空翻，背部完全著地通常代表事故，能站起來代表，做這種高難度動作根本傷不到自己。battle嘲諷絕技。」

「我很少看到有人這麼玩。這套連招危險太大，又被稱為suicide。」

臺上巫瑾毫髮無傷。

還剩三十秒。噴泉緩緩向觀景臺轉去，水花濺開打濕兩人衣角，音樂接近高潮，最後一段是最好發揮的rap。

陽光像是攏入舞臺的鎂光燈，水汽越打越厲，巫瑾目光掃過觀景臺下的遊客，心臟、血液因此一併沸騰。

真正到freestyle，套路、連招都被拋開。

少年腰腹與脊背明明挺直，卻因為動作爆發而無聲撩動。他在墨鏡後微微抬眼，如同震懾攫住所有視線焦點，每一個動作都接近old school，卻致力於把骨子裡的凶悍性感發揮到極致。

他也曾經是S級練習生。

主舞預備役，舞蹈單項S級。練舞室裡，他比鷹刃付出的努力遠遠要更多。

當年還是男團練習生的記憶並沒有間隔太久，卻模糊如同被塵封，甚至恍惚不真。

倒數計時停止。噴泉水嘩嘩灑下，巫瑾倒退一步，衣衫沾了一半，棒球帽下的小捲毛濕噠噠黏糊著，嗖嗖拔腿就跑，直到和鷹刃跑到安全區。

鷹刃盯了巫瑾足足幾秒，「我輸了。地盤是你們的了。」

觀景臺下，Hudi、陳少等幾位隊友手忙腳亂幫巫瑾收賣藝錢，一臉喜色：「四百二十點了！等會兒我們說不定能第一個完成任……」

幾人腕表同時滴的一聲。

「第二十二組完成任務，當前募集六千五百五十四信用點。」

「……」六組全體及十二組全體。

莊樊大驚：「咱們任務是只要募集一千點就夠了對吧？二十二組是誰？怎麼都六千點了？這年頭搶劫機器人去賣廢鐵也不能一上午六千點吧？」

Hudi倒是想得更多，羨慕非常：「六千點，別說任務了，他們都能資助其他小隊晉級了，比如賣藝打賞什麼的……」

面前陰影一罩。

Hudi張大嘴巴，看向走來的選手。約莫一百九十個頭高，身材壯碩，戴標配口罩墨鏡。

Hudi不知為何連話都說不利索：「您……好，找人還是打賞……」

衛時：「打賞。」

Hudi一個激靈，抖抖霍霍把終端遞過去讓人掃碼。

有那麼一瞬，明明對方墨鏡、口罩、選手T恤俱全，Hudi愣是沒認出對方也是《人氣少年》的選手嘉賓。

男人氣勢太強，站在人群中硬是造成了近乎清場的錯覺。墨鏡下的五官棱角分明，脊背筆直硬挺如刀。

莊樊探頭一看，喜笑顏開：「謝了，以後咱們十二組和二十二組就是一輩子兄弟。感謝大兄弟對小巫的支持……小巫、小巫過來！」

那廂，巫瑾一不留神又在對著鏡頭補齊沒說完的廣告：「白白火鍋，藍月灣大廈六十七號濃香菌菇湯底……」

巫瑾聞言「欸」了一聲，目光趕緊向隊長靠攏，在看到來人的瞬間動作微不可查一飄。少年棒球帽下的小捲毛在微風裡直晃。眼神瞄了一下，然後嗖的收回，小圓臉正經無比道謝。

巫瑾剛鬥舞結束，T恤被細汗洇濕，懶懶散散坐在臺階上讓人移不開眼。

衛時墨鏡下看不出表情，他亮出終端，離得最近的Hudi吸了吸鼻子，空氣中像是有硫磺、硝煙湧動……

衛時隨手從終端劃了五百點，十二組的幾個人齊齊當機。

這哪裡是來扶貧？這簡直是霸道總裁把五百萬拍到十二組臉上，霸寵落跑小舞姬。

旁邊，正在跟拍衛選手的攝影師卻是一呆。

雪豹娛樂大廈，《衝啊！人氣少年》後臺，場務火燒火燎找上編導：「這個，選手間轉帳在不在規則允許範圍內？」

編導措手不及：「轉帳？等等，六千點？他哪來的這麼多信用點？這年頭錢這麼好賺？要打賞五百點？別，不能給他轉……」

五百點打賞到帳前一秒，衛時與負責收款的Hudi終端同時「滴滴」兩聲。

「……」Hudi一傻，十二隊隊長莊樊第一個嗷嗷抗議：「規則一開始也沒說不給啊！」

此時五百點已是從衛時終端劃出，男人面無表情降低額度。

三百點，節目組再次警告。

一百點——打賞入帳。

巫瑾鬆了一口氣，任務完成需要一千點整，十分之一打賞在不破壞遊戲平衡的範疇之內，但大佬多劃了四百點出來不知道能不能退還……

衛時向路邊招手。

正湊在人群裡看熱鬧的零售機器人感受到召喚信號，趕緊朝招手的土豪撒腿跑去。這類零售機器人類似於十個世紀前的自動售貨機，不過長腿能跑，而且貨存豐富服務周到，從生鮮飲料到藥品套套隨時供應。

衛土豪隨手刷完剩下的四百信用點，下單。

零售機器人就差沒眼冒紅心，四百點幾乎能抵得上它一天的盈利額度！而且土豪只下了一單，多出來的都是小費。

機器人頓時殷勤至極，刷刷從背後的貨倉中取貨。

一枝嬌嫩欲滴、沾染晨露的香檳玫瑰。

電流聲滋滋亂竄，機器人小心翼翼把玫瑰剪好遞給衛時。

男人徑直走向巫瑾。

十二隊瞬間炸鍋！莊樊喃喃開口：「這、這人什麼來頭？好會撩……這是哪個娛樂公司新研究出來的男團人設？」

Hudi恍惚：「氣場強啊，我怎麼能聞到火器的味道，這真的是練習生嗎？怎麼看著跟電視裡的雇傭兵一樣……」

衛時把玫瑰遞給巫瑾。花枝上鋒利的硬刺不能割傷布滿槍繭的手掌分毫。

攝影機嗡嗡飛起，此時不僅十二隊，就連剛才battle認輸的六隊都齊刷刷看向衛時。和多數時候沒什麼攻擊性的巫瑾不同，這位過來打賞的二十二組土豪侵略性太強，甚至能在出場一分鐘內就同時引走三個小隊的跟拍鏡頭——

縱貫整個蔚藍娛樂圈都沒有這樣。這人就像是與生俱來的上位者。如果他出道，躥紅指日可待。如果他是練習生，那就是在場所有選手的同期勁敵。

巫瑾立即磕磕絆絆接過玫瑰。

衛時命令：「把衣服穿好。」

巫瑾飛快套上外套。

衛時頷首，轉身離去。

衛時走後，十二隊一窩蜂圍上巫瑾。

「太跩了吧？打賞買玫瑰就為了說一句話？」

「小巫你倆是不是認識？」

巫瑾點頭點頭。

「一個團的？」

巫瑾趕緊搖頭。

莊樊卻似乎猛然明白什麼，瞠目結舌，「你們這是哪家娛樂公司，藏得深啊，你和剛才那兄弟評級都有S吧？一點風聲沒放出來過，這是要出道炸一波頭條……」

陳少卻抓住盲點：「不是藝人圈的吧？小巫身上還有傷疤……」

莊樊指著巫瑾，「逃殺練習生？小巫，還有剛才那兄弟，長這樣靠臉吃飯就行，怎麼可能拚死拚活打逃殺賽？」

陳少：「剛才人不是戴著墨鏡嗎，怎麼看的？」

莊樊：「看骨相、看骨相！」

之前還甚是活躍的Hudi突然顫顫巍巍開口：「剛才那位選手經過，我好像聞到金屬硫磺味道，你們說他怎麼一上午賺了六千點，這普通行業做不到吧……」

巫瑾趕緊替大佬解釋：「沒沒沒！放心，對面有個射擊靶場，估計週末搞比賽吧。」

眾人往街對面一看，射擊娛樂場館已經聚了不少人，在大佬走過時齊刷刷致以崇高敬意。

門口還能見到後知後覺的明堯在大聲嚷嚷：「不是說累積獎金嗎？怎麼只有十二信用點？」

店主反駁：「說了累積就是累積，剛才有人進來把我們一週的獎池都贏完了！喏，就是他，不服和人家鬥槍去！」

噴泉廣場。

鷹刃向巫瑾微一點頭，毫不留戀帶著隊伍就走，十二隊繼續緊鑼密鼓賣藝。

有了音樂噴泉伴奏，團體表現力直線上升，然而臨近目標一千點，鷹刃的六隊最終比十二隊更快一步。

「他們基礎更好。」莊樊安慰小隊，「我們來之前他們都好幾百點了！」

等Hudi收款集到九百信用點，打了一上午虛擬競技的洛洛出現，小隊的總資產終於達到一千一百點，終端滴滴兩聲。

「請選手完成下半輪次任務，登入系統分配直播間，在一小時內獲取十萬觀眾流量。」

「……」小隊突然炸開：「十萬？十萬？只有一小時！」

巫瑾差點沒抓穩玫瑰，小主播積累一百瀏覽量也屬不易，就算三十一世紀人口大爆炸，哪裡能快速積攢十萬？

那邊，小隊已是由手速最快的洛洛輸入直播間帳號密碼。節目組分配給十二隊的直播間名是一長串亂碼可更改，頭像為雪豹娛樂不可更改。

直播間人數：0

莊樊嚴肅：「先摸清環境，觀察敵情。」

洛洛迅速退出。該直播平臺似乎還新興，排行榜首位以歌姬、舞姬和遊戲達人為主。莊樊掃了眼大主播標題，順手給小隊直播間改名：潛力男團幕後放送。

直播間人數：1

五人齊齊露出微笑迎客。

直播間人數：0

莊樊瞬間抓狂，料想此時二十二組、六組都在直播，再次打起十二分精神，給直播間改名為：點我～小姐姐們～點我點我～

直播間人數：0

巫瑾提醒：「勾太直。」

正在此時，腕表再次響起，已有五個小隊完成第一輪，進入第二輪，同時二十二小隊率先完成任務。

幾人齊齊一怔，飛速進入直播網站首頁，赫然看到排名前五十的直播室中，某個亂碼房間流量恰好十萬，房間內清一色白色遊客馬甲，ID亂七八糟。

「怎麼回事？」莊樊表情近乎玄幻。

「合約號。」巫瑾猛然想起。之前和薄傳火同寢，這位室友對直播圈門兒清。薄傳火給巫瑾講過，直播平臺上，大主播流量基本都是虛高，有專門工作室開幾十萬個馬甲在房間內掛人氣，就是所謂的「合約號」。

大佬完成第二輪任務，估計連臉都沒露，直接用第一輪賺取的六千信用點租了十萬個合約號——巫瑾靜默，大佬在綜藝上求勝欲很強啊！不對，頭一、二名兩組可以向其他組發起battle，大佬應該是不想被solo跳舞……

巫瑾走了個神，正在興奮腦補大佬跳街舞的當口，終端再次提醒。

「第六組完成任務，順利晉級。」

莊樊愕然：「他們怎麼？這才一刻鐘不到，雖然鷹刃人氣高，但這不戴著口罩墨鏡……」

巫瑾突然想起，重複規則：「為任意小隊成員摘下口罩需花費一百信用點、墨鏡兩百信用點。」四道視線猛然飆向巫瑾。

巫瑾嗖嗖倒退兩步，「看我做什麼？」

莊樊毫不猶豫把三百點劃給節目組：「摘！給咱們隊顏值擔當摘墨鏡口罩！」接著手速飛快擼下巫瑾墨鏡，再改直播間名稱：一起圍觀圓臉美少年。

巫瑾：「……」

直播間人數：2

三秒鐘後，直播間人數：5

Hudi大喜：「再改個能搏眼球的！」

莊樊：驚！蔚藍市民廣場，野生圓臉美少年竟然做出了這種事情……

直播間人數：79

巫瑾：「……」

莊樊繼續改：驚！光天化日之下竟然可以對直播間內的美少年做出這種事情……

巫瑾抓狂：「會被封的吧？」

直播頻道內，已是有遊客積極敲字發言：媽耶，本來想進來踩一腳，竟然真的有野生美少年！大召喚術@親友團。還有旁邊的小酷哥，能摘墨鏡不？

莊樊冷酷：流量一千再摘。

身旁Hudi、陳少踴躍入鏡，就連洛洛都被強硬拉來在鏡頭前遛遛。

觀眾很快被調動氣氛，呼朋喚友對著巫瑾嗷嗷亂叫。

「萌化了嗚嗚嗚！這是真實存在的盛世美顏嗎！」

「小哥哥是藝人嗎？對著這張臉午飯都能多吃兩口——」

「誰給你的玫瑰？太嫉妒啦嗚嗚！寶寶要給你送九十九朵！」

巫瑾：「……」

莊樊靈光突閃，詢問隊員：「餓不餓，想不想吃午飯？」

饑腸轆轆的四人齊齊點頭。

幾分鐘後，流量終於飆躥到一千。莊樊信守承諾摘下墨鏡，直播間再次沸騰。這位十二隊隊長給每位隊員買了熱乎乎的肉夾饃，接著鏡頭對準巫瑾。

巫瑾啊嗚啃饃。

莊樊低聲指導：「吃性感點。」

巫瑾皺眉啃饃。

莊樊：「……色氣點。」

巫瑾瞪圓琥珀色眼睛啃饃。

「……」莊樊感覺就跟自己欺負巫瑾似的，於是耐心說道：「咱們得搞個爆點，現在人氣才三千九，到十萬還有一段。沒辦法，咱們不是鷹刃，沒那麼幾十萬、幾百萬的粉，放哪兒哪兒都不認識，只能靠顏值，要不我犧牲一下，咱們賣個腐……」

直播間公屏忽然一跳，有觀眾打字……兒子？

幾人起初還沒注意，不料公屏越跳越快：真是……我兒砸？啊啊啊啊啊啊麻麻竟然在直播間看到了麻麻的寶貝小巫！

莊樊一奇，示意巫瑾：「這誰？」

巫瑾一噎，臉頰泛紅向觀眾點頭示意。

公屏一片平靜。

莊樊：「你把她嚇跑了？」

克洛森論壇。

版主正在緊急發布公告：「請大家不要無組織無紀律探班，請多向隔壁男團粉絲學習。尤其提醒：一、井儀粉不要帶模擬槍應援，已經有人被城管罰款了。二、小巫粉不要聚眾K歌，妳們的粉群管理路上堵車了，正在騎共用單車過來。三、凱撒粉不要在雪豹娛樂門口組織燒烤，你們明明知道凱撒吃不到只有妳們自己能吃到……」

猛然有一帖躥起：「直播間7039XXXX882，可圍觀小巫吃餅。速來！」

「餅只剩一半了！再不來看不到了！」

「報——餅子只剩三分之一！」

市郊廣場邊沿。

莊樊吃完肉夾饃，往直播間一瞅，差點嚇得扔了紙袋。

人氣五十三萬。

公屏彈幕浩浩蕩蕩，有如百萬大軍入境。

「巫嗚嗚嗚嗚——搞小巫啊嗚嗚嗚——」

「兒砸麻麻來看你了──我兒砸吃饃也這麼帥嗚嗚嗚嗚──」

「小巫衝鴨──圍巾少女衝鴨──」

「……」莊楙一臉呆滯看向巫瑾，「你咋有這麼多粉……不對，你這粉絲規模，都要比我們公司出道主舞要多了！」

Hudi也嚇了一跳。只有眼速手速俱快的洛洛在飛速翻看觀眾刷屏，好奇地一句句念出來。

「白月光最可愛的突擊位！」

「做你的霰彈槍，做你的騎士劍，望你斬諸天妖魔，願你一世如少年……」

「從克洛森秀起始，到無窮盡終點……」

「啾咪麻麻最愛的小巫，我的小戰神，願你往浩瀚星際，願以聯賽之盃為你加冕。」

Hudi停頓了整整五秒，不可置信開口：「克洛森秀，我聽過這個，巫哥真、真是逃殺練習生？」四雙眼睛齊刷刷看向巫瑾。

Hudi當先腰腿一軟，口罩後嘴巴呆呆張大。莊楙也沒好到哪兒去，眼神驚悚複雜。

不遠處，巫瑾坐在直播鏡頭前啃完最後幾口饃。

此時腕表已經提示任務完成，十二隊以第三名晉級，直播間即將關閉。

巫瑾剛把自己投餵完畢，正打著軟軟的嗝，一遍一遍向粉絲道別道謝鞠躬。小圓臉認真誠懇，末了也不忘把鏡頭分給四位隊友，要有粉絲送特效大寶劍，還能把巫瑾嚇一跳。

跟勤勤懇懇的小白兔似的，怎麼可能是逃殺選手？逃殺選手不都是氣勢洶洶，五大三粗的壯漢嗎？

Hudi喃喃開口：「我來參加綜藝的時候，進導播室前那會兒，才知道會有逃殺練習生出鏡。公司經紀人都嚇了一跳，告訴我們遇上一定躲著，要被揍了先保護臉，我是萬萬沒想到……」這年頭逃殺選手的顏值都高到沒譜了？還鬥舞全能？

莊樊表情僵硬，說是三觀顛覆也不為過。就巫瑾這個軟綿綿、誰都能上去欺負一下的氣場，怎麼搞逃殺？他甚至可以隱隱腦補出所謂「克洛森秀」的放送內容：巫瑾哭唧唧、眼神濕漉漉躲在山洞裡，每當鏡頭切向盛世美顏，粉絲們就瘋狂氪金給愛豆集資，送乾糧送子彈送槍，不至於讓落難美少年餓暈。等巫瑾在決賽圈和對手相遇，少年泫然欲泣瑟瑟發抖，端起衝鋒槍閉著眼睛一通亂打……

莊樊：「……」好像是有點，該死的可愛。

腕表滴的一聲，網路直播關閉，十二隊正式晉級。

Hudi、洛洛陳少齊刷刷圍上巫瑾，嘰哩呱啦恨不得把問題一股腦問遍：「巫、巫哥，真是逃殺選手？」

巫瑾聽到這聲「哥」一呆，搖頭糾正：「沒沒，還是練習生！沒出道，不算正式的逃殺秀選手。」

Hudi興奮至極：「巫哥摸過槍嗎？」

巫瑾乖巧：「摸過，準頭一般。」

莊樊瞭然，果然和自己腦補一樣。

Hudi：「巫哥會打架嗎？那叫什麼來著的，近戰搏……」

巫瑾：「近戰搏鬥！」

莊樊一聲咳嗽，直切問題重心：「男團練習生轉行打逃殺？」

巫瑾點頭點頭。

莊樊思忖，也不知道是那家娛樂行銷公司想出來的法子，倒不失為博眼球的一招好棋，炒個群狼環伺下的美少年人設，逃殺秀捧紅後再回男團包裝出道，不過小白兔終究是小白兔……

Hudi兩眼紅心直冒，開心說：「這下妥了！咱們組也不怕被battle搏鬥，有巫哥在甚至還能battle別人……」

莊欒趕緊打斷：「不行。」

四雙眼睛齊刷刷看向他。莊欒心道，巫瑾一看就不是正兒八經的逃殺選手，看上去就弱弱的，要是在節目裡被打壞了怎麼辦？

此時十二組順利晉級，周圍直播鏡頭紛紛關閉。莊欒猶豫幾秒，終於下定決心，把幾人拖到小巷，擼起袖子對巫瑾開口：「切磋一場。」

眾人：「……」

莊欒瞪眼，「我好歹也是在校外打群架的時候被星探找到的！」

Hudi艱難開口：「欒哥，這個街頭群架，體量和職業逃殺賽不一樣……吧？」

莊欒揚起下巴。文藝圈兒自古就有鄙視鏈，地下rapper鄙視學院rapper，民間歌手鄙視男團主唱，自己好歹也是當年街頭小霸王，打贏巫瑾這個半吊子逃殺練習生綽綽有餘。

巫瑾眼睛發亮，對莊欒的戰意欽佩有加。血鴿導師曾經教導大家要尊重每一位對手……

莊欒率先出拳，一往無前氣吞山河——然後被巫瑾秒速躲過，少年手臂一抬，乾淨俐落把莊欒撂翻在地。

眾人小眼神崇敬看向巫瑾！

巫瑾伸手，把隊長莊欒拉起，變回軟蓬蓬無害模式，給莊欒糾正：「出拳的時候食指、無名指固好中指，大拇指扣上中指指甲，就能用拳尖對敵……」

莊欒刷刷站起，突然問巫瑾：「克洛森秀這屆多少選手？你打什麼位置？排名多少？」

巫瑾：「五百選手？至於我自己……」少年誠懇回答：「主突擊位，副指揮位。團隊賽前三，單雙排第十一。」

莊樊大驚！這特麼哪裡來的暴力小白兔？這不科學！

半小時後，十二隊順利乘地鐵返回。

出站時還遇到先前給了十信用點的火鍋店店主，老大爺遠遠跟莊樊打了個招呼：「小娃子，你這廣告沒用噻，半天也沒個人來。」

莊樊趕緊給大爺解釋：「放心這不節目還沒播嗎！一會兒晚上播了，您這外面一圈還得加幾十個座！」然後指著小巫，「他真給您念了五十遍，我都能背了，白白火鍋……」

店主樂呵呵，隔著馬路給巫瑾點了個讚。

莊樊繼續回頭和隊友商議：「剛才說到哪裡？為什麼不會有隊伍提出battle搏擊？」

巫瑾解釋：「問題在battle機制。參加綜藝的逃殺練習生太少，每個隊最多只分到一個。五對五solo，有逃殺選手的小隊也只能保證贏下其中一場。剩餘四場隨機性太大。」

幾名隊友恍然。Hudi連忙插入：「巫哥意思是說，逃殺選手在小隊裡面占比太少，還只能出場一次，就沒法以壓倒性優勢在battle裡勝出！那晚上的battle比的是……」

巫瑾：「按照嘉賓比例，男團練習生、藝人最多。舞蹈、聲樂、器樂和饒舌應該都是熱門選項。」

眾人瞭然，在坐上節目組巴士的前一瞬，走在最後的巫瑾突然回頭。

莊樊：「小巫？怎麼傻站著？」

巫瑾欸了一聲，三步並兩步躥上車，琢磨開口：「我總是覺得有人在後面跟著……」

下午四點。

兩輪任務結束，所有嘉賓回組，劇務編導忙得團團轉，進入最後的緊鑼密鼓準備時段——

「還剩兩小時。」

傍晚五點五十，有了之前的直播預熱，《衝啊！人氣少年》搜索流量在短時間內衝上地域周邊熱搜頂峰。臨節目播出之前，雪豹娛樂大廈門口浩浩蕩蕩圍了數不清的粉絲。

綜藝嘉賓終於出現！

應援口號與螢光彙聚成星光絢爛的洪流。選手如流沙散落於洪流之中，警戒線外尖叫聲瘋狂響起。

「魏衍大大嗷嗷嗷嗷——」

魏衍沒什麼表情，同手同腳點頭。

「Hudi阿元！表白AKK全團啊啊啊啊——」

幾位少年瀟灑揮手，然而愣是誰都沒有旁邊的薄傳火博眼球，這人一邊走一邊媚眼飛吻，沿途幾個靠得最近的「薄家軍」就差沒撩昏過去。

夾在聲勢浩大的男團粉之中還有被沒收了所有模擬槍械的井儀粉，路邊又有幾個西裝革履的男人舉牌「小【愛心】明【愛心】超【愛心】帥」。

「……」明堯一把擠進去，神色不悅：「你們怎麼過來了？」

當先一人恭恭敬敬：「小少爺，大少說這是您第一次上娛樂綜藝，讓我們幾個先過來舉牌，應援熱氣球、橫幅、甜點檯隨後就到。」

明堯抓狂：「誰讓你們搞熱氣球了？我特麼還沒打到星際聯賽呢！都撤了撤了！還有這牌子也給我換了！」

西裝男趕緊把「小明超帥」的LED亮燈抹掉。

明堯指示：「字兒都換成『井儀雙C』！」

路邊，凱撒粉不出意料半塊應援牌也沒帶，倒是有長得高的在幫友軍舉著「佐麟出道」、「圍巾衝鴨」等等。當凱撒出現，粉絲熱情洋溢揮舞手中的燒烤串殘簽——

凱撒虎軀一震喜從中來：「謝了大妹子們，有牛板筋沒？」

粉絲繼續熱情洋溢：「沒啦！早吃完啦！」

夾雜在混亂人流之中，又有兩支團體聲勢浩大，一方是鷹刃鐵粉，一方高高興興聲稱要搞小巫。趕在粉絲擠入警戒線之前，一眾選手終於走進演播室——首輪battle開啟。

二十五組選手依次進入等待區，神情各不相同。

莊欒數了數「晉級坐席」，低聲和隊員交談：「十六個座位，也就是第一天淘汰了九組。就剛才外面那情形，小巫、鷹刃人氣高，威脅大，很可能就是最先被battle掉的。」

遠處，小隊排名第二的鷹刃時不時看向巫瑾。

臺上，十六組晉級名單放出。前三依次是衛時隊、鷹刃隊與巫瑾所在的十二隊，第四名隊長是有過一面之緣的男團練習生阿元，薄傳火所在的小隊第五，魏衍隊壓線晉級。

凱撒小隊只集齊八百九十九點信用點，與三名克洛森秀練習生一起慘遭淘汰。

主持人笑咪咪重播了幾個精彩片段，其中就包括薄傳火風騷直播，大佬包攬狙擊獎池，巫瑾與鷹刃鬥舞。

場內猛地譁然，無數視線齊刷刷向巫瑾看去，如臨大敵。

「估計都把巫哥當dancer了！」Hudi幸災樂禍：「以假亂真，以假亂真，到時候打他們一個措手不及！」

臺上，麥克風被遞給大佬所在的二十二組。

第一、二名勝利者有權從名次更低組中挑出對手solo，莊樊壓低聲音：「他們組vocal多。二十二組直接找上了第六名，毫不意外選擇battle vocal。巫瑾眼睛亮晶晶看向大佬，他還從沒聽大佬開嗓唱歌，其餘克洛森秀練習生齊齊露出看好戲表情……

不料二十二組安排完備，三位vocal輪番上陣，直接零封對面，不用衛時出場就順利晉級。

巫瑾小圓臉滿滿遺憾。

衛時：呵呵。

等話筒遞給第二名鷹刃，這位S級練習生視線掃向巫瑾。

氣氛陡然灼熱，主持人饒有興趣：「鷹刃是不是要為上午的失誤找回場子？」

鷹刃搖頭，俐落坦蕩：「鬥舞輸了就是輸了。」

主持人興奮：「是想要比試點別的？」

鷹刃點頭，目光直直看向巫瑾，「但不是現在。」

鷹刃轉手就挑上了排名第五的薄傳火組，憑藉隊員們扎實的舞蹈功底，三下五除二把這位逃殺練習生兼主播按在地板上摩擦。

無辜躺槍的薄傳火：「……」我特麼招你惹你了！

那廂，Hudi一個緊張，趕緊給巫瑾吹耳邊風：「巫哥，鷹刃這話，合著明天肯定會挑你battle，不是唱歌就是rap……」

晉級隊再次減少，場內只剩十四支隊伍。虛擬螢幕中開始依次揭祕淘汰者身分，等到了薄傳火時眾人齊齊一呆。

這人不是個跳社會搖、喊麥的網紅主播嗎？怎麼還能是逃殺選手？

此時卻有藝人恍然認出，薄傳火和當紅銀絲卷在役選手薄覆水長得相當相似，敢情還是從逃殺世家培養出來的……

巫瑾走了個神。

逃殺練習生，在役選手。其中相距不過幾年，名氣卻是天差地別。各大星臺中類似克洛森秀的選秀活動難以計數，練習生中能最終蛻變為「知名戰隊主力逃殺隊員」的卻寥寥無幾。場內有小半嘉賓都聽過薄覆水，至於逃殺練習生——能認出巫瑾的也只有鷹刃一人而已。前路漫漫，逃殺圈中的競爭和演藝圈同樣殘酷。

一小時後，當日錄製結束，選手以小隊為單位自由活動。

巫瑾拿餐具時正聽到遠處阿元在給隊員分析：「衛時，逃殺賽狙擊手。巫瑾，男團主舞。鷹刃，全能S級練習生，這幾個是我們的頭號敵人……」

十二小隊的桌子在大廳一角。

Hudi依然抓著巫瑾嘰哩呱啦問個不停，莊欒自從切磋認輸後對巫瑾格外敬重，灌了兩杯啤酒興致頗高：「當年我在校外打架，被員警帶到局子裡寫檢討。正好我那經紀人在街上發小廣告被查了，也擱哪兒寫檢討！他一看我，刷的撕下半張紙，讓我一小弟給我遞過來，我一看——謔！簽約練習生，五險一金，待遇從優。從此人生軌跡改變！哎小巫你怎麼被抓進逃殺比賽的……」

巫瑾：「……」我我我也不知道啊！

閒聊中，巫瑾終端亮了下，因為節目組信號遮罩又再次暗淡。

克洛森秀後勤部說過，今晚會把寢室監控發過來。估摸著打開視頻就能看到，黑貓如何偷溜進寢室對保健小枕頭亂撓亂啃。

巫瑾看向窗外。

綜藝拍攝不像逃殺直拍，地形、環境更加簡單，鏡頭體積重量不做限制，拍攝起來要有存在感得多。估摸是自己還沒完全適應，一整天總覺得像是有人在身後跟著，脊背發涼。

二十點。

巫瑾刷完牙，愉快加入男團練習生們的娛樂活動，聽大家吐槽練功房裡的艱難困苦，並憶苦思甜——不對，自己好像是轉行之後才更苦……

二十一點，莊樊突然往巫瑾肩膀上一拍，「到晚間檔了，咱節目該播了！」

星網，克洛森論壇。

原本吵鬧不停的公共聊天頻突然安靜。幾十萬「克洛森天團」粉絲屏住呼吸，齊齊盯住緩緩淡入的《加油！人氣少年》綜藝片頭。

雪豹娛樂大廈，選手們一沒信號二沒網，出去之後才能看重播，此時只能盲猜節目效果。

而雪豹娛樂大廈之外。

藍星，某某娛樂工作室。

一百二十吋虛擬螢幕上投影的正是《衝啊！人氣少年》當期節目第一集，十幾位員工守著文稿介面嚴陣以待。

該工作室擁有四個知名娛樂自媒體帳號，二十六個跑速超兩百哩的娛記機器人，和八十萬個可自動更換IP的水軍帳號——堪稱藍星娛樂行業掘金者中的佼佼者。

三十一世紀，偶像行業額外豐富多彩。發第一手通稿能賺錢，替粉絲們刷榜能賺錢，作為粉絲經濟生態鏈中的「重要一環」，該工作室當然不會放過擁有造星潛力的綜藝《衝啊！人氣少年》。

這家自媒體出稿堪稱神速，鋪墊、轉折、紀實、潤色、引戰分由不同員工負責，此時的第一版文稿已經寫好：他，XX娛樂裡名不經傳的rapper，身懷天賦，努力拚搏，甚至不惜口含沙子練習flow節奏，只為了更好的舞臺表現，十年努力一朝成名……

文稿寫成這樣，主要是盲狙《衝啊！人氣少年》裡的rapper最多。文稿下還壓著主舞版本、vocal版本等等，一旦節目裡有嘉賓表現突出、有短期內躥紅潛質，該文稿就會立刻作為第一手通稿發出。

虛擬螢幕中，一百二十五名嘉賓剪影終於出現，用於監控彈幕、星網即時輿論的側屏同時打開。

「注意鷹刃。」主管吩咐。

小員工立刻全神貫注閱覽彈幕，許久茫然開口：「鷹刃熱度指數七點八八排名第二，上面還有一個熱度八點三一的，叫巫……巫瑾？想起來了！是逃殺練習生。」

主管搖頭，「暫且不管。」

螢幕當中，主持人暖場完畢，抽籤分組環節終於結束，一眾嘉賓亂哄哄在演播室跑來跑去。主管突然用游標圈出一處，兩眼放光，「這誰？留意下。」

抬頭的幾人同時眼前一亮。

被高亮標出的男人約莫二十六、七，臉上冷冷淡淡沒什麼表情，五官卻刀削斧鑿般英挺，正是時下偶像人設中相當稀缺的「Alpha」型。

小員工急急忙忙翻過男團選手們資料，愣是半點資訊都沒。等他再翻其他，表情更是驚愕：「衛時，怎麼還是逃殺練習生……」

那廂，主管再次圈出一人布置任務，「這又是誰？」

員工：「叫左、左泊棠，」繼而差點抓狂：「又是逃殺選手？」

第四、五次，當男團練習生Hudi、阿元被主管欽點，員工這才鬆了口氣，彷彿一切回歸正軌。然而緊接著主管突然站起，手速飛快劃拉了個側影，「這個也有點意思，不聲不響乖乖坐在旁邊，等莊樊來了就跟著走，像個大玩偶似的……」

螢幕中，大玩偶轉身，揚著小圓臉看向鏡頭。

主播、所有員工：「……啊！」這到底是什麼盛世美顏？

小圓臉看上去軟乎乎的沒什麼進攻性，瀏海細碎的小捲毛也軟軟蓬起，就像悄悄混入人群的小動物。就連脾氣向來不佳的莊樊都對他多了幾分耐心，只有在該選手聲稱是「逃殺練習生」時才面露鄙夷。

主管：「快，查查是哪家娛樂公司的？」

員工：「呃，白、白月光，好像過去沒聽過，白月光娛樂，旗下擁有三支聯賽級逃殺戰隊……什麼？」

與此同時，原本還在勻速滾動的彈幕猛然刷屏飆起！

「哈哈嘿嘿嘿兒子太可憐了！幼稚園裡別的小朋友都不信他，嗚嗚嗚我一個爆笑拎起兒砸就跑！小巫可委屈啦！媽耶委屈到小捲毛都塌了——怎麼這麼可憐哈哈哈哈哈！」

「怎麼可能是逃殺練習生！小巫別遮遮掩掩啦，你就是個dancer！跳兔嘰舞的那種！」

克洛森論壇，原本眼巴巴等著為愛豆應援的粉群管理一噎：「大家注意！注意！不要自由散漫，說好的這會兒一起刷比賽集錦賣安利的呢……」

然而逃殺粉「向來自由散漫」，加上年齡層偏大，完全不具備普通偶像粉們「被組織」的基本可能，此時紛紛熱衷於RPG，同路人激烈探討。

路人：「這個小哥哥好帥？是哪個男團的副舞？」

克洛森粉：「帥得飛起對吧！克洛森直男天團的！主舞是巫瑾，rap是旁邊那個和人勾肩搭背的紅毛，vocal是明堯，暖場綜藝擔當是魏衍！」

路人：「……我怎麼從沒聽說過！他們什麼時候出道？有單曲了嗎？」

克洛森粉：「有啊有啊！還有三輪淘汰出道，發行單曲有《塔羅之我的戀人》、《恐龍之原始迷情》、《迷宮和撲棱蛾子》……」

「……」粉群管理一怒掀桌，忍無可忍加入探討：「還有《克洛森主題曲》！」

某某工作室，此時除主螢幕外幾乎所有虛擬屏都用來查找克洛森秀選手資料，事態向著完全不可控的方向發展。

「怎麼可能是逃殺練習生？」不僅彈幕觀眾，就連工作室主管都被打了個措手不及。通稿在以時速三千字被飛快修改。

「他，白月光娛樂裡名不經傳的突擊位，身懷天賦，努力拚搏，甚至不惜……」猛然有員工抬頭，對著螢幕喃喃開口：「不可能是突擊位，這，真的是dancer啊！」

螢幕正中不知發生了什麼，彈幕密密麻麻一長串啊啊啊啊啊啊，彷彿有無數隻土撥鼠瘋狂喊叫，僅能從彈幕間隙看到街舞battle凱旋的巫瑾。

主管飛快遮罩彈幕。

那名叫巫瑾的練習生正伸手把鷹刃拉起，笑容如熠熠朝陽。

主管一頓。吃「單純無害」人設的偶像一數一大把，然而萬事萬物有光面就有暗面。這類藝人通常不會主動挑釁、battle，任何越界行為都與「無害」人設不符。

但巫瑾卻是一個異類。節目中分分明明是他在挑起battle，少年把棒球帽下壓，帶著全隊去找場子時顯得意氣風發，活脫脫兒少年氣穿出螢幕。

想贏，想戰。幾名少年直白坦蕩，攝影機掃過，噴泉下的光面與暗面一樣耀眼。

星網平臺。《衝啊！人氣少年》的收視率已經在短短一小時內翻了不止兩番，觀眾留存率更是直擊驚人百分比。節目以鷹刃、巫瑾鬥舞為第一個小高潮，繼而是阿元十指紛飛彈琴，洛洛虛擬網咖排位八連勝，左泊棠當街舞文弄墨被逛街少女調戲表白，凱撒帶領隊友打破自助餐廳記錄特許免單，以及戴著狙擊手套、清空射擊館獎池的衛時——

彈幕再次踴躍。

遊客紛紛表示：「這也是克洛森天團的？我決定把之前每一集都補了……哎我是不是搜錯了，怎麼搜出來一個逃殺選秀……」

更多卻是嗷嗷亂叫的天團粉：「圍巾！圍巾圍巾！用你的槍去狙擊小巫的心！衛鴨——」

衛時收槍。

衛時轉身，在一群射擊愛好者發綠的目光中毫無留戀出門。

衛時買花……

彈幕突然一卡。

能讓雪豹娛樂伺服器卡頓，流量顯見已經超過歷往所有期的峰值。

工作室主管市場直覺極其敏銳，他飛快發問：「衛時巫瑾？是克洛森官定CP？看看人家這CP炒的！冷血狙擊手就是愛你寵你×絕色小舞王當配一枝玫瑰，同樣是兄弟賣腐，比某些娛樂公司不知道高明到哪裡去！克洛森那個導演真懂啊！市場千篇一律，唯有人設得人心。」

「通稿再改改！順便把那個你們說的什麼井儀雙C、薄家骨科、克洛森雙煞……」

員工：「雙傻！」

主管：「喔喔，反正全都放到通稿裡，單獨弄個篇幅，迎合讀者口味！」

當晚，克洛森秀與《人氣少年》同時流量猛躍。

修改的工作室通稿在第一時間被各大平臺推送，雪豹娛樂總導演在酒桌上和克洛森PD賓主盡歡。回程時，PD吃得晃晃悠悠走不動路，拿出終端一看，「嘿，流量爆了！」

同樣吃得打嗝兒的小劇務諫言：「也就比咱們發布主題曲那會兒多一點。」

PD搖搖頭，手插進衣兜，「不一樣，這回出圈了。」

劇務恍然，望著夜色中PD的背影，突然萌生一種崇高的敬意，這位吃苦耐勞的導演為選手的未來人氣打下堅實基礎——

PD喜笑顏開回頭，「咱們前五輪淘汰賽周……嗝、周邊，立刻給我加製再販！特別是CP聯名版，隨便設計個包裝把兩人周邊捆一起，比如井儀雙C，這樣咱們捆包賣，不僅不用打折還能加價！」

劇務：「……」

幾千星里之外。

蔚藍深空，浮空城。

地下訓練營的教官室儼然變成綜藝觀摩場所，阿俊拿著終端憤憤不平：「當初要不是二毛打靶略勝過我半環，就是我跟著衛哥去上綜藝吸粉了咿咿咿哇哇哇……」

宋研究員被吵得頭昏腦脹：「有沒有什麼方法能讓他閉嘴？」

毛冬青安靜堵住豚鼠耳朵。

不過很快阿俊就發現了新樂子：「衛哥諸事纏身，所以衛哥的粉群管理……由我來擔當可謂非常合適！」緊接著阿俊迅速混入粉群，試圖以星網帳戶餘額截圖恐嚇大管理交出職位。

阿俊被眾人齊心協力踢走。

「……」阿俊堅持不懈切換小號登入，繼續憤憤不平：「什麼意思？我粉絲值太低，肯定是對家安插到衛神粉群的奸細？粉絲值怎麼攢來著？」

這位浮空基地教官伸著脖子，對照群主給出指導流程逐一操作：「安裝應援外掛程式，在衛哥星博獻花，打開通知，安利親朋好友一起為衛哥打CALL……」

幾分鐘後，宋研究員、夏醫師、毛冬青和護衛隊隊長小葉的終端被阿俊強硬裝上外掛程式，眾人終端齊齊「滴滴」兩聲：你的小寶貝衛時進入《衛啊！人氣少年》相關熱搜。

小寶貝。

眾人：「……」

宋研究員脊背發麻：「你信不信衛哥能剁了你？」

毛冬青直接出手就要把阿俊拖出門外，阿俊不得不吃力撲騰，「怎麼著？小寶貝多親切啊，哎哎別趕我出去不是說今晚要彙報任務嗎……你們找到邵瑜了沒啊？」

教官室突然沉寂，毛冬青開門放阿俊進來。

星臺綜藝被切，取而代之是密密麻麻的網格圖。

宋研究員嘆息：「找不到，網格上每個點都是邵瑜可能在的位置。以現有科技，我們拚不過他。邵瑜背後有技術支援，我甚至懷疑他不是一個人來的。或者，邵瑜是在某位帝國上層的默許下來找茬的。」

毛冬青點頭。

阿俊唉了一聲，攤手，「兵來將擋，水來土掩。」

身旁，護衛隊隊長葉催遲疑問道：「邵瑜，是個什麼樣的人？」

一個月前治療艙被邵瑜入侵，整個浮空城高度戒嚴，衛哥還險些著了道。實際上，整個聯邦對邵瑜並不陌生：曾經的R碼基地頭號改造人，基地解散後的R碼戰隊隊長，並在某次比賽中失蹤叛逃帝國。

眾人齊齊看向毛冬青。

毛冬青：「一個精神不正常的人。」

這位同樣有著改造經歷的浮空城執法官站起，「R碼基地三大利刃，衛哥第二，魏衍第三。第一位就是邵瑜。當年R碼基地，只有邵瑜出身高貴。」

在場幾人一愣，唯獨宋研究員看了這麼多資料早已知曉。

毛冬青：「邵瑜父親是聯邦高官極端左翼份子，母親是帝國五百六十三位順位繼承人，政治聯姻。這對夫婦是基因改造的狂熱支持者，邵瑜從小就被內定為『改造體』。」

「某種程度上，他繼承了父母的意志。」

「他被情緒鎖打擊過，不過他享受情緒崩潰、分裂的過程。同樣，痛感只能讓邵瑜更興奮。他被譽為『聯邦第一把利刃』、『沒有痛覺的完美戰鬥體』。」

阿俊：「……臥槽，變態？」

宋研究員打開虛擬螢幕，幾段視頻被連接在一起。

邵瑜在蔚藍逃殺賽事中出線，於萬眾矚目下冷漠捧盃。

某處聯邦軍事基地監控下，邵瑜面帶微笑，用一把鈍刃匕首虐待戰俘。他穿著拖鞋，似乎是剛從寢室出來，腳趾因為興奮而弓起。接著——邵瑜突然給自己手臂也來了一刀，表情因為享受而扭曲。

阿俊跳起，「神經病啊！我施法之後也這個表情，他是不是還得事後一根菸啊！」

視頻再轉。媒體蜂擁採訪，R碼戰隊邵隊比賽期間留宿兩名男公關玩一夜，邵瑜冷淡表示留宿一個是生理需求，留宿兩個只是因為第二個半價而已。

宋研究員：「我這裡還有從賓館調取的當晚監控……」

阿俊：「這個有價值！」

螢幕中央，兩位濃妝豔抹的男公關躲在床角瑟瑟發抖，地上也不知道是誰的血。

邵瑜在洗手間嘔吐，臉上顯出一種類似於潔癖的厭惡。

宋研究員：「我猜，早在六年前，衛哥剛帶我們來浮空城那時候。邵瑜的情緒在鎖的壓制下已經完全崩潰了。沒有劍鞘的利刃，亡命之徒可什麼都做得出來。」

清晨。

雪豹娛樂大廈，選手們睏唧唧擠在一起刷牙。

Hudi對著走廊探頭探腦，喜上眉梢，「巫哥，我剛看到劇務了！眉飛色舞的，咱昨天綜藝播出肯定反響不錯！」

「巫哥，等今天拍攝結束了，能不能……嘿，那啥，留個聯繫方式？」

巫瑾笑咪咪和Hudi交換星網帳號。

門外突然有個小後勤敲門，「巫瑾選手是吧？」

巫瑾哎了一聲。

小後勤把一大束黑色玫瑰遞給他，「粉絲送的。」

落款單字，瑜。

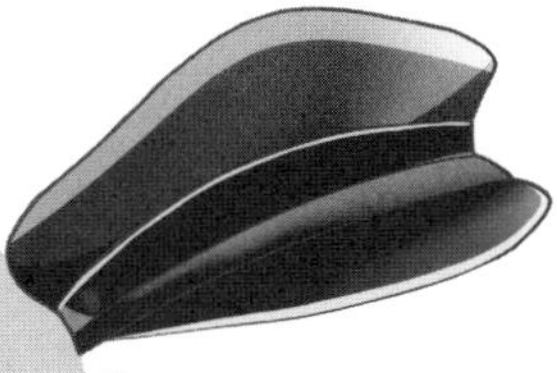

【第八章】——記住，我叫邵瑜

十五朵漆黑如墨的玫瑰沉沉擠在一起。

包裝紙柔軟灑金，即便如此花束沉悶壓抑，玫瑰香濃郁瘆人，點綴於中的滿天星像是要被黑海吞噬的藻荇。

巫瑾一呆，看向隨花附贈的落款短箋。

Hudi兩眼放光：「哇喔土豪！我也想有粉絲給我送花！」

同組的洛洛刷完牙，穿好白T恤伸頭一看，「對你們來說，粉絲送花不是很正常嗎？」

Hudi立刻糾正：「能當做探班禮物送進來的，還有，能在這個時候送進雪豹娛樂的，買花人非富即貴。再說，黑玫瑰啊！花市裡最貴的就是它了，咦這人該不會是極端唯粉吧！昨天八成節目裡看到衛時選手給巫哥送了玫瑰，所以他也送一束來爭寵……」

巫瑾看向落款，記憶一頓。

第五輪淘汰賽凡爾賽宮投票應援，給他投了六十萬信用點的土豪粉ID也是單字，瑜。

沒等兩位隊友反應過來，巫瑾飛快叫住剛才那位後勤：「您好，請問送花的是……」

後勤摸摸後腦杓，「一位先生，戴墨鏡，看不大清臉，喏，就在下面站著。」

窗簾刷的拉開，雪豹娛樂大廈廣場空空如也。

身後，洛洛還在小聲問Hudi：「怎麼是黑色？總感覺瘆得慌。」

Hudi：「……黑玫瑰花語是『你是惡魔，且為我所有』。我見過走性感路線的女藝人被送過黑玫，誰知道怎麼被塞給了巫哥。不過話說回來，有這種級別的土豪粉，別說花語是惡魔了，就算花語把我當做草履蟲我也願意！」

巫瑾傻傻捧著花，莊樊走過來，「收著吧，好歹也是粉絲一片心意。」

巫瑾立即「欸」了一聲，小心翼翼抱著花放上窗臺。

莊樊看他磕磕絆絆，鄙夷：「什麼表情，還怕這花吃了你不成？」

巫瑾認真琢磨，他還是要給公司知會一聲，畢竟自己只是個一窮二白的小練習生。

莊樊打了個響指，「走了，今天又是場惡戰。」

巫瑾乖巧跟上，身後Hudi還在滔滔不絕給洛洛科普：「十五朵玫瑰代表歉意，我現在琢磨，給巫哥送花那土豪該不會是個花盲吧？」

落在最後的巫瑾突然一頓，他回頭看向窗外。

廣場空無一人，約莫是晨光刺目強烈，竟生出了一種被人窺探的錯覺。

幾分鐘後，綜藝嘉賓齊齊在大廈門口集合，巫瑾鬥志昂揚，重新進入滿血滿狀態。

原本的二十五組嘉賓小隊在第二天只剩十六隊。兩大人氣男團練習生鷹刃、阿元遙遙相望，間或對巫瑾、衛時、左泊棠等等投去審視目光。

任務卡下發。

「半小時內抵達城市南郊二二五倉庫，並……」讀卡的Hudi一愣：「並在四小時內賺取一千信用點。怎麼和昨天任務一樣？還有二二五倉庫，我怎麼從沒聽過這地方？」

其餘隊員紛紛表示茫然，莊樊卻眼神一肅，打起十二分精神：「不一樣，這次任務難得多。二二五倉庫，是地下酒吧。」

隨著導播一聲令下，十六組選手如離弦之箭躥出。中途路過地鐵站，那火鍋店老大爺精神抖擻：「拿著，十信用點！昨個晚上生意爆了，幾個小娃有意思得很……」

莊樊打了個手勢，奔跑時颳出一道勁風。

巫瑾不懂就問：「樊哥！手勢什麼意思？」

莊樊：「意思是謝了，love and peace——哎我對老大爺打這個做什麼！」

這位男團Rapper從剛才開始就顯得異常激動，等地鐵到站，站在二二五倉庫門口，莊樊迅速召集隊員：「妝卸了，眼線也擦了，裡面都是暴躁老哥，看不慣娘們唧唧的。小巫你假睫毛也扔了……」

巫瑾努力揪眼皮辯解：「真、真睫毛！」

「……」莊樊一聲咳嗽，岔開話題簡短向隊友科普：「二二五倉庫是這片兒地下樂隊、rapper，DJ的地盤。亂得很，對了，別隨便暴露身分。」

Hudi悚然：「地下rapper，就一天到晚diss練習生的那種？」

莊樊點頭，示意幾人把T恤隨便扒拉扒拉，頭髮也揉亂，「越沒有秩序的地方越看實力說話。行了，鏡頭都收成針孔，進去再找活幹。這裡唱歌跳舞不炸場，或者饒舌battle輸了都有被揍的可能，裡頭根本沒秩序……」莊樊一停，只見所有隊友齊刷刷看向巫瑾。

Hudi喜從中來：「有巫哥在，咱們不怕被揍！」

巫瑾：「……」我靠不住啊！

倉庫門轟然打開。

巫瑾一個恍惚，終於知道在嘉賓裡安插逃殺練習生的「真正含義」。暗淡不見天日的二二五倉庫煙霧繚繞，門口幾個抽雪茄的男人懶洋洋蹲著，面色不善，眼白見血絲，估計一宿沒睡已經成仙。

再遠處電吉他貝斯轟轟炸得耳膜生疼，有人在battle霹靂舞，最近的臺上是兩個rapper激情freestyle，每當一方被diss，臺下群魔亂舞的酒客就哄然大笑。

其中一名地下rapper滿頭髒辮，cue點帶flow樣樣玩轉，請他喝酒的人幾乎排成長隊。等他的對手滿面脹紅下臺，酒保立刻給他掃了個信用點紅包。

門口，當頭一位安保人員瞅了莊樊幾眼，漫不經心。

莊樊面無表情移開目光，視線盯住臺上的rapper。

巫瑾轉頭看向莊樊。

莊樊身為rapper兼隊長，在多數時候都狂傲得很，此時莊樊的目光直直看著臺上，緩慢開口：「地下酒吧，排得上號的場子都在晚上，白天都是雜魚。」

巫瑾看向終端，上午十點。二二五倉庫內的酒客通了整宵，不少都在勾肩搭背往回走。從卡座、舞池來看，倉庫的客容量應當不止於此。

也就是現在處於客流低谷，早場rapper只有二、三流——莊樊未必不能一戰。

莊樊嘩啦拉下外套拉鍊，「他雙壓、重音都不行。」

Hudi陡然反應過來：「樊、樊哥，你要上？」

莊樊點頭，和瑟瑟發抖的練習生Hudi不同，他自小就是在這種場子長大，即使後來當了練習生，路子也要更野。他回頭看巫瑾，正要囑咐……

巫瑾眼神欽佩，嗖的站到臺下，「樊哥放心，我給你壓陣！」

莊樊伸手，巫瑾與他擊拳。有巫瑾在，總不至於擔心Hudi幾個被人隨便欺負。

臺上，地下rapper把一整瓶礦泉水灌下，神情極其狂傲，直到莊樊上臺。

「要開始了！」Hudi緊張，那邊莊樊直接把兜帽套到頭上，氣勢在一片哄笑中陡升。

「小白臉？」那rapper嘲諷，伸手做槍虛虛往莊樊腦門上崩。

莊樊一言不發，DJ吹了個口哨，碟片摩擦聲吱吱呀呀響起，莊樊直接搶了個八拍，二話不說開始壓麥：「Put you mother fucking hand up I go acapella n u scared to death...」

臺下一頓，尖叫聲驀然炸開！燈光圍著莊樊轉個不停，有人提著酒瓶子給莊樊助陣，重音踩上去一瞬巫瑾突然出口：「穩了！」

莊樊的節奏太好，freestyle也不跑。更關鍵的是這人會噴，明明還是綜藝拍攝期間，莊樊愣是一點都不怕歌詞被【嗶——】，battle起來就像窮凶極惡的悍狼。

他對面那rapper一下落了氣勢，還不服輸想要掙扎，只是前言不搭後語。

Hudi一急：「巫哥……」

巫瑾隨手往旁邊順了個酒瓶，一哐當：「他在套詞啊，樊哥diss他！」

莊樊一個激靈，狠狠壓上節拍，兩段diss track直接打亂對方背好的flow。

臺下歡呼一片！

地下酒吧的競爭遠比昨天街角還要殘酷。和莊樊對戰的rapper一僵，惡狠狠比劃了莊樊一道就灰溜溜離去。

舞臺邊，十二小隊還沒來得及給莊樊接風，腕表突然響起。

「有兩組淘汰了？這麼早？」Hudi驚訝：「這什麼情況？沒賺到一千信用點也不用這麼早出局……等等那是，哇靠，鷹刃？他剛才不是在臺上彈貝斯嗎，怎麼這會兒被趕下來了，信用點沒拿到？」

巫瑾瞇眼看向遠處。

這類battle都有賞金，莊樊從舞臺下場，伸手理所應當向吧檯索要報酬。那酒保明明就要給莊樊掃碼，卻忽的頭一抬，收住動作。

巫瑾驟然回頭。

舞臺另一端，鷹刃、阿元面色不善，正在和一位彪形大漢理論。

那人一胳膊紋身青龍白虎，嗓門粗獷：「什麼全額？我管你們什麼一千信用點，我的場子就是要抽九成，你們拿一成。還嫌少？那沒了！規矩？我這裡誰的拳頭硬就是規矩。」

先前那battle失利的rapper也跟在紋身男旁邊，點頭哈腰，在告莊樊的狀。

紋身男對酒保一個招呼，同樣扣了莊樊九成賞金。旁邊有小弟從人群鑽出，「虎哥，剛才三哥那場子好像出了什麼事，遠遠看著我怕被誰端了……」

莊樊還在憤憤不平嚷嚷：「二二五倉庫從來只抽四成，你特麼！」

紋身男伸出一隻手指搖了搖，看向幾名練習生，「來場子賺錢可以，怎麼分我決定，不服直接來剛我。看不慣你們這些娘們唧唧的藝人，一隻手指就能掀翻……」

紋身男一頓。面前一隻巫瑾小跑步迅速穿過，和莊樊匯攏。

那紋身男看了巫瑾一眼，睫毛長長翹翹，捲髮細細軟軟。

紋身男琢磨半天，指著巫瑾，「你長這樣，還敢來我們這兒溜達？荒唐！」

眾人：「……」這不是節目任務需要嗎！花樣美少年身陷地下酒吧！

那廂，巫瑾還在小聲問莊樊：「打不打？」

莊樊看了眼巫瑾。

這特麼也不知道剛才哪兒蹦出來的，眼神晶晶亮亮，和不遠處凶神惡煞的紋身男形成鮮明對比。莊樊沉默：「……你真打得過？」

巫瑾點頭點頭，「以前衛哥教過，估算一下對方體重然後看步伐，沒練家子的走路輕飄飄，隨便撂倒！」

旁邊，阿元也跟巫瑾打了個招呼，表情茫然問鷹刃：「他倆在說啥？」

「……」鷹刃突然開口：「巫瑾，你別去。這輪是節目組事先沒布置好，回頭加賽，我說過要和你solo。」

巫瑾：「哎，不衝突！」然後看向莊樊。

莊樊深吸一口氣，地下酒吧亂歸亂，好歹也講江湖規矩。巫瑾上去和龍哥拚拳頭，對方肯定也不會搞車輪戰。再不濟……莊樊一個側目。

再不濟，那個一看就很能打的衛選手不是正走過來了嗎！

莊樊點頭，「行，想去就去。」

巫瑾活動了下關節，高高興興站到紋身男面前，揚聲說：「打一場，贏了六四分，輸了我們一成不取。」

身後。

阿元：「嗯？」

阿元：「他他他他怎麼去單挑了？這是鬥、鬥舞？不像啊，媽呀那人怎麼出拳了……那個誰，巫瑾，他哪家娛樂公司的？他們團給他買保險了嗎？」

鷹刃冷笑：「你真以為他是男團練習生？」

地下倉庫。

燈光頹靡迷離，五光十色如群魔亂舞。

巫瑾走出時一片譁然，紋身男瞪眼看了他半天，嘿了一聲：「有點意思。」

那男人說完就把外套一脫，露出前胸後背青龍白虎、墮落天使、罪、忘了愛等一溜子紋身，旁邊圍觀群眾皆是狠狠一驚。

殺馬特！是個狠茬！

紋身男活動兩下筋骨，看著巫瑾嗓子眼發乾。

這小朋友簡直好看到邪門，眼睛圓溜溜，臉頰紅撲撲。正常人哪有長這樣的？不過此人是個鋼鐵直男，絲毫愛憐之心也無，當下搶了個先手就要把巫瑾當妖精打了。

一拳對著巫瑾砸出，虎虎生風！

那拳頭還沒砸中，圍觀者已經嗷嗷亂叫：「別下狠手啊，欺負美少年啊！你這是毀壞人類財富……」

巫瑾急促閃避。

他左肩一低，正好與攻勢擦肩而過，紋身男突襲軌跡、慣用力矩在一瞬清晰浮現腦海。

一秒。少年陡然擰身抬頭，逆光下原本溫溫柔柔的瞳孔幽深不見底，發亮的輪廓剪影能看到清晰、緊繃到極致的肌肉曲線。

巫瑾猝然回擊！

肌肉記憶在短短瞬息爆發，戰意自筆直的脊背如酥麻電流打過，到精準於毫釐的神經末梢，接著血液沸騰聚力於拳尖，以裹挾雷霆之勢反守為攻。

紋身男表情驟變，重心一低就要改攻巫瑾下盤。但巫瑾反應太快。少年跳起，修長筆直的左腿橫掃，右手徑直對男人頸關節擒去，在男人避開時卡著角度按住對方塌下的肩膀一摔！

紋身男悚然倒地，砸開一片灰塵漫飛。

圍觀的阿元：「臥……臥槽！」

人群哄然歡呼！

即便如莊樊所說，早場的二二五倉庫裡都是雜魚，但巫瑾也是打得太帥氣。如果紋身男是街頭混戰中的佼佼者，巫瑾所展示的就是真正的徒手格鬥術。

迅速、俐落，所向披靡。

阿元兩眼一黑。

記憶回溯到昨天，自己一進門就看到巫瑾坐在牆角，聽編導講規則聽劇務講規則再聽後勤。全場選手昏昏欲睡，就巫瑾一臉「超好欺負的樣子」認真聽講。

然後分組，握手。

手也軟軟的很好捏。再後來聽說他和鷹刃battle街舞竟然贏了，再後來——

阿元如夢似幻，再看了眼巫瑾的臉。

神他媽，真的是逃殺練習生？那天硌手的是真．槍繭？

此時人群沸騰如潮水，DJ換了首快歌跟著起哄，有人嚷嚷要給巫瑾請酒，還有拿出終端對著巫瑾猛拍，甚至不知道從哪兒冒出個場館負責人員詢問巫瑾要不要接班紋身男「虎哥」看管上午的場子，什麼都不幹坐燈下當吉祥物也行。

Hudi一溜子躥上桌子，擠在人群周邊心服口服起哄：「巫哥帥啊啊啊啊！」

人群正中，巫瑾把瀏海撩起，剛打完架，此時整一荷爾蒙散發器，特別是慢慢恢復正常的那麼幾秒，氣勢還擺著小眼神就逐漸乖覺起來，捲髮軟趴趴，撓心似的翹起。

反差萌。這誰遭得住啊！

周邊驀然混亂，數不清多少小姑娘、小青年對著巫瑾嗷嗚亂叫……

莊樊卻突然看向一側。

衛時選手剛才就站在這裡。按照巫瑾所說，他的格鬥也是衛選手教的，只是這會兒衛選手不見蹤影……

人堆子裡，一濃妝豔抹的小零嗖的終於扒開人群，往巫瑾跟前一湊就要黏糊糊泡他，冷不丁一人把巫瑾擋在身後。

衛時居高臨下，眼皮子半抬不抬。

「嗚哇！」小零嚇得掉頭就跑。

巫瑾毫無所覺，跟大佬一個招呼就美滋滋去找紋身男談之前的交易：「說好贏了六四分，六四分啊！」

紋身男一噎：「別打別打，我這就給錢啊啊啊！」

兩分鐘後，巫瑾順利拿回莊樊的報酬，春風得意。

阿元神色恍惚欽佩，鷹刃深深注視巫瑾，Hudi狂熱崇拜，只有莊樊冷靜：「你為什麼不拿十成？」

巫瑾抓狂：「……對啊！我為什麼不拿十成？」

衛時面無表情，手速如電在軟蓬蓬的小捲毛上一擼，「吸取教訓。嗯，繼續任務。」

眾人陡然反應過來，距離節目組的一千點還剩……

幾組再來不及瞎看熱鬧，各自飛速出動。

被「暴力肅清」後的二二五倉庫很快成為十幾組選手相互角逐的戰場。

不僅巫瑾這裡，紅毛小隊也與人發生爭執。紅毛在一拳打倒對方後，迅速以勝利者姿態、在隊友始料未及的情況下爬上舞臺，撿起麥克風就開始激情喊麥：「一人我飲酒醉……逃殺我征戰累！出道我打天下，我斬斷情絲無牽掛……」

被擊倒的壯漢痛苦捂住耳朵，「這他媽就是強者的藝術嗎？」

與打賞緩慢增長的紅毛小隊相比，rapper battle、樂隊與鬥舞三個大包廂在短時間內吸金無數，成為小隊間白熱化爭奪的舞臺。

莊樊、陳少、Hudi，三位rapper毫無意外留在了門口的包廂。巫瑾往dancer舞池一看，差點嚇呆，約莫二十幾名練習生煮餃子似的擠在一起，臺上主持人痛苦無比：「想battle先拿號，真不好意思你們長得太像了，從一號先跳……」

巫瑾火速關門，向著不遠處聲嘶力竭的重金屬音樂奔去。

那廂，阿元好不容易從鷹刃手裡搶到貝斯，看到巫瑾兩腿一軟，「巫、巫哥，忙著揍人哪，想揍誰我給你指路……」

巫瑾不好意思指了指貝斯。

阿元一噎：「其他都被搶走了，只剩這玩意兒，您還會這個……要不一人一曲？」

巫瑾點頭，接過阿元遞上的貝斯。

背後，鼓手吹了個口哨，示意巫瑾自己找拍兒。這裡是舞臺最偏僻的一角，臺上臺下早就亂成一鍋粥，不遠處還能看到明堯抱了個電子鍵盤在跑——富二代學鋼琴的傳統似乎到三十一世紀都沒變！

巫瑾抓起貝斯調了幾弦音。剛才沒趕上第一波搶樂器，剩下的只有最沒存在感的貝斯。貝斯低調，比電吉他少兩根弦，基本沒有繁複技巧，打板也不清脆——

貝斯撥弦。

遠處是紅毛聲嘶力竭的喊麥，明堯的電子鍵盤版《幻想即興曲》，旁邊是吵吵嚷嚷的酒客，還有大驚小怪的阿元：「衛選手怎麼坐在專屬卡座上？那不是『三哥』的地盤嗎，哇我想起來了剛才有人說三哥的場子被人端了？難道是他……」

巫瑾認認真真湊近麥克風。

臺下依然亂得一團糟，酒客對這位臨時駐唱毫無興趣，願意聽歌的也大多跟著搶走吉他、鍵盤的選手跑了，只有星星點點剛才看巫瑾打架的迷弟迷妹，還有遠處端著一杯烈酒的大佬。

少年低沉又清亮的聲音響起：「槍口的蝴蝶～紅色的番茄～軟軟的咩咩～」

「……」阿元一個踉蹌，差點以為自己幻聽：「什麼、什麼詞？」

巫瑾再起了個低點的調子，終於滿意，全神貫注看向撥弦的手，「槍口的蝴蝶，訓練室的晝夜。夢想明明滅滅，要再努力一點，才能不與你分別……」

巫瑾聲線微啞，帶著十八、九歲特有的少年氣息。

像晨風略過山澗。喧嘩逐漸停息，有人抬頭看向巫瑾。歌聲仍有瑕疵，氣息不穩，調壓低，卻依然好聽得很。

巫瑾指法起初並不熟練，約莫唱了一半才終於放鬆肩膀，視線離開琴弦看向遠處。

卡座。

衛時手指交疊在光華流轉的杯頸。

抬手舉杯，唇角微揚。

兩小時後，當先幾組任務結束，飛速在二二五倉庫門口匯合。

「按照小隊五人全部抵達演播廳時間排序決定名次……」十二隊隊長莊樊一驚：「比誰跑得快？」

十二隊趕不及地離開倉庫，乘坐地鐵撤離，卻在即將抵達雪豹娛樂時眼前一黑。

莊樊：「……」

數不清的粉絲將節目組大門圍堵得水洩不通，當先就有幾人在舉牌：你看到我家的兒砸了嗎！長這樣↓【卡通巫瑾】、【女裝巫瑾】。

莊樊琢磨看向女裝：「沒想到你有這種愛好……」

巫瑾：「我、我沒有！不是我！」

莊樊往巫瑾肩膀一拍，「早點進來，自求多福。」接著帶著其餘三位組員迅速撤離。

巫瑾一呆，趕緊戴上棒球帽就要向內擠去，冷不丁旁邊一位小妹子喃喃開口：「咦，我好像聞到了香甜的鵝子味道，這個人側影好像是我兒子小巫啊——啊啊啊啊真的是啊啊啊啊！」

巫瑾嚇得抱頭亂竄。

人群轟然喧嘩：「啊啊啊野生小巫啊！」

「捕捉到了可以帶回家養著玩啊！」

「嗚嗚嗚小巫爬樹也這麼可愛！」

「啊啊啊樹上長小巫啦！在下明教教主張無忌，若樹上的小巫信得過在下。就從樹上跳下來，我會用乾坤大挪移接住……」

「小巫怎麼又跳到牆上啦！原來小巫的本質就是跳棋！」

「他在往節目組跑……等等，他們是不是有什麼競速任務啊？我看有好多選手都在跑！」

「啊啊啊大家讓讓！先讓我兒砸去交任務啊！」

巫瑾終於鬆了口氣，進入演播廳前再次向粉絲們鞠躬。

莊樊掐著表等巫瑾進來，豎了個拇指，「還好，第四名！」

半小時後，所有小隊到齊，原本十六組中完成任務的只剩十組。

演播廳突然亮起。

Hudi嚇了一跳。

近千名觀眾坐在臺下，有剛才場外的粉絲，有公司內未能參加《人氣少年》的練習生，還有七十名克洛森秀選手……

BGM放出，決賽battle終於開始。

莊樊迅速掃視四周，低聲與隊友交談：「第一、二名的隊伍必須挑選對手對決，贏則留，輸則走。」

巫瑾點頭。第一名依然是大佬所在組，第二名變成了剛才競速賽中跑得最快的林客組。大佬挑人無規律，從林客組的處境來看……

「他們會挑選最有把握戰勝的組。」莊樊知曉其中幾名練習生的實力，他開口分析：「以保證晉級。」

臺上，衛時組故技重施，再次憑藉三vocal優勢迅雷不及掩耳淘汰第十名。

林客組選中第九名對決，艱難晉級。

輪次再開。衛時淘汰第八名。

第七名——明堯組。林客小隊迅速制定戰略，solo舞蹈。林客隊中有兩名dancer，一名vocal，一名rapper，本該順利依靠優勢三比零晉級，沒想在vocal對戰明堯時卻險些翻了車。明堯竟然能跳不錯的劍舞……好在最後rapper扳回一局，林客組險勝。

「如果是我們，應該去選擇solo街舞，而不是廣義的『舞』。」巫瑾輕聲道，莊樊贊同。

接著衛時再砍第六名。

林客組在排名「五」前猶豫太久，進入激烈探討。最終竟是直接越過，選取了第四名——巫瑾、莊樊小組。

兩人同時一頓。

前一日巫瑾battle鷹刃的消息已經放出，十二隊至少有巫瑾、莊樊、Hudi陳少四人可以鬥舞，組內聲樂實力也不差，沒有理由被林客挑上，除非比起他們，十二組有顯而易見的劣勢。

Hudi小聲說：「咱們比他們矮啊！」

莊樊猛然醒悟，對手組各個人高馬大，尤其是林客，看著就像是個逃殺選手——

對面。林客最後與隊友交流，由於規則所限只能隱晦提醒：「對面有個特別能打的，你們都知道吧！」

隊友齊齊點頭，「知道！放心！」

林客：「行，我們把他放了，拿下其他三局就行！」

五局solo，田忌賽馬。林客組內有兩名搏擊好手、兩名略有散打基礎、一名宅男。十分鐘後，當戰鬥力只有五的宅男隊友挑上莊樊時，林客一臉著急，「你們怎麼把莊樊放了？」

隊友拍著胸脯，「不是說了嗎，樊哥特能打，咱們只要斬殺三人，特別是對面那個長得最好看的……」

林客：「臥槽，我說的那個能打的不是莊樊，就是長得最好看的那個啊！」

場內二比二。己方莊樊、Hudi勝出。對方林客與一位rapper勝出。

巫瑾最後從小隊出列。

臺下震天價響的尖叫、口哨，七十名擔當裁判的練習生提醒巫瑾：「小巫別下重手啊！不能欺負人家藝人，要不然PD得把你賠給他們經紀公司！」

巫瑾哎哎，連連揮手，翻身跳上臺。

「啊！」林客隊友大驚失色：「咱們都是爬上去的，他這個體能……」

鎂光燈下的少年笑容帶歉意——

戰鬥於三秒鐘解決。

巫瑾趕緊把對手拉起，整理好，拍拍灰，交還。

場內歡呼震天，一眾練習生露出匪夷所思表情。

林客苦笑，「哎喲，你們對力量一無所知。」

林客小隊淘汰，十二隊代替進入第二名位，具有先手優勢。

臺上此時只剩四組，鷹刃表情陡變。然而在衛時組淘汰掉另外一組後，十二隊直指上鷹刃隊——battle饒舌。

莊樊首當其衝拿下一分，接著是陳少，Hudi還沒來得及上去零封對面，巫瑾卻出戰迎上鷹刃。巫瑾果不其然在S級全能練習生面前敗北。

後場休息間，鷹刃緩慢開口：「你明明可以選鬥舞，vocal也不差，為什麼要用最弱的rapper來挑戰我？」

巫瑾笑咪咪，「因為你說過想要solo。還有……」巫瑾眼睛亮晶晶：「你要出道了。」

鷹刃一頓。

巫瑾竟然對娛樂圈門兒清。這場綜藝，原本就是克洛森與自家經紀公司雙雙捧人用的，只不過克洛森秀是在為最終決賽造勢，自家經紀母公司卻是在為自己、莊樊和阿元的出道造勢。娛樂圈與逃殺圈相差甚遠，幾乎毫無交集。一位即將出道的S級練習生處處被逃殺練習生碾壓，很可能成為自己暴露給黑子的攻擊點。

巫瑾願意犧牲一局battle給自己鋪路。

鈴聲一響，兩組再次上臺。Hudi出戰，乾淨俐落二比一勝出，保住第二名位。

兩隊握手時，鷹刃和巫瑾撞了下肩，「終端號給我，出道內場式，你得來。」

臺下呼聲更勝。

臺上。再淘汰了其餘八組之後，衛時與巫瑾兩隊最終輪到兵刃相向。

衛時先手。

觀眾席興奮非常，圍巾少女簡直恨不得印出幾萬張CP手幅到處安利，一線站姐拍照時手都在激動顫抖。

主持人微笑詢問衛時：「這一輪想要battle什麼？」

衛時：「vocal。」

他遙遙看向巫瑾，用眼神示意。

「……」巫瑾秒懂。

這根本不是battle！

大佬這是在點歌——他還要聽那首。

晚六點半。

《衝啊！人氣少年》終於錄製散場。

選手終端再度聯網，按照Hudi的話來說就是重回人間！嘉賓們紛紛在後臺交換聯絡方式，中間甚至穿插幾個找衛時、巫瑾、鷹刃要簽名的。

久違的克洛森節目PD終於出現，旁邊小編導捧著一遝子磨砂紙，「大家注意，一會兒買周邊會給觀眾送握手券……」

逃殺練習生：「……」

明堯哀嚎：「我的小手啊！PD你終於要出賣我們的肉體了……」

PD敲桌，「怎麼叫出賣？啊？每人領點砂紙，把槍繭磨磨，別把粉絲的手給戳了！」

凱撒：「臥槽，有沒有人性！」

然而幾分鐘後，克洛森秀九十名選手依然被推到雪豹娛樂樓下販賣。

A級、S級練習生的桌子前很快排上長隊，失蹤已久的魏衍也面無表情出現。這位人形兵器在二二五倉庫幽靈一樣遊蕩許久，嚴肅拒絕了一位「想把小酷哥帶回家」的小姐姐之後，最終只賺了二百三十信用點，慘遭淘汰。

巫瑾抱以同情。

然而桌子一字排開，他離魏衍距離太遠。大佬也不在握手會現場，據說大佬直接把活動給拒絕了……

巫瑾認認真真在海報上簽名。

粉絲：「咿嗚嗚咿小巫的字圓溜溜的好可愛！小巫來，給麻麻伸手……」

巫瑾耳朵尖泛紅，伸手，只比他大兩歲的妹子高高興興捏了捏，神情如夢似幻飄走。

巫瑾再簽名。

粉絲：「小巫衝鴨——我守著出道後的團綜等你！」

巫瑾立刻道謝。

握爪。巫瑾再簽名。

粉絲——陰影罩下，巫瑾忽有所覺抬頭。

面前是西裝革履的男人，眼神讓人微微顫慄，他的上裝口袋插了一枝純黑色玫瑰。

巫瑾瞬間睜圓眼。

思緒在電光石火間跳躍，他似乎在哪裡看到過這麼一張臉……

「抱歉。」那人嘴角微勾，兩指撚出上裝口袋裡的玫瑰。裁剪合宜的正裝低調奢貴，抬手時露出襯衫平整熨帖的一角。

他戴著銀框眼鏡，就像小報中所描述的「帝國紳士」。鏡片後的眼神詭異熾烈。

巫瑾下意識抬起板凳往身後挪了挪。他分明記得自己在哪裡見到過——白月光戰隊大廈走廊，公告欄，有張泛黃的舊海報……

那人撚著玫瑰遞給巫瑾。襯衫下肌肉曲線極其誇張，膚色偏深，從手背到小臂布滿凶悍詭譎的紋身。

他不給巫瑾任何拒絕的餘地。似乎是久居上位，那人眼中有著荒漠一樣的氣勢。玫瑰枝幹光滑平整，利刺被精準刀工斬去。

「抱歉，我本應早點來接你。」他對巫瑾說道。

巫瑾傻眼，「我我不認識……你你你是……」

黑色玫瑰被強硬塞給巫瑾，那人突然握住，少年毫無防備的右手被勒出紅印。

那人俯身輕吻，巫瑾一個瑟縮，手背像是被蛇信掃過。

巫瑾條的想要回撤，卻硬是被巨力扯住掙脫不開，正此時終端滴滴鳴叫。

「臥槽！」身後還在吃瓜圍觀的粉絲差點沒瞪出眼睛，接著已是有小妹子大聲喊叫：「有有有私生飯啊啊啊！救救小巫啊啊啊！」

雪豹大廈霎時被驚動，四、五個還在拉警戒線的保全紛紛衝來，卻有一人比他們更快。

轟隆一聲！漫天飛土浮塵崩開，似乎有硬物從中被撅斷。

小保全們第一反應就是推著粉絲後撤，再抬頭時齊齊張大嘴——

衛時冷然護在巫瑾身前，身形挺拔森寒如利刃。

用於簽名的長桌被衛時一腳踹翻，原本挾持巫瑾的那人在躲避之中被迫撤手。桌椅殘屑、紙張、簽字筆撒了一地，衛時直直對上來人，把巫瑾擋了個嚴嚴實實。

離得最近的小妹子倒吸一口冷氣。

她從沒看過衛選手發怒，此時離得近的都覺得瑟瑟發抖。

那人把目光移向衛時，瞇起眼。

巫瑾這會兒神情憤憤，還傻拎著被塞過去的玫瑰，軟軟的捲髮已經炸毛。那人舔了舔嘴角，竟是笑了，用僅有三人能聽到的聲音說道：「小瑾，我才是你的匹配者。等我。」

「記住，我叫邵瑜。」

衛時毫無徵兆出拳，邵瑜卻像是清楚他的路數，旋即兩人攻勢如劈山頓地般砸在一起。衛時顯是動了真格，很快邵瑜悶哼擰眉。

身旁，魏衍、佐伊正快速向這裡奔來，凱撒更是直接抄起椅子就要把人轟走，明堯異常機智：「拍照！曝光他，給他上黑名單！」

邵瑜毫不留戀，轉身於人群消失。

魏衍剛剛靠近，只看到個背影，驀地身形巨震。

雪豹大廈內，《人氣少年》後勤和克洛森劇務人員紛紛向外跑來。粉絲終於從震驚中回神，「圍巾真愛」、「騎士救小巫」等等議論不絕，甚至不少都拿出終端嗷嗷向兩人拍去。

衛時先前拒了握手會，作戰服似乎剛脫下，換上的白襯衫還沒繫好上三個扣，剛打完架一身殺氣。

他面無表情轉身，在鏡頭前強勢護住巫瑾向樓內走去。對周遭呼喊毫無反應，最多只朝遠處憂心忡忡的佐伊點了個頭。

兩人消失在樓內之前，挨得最近的小粉絲看到巫瑾乖乖交出被捏的右手……

樓外排隊的粉絲猛然炸開。

「衛神帥炸，男友力MAX啊啊啊——圍巾is RIO我爆哭！」

「給衛神打CALL！真仗義啊，心疼兒砸，瞧瞧小巫軟毛。都嚇傻了！傻小巫喔，他敢對你動手你就不要顧著他是粉絲了，直接揍就完事兒了！」

「大家都替小巫出頭了啊！不關CP的事兒，不過衛選手真賊特麼酷啊！」

「舉手！導演，小巫的握手會還繼續嗎？」有粉絲怯怯問道。

克洛森PD終於氣喘吁吁趕來，剛才那一下嚇得差點把菸屁股塞嘴裡。他給大家打了手勢，先表示歉意，然後直接撥通巫瑾通訊：「……小巫沒事吧？嗯，還在排隊，我這裡握手券大概發出去三百多張吧……」

通訊掛斷，PD吁了口氣：「沒事兒，稍等個幾分鐘！」

人群再度氣氛高漲。

五分鐘後，巫瑾搬著小板凳再次回到座位，繼續認認真真給粉絲簽名兒，旁邊多了個面無表情的大佬坐鎮。

節目組被衛選手氣勢所攝，趕緊蹭蹭地給他也搬了個桌子，完了還加了個小紙牌「不參加握手會」。

「……」巫瑾戰戰兢兢瞅了眼就差沒被貼上「非賣品」的大佬。

思緒微閃。

邵瑜。聯邦九所三大改造人之首，白月光海報牆上捧盃的R碼戰隊隊長。

四年前叛逃至帝國。

認出邵瑜身分時，巫瑾腦海裡咯噔出現的就是「帝國科研機構抓捕穿越黑戶，派遣邵瑜捉拿巫某進行切片實驗」……

但自己穿過來到現在都稀里糊塗，邵瑜又怎麼會知道？他說的「匹配者」又是什麼意思？

巫瑾乖巧給粉絲簽完名。小粉絲一臉心疼看著巫瑾被包裹成棉花糖的右手，怯怯轉向氣場冷峻的衛時問：「衛神，您能不能也簽……」

衛時掃了眼巫瑾。

巫瑾一個激靈，腦海裡原本的「切片研究」、「切成哪片油花分布最均勻」、「大理石肉質沙朗小巫」迅速消失。

衛時放下看了大半的《雙城記》，在巫瑾簽名後鐵畫銀鉤落筆，「衛」字起筆與巫瑾的筆劃交疊。

入夜。

握手會落幕，選手匆匆扒了幾口飯就坐上回克洛森基地的大巴。

巫瑾上車時，編導正壓低聲音向節目PD彙報：「六個鏡頭，加上粉絲提供的視頻，愣是都沒拍到那個私生飯的正臉……怎麼會所有鏡頭一起出問題，還是說他卡了死角……」

停車坪外，紅毛彙報：「衛哥，我的鍋，沒跟上。」

衛時看向終端，不置可否。

大巴緩慢懸浮，在夜風中靜默飄移。窗外燈影霓虹，選手睡了大半，衛時坐在巫瑾身側，掌心覆住巫瑾被包紮裡外三層的小胖手。

「應該好了！」巫瑾用氣聲悄悄說道。

繃帶拆開，癒合如初。

巫瑾滿意，手背拍拍，手心拍拍。

被拍大腿的衛時：「……」

巫瑾琢磨，邵瑜和大佬水準相當，要自己被抓落單，橫豎都是個被帶回去切片的下場，不如跟在大佬後面狐假虎威……

衛時吩咐：「明天同我去浮空城，準備秋日祭。」

巫瑾：「嗯！」美哉！

巫瑾精神放鬆，不料忽然被大佬捏住手。

男人瞳孔幽深冷漠，在一片漆黑的大巴車廂裡，如同狩獵領地被入侵的猛獸一般泛著綠光，低聲說：「那個邵瑜，你怎麼看？」

巫瑾這才想起邵瑜好像在自己手背舔了一下，不過邵瑜又不是妹子，不對大佬不是直男，喔對自己也不是直男……

巫瑾義正辭嚴擺清立場：「是個變態！」

衛時頷首，眼中劃過一道凜冽寒芒。

大巴在克洛森基地緩緩降落。

選手睡眼惺忪醒來，還沒回神就被凱撒帶了節奏：「有吃的沒？有吃的沒？」

巫瑾不由自主匯入練習生們快樂的洪流：「有吃的沒……PD說食堂在煮宵夜了！衛哥你想吃什麼……」

衛時嗯了一聲，低頭看向終端。

克洛森秀地圖周邊，定位紅點正在兩百公里之外。

幾小時前，自己一拳砸向邵瑜的時候，把追蹤設備黏上對方的皮膚角質。

衛時命令：「給我隨便留點。」

巫瑾：「行，你去哪兒……」

衛時離開大巴，向懸浮豪車走去。

男人打開後備箱，隨意挑揀了點零件，抬手漠然示意不用再管。

巫瑾「哎」了一聲，看大佬駕車絕塵而去。

然後高高興興跟著大家衝向食堂，一連搶了六個手抓餅。

白月光長桌。

佐伊嚴肅總結了曲祕書最新倡議的「小巫保護出臺辦法」，突然看向巫瑾，問道：「怎麼吃餅還噎住了？」

巫瑾：「……」

巫瑾一愣，他猛然想起，先前坐大佬懸浮車兜風那會兒，後備箱全是一堆金屬零件撞來撞去。

他只見過大佬組裝一種零件。

槍枝。

窗外，夜風冷冽劃過。

山巒環繞的克洛森基地霧氣瀰漫，車艙內滋滋電流聲不斷迴響。

虛擬螢幕懸停在擋風板前展開，追蹤目標被精細定位。無數冗雜繁複的資料在螢幕中快速滾動。

穩定、有力的手在駕駛艙內翻飛如虛影。光子槍高射瞄具與夜視鏡精準扣合，照準鏡清脆卡在槍身，金屬零件細微碰撞，槍管抬起——螢幕密密麻麻顯示出一系列校槍資料。

男人漠然掃了眼面板，槍繭厚重的虎口再次下壓。

咔嚓一聲。

刀型準心卡中校準位，在弱光環境下熒熒閃爍。第二把槍組裝完畢。

通訊響起，毛冬青彙報：「衛哥，S195方向，六百公尺。目標體徵無變動，心率每分鐘九十次。支援七分鐘後到。」

衛時嗯了一聲。

懸浮車車窗下沉，寒風呼嘯如動脈搏動。

男人隨手脫下克洛森制式外套，露出作戰背心下精壯驃悍的身軀。

衛時一躍而下。

浮空基地。

宋研究員呼吸一窒，大驚失色：「衛哥就這麼下去了？」

阿俊伸了個懶腰，「你以為？又不是逃殺比賽，沒得套路，上去就是剛！」

螢幕正中，代表衛時的藍點與邵瑜越來越接近。

光子束流猝然崩出，絢爛斑駁的射線在紅外監控鏡頭下如煙花炸開。邵瑜措不及防被打到劣勢，卻於零點零幾秒之間抽出配槍對衛時反擊。

邵瑜呼吸急促，作戰經驗卻絲毫不遜色於衛時，他甚至低聲罵了一句：「雜種。」

衛時毫無所動。

這是一處檔次奢華的郊外別墅。警報器因為交火全面激起，雞翅木傢俱被光子束流擊中，還未燃出火簇就瞬間融為焦炭。

附近的巡邏安保機器人如流星向這裡湧來。

然而比它們更快的是——窗外，兩隊浮空城支援終於抵達。

邵瑜陡然曝出粗口。

光子束擦著他頸動脈射擊，邵瑜終於嗅到蛋白質燒焦的糊味，讓人悚然顫慄的刺痛從頸側傳來，邵瑜緊跟著身體也是一顫。

痛覺自膚表、脊髓到顱內，所有神經末梢興奮張開像是被溫水浸潤。桃花眼內瞳孔驟然張大。

時間緩慢凝滯。

痛覺是顱內最完美的高潮。

邵瑜低頭，他甚至能嗅到衣襟前黑玫瑰殘餘的芬芳。情緒鎖完全失控後的本能竟然依照玫瑰香拼湊出了駁雜不真的幻覺。

少年接過他的玫瑰，他順著玫瑰搶到了那把鑰匙。他的劍鞘，踩著他的臉頰，給予他至高無上的痛覺。自己在泥濘中舔舐少年珠圓玉潤的腳趾——

又一槍掃來！

邵瑜於電光石火間躲避，痛覺將他的感官和反應能力激發到最大。衛時抽出第二把槍，凶悍轟向邵瑜的腦袋。

沒有廢話，沒有猶豫。

邵瑜瞇起眼。

衛時竟然不是來活捉他，而是剿滅。

邵瑜倉促喘息，譏諷：「這麼恨我？」

「你叫什麼來著。衛時……喔，是雜種，所以也要顧著那些雜種？」

「因為嫉妒，所以要搶走我的劍鞘？」

監控器外，毛冬青尚無反應，阿俊一腳踹翻桌子，「我草他媽的！當年基地銷毀，留下所有改造人六個月的藥量，操他媽邵瑜全給捲走了！誰都知道，要不是衛哥，這渣滓手上就是幾百條人命……」

毛冬青：「安靜。」

監控內。

兩支支援小隊同時悄然包抄。

邵瑜靠著窗戶，五官在月光下棱角分明。他膚色偏深，面部有著鮮明的帝國貴族血統特徵，鼻梁高挺，瞳孔像荒漠邊緣灰藍的天。

「你知道什麼叫基因訂製嗎？」邵瑜抬起槍。

「他就是為我而生，只要我勾勾手，他就會哭著讓我把他帶走。至於你……」

衛時略去所有廢話，扣上扳機，面無表情吐字：「我？」

衛時俐落開槍。

粒子光束淹沒一切，如利刃向邵瑜衝去。

嘩啦一聲。

別墅落地窗整個碎開，邵瑜型號不明的救生艙彈出，飛向遠處山巒。

毛冬青厲聲播報監控：「心率一百三十九！心率一百七十……心率六十五……四十三……三十。」

「心率……零。」

螢幕中，衛時的懸浮車倏忽抵達。車翼如尖刀張開，車身原本的亮色漆毫不反光，駕駛座外甚至有小型核磁炮浮起。

克洛森節目PD如果知道，基地停車場內、衛選手那輛被多次當做「拍攝背景」的豪車是一輛改裝核武庫，一定會嚇得扔了菸頭當場報警。

衛時坐上懸浮車，向邵瑜的落點飛速飆去。

支援人員立即跟上。然而找了許久卻也不見救生艙。

「回別墅，採集生物資訊。」衛時最後下令。

浮空基地。

阿俊一臉空白，「這人是……死了還是丟了？」

毛冬青並不意外：「重傷，逃了。」

阿俊：「沒抓到？」

旁邊宋研究員一聲咳嗽：「人家和衛哥是一個級別的，心率歸零估計是邵瑜把追蹤器摳下來了。他搞不死衛哥，衛哥也搞不死他。」

不過這位研究員卻喜上眉梢：「能重傷不錯了，看到實力差距沒？衛哥第四療程過了，邵瑜只有挨揍的份兒！估計也是因為想到這茬，這變態才會對治療艙動手。」

「這次還能帶回來點生物樣本，邵瑜的基因對咱們有重大研究意義，浮空城這麼多改造人……說起來咱們研究院也好久沒出成果了，財務部都想扣獎金。可我們也要恰飯的啊……」

阿俊琢磨半天，伸手擼了把豚鼠，「我想不明白。」

「邵瑜明知打不過衛哥，還來挑釁幹啥？」

毛冬青打掉阿俊的手，「不是挑釁。」

「他必須親眼看一眼巫瑾。」

「你低估了他對劍鞘的執念。」

克洛森雙子塔。

巫瑾第七次打給浮空城基地，依然是心理醫師周楠笑咪咪接過。

「咦，小巫還睡不著嗎？正好。這個頁面是我的公眾心理諮詢評價頁，小巫幫我刷十個好評，乖啊回頭買小橘子給你吃。」

巫瑾抓狂：「可是衛哥他……」

周楠大手一揮，「放心！衛哥在回去的路上了。」

巫瑾這才鬆了口氣。

月光幽幽探入窗扇。

巫瑾任由兔哥在自己肚皮上趴著，心中暗暗規劃。

好好學習，天天向上，以後才能給大佬打下手！否則出門就是送人頭，想追又不敢去。

巫瑾睏到迷迷濛濛，撐著眼皮打開網頁，給周醫師認認真真寫了十個好評。

終端上還有Hudi發來鬼哭狼嚎的單曲demo，鷹刃給的網址還沒點開，還有凱撒偷偷塞給巫瑾的炸雞外賣地址……

房門吱呀打開。

衛時閃身而入。

焦灼的硝煙硫磺氣息鑽入鼻腔。大佬脫下外套隨手扔到地上，背心被汗水黏濕，沒有新傷、血痕，陳年傷疤依然可見。

巫瑾秒速撲上去，「受傷了沒？」

衛時搖頭。

巫瑾放心。撲也撲上去了，索性伸手摸摸蹭蹭，就像抱住了大型草垛，陽光與堅果氣息混著槍膛的熱度在狹小的寢室內打轉。

洗澡之前，衛時直接把人壓在牆角，肆意在少年唇齒與脖頸之間掠奪，男人喘息粗重，眼部輪廓陰影下光芒幽深。

「事情解決了。」衛時聲線沙啞，在巫瑾耳邊說。

巫瑾啾了兩下大佬，半天不說話，又冒出一句：「……以後一起。」

衛時把巫瑾倒騰上床，關門時浴室水聲嘩嘩。

等再出來，巫瑾已經在床上睡成一團。

不占地，捲著被子，臉頰軟乎乎蹭著枕頭，肩膀隨著不出聲兒的小呼嚕上下起伏。

吸氣時稍微膨脹一點點，呼氣了又變小一點點。

似乎感覺到大佬過來，巫瑾閉著眼睛讓出半個枕頭。

衛時把蹲在枕頭另一邊的兔子拎走。

巫瑾批評：「……兔哥得輕拿輕放……」

衛時表面嗯了聲，實際對巫瑾的兔親戚毫不手軟。

巫瑾半天又冒出來一句：「衛哥，匹配者是什麼……」

衛時：「睡覺。」

巫瑾這回兒腦子不帶轉，說了也不過腦。

巫瑾哎哎兩聲，聽話睡覺。

一片黑暗中，衛時與少年共枕躺下，視線在巫瑾的臉上逡巡。

巫瑾最後還有點意識：「在想啥？」

衛時坦然：「在想，你有沒有兔基因。」

次日清晨。

綜藝結束後，克洛森練習生進入長達兩個月的假期。

等巫瑾匆忙收拾完畢，一手抱兔、頭上頂著小翼龍下樓時，明堯正和秦金寶隔空對唱：

「啊朋友再見吧再見吧再見吧——」

凱撒在拍胸脯給兄弟紅毛保證：「你來白月光玩，妥！咱們那娛樂大廈外頭，黑白兩道我都認識，公司裡管事兒的曲祕書，那是我姐，咱們包個會議室玩它個花天胡地……」

佐伊把凱撒趕走，和文麟抱怨：「凱撒怎麼比我那熊侄子還難帶？」

兩個月假期，在整個練習生生涯中都屬難得。目前克洛森秀還剩九十人，再相聚時卻要真真切切廝殺到最後十人。

節目PD正在臺上慢吞吞朗讀寒假須知：「各小隊長請督促隊員按時完成訓練，開學前，不對，開賽前準備：熟習進階格鬥第二冊……今晚綜藝播出也要記得去看……」

應湘湘還在臺下溫柔指導一眾直男冬季穿搭：「藝人街拍都是擺拍，和媒體約好當天，早上要注意穿搭……」

巫瑾注意到應湘湘無名指戴了個素環。

「應導師終於訂婚了，」佐伊感慨：「聽說對方不是圈內人，就普通職員，和應導師是青梅竹馬，挺好。」

井儀臨走前，明堯還興奮拉住凱撒、巫瑾：「有空找我玩啊！我家星球超大——」

「小明。」左泊棠一聲輕咳，制止明堯無意識炫富。

克洛森廣場終於只剩下寥寥幾人，巫瑾還在琢磨，去浮空城這事兒怎麼跟隊長開口，冷不丁終端一響。

曲祕書：「小巫，衛選手已經和咱們說了，公司都知道啦。在浮空城好好玩！這個月工資打給你了，別省吃儉用【花花】。」

巫瑾：「……」什麼？公司都知道了？大佬——這麼、這麼厲害——

曲祕書：「衛選手真是個好孩子，抽獎抽中兩張浮空訓練基地月卡，說他自己沒什麼朋友，就把另一張送給咱們小巫了。」

巫瑾：「……」

佐伊、文麟：「……」

凱撒琢磨半天，一拍大腿，「臥槽，不對啊！這不是什麼，我老婆說的，你同桌抽獎抽中兩套模擬真題，送你一套，有難同當……小巫，衛選手是不是跟你有仇啊！」

一分鐘後，衛時坦然接走巫瑾，鎮定自若同佐伊等人告別。

半小時後，藍星星港，蔚藍深空隸屬第六接駁口。

巫瑾好奇看著遍布各處的虛擬廣告。

「浮空秋日祭，六星懸浮酒店半價，信用點打折，心意永不打折。」

「無瑕透明肌，零添加養膚面具特供出售（執法官夫人也愛用）揭下面具，讓他（她）擁有最美的你。」

「秋日祭求婚式策劃，不成功全額包退！」

「秋日祭，籌辦告白、婚禮、比武招親……」

星船緩緩入港。張揚的粉紅色愛心塗漆在一眾普通星船中額外醒目。

巫瑾：「……」

衛時自然而然牽手，「嗯，因為秋日祭。」

藍星星港。

以粉紅為主色調、點綴馬卡龍色的星船很快吸引無數少女捂心口驚叫。亮晶晶的星船被堆砌成獨角獸形狀，小獸幻彩瑩瑩的脖頸還懸掛浮空城特有的銀藍色面具標識。

「這是什麼？」

有人一拍大腿，「我知道！蔚藍深空，浮空城！」

「怎麼會？聽說那裡特別危險……」

「沒有沒有，現在治安可好！上個月我們還舉家過去旅遊，再過三天是浮空城秋日祭，據說滿城都是玫瑰、氣球、粉紅色泡泡和跑來跑去的火烈鳥！太有意思啦！」

「真、真噠？」

六號接駁口。

巫瑾蹭了大佬的終端晶片，美滋滋混入貴賓登機通道。

天鵝絨緞鋪滿整條走廊，兩張淡色面具靜放於銀色托盤之上。從乾淨的落地窗往下，能看到星港川流不息的人群。剛才開口兩位少女突然出現在更遠處，熟悉的對話再次響起：

「這是什麼？」

「我知道！浮空城！一點兒都不危險，現在治安特別好！」

「……」巫瑾一呆：「她倆是浮空城的旅遊托？」

衛時把黏在玻璃上的巫瑾一整片扯下，嫺熟替他戴上面具，「嗯。走了。」

星船與登機口對接。衛時陳述：「這個季度浮空城在推動旅遊業創收。」

巫瑾瞳孔裡被映出一片粉紅：「這、這麼誇張？」

乘務員恭敬替衛時打開艙門，小翼龍嗖的一下躥了進去，興奮至極。黑貓懶懶趴在寵物袋裡不肯動彈，兔哥白白的小軟毛也被燈光照得粉汪汪。

衛時：「一開始是阿俊在做。他進口了二十萬隻粉紅色動物。」

巫瑾：「然後？」

衛時：「居民投票，把他買的粉色鬣蜥、粉色千足蟲都趕跑了，只剩火烈鳥還在。」

巫瑾：「……」

兩人的船艙位於星船頂層，巫瑾一腳踏入，立刻「哇嗚」驚歎，露出沒見過什麼世面的快樂。整面牆壁的紅酒、柔軟的沙發和花紋繁複的紅木傢俱高調奢華，頂端燈盞是兩隻溫柔私語的水晶火烈鳥，曖昧燈光順著琳琅璀璨的水晶切割面灑下。靠牆角處零星分布著頭等艙客座，朝外時可與鄰座交談，朝內時則私密性絕佳。

侍者躬身為兩人遞上手巾與香檳。船艙內氣氛活躍，時時傳來客人的交談與笑聲，除頭等艙之外，商務、經濟兩艙全部滿客。

巫瑾恍然察覺。僅僅幾個月前，浮空城還鮮少有人光顧，甚至網店都拒絕提供送貨。此時已經真真正正有了「旅遊景點」的架式。

曾經的地下逃殺與邊緣之都，做起產業轉型也是效率飛起。估摸著下一步就是進軍聯邦逃殺業界，再染指暴利娛樂產業……

那廂，小翼龍很快與別人家的鸚鵡玩在一起，黑貓終於肯從袋子裡出來，喵喵叫著命令小翼龍把鸚鵡抓過來給牠玩。

巫瑾只能把黑貓抱起，找了個塑膠袋給牠鑽。

旁邊有兩個姑娘小聲驚叫：「這隻喵好可愛！」

巫瑾捏起黑貓的梅花小爪向她們揮了揮。其中一位軟妹立刻嘻嘻笑了起來，旁邊的短髮御姐表示「以後咱倆也養」。

然而不料自家女友立刻變心：「啊啊啊！兔兔更可愛！」

巫瑾回頭，大佬從身後走來，把兔哥塞給自己。

兩位姑娘立刻對著兔子嗷嗷尖叫：「太萌啦嗚嗚嗚——你們也是去秋日祭遊玩的戀人嗎？」

巫瑾接過兔哥，下一秒被男人手臂強勢攬住。衛時沒什麼溫度的眼神在試圖湊近吸兔的妹子身上劃過，那小妹子下意識蹭蹭後退。

巫瑾趕緊表示：「對對！」

小妹子笑嘻嘻點頭，「廣告上說是求婚聖地呢！要是實景真有那麼漂亮，我也想在浮空城裡面……」

衛時掃了眼黑貓。

黑貓一個激靈，「喵嗚」一聲躥走。巫瑾趕緊回頭看大佬。衛時漠然擼兔，巫瑾只能向這對情侶告別，追著黑貓撒腿狂奔。

等星船緩緩出港，巫瑾已經舒適躺在雙人獨立艙的沙發床上。

兩人面具揭下，隨意堆在桌上，衛時把虛擬螢幕打開。《衛啊！人氣少年》當期最後一集正在重播。

螢幕正中，烏煙瘴氣的二二五倉庫。

莊樊還在與地下rapper對戰，巫瑾拿了個啤酒瓶激動揮舞。

巫瑾批評：「這麼傻！」再低頭刷兩下克洛森論壇，還有更傻——

最後選手競速那段，巫瑾爬樹爬牆上躥下跳，不知道被哪個技術粉做成了「小巫跳跳樂」休閒遊戲。此時論壇專版一片火熱，粉絲紛紛貼出自己的跳跳樂最高記錄。

「麻麻對你有多愛，小巫爬樹有多快！」

「第七關太難了叭！稍不注意小巫就被凱撒吃掉了，連著跟在小巫後面的衛神也都被凱撒吃了？」

「……」巫瑾秒速關閉終端。架不住大佬已經面無表情點開遊戲。

小巫跳跳樂，單人模式。

一隻圓不溜秋的2D小巫正在平地瞎蹦躂，空白鍵起跳。

巫瑾：「哎喲！」

3D巫瑾火速搶走大佬虛擬鍵盤，2D小巫吧唧一下撞到牆上，哭唧唧摔倒。

衛時索性換成游標，地上的2D小巫爬起，跟著大佬的微操一路躲避障礙，6得飛起。

巫瑾看了半天，眼睛越睜越圓，最終眼巴巴開口：「那個……我也想玩！」

螢幕暫停，游標傳送給巫瑾。小捲毛蹭蹭湊過來，認認真真帶著2D巫瑾跑步。衛時低頭，在少年耳側親吻如啃噬。

巫瑾耳尖發癢，回頭按住大佬凶殘撲上。

螢幕正中，2D小巫再次哭著撞樹。

等巫瑾再撿起游標，2D小巫都要把樹哭塌了。

衛時：「換雙人模式。」

兩人一人虛擬鍵盤、一人游標。雙人模式果不其然是巫、衛兩位選手。巫瑾眼疾手快搶了圓溜溜的2D衛時，大佬繼續操縱巫瑾。遊戲中兩人同時起跳。

2D巫瑾順風順水跑在前面，2D衛時磕磕絆絆跟在後面。巫瑾操作失誤不斷哇嗚亂叫，直到第七關，中間蹲了個胖乎乎的凱撒，見誰吃誰！2D小巫快速從凱撒身邊掠過，笨拙的2D衛時卻直接被凱撒拖走燒烤。

巫瑾嗷的一聲去擠旁邊的大佬，晃動游標，「有難同當！」

2D小巫失去操縱，被凱撒殘忍拖走扔上烤架，雙雙殉情。

星船此時正飛過隕石帶，船體微微顫動。

巫瑾趕緊撈起旁邊要滑下桌子的兔哥，放懷裡雙手揣著。

衛時遞給他一個大號高腳杯，還沒倒酒，巫瑾恍然大悟，直接把溫馴的兔哥塞了進去。

巫瑾晃蕩兔子杯，「這樣就能單手……」

衛時給自己倒了杯香檳。

窗外光線驟亮，碎石帶後豁然開朗，遙遠的恒星光自遠方透射，視野下的浮空城越來越近，大氣層激烈摩擦，視線猛然放大。

被人工光照染成粉色的雲朵與鮮花彙聚成夢幻海洋。

衛時舉起香檳，與裝了大白兔的高腳杯輕輕碰撞。

「浮空城秋日祭，Cheers。」

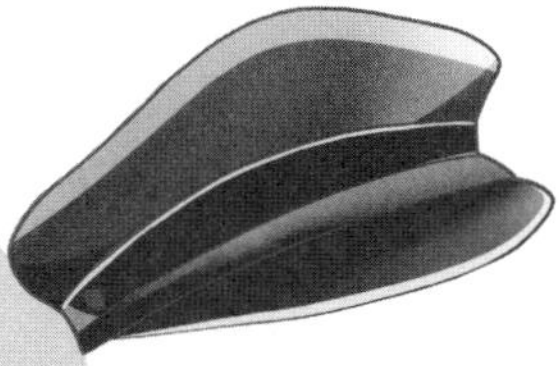

【第九章】——這什麼見鬼的私生飯啊？

幾分鐘後，接駁口再次打開。

花香於空氣中浮動，銀藍色面具在海關窗口閃耀。入境後原本超現實主義的賽博龐克畫風搖身一變，就連執法機器人都穿上粉色圍裙，滿大街跑來跑去都是火烈鳥。

剛剛落地的遊客興奮拍照，街邊商販樂呵呵兜售紀念品，不厭其煩回答遊客們亂七八糟的提問：「黑幫械鬥？不存在！黑幫又打不過執法隊。」

「浮空王？喔市民意見信箱旁邊有個盒子，貼著『對王說的話』，投信可以，別投巧克力，卡住了要罰款……」

面向聯邦普通遊客們敞開的浮空城，正展示出超乎尋常的熱情。

巫瑾思索，產業轉型這一著妙棋，估計能給浮空城賺取不少外匯。浮空城本位貨幣是相當稀少的「深空點」，直接和灰色產業掛鉤。而能夠兌換「深空點」的信用點此前大多來自去往浮空城尋歡作樂的帝國、聯邦貴族。

兩類貨幣同樣稀缺，帶來結果就是交易成本增加，城內長期通貨緊縮——而開放旅遊業帶來的外匯，無疑能充盈貨幣市場，狠狠拉動一筆浮空城GDP。

巫瑾跟在大佬身後，左顧右盼，再走幾步又盯著某金融機構掛出的橫幅猛看：「浮空期貨、火烈鳥博彩。」

衛時慢慢遛著巫瑾往前走，「走了。」

進入主城區，秋日祭集市已見雛形。

樣式各異的面具、模擬槍械隨處可見，商販中不乏面無表情的改造人。遊客起初並不敢接近改造人，在發現「改造人誠實守信好砍價」之後又美滋滋哄然而上。

集市中又有某家婚慶公司相當顯眼。

店主口若懸河滔滔不絕：「秋日祭？那是浮空城的傳統情人節！咱們這個，求婚策劃，失敗包賠付！兩年好評率百分之九十九點九！」

「咱們有水臺求婚、彩虹橋求婚、火烈鳥拼字求婚、峽谷求婚……上個月甚至還有大佬匿名找上咱們籌畫在軍火庫……」

巫瑾聽得正歡，突然被衛時扯出人群。

巫瑾：「欸！」

衛時周身寒意發散看向店主，掉頭就走。

巫瑾只能乖巧跟上，眼神回味無窮。

——軍火庫啊！帥翻了啊！

幾分鐘後，兩人沿街吃餅。

一大群火烈鳥嘩啦啦跑過，巫瑾吃得飛快。

又一大群火烈鳥撲撲跑過。

巫瑾跟在後面興高采烈的跑。

又一大群……

衛時把快變成火烈鳥的巫瑾帶走，掛有「浮空執法官」標誌的懸浮車召之即來，載著兩人向浮空基地飛去。

腳下是迷離夢幻的城市，巫瑾趴在窗口，能看到滿天雲霞外的天塹溝壑，遠處迷霧中的訓練基地，還有之前明堯帶著去的藍澀酒吧……

浮空軍事基地門口。

毛冬青向巫瑾頷首問好，旋即朝衛時微微躬身，「宋研究員準備好了，隨時可以開始。」

巫瑾立刻表態，絕不耽誤大佬商議大事：「我在這裡等著！」不占地、不礙事！

衛時點頭，離去前看了巫瑾一眼。

門後，心理醫師周楠晃晃悠悠踱步過來，看到巫瑾喜上眉梢，「喲，小巫來了！」

巫瑾乖巧坐在小板凳上，高高興興問好。

周楠越看越覺得不錯，恨不得立刻把巫瑾騙來當兒子養，和顏悅色道：「我買幾個橘子去。你就在此地，不要走動。」

巫瑾總覺得聽得耳熟，又一時半會想不出來。

等兩人一人一板凳啃上橘子，實驗診療室內，幾人推門而出。

宋研究員解釋道：「世界上不存在刪除記憶。失憶只可能由腦部受創造成，分為心因性，和解離性兩種。小巫多半是心因性，他對自身身分存在認知，並且邏輯可以自洽……」

衛時重複：「心因。」

宋研究員：「理論上，我們能夠提供最好的催眠設備，只要設備啟用……」

衛時：「先不啟用。」

宋研究員一愣。

衛時透過窗戶，看向遠處吃橘子的巫瑾。

衛時：「他的事，我無權替他決定。是否恢復記憶，按照他自己的意願來。」

許久。

宋研究員終於點頭，「也好。不過，無論如何，啟用儀器之前，我需要知道巫先生……對自身身分的認知是什麼。我所掌握的資料上，中斷點是他十五歲從R碼基地消失。」

「那之後，參加克洛森秀之前。他在哪裡？」

窗外雲霞漫漫。

整個蔚藍深空，居住環境皆由人為改造。四座大城各自維護附近氧氣、溫度流層，在原始的荒蕪地貌上大刀闊斧鑿出宜居地。

浮空城的季節變換通常由氣象研究室、旅遊局一併決定。因而秋季格外漫長，短暫冬季之後就是初春。秋分當天，又稱「秋日祭」。

此時距離秋日祭只剩兩天，整座城池在妝點下奢靡瑰麗。

順著浮空軍事基地高塔向下看去，是光影迷離的城、被淺粉色改良櫻花瓣暈染的護城河和河畔棲息的火烈鳥。

再近處，執法衛隊正圍在剛剛回來的紅毛旁邊聽他吹逼。阿俊不知道從哪裡冒出來，用繩子牽了隻火烈鳥，模仿毛冬青溜豚鼠的姿勢在踱步，邊走邊模仿毛冬青說話。

護衛隊小夥子們想笑又不敢，牆角的心理醫師周楠笑咪咪又剝了一瓣橘子塞給巫瑾。

高塔上，衛時收回目光。

宋研究員打開終端投影，「所有相關的資料都在這裡。」

「為『利劍』打造劍鞘的研究，四十年前就已經立項。不過這項技術遠不如人形兵器改造來得純熟。根據巫先生進情緒鎖時候的記憶，『小朋友們排著隊進改造室』，應該是在他幼年六到八歲之間，第一次改造的經歷。還有，聽毛冬青說過，小巫在記憶裡看到過一扇紫褐色緊閉的門，密密麻麻的菱形裝飾圖案像……眼睛。」

衛時眉心擰起，眼神沉沉駭人。

宋研究員嘆息：「周楠醫師說，小巫的幽閉恐懼就和這東西有關。不過上次去R碼基地遺址，也沒人找到那扇門。單看圖案的描述，和基因復刻室的外門倒是很像。」

「小巫的血液檢測，高濃度MHCC抗性也從側面驗證了曾經被改造的事實。而且我猜，第一次改造的藥物劑量相當大。當然，這些都不如直接證據來得有說服力。」宋研究員看了眼衛時，緩慢開口：「技術組那裡昨天傳來的消息。」

「R碼基地遺址被摧毀的監控晶片，盡全力恢復的一張，能提取十年前的錄影。」

衛時一頓：「打開。」

搶救恢復後的監控錄影並不清晰，卻仍能看到穿著白袍的科研人員走來走去。這段監控對準的正是R碼最高規格的改造室，試管、針頭與監測探頭隨處可見。

有人帶著一隊小朋友走進去。

監控停在其中一幀。

衛時突然攥緊拳頭。

宋研究員把細節放大。清晰度不高的錄影中，仍能看到人群中捲髮的小男孩，約莫八、九歲，看上去軟乎乎的，跟在小朋友後面一刻也不敢掉隊。

幼年的巫瑾。

「視頻我讓技術組拷貝一份給您。」宋研究員不再看螢幕，聲音透出情緒起伏：「這些都是『劍鞘』的實驗者。六年前R碼基地解散。從遺址裡找到的名冊推測，他們當時應該和魏衍、邵瑜一樣，還在基地。問題是四年前所有記錄消失，邵瑜也是在那個時候突然離開R碼娛樂，叛逃帝國。這中間一定發生過什麼。」

許久，衛時命令：「繼續找邵瑜，警戒R碼基地。」

宋研究員點頭，「還有小巫那裡……我希望您能問出盡可能多的線索。」

浮空高塔下。

黑貓和火烈鳥打成一團，周楠洗完手，突然收到衛時傳訊。

「問話？也不是不行，」周楠提醒：「R碼那個萬惡之源，當年就算衛哥你還有冬青哥，都接受了兩年心理干預才回歸正常。其實照我看，小巫把過去忘了也沒什麼不好。」

「你要問，最好能找點事給他轉移注意力。別問一半又喚起心理陰影了！」

幾分鐘後，衛時提了袋橘子在河邊找到在給小翼龍洗澡的巫瑾。

巫瑾一呆，他好像從沒見到過大佬提個塑膠袋，不過看上去別有一番風味！

河邊人不少，旁邊紅毛平地蹦起，「衛哥您來了啊，這地兒浪漫得很，我就不打擾了……」

衛時走到河畔，與巫瑾並肩坐下。

男人筆直的長腿隨意曲起，襯衫衣領解開，剛從高塔出來眼中還帶著沒散去的煞氣。

大佬一言不發開始剝橘子。

巫瑾正在給小翼龍人力甩乾，啊嗚張嘴等投餵。

衛時塞了一瓣進去。

巫瑾：「……衛哥，這個是不是有點酸？」

衛時再塞一瓣。

小圓臉刷的坍塌，巫瑾鼓起臉頰，「酸啊酸啊酸啊——」

衛時：「幾歲學的跳舞？」

巫瑾嘶嘶吸氣，注意力全在橘子：「七歲那會兒吧，院長說有個興趣班。」

衛時：「院長？」

巫瑾努力消化橘子，「小時候走丟了，被送到福利院！」

衛時眼神微閃。聯邦生育福利豐厚，即便未婚先孕也鮮有幼崽被拋棄。公民自出生起錄入基因庫更不會走丟。再退一萬步，乖巧可愛的男孩子，在福利院領養名單上炙手可熱。

衛時：「然後？」

巫瑾終於明白，大佬這是來查戶口的！然而黑戶巫瑾毫無畏懼，就自己也沒搞懂是怎麼穿越過來的，大佬要能查出來，那就是神仙大佬！自己乾脆不叫大佬，改口叫爸爸得了！

巫瑾乖巧誠實：「然後上小學，成為光榮的少先隊員，還當過一年小隊長。小升初不用考試，搖號隨機上。然後上初中，中考年級第一，上高中，文理分科選的理科，高考……」

男人眼廓陰影一片漆黑，目光直直看向巫瑾，捕捉少年最細微的面部表情。

毫無破綻。

如果不是有血液檢測、情緒鎖和監控佐證，就連巫瑾自己也對「記憶」深信不疑。

衛時又剝開一顆橘子，分散巫瑾注意力。

巫瑾看著瑟瑟發抖。

衛時：「七歲之前呢？」

巫瑾：「記、記不得啊！院長說我小時候傻乎乎的，大腦發育比較慢吧……啊啊啊別剝了我不吃啊啊——」

一旁正在河邊釣魚的中年女士終於看不下去，橫插進來語氣不善：「你別欺負人啊！這旁邊就是軍事基地，你再用酸橘子家暴男朋友，信不信我報警啊？」然後訓斥巫瑾：「還有你也是。怎麼這麼聽話啊？他讓你吃你就吃啊？你不會揍他啊……」

幾分鐘後巫瑾順利逃跑，在基地門口咕嘟咕嘟喝水。

紅毛哈哈大笑：「怎麼可能？咱們基地哪有這麼酸的橘子！哎對，剛才有人給我哥送了一遝子優惠券，你要想買點武器防身就從我這兒拿，送刷漆送刻字兒的……本來還想帶你參觀下軍火庫的，誰知道這兩天被衛哥封了，一堆裝修隊進進出出吵得很……」

高塔。

宋研究員接到回饋，也是瞬間傻眼，「時間線對不上。從監控看，小巫至少上學那會兒都在R碼基地。一個人絕不可能擁有兩條完全不同的記憶線。還有，文理分科……聯邦幾百年前就是十年級文藝理工四門分科了，另外小隊長又是什麼？」

一旁的助理簌簌翻閱資料，「八百年前擴充的文理分科，從巫先生的生活環境描述來看像是在二十到二十二世紀之間。巫先生的基因譜序，有百分之九十以上可以和二十世紀初載錄的東亞基因擬合，祖源成分為百分之六十二點七南方漢族和百分之十二點二彝族……」

衛時：「他的科技常識，只到二十一世紀為止。」

助理一頓。

研究室陡然沉默，半天助理顫顫巍巍開口：「宋教授，您說有沒有可能，發生時空扭曲，把人從一千年前送過來……」

宋研究員轉頭。

「猴子能敲出一本《莎士比亞全集》嗎？只存在於臆想中的事情，機率就是零。」

絕不可能。

然而從現有線索推斷，所有猜測都進入死角。

沉默中，衛時開口：「如果他是從基因復刻室出來，」男人聲線冷峻：「去查查，基因復刻了誰。」

宋研究員一個激靈，陡然醒悟。基因復刻，復刻解決了巫瑾的基因溯源問題。如果能找到復刻源，就能換個方向反推R碼基地製造「巫瑾」的用意。

助理迅速點頭。

虛擬螢幕，每秒萬次太兆的運算核心將巫瑾的基因譜序與源庫資料樣本擬合。

「找到了！」助理興奮開口：「編號C72235AY8 基因樣本，和巫先生基因相似度百分之七十，樣本儲存地在——藍星底城六號倉庫，R碼基地四年前以資抵債交出去的倉庫之一。」

「C72235AY8 樣本主人的資料只有紙質，和遺物一併儲存在同一間倉庫。」

衛時一頓。

男人指尖如電在終端發訊，很快技術組把六號倉庫的監控影像黑了進去。

「倉庫很偏，R碼解散之後的幾年都沒人光顧。」宋研究員湊過來，邊看邊說：「我儘快派人過去。」

衛時目光移開，看向標有「C72235AY8」的樣本條碼。

「小巫是基因復刻，不是克隆。」宋研究員低聲道：「而且成長環境、性格和情感應激決定了唯一的生命體。」

衛時點頭，視線循著夜晚前的斜暉到塔下。正在和護衛隊虛心學習用麻醉匕首的巫瑾眼睛晶晶亮亮。

獨一無二。

入夜。

紅毛開著拉風的懸浮車，在向衛時請示後帶著巫瑾往集市奔去。等兩人回來，都吃撐躺在懸浮車爬不下來，紅毛的一遝子優惠券裡少了張「槍枝訂製・一對」。

巫瑾再三叮囑紅毛保密。

紅毛拍胸脯，妥！

浮空城不同於克洛森基地，沒有佐伊隊長監視，巫瑾厚顏無恥地住進了大佬的豪宅。有了滿城火烈鳥可以玩，大晚上的就連黑貓也不願意回家。

窗外薄霧染花香，燈火星星點點。窗內，床上大字型擺一個洗完澡軟趴趴的巫瑾。

不遠處是大佬所在的高塔。

舊式仿古收音機裡頻道也不帶變。

「再走農業經濟路，節日版養殖教程調頻126.X。您好，蔚藍深空《養兔經》節目為您播報，如何染出適應節日氣息的粉色兔兔……」

機器人深切關懷巫瑾，送了宵夜、遊戲機、虛擬影院帳號和手遊氪金卡進來，還有一枝香檳玫瑰。

巫瑾關了收音機，趴在床上回覆終端消息。

Hudi發來一段音樂demo。巫瑾哼哼半天，給他改了個高音伴奏。

薄傳火：我參加了直播平臺最有魅力的【競技】女裝男主播評選，點選連結給我投票吧！

巫瑾投票，幫轉。

凱撒：wm

巫瑾收到暗號，趕緊給凱撒哥訂了個外賣偷偷送到白月光。

自從佐伊定期監測凱撒終端「發出消息」之後，凱撒發消息只用首字母。

凱撒：wyesl

巫瑾：凱撒哥放心！一般來說凱撒哥很難餓死的！

凱撒：npydxtwl，wygzyndw，qdnbd

巫瑾兩眼一黑：「……」看、看不懂。

消息翻到最下，是克洛森後勤部發來的寢室監控錄影檔。

巫瑾恍然想起還有這一茬。第五輪淘汰賽期間，黑貓似乎對保健枕頭做出了什麼奇奇怪怪的事情，致使小翼龍十分憤怒。

一週監控迅速拉完。幾隻寵物各自進了巫瑾的寢室幾次，卻誰都沒有碰過枕頭。

巫瑾：「咦？」

監控又拉回，黑貓跑進來舔了兔哥兩次，中間相隔六小時，兩次貓步、動作一模一樣。

像是同一段監控又重播了一次。

浮空城高塔。

衛時剛從軍械庫出來，突然收到毛冬青傳來的消息。

載有「C7223AY8」基因樣本的六號倉庫，就在剛才，監控鏡頭下出現了一個人——

消失的邵瑜。

毛冬青：「邵瑜的目的，很可能也是樣本。」

衛時眼神一暗，懸浮車飛速飆來，「等我過去。」

「確定是邵瑜在那裡？」懸浮車轟然衝向星港，隸屬浮空護衛隊的私人星船已經準備就緒。衛時沉聲開口。

事態似乎被詭異的巧合推動著，自邵瑜第一次出現起，原本已塵封六年的舊事被不可抗力地猛然撕開。

視訊另一側，毛冬青點頭，「他應該沒有發現監控存在。」

毛冬青傳來一段視頻。

封存有R碼基地基因樣本的藍星六號倉庫，邵瑜謹慎用終端掃向各處。衛時甚至能看見他左半邊身體纏繞的繃帶在慢慢滲血。

浮空星港。

衛時跳下懸浮車，自封鎖的接駁口闊步走向星船。四小隊親衛替他開門。

毛冬青：「還有，六號倉庫附近監測到了微弱的R碼基地的S等級情緒鎖電流。」

S級情緒鎖電流，幾乎是R碼基地三大人形兵器的標識。在高敏探測儀器下，衛時無法遁形，邵瑜也無法遁形。

衛時下令：「出發。」

駕駛室內虛擬星圖全開，浮空城邊境戒嚴，星船竄空如流星，全速駛向藍星。

同一時間，浮空基地。

巫瑾終端微微一亮，正是大佬發來的消息：晚歸勿念。

巫瑾立刻表示十二分理解，大佬公務繁忙，每分鐘幾萬信用點上下，不像自己只是一介普普通通的小練習生兒！

床頭還壓著「情侶訂製雙人刻字袖珍筆槍」的收據回執，終端微微一亮，已是店主傳訊筆槍刻字完畢，隨時可以領取。

巫瑾攤在寬敞的床鋪上，繼續琢磨克洛森寢室內、第五輪淘汰賽期間的監控。

克洛森後勤部工作相當麻利，除發來的這段視頻外，還給巫瑾開通了監控後臺許可權。南塔的四人寢室中，客廳以及巫瑾自己的臥室監控均可登入查看。

巫瑾點開客廳，鏡頭A起初一切如常，黑貓進入巫瑾臥室兩次，動作再次出離一致——

巫瑾一頓。

被「重複」的這段監控並不明顯，如果不是自己刻意查找，絕對不會被任何人注意。

他接著點開鏡頭B。

監控內異常平靜，拉到進度三分之一後，一隻貓爪嗖的出現，視野天旋地轉。

巫瑾這才想起，這段他在克洛森後勤組看過，正是黑貓摳出鏡頭在爪子下轉著玩。

很快鏡頭就幾乎與連線脫離，因著是在盆栽後側面的緣故，就算是長期居住在寢室的練習生也很難發現。圓圓的大貓臉湊了上來，黑貓高高興興咬斷導線，笑納新玩具。

此後鏡頭對焦翻江倒海，黑貓一直玩弄到下午，才一爪子踹到巫瑾床底，逮著兔哥猛舔。

巫瑾又往後拉了一個時間段。

克洛森PD治下的基地一切從簡，鏡頭自帶儲存晶片，流媒體通過牆後導線接入克洛森內網，可遠端操縱監控讀寫。這顆攝影機被黑貓咬下後，自發進入離線狀態，視野也略顯昏暗。

黑貓第一次舔兔的時間再次與前兩次監控所攝吻合。

緊接著該是黑貓第二次舔兔——唯一的離線鏡頭中，鏡頭內空空如也。

巫瑾一愣，手速飛快把三段監控的時間線拉到同一中斷點，從左到右依次看去。

有貓、有貓、沒貓。

巫瑾倒吸一口冷氣。

他直接關閉了前兩段監控，專注看向唯一代表「真實」的離線監控。

五分鐘後，

有微不可查的開門聲傳來，以巫瑾的聽力都幾乎像是幻覺。似乎只是夜風吹動——

螢幕裡，濃重夜色中。

巫瑾眺眼看向藏於床底的監控拍攝。視野晦暗不清，卻仍能依稀分辨有兩條腿。

一片靜謐中，有人無聲站在床前，正對著自己的枕頭。

巫瑾：「……」

監控中，他聽到那人終端微弱「滴」了一聲，像是探測到了床底的鏡頭。於是那站在床前、詭異的兩隻腿慢慢、慢慢彎曲。

有那麼一瞬，巫瑾大氣都不敢喘。他幾乎可以肯定，如果這人半夜三更拿了把刀站在自己床頭，自己絕逼發現不了，會直接被亂刀剁成小巫餅！

這人的關節動作非常奇異。正常人下蹲時，膝蓋會慣性大幅度前移，他的膝蓋卻絕不超過腳趾，不外旋不內旋，就像是某種訓練有素的人形機器。

巫瑾擰眉。這個視角，就像是自己代替鏡頭躲藏在床下，床邊是某個殺人狂魔……

那人下蹲，接著露出肩膀、脖頸。

脖頸沒有骨頭似的扭曲，那人向鏡頭方向看去。

一張在月光下慘白的人臉出現在床底。

巫瑾嚇了一跳，這監控怎麼跟恐怖片似的！

那人的終端不再發聲。沾滿貓毛與灰塵的鏡頭不知為何躲過了那人的第二次探查，又或者——那人以為，床底的鏡頭同樣可以篡改。

他重新站起，依然正對巫瑾的枕頭。

巫瑾記得這張臉。腦海中飛快略過無數記憶，綜藝拍攝時始終跟隨脊背的冰涼視線，蛇信掃過的手背，香味讓人頭昏腦脹的黑玫瑰……

巫瑾猛然跳起。

終端清單內，大佬的通訊顯示暫時遮罩，他飛快打給毛冬青。

毛冬青過了整整半分鐘才應答通訊：「小巫說什麼？監控裡的邵瑜？」

凌晨一點，藍星底城六號倉庫。

衛時從星船落地，立刻有偵查小隊彙報：「倉庫有兩道門，裡面找到了新的廢置監控。從監視畫面來看，目前邵瑜還在嘗試破解第二道門。」

衛時漠然點頭。

身為聯邦的第一把利刃，R碼基地內唯一自願接受改造的「血脈高貴者」，邵瑜手中掌握的重要資訊遠比他和魏衍要多。

暴力破壞R碼基地倉庫，很容易連帶毀去裡面的基因樣本。如果邵瑜能解決這道關卡……

小隊長：「衛哥，我們現在怎麼做？」

衛時：「等。」

夜風沉沉。

衛時看向夜色中的倉庫，指尖在粒子佩槍上摩挲。

基因復刻，改造。

衛時眼中光芒冷冽，寒流掃過瞳孔如無機質冰涼。巫瑾毫無疑問是「劍鞘」的改造成品，但是改造機制成謎。

過量藥物注射、抹去記憶，匪夷所思的身分認知，還有與改造經歷毫無關聯的樂器、舞蹈肌肉記憶。

粒子槍的槍枝保險被拉下，衛時卡上扳機，視線幾乎融入遠處的漆黑。

巫瑾是最完美的情緒容器。外傾性E，親和力S，抗壓能力S。能疏導精神療程，甚至替代承受情緒鎖。

如果「利劍」是體格、作戰能力方向的改造，那麼「劍鞘」就是精神、性格層面。

衛時微微瞇眼。

第二道監控中，邵瑜終於打開倉庫大門。門內一片漆黑。

在邵瑜就要一腳踏入之前，衛時毫不猶豫向遠處倉庫架槍。視野內一片漆黑，預瞄與作戰本能讓衛時沒有任何停頓，僅憑監控中的「大致預估方位」悍然狙出！

倉庫門口「砰」的一聲！有黑影倉皇逃竄。

衛時掃了眼臨時據點內安置的信號掃描器，「能追上？」

小隊長點頭，「能！」螢幕中央兩個紅點，正是能偵測出S等級情緒鎖電流的兩個目標：據點內的衛時，和正在逃跑的邵瑜。

衛時嗯了一聲，徑直向敞開的倉庫走去，「你們跟上邵瑜。」

親衛隊領命出擊。

六號倉庫坐落於底城郊外，在一片麥田的邊沿，黑沉沉像吞噬一切的巨獸。衛時與一小隊技術組踏入，積攢了數年的灰塵被步伐激起，沉悶嗆人。

門內是一座座做工精良的置物架，架上堆滿編號冗長的銀色金屬盒。

盒內是無數逝者甚至是生者的生物提取物。可能是冰凍的唾液，可能是一根永不腐朽的頭髮，也可能是自願上繳的微型組織切片。

所有人都知道聯邦基因產業的宣傳詞：珍藏永續，傳承新生。

基因在二十八世紀之後從「公民個人私有」變為「聯邦戰略儲備」，數不清的改造人因此產出。於是一九五一年起始的，名為「海拉細胞」的夢魘逐漸發生在每一個人身上。

生而短暫，死後長存。

貨架上冰冷的金屬盒連成一座座生死不知的墓碑。

巫瑾的原始基因供體就在這其中。

衛時：「去找C72235AY8號樣本。」

這批在聯邦生物院走投無路、被挖到浮空城的研究員們迅速在貨架間嫻熟翻找，「大人，這裡有密碼鎖……」

衛時在密碼箱前單膝俯身，終端晶片被倉庫內雜亂的信號干擾。衛時對密碼箱校準晶片，咔嚓一聲，密碼箱應聲而開。

裡面只有一本落灰的記事本，衛時撿起。

二九九九年十月六日，第十七批次B類改造人成年，「劍鞘」實驗再度宣布失敗。

二九九九年十一月七日，六億研究資金到位，C72235XXX基因樣本購入，核對入庫。B類改造人研究重啟，阿法索教授加入。實驗方向大幅改動。

旁邊夾潦草筆記：「利劍」排他性強，外傾性強，故「劍鞘」親和力、感染力要求在SS級以上，外傾性F以下。此批次基因樣本原主基本符合（已核對）。

二九九九年十一月二十五日，實驗啟動準備。根據阿法索教授觀點，基因與「成長經歷」共同決定性格表現。新批次「劍鞘」實驗者將以「浸入式情景再現」方式重新經歷原主生平。

二九九九年十一月二十九日，項目審批完畢。

三〇〇〇年一月二日，千禧年。邵小公子來訪倉庫，挑選訂製「劍鞘」基因。髮色、瞳色、特殊匹配基因已記錄。「劍鞘」姓名已擬定。

三〇〇〇年二月十四日，千禧實驗開啟。C72235AY8樣本確認為實驗供體。

安靜的六號倉庫內，突然有研究員驚喜開口，跟衛時稟告：「找到了！C72235AY8樣本，還有相關材料……」

衛時轉身，眼神暴虐如疾電，又一瞬隱下。

C72235AY8基因樣本是一根漆黑的髮絲，比巫瑾要色澤更濃，柔軟平直。

樣本資料占了厚厚半個架子，似乎是有不少人在用心收集原主生前的一切。

衛時拿起第一份資料。

「某某偶像團體主舞，於二〇一七年XX選秀節目出道。親和力SS——兩度受評『最受歡迎藝人』、『最具觀眾緣藝人』，參與慈善公益數百次……」

「感染力SS——於二〇二三年巡演期間遭遇綁架，十天後罪犯自首。資料記載，該挾持人為慣犯，但在劫持期間意外表現『利馬綜合症』相應行為，為受害者感動，對其產生好感、依賴心，愧疚……」

衛時放下資料，顯然對巫瑾「基因供給源」的生平毫無興趣。

資料下壓著一本資料夾。裡面是泛黃卻保存完整的紙張，黏著複寫紙。原本應當是一式幾份，此時卻不知為何只剩下一張。

《XXX偶像選秀綜藝 S市報名點練習生報名表》

簽字人，巫瑾。

木槿花的槿。

衛時眼神一頓，無數線索鋪天蓋地湧來。

邵小公子、「劍鞘」姓名已擬定、握瑾懷瑜、「浸入式情景再現」經歷原主生長環境……

浸入式。

——「幾歲學的跳舞？」

——「七歲那會兒吧！」

男人手速飛快抽出一遝子資料裡唯一的照片。

那位木槿花巫槿化著誇張的眼線，在人群裡靦腆笑著。

和巫瑾有七八分相似，但氣質截然不同。

長得不怎麼像兔子，還娘們唧唧。

一旁，親衛隊隊長大氣不敢喘：「衛哥，這些都要銷毀嗎？」

衛時翻完，點出一張，竟然是意外夾在資料裡，巫瑾的千禧年出生證明。上面一個紅紅的小腳丫子印子，也不知道是誰想起來給他印的。

軟軟的、小隻的、乖巧的腳印，怎麼看怎麼戳心坎兒。

就這小腳印，比那個木槿花也不知道好看多少倍。

衛時面無表情把這張收走，漠然揣進作戰服胸口口袋裡，「其他都送研究室。」

於是親衛隊隊長一鍋端了資料。

衛時向倉庫出口走去的間隙，終端突然「滴」了一聲。

小隊長：衛哥，跟著情緒鎖電流，人找到了。不是邵瑜……」

小隊長：「是魏衍。」

衛時臉色陡變。

探測儀上一共只有兩個點，魏衍在倉庫，邵瑜就絕不可能在，也就是兩道監控都是偽造。

小隊長繼續急促彙報：「魏衍說，是邵瑜約他今晚來這裡。他要替阿法索導師向邵瑜討個公道……」

衛時猛然轉身，打開終端發訊，聲音喑啞粗糲，目光像燃刀淬火：「回撤，浮空城。」

懸浮車如流光衝出，打給巫瑾的通訊一片忙音。

毛冬青掐斷線路，聲音罕見慌亂：「衛哥，小巫不見了。」

「沒人看到他出來。房間裡有少量血跡。」

咔嚓一聲。通訊對面，終端耳麥被盛怒中的衛時捏碎。

電流嘈雜凌亂，星船在強烈震盪下著陸。

「海關全面封禁，所有蔚藍深空通路都在監控內。」

「魏衍抓住了，測謊儀結果出來，他確實什麼都不知道，赴約是為了找邵瑜報仇……」

「半小時內出港船隻有四十六艘，目前還、還不能定位巫先生在哪……」

浮空基地。

軍用懸浮車出現，毛冬青表情凝肅如霜，帶著衛時向住宅區跑去。警戒線早已拉開，所有基地監控被重新提取分析。

周楠和兩位軍醫正站在巫瑾消失的房間內，低聲討論，氣氛沉悶壓抑。

腳步聲急促傳來。

周楠回頭，心跳猛的一緊：「衛哥……」他從沒見過這樣的衛時。

男人脊背筆直，面孔寒意凝結，眼白血絲蔓延如鮮紅雷電觸怒。

「你先冷靜，」周楠艱難吐字。

衛時：「說。」

周楠：「採集的血液檢測出來了，確認是小巫的。從組織提取物看，傷口在左側撓動脈附近，是刀傷。」

房間陡然寂靜。

左手動脈割傷。

毛冬青眼皮一跳，衛時拳頭緊握，指尖因抑制巨力劃破掌心。

周楠不敢再看衛時的表情，他急忙開口：「凶器是果盤上的水果刀，但刀柄只有小巫自己的指紋。醫療箱裡的速效癒合噴劑少了一罐，箱口有戴手套的陌生指印，小巫的終端被卸下來扔在窗外……」

邵瑜在挾持巫瑾之後，顯而易見切斷了他與外界一切聯絡。

先是偽造監控調虎離山，得手後果斷逃跑。

周楠深吸一口氣：「現場有打鬥痕跡。據推測，邵瑜先遮罩了房間內的信號，然後砸碎玻璃跳了進來，把巫瑾劫持，開門上車逃走。」

頂著衛時不似人類的寒涼目光，周楠彷彿喘不過氣：「打鬥中，巫瑾拿起水果刀防衛，被邵瑜扭轉刀刃劃傷左手動脈……」

氣壓沉悶讓人毛骨悚然，沒人敢在這時出聲。

毛冬青直直看向衛時。作為基地護衛統帥，他需要為巫瑾失蹤負全責。但在領罪之前，他必須先找到巫瑾。他知道沒有人比衛時更憤怒。

出乎所有人意料，衛時低聲沙啞開口：「他的終端在哪裡？」

立刻有親衛把草叢撿回的終端遞給衛時，黑色終端夾在透明物證袋裡。

周楠面帶不忍，勸解：「邵瑜不會對小巫動手，他要的是完整的『劍鞘』。邵瑜離開時扔下包括終端在內所有重物，只帶走癒傷藥物……」這位心理醫師一頓。

邵瑜不得不帶走癒傷藥物，代表巫瑾的創口比想像中更深。

然而緊接著，所有人愕然看向衛時。

男人蠻橫從物證袋中取出終端，被喚醒的虛擬螢幕上，六十幾個未接通訊觸目驚心。

衛時恍若未見，手速疾如虛影，拆開終端一側。

那裡有一個直徑三公釐的晶片插槽。附著的晶片無影無蹤。

毛冬青直直看了幾秒，脫口而出：「這是……追蹤晶片插槽？」

一個月前，衛時出事之後，趁著巫瑾還在浮空城，技術組特地在巫瑾的終端切割出了暗槽，附著能夠短程追蹤預警、監測體徵的特製晶片。三公釐直徑，預存能源太少，只能用於一百公里內定位。

周楠一愣，「晶片在哪裡？等等，難道是小巫自己……」

浮空城II型晶片研發不久，邵瑜並不知道。

巫瑾閱讀過詳細的晶片使用說明。

推理中最重要的一環是巫瑾手腕的刀傷。邵瑜對人體結構瞭若指掌，繳械巫瑾時幾乎不可能誤傷少年的手腕動脈。

所有論點在一瞬間推翻。

衛時看向水果刀上標出螢光的指紋，伸手虛握。

比巫瑾更寬闊的指紋虛虛扣合。衛時精準模擬出了兩小時前巫瑾的動作。

拇指按住刀柄，食指於底端固住，在左手手腕俐落橫劃，眼睛眨都不眨。

周楠肩膀一抖。

他站在提取血跡的位置，猛然抬頭。所有線索最終綴連——

兩小時前。

首先是房間內信號被封鎖，巫瑾比想像中更快意識到危險臨近，由於衛時在幾千星里之外的藍星，整個浮空基地沒人是邵瑜對手。

終端毫無疑問會被邵瑜收繳。

在邵瑜下手劫持之前，巫瑾幾乎預判了自己的全部待遇，分析推理和任何一場逃殺比賽中同樣精準。

巫瑾於電光石火之間自救。

沒有大聲呼喊，沒有試圖在S級危險分子手下逃生。他沒有半分猶豫割開手腕，把追蹤晶片塞了進去。體表律動最激烈的腕動脈脈搏瞬間遮掩了微不可查的晶片信號波。

孤注一擲。

沒有人知道他用什麼方法瞞住邵瑜。

衛時抬眼，漆黑眸色內無機質湧竄，「去追蹤晶片。」

門口遲遲趕來的宋研究員一個激靈，「晶片一直沒有波動，邵瑜應該遮罩了小巫附近的所有信號。但他不可能一直遮罩下去。」

衛時緩慢點頭，「繼續找。」

屋內眾人湧出，毛冬青叩住胸膛向衛時欠身。作為基地主管他罪在失職，但他必須回到中控室繼續執行戒嚴。

身後。血腥味瀰漫的房間內，一聲沉悶巨響，牆體微震。

周楠回頭。

衛時一拳砸在牆上，低頭看不清表情。

「走吧。」周楠催促毛冬青：「給衛哥一點時間。」

「比起邵瑜，他更不能原諒自己。」

巫瑾在一片無邊無際的星海中睜眼。

落地窗乾淨、明亮，像是要融入漆黑的乙太風中。遙遠的恒星光璀璨耀眼，星辰散落如蒼莽之中瑩瑩塵埃。

有人在身後彈琴。

每分鐘六十六拍，含蓄的行板自三角琴箱流瀉而出，周而復始，循環往復。

琴鍵擊錘動弦，窗外碎石帶被星船防護罩撞裂，逸散於宇宙蒼穹。

巫瑾猛然清醒。

左腕創口接近癒合，疼痛被酥麻取代。單看窗外的防護罩，這艘星船體量至少在九萬噸以上，近乎於曾經橫行無忌的航母。這是一艘長途星船。

巫瑾瞭解的航線不多，航行最遠只去過浮空城和恐龍培育基地，長途……

記憶中粗淺背記的星圖上，自浮空城起始，最遠的航線甚至可以抵達帝國首都。

琴聲緩停。

巫瑾強烈抑制自己，不去檢查左腕傷口內的晶片，大腦因為藥物遲緩轉動。

「碎石帶，」詠歎調式的聲線自耳畔響起：「每一塊碎石都像恒星，生於星塵彙聚，死後又散為浮塵。不過，碎石的死去只是死去，恒星卻會以璀璨爆炸為生命終點。」

「恒星生而高貴。」

「碎石不過是低賤的粉塵，殘骸，碎片。」

一枝純黑玫瑰遞到巫瑾身前。

邵瑜溫柔開口：「我找回了我的恒星。」

巫瑾抬頭。

邵瑜穿著深色帝國長袍，戾氣消散。他單膝跪在巫瑾的躺椅前，琴聲完美無可挑剔，禮儀精準優雅，就像是最標準的貴族。

還沒等巫瑾反應過來，左手就被抬起，只剩下一道猙獰的傷疤被冰涼的舌尖舔過。

巫瑾猛然掙扎，胃中翻騰。

邵瑜低頭，少年臉色蒼白，被注射了鎮定藥物之後安詳柔美，像是孱弱精緻的藝術品。巫瑾的髮絲柔軟捲曲，臉頰輪廓是一種活潑可愛的柔光弧線。眼睛圓溜溜發亮。

每一寸都讓他血液沸騰。

可惜了。邵瑜指尖摩挲傷疤，「小瑾，你果然不記得我。」

「你甚至為了拒絕我，用割腕要脅我。」邵瑜的呼吸突然灼熱，深刻俊朗的五官呈現一種妖異的潮紅：「還是說，你知道我會心疼。」

邵瑜心跳急促，將臉頰貼上傷口，「小瑾放心，我會替你糾正錯誤。」

巫瑾毛骨悚然，終於忍不住反駁：「邵……邵先生！」

聲音沙啞，空洞無力。

邵瑜卻耳膜微微痙攣，像是聽到最曼妙的呻吟，眼神癡迷地在巫瑾脆弱的咽喉掃動。

巫瑾嚇一跳，「有話好好說！」這什麼見鬼的私生飯啊啊啊！

私生飯綁架藝人，難道不是為了逼著唱歌跳舞給他看！但鬼知道邵瑜給自己注射了什麼，這會兒手腳發麻頭腦不清。

邵瑜癡癡一笑。

有那麼一瞬，巫瑾在他臉上看到了近乎精神錯亂般的詭異表情。邵瑜有得天獨厚的五官，巫瑾清晰記得白月光張貼的海報上，邵瑜那張凶悍威嚴的臉。但此時卻陰柔詭異。

只有一個解釋——邵瑜荷爾蒙激素嚴重失調！

巫瑾抓狂得出了一個對逃跑來說毫無卵用的結論，邵瑜已經再次開口。

「既然不記得了，那我再告訴你一次。」邵瑜拉了把椅子，坐在巫瑾身側，筆直的雙腿靠近巫瑾膝蓋，「九歲那年，我『創造』了你。你要有琥珀色的瞳孔，漂亮的臉，棕色的細軟捲髮。我要你生而與我同源，因此你的身上，甚至有一部分基因來自於我的父親。」

「我要你一心一意，要你滿足我的所有幻想……」

巫瑾悚然，小心翼翼指著腦袋，「我、我這頭髮是為了選秀節目臨時染的……」

邵瑜：「你沒有發現，這麼久都沒有褪色嗎？」

巫瑾竭力平復這位綁架犯的情緒，嘗試與他溝通：「因為染髮劑品質太好？」

邵瑜微笑：「不。巫槿是染的，你不是。」

巫瑾：「什、什麼？」

邵瑜喟歎：「但你終究還是背叛了我。」

巫瑾傻眼，「我我我我……我是良民啊我，什麼都沒做……」

邵瑜定定看向巫瑾，眼中波瀾洶湧。他像是在看自己多年前的過去，又像是在看血脈相連的藝術品。少年被劫持時手持尖刀，像凶悍不服輸的小獸。此時半身麻醉，美好溫馴。

如果當年在R碼基地，如果不是自己誤認為巫瑾是「失敗品」，帶他走向榮耀的該是自己，而不是衛時那個雜種。

不過命運的錯誤，就像是脆弱的鉛筆印記，總可以輕而易舉被擦除改變。

邵瑜嫻熟打開醫療箱，取出針頭與試劑。

「抱歉，」邵瑜安撫：「不過。你的記憶，必須再次做出一些修正。」

巫瑾愣愣看向針頭，直覺先於身體反應之前急劇畏懼。腦海中像有無數碎片浮浮沉沉，藥劑刺鼻的味道衝破記憶桎梏——

他記得這管針劑。

不僅僅是記得。

金屬針頭刺入靜脈前一秒，巫瑾眼神陡變。寒光自瞳孔迸發而出，少年猛然掙脫麻醉藥效，右臂輕薄流暢的肌肉緊致收縮，爆發出近乎於體能巔峰的力量。

針頭被巫瑾一拳砸偏，向邵瑜方向飛去。

邵瑜伸手，兩指輕而易舉夾住針劑，「真是不乖啊。」

邵瑜把價值近百萬信用點的針劑隨手扔下，重新開了一管。

僅僅訓練六個月的逃殺練習生，在成名多年的人形兵器面前仍然不堪一擊。

針頭探入巫瑾右手皮下。

巫瑾面色驟然慘白。

邵瑜表情隱隱興奮，針管推入。

巫瑾急促喘息，額頭虛汗滴下。有一瞬瞳孔近乎於渙散，腦海中像是有星塵崩裂，碎屑紛紛揚揚撒下，失去覆蓋後，便赤裸裸露出記憶最深處的廢墟。

三〇〇〇年二月十四日。千禧年，「劍鞘」實驗重開。實驗體命名，巫瑾。

基因與「成長經歷」共同決定性格表現。新批次「劍鞘」實驗者將以「浸入式情景再現」方式重新經歷原主二十一世紀生平。

『浸入式情景再現而已，這麼賣力學舞？那是別人的故事，和你這個複製品有什麼關係？』

巫瑾動了動發白的嘴唇。

有關係。

等待一個月，被扎了無數試劑，才能等到一次進入實驗艙。艙內有「浸入式模擬」出的，溫柔的孤兒院院長，打鬧作一團的同學，明亮的練舞室。

那只是別人故事裡的一頁，卻是我的全部。

星船船艙，針劑推到最低。

邵瑜癡迷看向被重新「清零」的巫瑾。

少年在躺椅上雙眼緊閉，分不清是熟睡還是昏迷。

邵瑜激動站起。

窗外是耀眼的恒星星光，灼灼燃燒如同新生。

邵瑜急切整理好自己儀容，緊張得像是初次奔赴約會的少年。他在船艙內放出輕柔的交響樂，一束束昂貴的黑色玫瑰妝點在鋪滿天鵝絨緞的長桌上，花團錦簇穠豔。

復古木質相框擺在桌前。相框內，巫瑾和邵瑜溫柔相擁。

音樂低緩曼妙。

邵瑜最後核對一遍「願望清單」。

巫瑾在最後一個音節落地時醒來。

邵瑜低聲哄道：「你終於醒了，我等了你好久好久。」

巫瑾眼中霧濛濛一片空茫。

邵瑜輕笑，「不會傻了吧？還記得自己是誰嗎？」

巫瑾停頓了足足有幾秒，搖頭。

邵瑜試圖握上他的手，歪頭，「小傻子。我向你求婚，你竟然高興到暈過去了。」

巫瑾緩慢抬頭。左手無力下滑。

衣袖擋住了藏於皮膚表層下的追蹤晶片。

星海浩瀚。

九萬噸重的長途星船像是徜徉於星辰的巨鯨，在核磁風浪中撐起寬闊的脊梁。

距離抵達帝國首都還有六小時整。

窗外碎石滾滾黑雲蔓延，窗內平穩如陸地，奢華的厚羊毛毯鋪滿貴族頭等艙，穿著紅底高跟鞋的侍女踩著優雅的步伐，恭敬地將紅酒送入船艙。

繁複的雕花大門內極盡奢華，酒光與燭光搖曳。侍女只匆匆一瞥就低下脖頸，向面前的大貴族行禮，悄無聲息退出船艙。

直到回到後廳。一群小姐妹嘰嘰喳喳圍了過來，滿臉興奮，「真開酒了？那瓶六十萬信用點的紅酒？天哪是什麼樣的貴族，至少也得是侯爵……」

侍女深吸一口氣，她當然認得裡面那位大人！

邵瑜公子，曾經的逃殺新秀，之前一直流落聯邦，四年前才機緣巧合被女公爵認出。帝國媒體爭相報導，這位女公爵、鐵腕女強人抱住失散多年的幼子失聲痛哭，感人肺腑。

當天女公爵的投票支持率就上浮了十二個百分點！邵瑜小公子也成為帝國當之無愧的首席單身貴族。

小姐妹們爭相問詢：「頭等艙裡面到底是誰？霸道侯爵嗎！電視劇裡不都是，一不小心把酒灑了然後對方不僅不責怪還一見鍾情……」

「……」侍女：「怎麼可能！這可是六十萬信用點的酒！而且這位大、大人已經有戀人了，特別好看，比娛樂明星還要漂亮！」

大家紛紛八卦：「他們感情好嗎？」

「應該是……不，一定是很好。」侍女低聲道，回憶起剛才船艙內氣氛，卻突然打了個寒顫。好像有哪裡不對，又說不出來。

帝國「冰霜號」星船，頭等艙船艙。

交響樂輕盈迴蕩，邵瑜殷勤拿出酒刀，精緻漂亮的手指在瓶口下沿輕劃，六十萬信用點的紅酒與甜膩空氣接觸。濃郁的黑玫瑰香味沾染，帶著嫵媚的酸甜。

巫瑾神色淡淡，沒什麼表情，眼中映出金碧輝煌的船艙，卻看不到眼神焦點。

邵瑜把酒杯遞給他。

「你最喜歡的酒。」邵瑜聲線優雅，有如大提琴聲流瀉。

他的聲音沒有毛刺，似乎連發聲系統都做過最精準的基因優化，只是呼吸時急促尖銳，像吐信的蛇。

巫瑾看向杯盞，燭光中紅酒瀲蕩，瀲灩妖媚。

巫瑾沉默了有幾秒，才緩緩開口：「我不記得了。」

邵瑜微笑看向巫瑾，用無可挑剔的禮儀替他繫上餐巾，燈光下的少年剛剛擦去虛汗，臉色蒼白，唇瓣沾染特製的紅酒鮮豔如血。少年似醒非醒，反應遲緩可愛，濃郁睫毛無意識翕動，像可以肆意囚禁蹂躪的蝶。

巫瑾乾淨得就像一張白紙。

純淨初始，美好而無瑕疵。

「幸好，還有我替你記得，」邵瑜溫柔道，眼中的傾慕甚至要變成詭譎媚意，他慢慢、慢慢抵住巫瑾膝蓋，喉結因為激動而上下滑動，「你看。」

「你最喜歡的玫瑰，和你最喜歡的酒。」

穠豔的玫瑰散發大片大片熾烈的濃香。

邵瑜抽出一枝黑色玫瑰，沾水的植物根莖在巫瑾沒有血色的手背上輕輕打圈，「喜歡嗎？」

巫瑾一言不發。

邵瑜靠近，一字一頓重複：「喜，歡，嗎？」

巫瑾低下視線，沉默看向玫瑰。

邵瑜換了種問法：「討厭它嗎？」

巫瑾緘默無言，脊背冰涼。

邵瑜卻是歡喜，自言自語：「果然不討厭。」

他微笑撚起那枝玫瑰，修長的右手一撕，兩片花瓣揉入掌心。邵瑜慢慢搓起漆黑的花瓣，張開嘴塞入口中，眼神緊緊盯著巫瑾，將花瓣溫柔咀嚼下嚥。

桌上，那份字跡稚嫩的「願望清單」上，寫著黑色玫瑰的條目後面，被邵瑜愉悅地打了個勾。接著是「血多蘭2767紅酒」，巫瑾還沒喝完的酒杯正放在桌沿。邵瑜欣然據為己有，一飲而盡，在願望清單的「紅酒」條目上同樣打勾。

下一條，「看德羅義人表演原始賽馬」。

虛擬螢幕展開，邵瑜貼心替巫瑾調整座位，「這是我九歲時的願望，和初戀情人一起看賽馬。既然你忘了，我們就重新來過。畢竟我們自那時起就青梅竹馬。」

螢幕上，皮膚黝黑剛健的帝國原住民手持長矛表演賽馬。

邵瑜也不知道被戳中了什麼，對著螢幕哈哈大笑，幾乎要笑出眼淚。巫瑾繼續安靜如盆栽，左手於身側下垂。

等賽馬完畢，邵瑜在眾多星臺中隨意切換。

帝國的地貌、文化與聯邦大相徑庭，偶爾出現的新聞中隨處可見貴族、政客、貴族與政客的結合體……

邵瑜切換到聯邦星臺。

某地方星臺，某某財團團長正帶著小兒子去給工業基地剪綵。那位財團小公子神色懨懨，百無聊賴在座位窩著，只要沒鏡頭正對就偷偷摸摸刷終端。

邵瑜猛然回頭，目光緊緊看向巫瑾，像銳利洞察的鷹。

他仔細審視巫瑾最細微的表情，瞳孔大小、眼皮弧度甚至於暴露在近處空氣的體溫，「認識他嗎？」

巫瑾又看了眼螢幕，略顯消瘦的臉頰沒什麼反應，他緩慢重複：「我不記得。」

邵瑜滿意，回頭。

螢幕正中，記者終於捉到了始終在偷玩終端的財團小公子：「明堯小公子！請問您是否會放棄練習生身分回來繼承……」

虛擬星臺再次更換。

邵瑜身後，巫瑾胸膛緩慢起伏，瞳孔有一瞬收縮，緊接著又恢復原狀。脊背有汗水滲出。叮咚一聲，船艙廣播響起。距離抵達帝國首都還有五個小時。

邵瑜對星臺失去興趣，再次熱衷於向巫瑾展示自己的「願望清單」。

長長的清單上，字跡由稚嫩到成熟，越到後面越晦澀難懂。邵瑜還會時時拿起桌上的相框，向巫瑾複述失去的記憶。

「我們在R碼基地定情，畢業之後雙雙來到帝國。你第一次拿槍，就是我教你的。我們還共同養過一隻兔子……」邵瑜熱切展示自己的終端，照片裡巫瑾正抱著一隻黑色的垂耳兔，傻乎乎笑著。邵瑜安撫：「不記得也沒有任何關係。今天對於我就像是初戀。」

巫瑾安靜看向兔子。

邵瑜微笑，「喜歡？」

願望清單上，「寵物」一欄終於被打勾。邵瑜一刻不停的說著，巫瑾或沉默，或被迫開口，永遠遲上一兩拍。

邵瑜卻不以為意。他甚至很是饜足，巫瑾自設計之初就該疏離高貴，和雜種混在一起的時候反而像是個同樣是雜種的傻子。少年此時越是冷漠，就越是矜貴迷人，饒是知道這是記憶藥物的副作用，卻依然能讓邵瑜激動得心尖顫抖。

虛擬螢幕上背景音嘈雜。

交響樂卻像是踏準了慾望深處的鼓點，邵瑜看著巫瑾淡漠的、琥珀色的瞳孔，不斷更換坐姿，腦海中飄飄灑灑都是凌亂的畫面。巫瑾赤腳踩在他的臉頰、巫瑾眼中水光瀲灩、用沾了蠟油的皮具勒住自己脖頸……

邵瑜再次展開願望清單。

記憶藥物生效之後的最初幾小時，是書寫「白紙」的最佳時機。

他站起，俯身在巫瑾手背親吻，「我想，你還忘了另一件事。」

「不過，我可以再破例教你一次。」

邵瑜背身，打開終端給星船經理：「兩個……男性，嗯，一個乖點，另一個隨意……和上次一樣……速食。十分鐘內過來。」

巫瑾直直看向邵瑜。

邵瑜：「你會喜歡的。」

星船酒吧，正在A房的兩名男士倉促趕來。頭等艙侍女抿唇替他們帶路。旁邊圍觀的小侍女們驚了個呆：「真是去頭等艙……」

「不是說那位大貴族是帶著戀人來的嗎？怎麼還能這樣！」

「噓，貴族的快樂你想都不敢想……」

艙門砰的打開。

兩位男公關看到邵瑜，立刻躬身行禮，其中一人目光掃到巫瑾，先是一愣，然後迅速移開目光。他見過的陣勢並不算少，只是沒想到這位大人，有這種極品美人在側還喜歡玩兒……

邵瑜厭惡看向兩人，「都說說看。」

兩人依次開口：「入行三年，M，能乖，聽話，體檢證書隨身帶了。」

「五年，看您需要……」

邵瑜：「跪下。」

邵瑜氣勢太盛，兩人齊齊一抖，對著邵瑜刷刷跪下。

邵瑜冷冷開口，指著巫瑾，「對他跪下，他才是你們要認的主。」

在巫瑾試圖攥緊左手的間隙，兩人跪次秒變，邵瑜嫺熟從房中取出一應工具，把散鞭哄勸似的塞到巫瑾手中，「試試，這個不出事。」

巫瑾腳下，兩位小M呼吸急促，似乎第一次接這種奇葩單子，想想少年冷漠瑰麗的容顏又覺得格外帶感。

邵瑜怒斥：「誰讓你們抬頭的！」

兩人慌忙低頭，「……」

巫瑾胃中瘋狂翻騰，簡直就像是吃了一整隻凱撒。少年神色不悅，堅決不願接過鞭子。邵瑜的力氣卻比他要大上不知多少，握住巫瑾的右手手腕刷刷幾下，兩位小M臉色快樂而通紅。

邵瑜：「換皮鞭。」

修長的亮黑色皮鞭拿出，場內除巫瑾外三人同時呼吸急促。邵瑜把鞭子遞給巫瑾，癡迷看著此時的少年。水晶燈下的少年眸色冷淡如剔透琉璃，略顯蒼白的臉頰與皮具比對，臉上沒有半分慾望，如同灼灼烈火中澆下的一盆冰水。

克制、禁慾，驚心動魄。

邵瑜伸手，就要癡癡握住巫瑾藏有追蹤晶片的左腕。

巫瑾猛然放棄反抗，垂下左手，抬起握著皮鞭的右手。

腳下兩位雇傭人員齊齊面色潮紅，期待看向鞭尖。

邵瑜喉嚨微動，猛然沙啞開口：「都出去。」

兩位男公關傻眼，不情不願：「先生，我們服務鐘點還沒結束……」

邵瑜陰沉，氣場如黑雲迸發：「滾。」

兩人一愣，求生本能下迅速抓起外套，慌不迭往外跑，頭等艙房門轟隆關閉。

邵瑜直直站起，看向巫瑾手中的皮鞭，面色因為急切慾望而通紅穠豔。

腳下，手銬、散鞭、紅繩撒了一地。

邵瑜走到巫瑾身前，瞳孔通紅而威懾，眼神聚焦於巫瑾帶著冷冰冰的脅迫。

巫瑾抿唇，小圓臉一片煞白。

邵瑜聲音如毒蛇吐信：「乖。」

然後緩緩在巫瑾腳邊跪下，匍匐沉淪。

一小時後。

巫瑾推門進入洗手間，胃中一片翻湧，在洗臉池旁乾嘔。

邵瑜挨了一小時鞭子，神情因為痛覺蔓延而饜足。他嫻熟噴上沒用完的半瓶治癒藥劑，等巫瑾出來時，表情溫存而安寧。

「你只是忘了。」邵瑜誘哄：「總有一天，你也會喜歡上的。」

「你是坦達羅斯、赫爾墨斯和繆斯。最完美的造物，就是折磨、獻祭和藝術。」

遠航星船駛過帝國首都星外的碎石帶，同樣蔚藍的星球終於出現在窗外。

旅客依次從星船走出，進入帝國港岸海關。進入大氣層後，似乎所有無線終端都在一瞬恢復信號。

巫瑾手腕空空如也。

邵瑜：「你的終端弄丟了，不過，我們可以再買一個。」

頭等艙的接駁口打開。

邵瑜厭惡：「賤民也能和貴族同時入境？」

巫瑾看向窗外。

海關入口，機器人正用探頭嚴密測探入境者全身上下，連頭髮絲都不放過。旅客在過海關前紛紛摘下終端，甚至包括金屬飾物。

巫瑾微微低頭，右手按住藏有追蹤晶片的左腕。

邵瑜欣然開口：「走了，回家。」

身後，巫瑾在座椅上微微俯身。似乎是要撿起落地的、原本蓋在他身上的絨毯。光影下的少年靜謐美好。

邵瑜上前，扶起巫瑾，像禮儀完美的紳士。

兩人走出頭等艙接駁口。

入境機器人恭敬揮了揮手上的探頭。

邵瑜譏諷：「賤民用過的？」

機器人趕緊回答：「侯爵閣下，是新啟封的。」

邵瑜皺眉走上前。

探頭在接近金屬紐扣時叫了兩聲，最終順利放行邵瑜。

接著是巫瑾。

機器人小心翼翼檢測這位貴族的同行者，探測器安靜無聲。

探頭接近巫瑾左腕，紅光驟亮，警報聲「滴滴」響起！

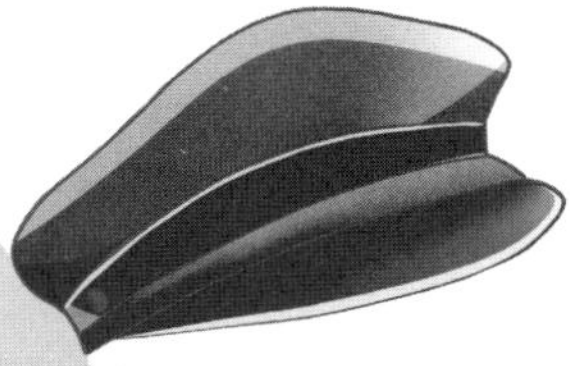

【第十章】——你可是要C位出道的小巫

浮空城監控室，警報昂然長鳴——

宋研究員猛然站起，「捕捉到小巫的追蹤信號了！帝國首都阿爾剋星港，波動頻次確認無誤。去查查剛才有哪班星船接駁……」

浮空高塔從長久的壓抑中醒來。

腳步聲匆匆忙亂，毛冬青迅速調動總控，衛時目光死死看向螢幕中的信號波動。

相隔幾萬星里之外的脈搏搏動緩慢輕微。

宋研究員眼皮一跳，他能想像出來，暴露在帝國寒冬的濕冷空氣中結痂的手腕。

毛冬青低聲開口：「星船十分鐘後出發，從這裡到帝都星最快五個小時……」

衛時打斷：「四個小時。」

軍用接駁口在緊急模式下開啟，宋研究員跟在兩人身後飛奔，只聽到衛時強硬開口：「換新能源，能量遮罩全開，關預警巡航，從高危巨碎石帶直穿。」

能源裝載完畢。

宋研究員呼吸急促，手指在虛擬鍵盤敲擊，智腦迅速擬合數據給出測算。

「……四小時零五分鐘，最快。」宋研究員瞠目結舌。

艙門轟然關閉，小型戰艦星船直衝天際，幾萬星里之外，幾乎在同一時刻——

帝國，首都星。

安檢機器人和邵瑜齊齊將目光對準巫瑾，探頭依然在滴滴作響。

巫瑾沉默不語，全身上下沒有一粒金屬紐扣。他左手插在口袋，表情冷淡不配合。

邵瑜目光如電，緊緊鎖在巫瑾手腕。

他能看到口袋裡鼓出的一角。

「拿出來，」邵瑜微笑，「讓我看看寶貝你到底藏了什麼玩具。」

巫瑾緩慢抬了抬眼皮，不悅抿住嘴。

少年掀起口袋一角，銀光一閃而過。邵瑜卻陡然挺直脊背，眼中劃過興奮的光芒，三步並作兩步上前，將巫瑾從星船偷走的金屬手銬大力扯出！

「給我。」巫瑾一字一頓，下巴揚起，「還給我。」

邵瑜呼吸一滯。他愛極了巫瑾這副高傲的樣子，舌尖不自覺舔舐唇角，望向手銬，「原來你喜歡這個。」

巫瑾瞪眼看著他，明明臉色蒼白，卻像隻張牙舞爪的護食小豹子。

邵瑜冰涼的指尖摩挲著手銬，甚至激動得微微發顫。他最完美的訂製，果然和他有一樣純粹的慾望。手銬被邵瑜侯爵恭恭敬敬還給巫瑾，沙啞不自然的聲調深處，喉嚨咯咯作響：「遵命，我的小主人。」

巫瑾一聲不吭，漠然把手銬塞回左邊口袋，機器人繼續恪盡職守安檢。

少頃，綠燈亮起，兩人被順利放行。

懸浮豪車早早等在了星港附近，戴白手套的侍者殷勤為兩人開門。車體升空，腳下萬千繁華作浮影掠過。

帝國風貌，優雅迷人。

和金屬叢林式的聯邦大都市不同，帝國高調仿製了曾經盛行一時的巴洛克式建築。大理石磚鋪地，燈光搖曳在微濕的地面，映出千變萬化的影。

邵瑜打開車窗，巫瑾脊背更冷，後頸因寒風而瑟縮。

「你會喜歡我的莊園、我的馬廄，」邵瑜溫柔道：「還有我特意為你訂製的南瓜馬車。在你之前，想爬上馬車的人，被我打斷了腿。」

巫瑾眉心微微一跳，表情在寒風中僵硬。

懸浮車載著兩人一路飛馳到市郊，最終停在一處小型莊園門外。凜冽寒風之中，站了一位翹首期待的貴婦人。

莊園門外，有人好奇看向這裡，婦人顯然等待已久。她有著和邵瑜略微相似的面貌，穿著大衣上並未點綴皮草，眼位有幾道淺淺的皺紋。這位婦人保養得極好，卻像是刻意忽略了這幾道紋路，讓她時時嚴肅的臉上多了幾分融入歲月的慈祥。

「阿瑜！」貴婦人輕聲呼喚。

邵瑜嗤笑，開車的傭人卻嚇了一跳：「夫人，您怎麼出來了。」

這位是帝都大名鼎鼎的女公爵，上議院議長，曾經的高等法院榮譽法官。也是邵瑜的生母。

「這位就是小瑾，對吧。」女公爵露出溫和的微笑，輕輕招手，立刻有侍女上前把大衣披在巫瑾身上。

邵瑜猛地看向侍女，神色危險厭惡。

侍女嚇得連忙後退。

「我聽阿瑜說過你，」女公爵揮手讓邵瑜冷靜，走到巫瑾面前，慈愛端詳：「我不是古板的家長，不用害怕。實際上，我並不反對你們在一起，我甚至希望阿瑜能和你結成伴侶。」女公爵感慨：「阿瑜早年和他父親在聯邦生活，有一段並不快樂的經歷。我沒有保護好他，只希望他以後能順心遂意。你也是聯邦籍貫，這樣很好。這樣阿瑜想起聯邦，也不只有仇恨。」

「走吧。」女公爵看了眼邵瑜，巫瑾看不清她的表情。

旋即她牽起巫瑾的手，掌心和邵瑜一樣冰涼，「不要把我當做公爵，我只是一個見到你時，同樣會緊張的母親。畢竟我的兒子喜歡你。」

巫瑾沉默看向公爵夫人。

這位貴婦人真誠，慈祥。莊園外的匆匆路人也面色尊敬，花園裡的僕從同樣在她走過時面露感激。

她溫柔，體貼。和邵瑜除了容貌沒有半分相似。

進入城堡似的別墅時，她立刻催促邵瑜去給巫瑾收拾房間。女公爵在家中有著不容忽視的權威。她帶著巫瑾走入側室，然後微微抿唇。

巫瑾一言不發。

許久，她像是權衡了無數次，終於盯著巫瑾的瞳孔開口：「小瑾，如果你有任何不方便在他面前透露的，可以私下和我說。」

巫瑾微微一頓。

女公爵像是在艱難下定決心，將椅子靠近，眼中溫柔悲憫：「阿瑜性格孤僻，在這之前從沒帶你回過家。我們都不相信他憑空就有了一個戀人。如果你不是自願跟他回來的，可以告訴我。我現在就把你送走。」

傍晚的莊園安靜無聲，邵瑜還在莊園另一側別院，懸浮車就停在門口。公爵夫人誠懇、溫柔，許諾像是最美的誘惑。牆上懸掛著她年輕時的相片：身著公平正義的法官長袍，戴白色假髮，手捧憲章，堅定、毫不徇私，一往無前。

從浮空城到帝都不到六個小時，只要他能得到女公爵許諾，拿到門口那輛懸浮車……

女公爵直直看向巫瑾的瞳孔。

巫瑾開口，遲緩而安靜：「我不記得了。」

女公爵嘆息，欲言又止送巫瑾出門。

侍女殷勤領著巫瑾去休憩：「請您暫且稍等。」

巫瑾點頭，關門，緩慢坐到沙發上，呼吸突然冰涼而急促。

她自始至終在看自己的瞳孔。

瞳孔受副交感神經支配，是主觀意識最無法控制的體徵之一。女公爵的視線從來沒有停留於其他地方，與自己在星船醒來時，邵瑜的表現如出一轍。

所有僕從被呵斥，女公爵緩慢開口：「沒有任何問題。」

樓下。

邵瑜知悉，掉頭就走。

女公爵再次強調：「人我協助你帶回來了。記得你答應我的，明年三月去競選改造人工會會長，確保票倉在我這裡……」

邵瑜步伐不停。

女公爵厲聲呵斥：「邵瑜！」

邵瑜冷笑。

女公爵脫口而出：「你像什麼樣子？」她深吸一口氣，突然又詭異恢復一個母親的慈祥：「這四年，你用了多少精神安撫劑？現在你的劍鞘回來了，答應我，停藥吧。醫生說過，藥物濫用影響整個激素系統，甚至你的性格……」

邵瑜回頭，直勾勾看著她，「當年是誰給我加的藥量？妳謊稱會給我提供最好的醫療條件，我允諾同妳作秀。然後？最好的醫療條件就是濫用安撫劑？四支精神安撫劑，可是妳親手給我打進來的。現在又後悔了？公爵的兒子怎麼可能是一個瘋子？」

女公爵一時語塞。

邵瑜闊步向巫瑾的房間走去，一路走廊牆上懸掛著公爵幾位子女的肖像。

肖像中，六年前的邵瑜眉目擰起，威嚴肅穆，眼中像有無邊荒漠，他是荒漠中的鷹。

肖像外，六年後的邵瑜哈哈大笑，表情扭曲，腳步暢快。

此時的他猶如初戀赴約的少年。他將踏著劍鞘，重歸王座。

幾分鐘後，巫瑾被迫跟在邵瑜身後。兩人穿過繁複的走廊，最終停在一處地下室前。

邵瑜優雅替巫瑾開門，俯身附在巫瑾耳畔：「你以前說過，要送給我一個禮物。」

兩臺精神治療艙放置地下室正中，幾位醫師快速上前，把巫瑾按到椅子上。

巫瑾一頓，迸發出全身力氣拚命掙扎，卻因為脫力太久被狠狠塞進治療艙內，脊背劇烈撞擊到金屬艙體，麻醉氣體讓他陡然失聲。

「乖一點，」邵瑜聲音虛無而虔誠：「你我都是最完美的造物。」

「你是我的所有願望啊。小瑾，我那麼珍惜你。」

「我創造你，你為我獻祭，本該如此。」

「乖，替我打開情緒鎖。等你出來，我們就會遵從宿命的指示在一起。」

艙體沉沉合上，巫瑾仍在用最後力氣掙扎——邵瑜看著被囚禁在內的巫瑾，就像看到封存珍寶的棺槨。

邵瑜下令：「給他注射MHCC。」

他轉身踏入另一臺治療艙，似乎又不大捨得，側身看向巫瑾。

醫師小心翼翼問詢：「大……大人，您看現在開始嗎？」

邵瑜愉悅打了個響指，「嗯。放點交響樂吧。」

這將是他和巫瑾的第一次重要約會。

音樂爛漫如流水，A大調四分之二拍輕盈柔和，邵瑜哼著小調閉眼，兩臺儀器同時連接。

樂曲推入第二樂章。治療艙內，意識世界深處，巫瑾、邵瑜同時睜眼。

R碼基地漫天飛雪，教官們緩慢走來，他們手上纏繞著鎖鏈，眼白渾濁，像是串成一串的行屍走肉。

「我殺的。」邵瑜突然在身後出現：「因為他們解不了鎖。」

邵瑜向巫瑾伸手。交響樂滲入意識世界之中，雪花隨著樂聲飄揚。

邵瑜卸下手上的情緒鎖手環，不容分說就要給巫瑾戴上。

巫瑾猛然出手。少年眼中迸發出超越一切的求生欲，骨骼、肌肉在意識深處協調到極致，拳尖一往無前刺向邵瑜的頸動脈。

邵瑜嘆息，輕而易舉制住巫瑾。

意識內場景再變。

R碼基地的操場外，有不少改造人零零散散出現。他們自兩人身邊走過，卻似乎完全看不見兩人，他們不過是邵瑜的記憶。

巫瑾在邵瑜的挾制下急促喘息，他看到了走過的毛冬青，走過的魏衍，還有……

「衛時……」視線中黑影瀰漫，由於過於虛弱，似乎下一秒意識就要歸於沉寂，巫瑾拚命撕扯邵瑜的手腕，他用盡一切力氣大喊：「衛時！衛時！」

邵瑜終於收斂表情，「你還是記得他。不過，他可不記得你。」

情緒鎖開啟。第三樂章猶如波瀾壯闊的悲吟。

雪片紛紛揚揚而下，邵瑜的記憶裡，十七歲的衛時對巫瑾的呼救毫無所覺，背身離去。

邵瑜大笑。

巫瑾狠狠盯著邵瑜，像是滿身傷痕無法復仇的獸。順著情緒鎖手環，劇烈疼痛襲來——

雪片猛然迸散，疼痛被阻斷。

劇烈的強光從現實透入意識深處，耳邊是巨大的碰撞聲響、槍聲、交響樂，硫磺與彈藥氣息竄入鼻翼。

偏僻的莊園燃起熊熊大火，四個小時，衛時衝下星船一路殺入。地下室內的醫師驚恐尖叫，被迫帶路的女公爵愴惶求饒。

浮空城十二隊親衛隊將整座莊園對外截斷。有人在大喊：「衛哥別衝動！」

衛時用蠻力打開治療艙。

巫瑾蜷縮在內，昏迷不醒。

意識深處。R碼基地，十七歲的衛時消失在視野之外。

幾乎同一時間，二十七歲的衛時於狂風暴雪之間出現，男人一把抱住巫瑾。

邵瑜的意識塌陷。天崩地裂，數不清的磚瓦、碎石砸下。

衛時用脊背把巫瑾護得嚴嚴實實，手臂抑制不住發抖。

巫瑾用盡全身力氣回抱。

船艙一片靜謐。

吊瓶內的營養劑滴答、滴答順著膠管滴落，巫瑾闔眼躺在床上，睡得並不安穩。

門外，心理醫師周楠正在與護士溝通。

「巫先生睡了兩小時，中間醒來三次，血壓有點低，不怎麼說話……」

周楠點頭，用紙杯接了一杯熱水。

水溫偏燙，周楠同樣打過真槍的手一摸就知道溫度。在等待熱水冷卻的間隙，他低頭看向終端。距離剛才的那場救援，僅僅只過去六個小時。

虛擬終端螢幕上，毛冬青正在與突擊隊員做戰術複盤。十三個小時前，巫瑾被劫持。十二個小時前，全城戒嚴，追蹤晶片信號下達所有浮空城暗線，近七百臺高敏信號偵查儀器，在星域各處同時啟動。七小時前，追蹤信號準確定位。

六小時前，浮空城兩艘星船悄無聲息降落在某私人星港。和任意一次演習效率相同，親衛隊以雷霆萬鈞之勢圍剿了整個公爵莊園。

衛時用毯子裹住陷入昏迷的巫瑾，向外面衝的時候整個人都在抖，直到醫師再三確認病人體徵正常，衛時這才恢復正常。

衛時一直守到巫瑾醒來。

期間周楠去看了幾次，手術室的無影燈蒼白打下，衛時始終按住巫瑾剛取出晶片的左腕，坐在那裡像無聲的雕塑。

等巫瑾再度睡著，他才離開。直到現在。

熱氣氤氳，水溫適宜。

周楠輕輕推開門，毫不意外巫瑾警惕轉醒。

「喝點水。」周楠安撫，給他遞去兩片小藥片，「助眠。」

巫瑾緩緩坐起，還插著針管的右手蒼白，指甲也不見血色。紙杯冒著暖和的熱氣，這位心理醫師溫柔將紙杯遞到巫瑾面前，溫度傳遞。人類總是眷念溫度和水源。

這是周楠讓病人卸下戒備的小竅門之一，巫瑾用左手接過紙杯，肩膀終於微微放鬆。

周楠看向巫瑾，內心卻並不樂觀。

少年安安靜靜坐著，視線卻也安靜空洞，看向窗外時沒有焦距。

「我們在回程路上。」周楠有技巧地調動他的情緒：「還有四個小時抵達浮空城，明天晚上就是秋日祭典。你要做的，就是睡滿八個小時。」

巫瑾停頓了幾秒，終於點頭，問詢：「衛哥……」

周楠打開終端螢幕。

隔壁房間，衛時正在與女公爵視訊。

仍在莊園內的女公爵似乎在爭辯什麼，表情歇斯底里，衛時冷冰冰吐出幾個字。

女公爵冷汗直冒，脫力從座椅上滑落。

「不同的人適合不同的結局。」周楠像是在敘述一段故事：「她也是R碼基地的始作俑者之一。聯邦的改造人技術落後帝國幾十年，她的前夫是聯邦高官。通過這位女公爵，大量高危實驗方案從帝國流入聯邦，間接促成R碼改造基地立項。」

「聯邦需要技術，帝國需要免費的實驗場。這些方案中，不少實驗體存活率不足百分之三十。死去的改造人身上，大多有情緒鎖和遙控爆炸晶片。」

巫瑾抬頭。

終端螢幕內，衛時結束視訊，快步推門而出，正匆匆向巫瑾的房間走來。

周楠收起終端：「用於控制改造人的晶片上，刻下的花體字母，正是她和她前夫的姓名縮寫。據說流水線上的第一張控制晶片，就是那位聯邦高官向她求婚的信物。不過剛才，」周楠微笑：「衛哥親自操刀，把控制晶片植入到了這位女公爵的神經中樞。」

巫瑾睜大了眼，瞳孔外眼白略顯灰黑。

周楠想了想，小巫外傾性E，往往對他人懷有同情。又安撫小白兔似的解釋：「復仇是一個過程。並不是為了折磨、以牙還牙，而是浮空城內有太多改造人。只有控制她，才能滲透帝國的科研院。」

「改造人太需要這些生物技術。還有，他們也在等一個公道。有的人終此一生都沒有等到，只能由還活著的那些人，替他們繼續等。女公爵是一個契機。」

周楠仔細觀察巫瑾的表情，揣測他的看法。

巫瑾緩慢開口：「晶片植入了，還欠她一個情緒鎖。」

周楠訝然，許久哈哈大笑：「是個好想法。」

房門吱呀而開。

衛時疾步走入，周楠笑咪咪打了個招呼，關門而出。

接著周楠笑容陡然消失。

「小巫狀態不大對，」他打開通訊，對守在浮空城的宋研究員說道：「血樣檢測結果出來了嗎？小巫那個狀態，我只在之前被R碼抹了記憶的改造人身上看到過……」

宋研究員一頓：「血樣初步檢測正常，就是要疲憊不少。小巫應該被注射了相當劑量的MHCC，但他本身體質就有抗藥性，應該問題不大。藥物測試裡還有一個雜點，小巫自己說是N型記憶藥劑。我們還在篩查。」

周楠：「他對這個也有抵抗？不會有後遺症吧？」

宋研究員嘆息：「劍鞘啊，你以為呢。」

周楠也給自己倒了杯水：「小巫狀態不好，要不一會兒我把衛哥喊出來得了……」

宋研究員敲了敲病床旁的監控螢幕，示意周楠自己去看。

衛時坐在巫瑾床邊，脊背挺直，右手覆在巫瑾插了點滴針頭的手背上，低聲在說什麼。

巫瑾把自己捲在被子裡，往衛時方向挪了挪。

幾秒鐘後又挪了挪。

「……」周楠終於放心：「還是讓衛哥待著吧，就在裡面，哪兒也不去。」

星船船艙，病床位。

衛時替巫瑾把點滴焐熱，再次上調了房間溫度，少年手背冰冰涼涼，兩天前還軟乎乎的，現在卻露出浮起的藍色血管。

助眠藥效逐漸上湧。

巫瑾迷迷糊糊反握住衛時的手，被男人覆上按住，男人的視線自始至終定定看向他。

「邵瑜的情緒鎖失控了，」衛時言簡意賅：「其他等你狀態好了再說。睡會兒。我不走。」

巫瑾讓出半邊被子，乖乖的，一言不發。

衛時關閉病房監控，躺倒巫瑾身側，堅實的手臂穿過巫瑾，把人牢牢攬到懷裡，問道：「暖和點沒？」

巫瑾點頭。

小捲毛在布滿鬍碴的下巴上掃過，衛時同樣一天一夜沒合眼，他把人往懷裡按了按，幾乎是抱實了，瞳孔深處的焦躁才終於緩解。

視線順著巫瑾透明似的臉頰、耳垂掃過，每看一眼，就像在心尖尖上劃拉一刀。

巫瑾慢慢呼氣，陷入淺眠，幾分鐘後突然痙攣似的抖動。

衛時抱得更緊，「放鬆，沒事。」

巫瑾從夢魘醒來，沒睜眼，輕聲開口：「下雪了。」

衛時：「我在。」

巫瑾：「我怕我消失了。」

衛時低頭，在少年頸側落下密密麻麻淺吻，不帶任何慾望安撫：「不會，我能找到你。」

巫瑾抬頭，緩慢問道：「你……是不是哭了？」

衛時一頓：「什麼？」

巫瑾：「你帶我出去的時候。」

那時候意識深處R碼基地風雪交加。意識之外，衛時抱著他在莊園的熊熊烈火中狂奔。他撐起半個眼皮，能看到男人眼眶裡駭人密布的血絲，痛苦扭曲的面容和眼底泛起的水光，嘴唇動來動去就那麼三個字：「對不起。」

衛時沉默。

病床另一側，男人拒不承認。

巫瑾咧了下嘴角，默契地不再詢問。

與此同時無數記憶翻覆而起——被強制注射的記憶藥劑生生掘出了支離破碎的記憶，年幼的自己在R碼基地的基因復刻室內，呆呆順著門縫往外看。

巫瑾壓下回憶。

他伸手同樣抱住大佬，像是滿足一個十九年的心願，一字一頓開口：「衛時。」

——有些事你一定不知道。感謝我還能再遇到你。

四小時後。

星船於浮空城降落，巫瑾睡得昏昏沉沉被大佬一把撈起，強烈抗議被「抱下星船」之後獲得輪椅一臺。

然而衛時僅僅推了五分鐘不到，就再次把鬆鬆軟軟的巫瑾抱起。

巫瑾：「……」

衛時：「上車。」

浮空城的戒嚴終於在此時結束，邵瑜也被押送到浮空城內。

懸浮車中，巫瑾腦袋一點一點，依然昏昏欲睡，偶爾抬頭一眼，確認衛時還在。

就這麼一直半夢半醒到傍晚，衛時再三和醫師溝通之後，把人撬起來說話。

「別睡太久，」衛時給巫瑾剝了幾個橘子，補充維生素，「第六輪淘汰賽抽籤結果出來了，主題場景是遊樂園。」

巫瑾：「欸欸——」

衛時：「到時候拎你玩一圈。」

巫瑾：「哇哇——」

衛時：「給你新配了個終端，帶兔子耳朵的。」

巫瑾：「……」

衛時：「不喜歡再換。」

銀白酷炫的終端遞到巫瑾手中，背面有兩個幾乎可以忽略不計的微雕裝飾兔耳。巫瑾打著哈欠，勉強撐起意識回覆了隊長的消息，約莫是腦袋不大轉，凱撒傳給他的字母縮寫怎麼都猜不出來。

給自己發訊最多的竟然是明堯：小巫你人呢人呢？哎臥槽我回家過個年要被叨叨死了，我哥非要給我加零花錢，家裡還要搞我相親，你相親了沒啊？哎哎你人呢……

巫瑾竟然看睡著了。

他吃完橘子，蹭蹭椅背，再次打起不出聲的小呼嚕。

衛時把人重新抱到床上，蓋上被子。

入夜。

衛時從實驗室走出，留在其中的宋研究員和阿俊各持己見。

阿俊怒氣衝衝：「殺了殺了！一子彈崩了他。打他丫的敢碰小巫……」

宋研究員提議：「邵瑜是最好的研究對象，浮空城相關資料稀缺，如果能用他試……」

有人敲門而入。

紅毛探個腦袋，「衛哥讓我來拿小巫的血樣監測報告！還有上次我那本笑話書在哪兒呢？是不是丟這裡了？我哥讓我去給小巫講……」

阿俊哀嚎：「誰他媽能聽懂你的笑話？你這是要把小巫跟你拉到一個智商水平線啊。」

檢測儀器亮了亮，顯示還有兩分鐘出結果。

兩分鐘一到，阿俊邊啃蘋果，邊抽出報告紙——

啪嗒一聲，蘋果失手滾落在地。

阿俊嘴唇發抖：「衛、衛哥，快去找衛哥！」

浮空高塔下，衛時剛剛打開宅邸大門。

他脫下外套，走進臥室前等暖氣將周身寒意驅散，低頭看了眼終端。

巫瑾已經一連睡了十四個小時。

臥室內僅亮著一盞橘色的燈，光芒溫柔舔舐巫瑾的側臉，小捲毛被鍍了一層柔和的描邊。

巫瑾呼吸輕淺勻稱，乖乖睡在大床的邊緣。

衛時走近，布滿槍繭的手指在軟乎乎的小圓臉上摩挲，「先起床，喝碗粥再睡。」

巫瑾睡夢香甜，絲毫不覺。

衛時在睡美練習生微微開啟的唇上懲罰性淺吻。巫瑾撲騰兩下掙扎，慢吞吞睜眼，他呆呆看了衛時幾秒，才像是終於反應過來：「什麼粥，有沒有餅……」

衛時：「坐著，等我端過來。」

巫瑾終於坐起，哈欠連天。等衛時再次回到臥室，巫瑾卻又是把自己扔到了被子裡。

「起來，先吃。」衛時再把人撈出來，巫瑾卻閉著眼，毫無反應。

衛時一頓。昏暗燈光中，男人迅速按住巫瑾脈搏。搏動輕微遲滯，他再扒開巫瑾眼皮，少年的瞳孔外一圈眼白不正常泛灰。

正在此時，終端振動響起。

宋研究員表情凝重，「衛哥，小巫的血樣檢測……結果有問題。現在能把他叫醒嗎？」

衛時神色陡變。

十分鐘後，衛時抱著昏睡不醒的巫瑾疾奔進入高塔病房，六位值勤醫師匆匆趕來，隨後是剛開懸浮車抵達的周楠。所有血液灌流器同時啟動備用。

「衛哥，」周楠直接接過巫瑾，迅速準備好膠帶、軟管、止血鉗，「交給我，馬上準備血液透析。」

衛時眼底布滿通紅血絲，除了周楠沒有一個人敢同他說話。

周楠嘆息。

走廊上，宋研究員手中握著化驗單，掌心因為緊張汗濕。

「剛才，檢測儀器對資料預警了。我們給小巫抽取化驗了兩次，相隔四小時。比對樣本，血氨上升，血氧下降非常快。初步推測是過量鎮定劑中毒。」

「過去二十四小時內，小巫被注射了兩種針劑。N型記憶藥劑，和大量MHCC。小巫對兩種藥劑都存在抗藥性，但……」宋研究員深吸一口氣，「藥劑成分很可能有衝突。」

病房內，透析儀器滴滴尖促鳴叫，功率開到最大。

衛時猛然把視線從巫瑾身上移開，啞聲開口：「才發現？」

宋研究員解釋：「浮空城沒有N型記憶藥劑的成分列表，而且目前還不知道是什麼中毒，所以沒有預先……」

衛時直切重點：「除了成分列表，還要什麼？」

宋研究員定定看向衛時眼底，「邵瑜注射的具體藥品劑量與時間。」

走廊腳步迅速響起，毛冬青跟在衛時身後離開。浮空高塔底層很快傳來邵瑜的慘叫。

那廂，視訊中的女公爵竭力爭執，最終仍在晶片脅迫下向衛時交出藥劑配方。

研究組收到配方。

虛擬智腦以最大計算速度分析，宋研究員的額頭不斷冒汗，周楠那裡已經在第四次催促資料，透析結果並不理想。

衛時雷厲風行踏入地牢。

毛冬青表情凝重：「邵瑜情緒鎖崩潰，不能為審訊提供任何有價值的線索……」

衛時漠然打斷：「調用他的虹膜、指紋和基因特序列。把去帝都的那艘星船上，還有公爵莊園，所有監控許可權解鎖。」

阿俊猛然跳起，「對，我怎麼沒想到……」

一刻鐘後，阿俊在終端頻道急速叫喚：「監控出來了！注射N型記憶藥劑是在標準時區凌晨三點三十五分，第二支MHCC在十四點……」

宋研究員看向擬合數據，終於露出喜色，「快，給周醫師送過去。衝突成分是腎上腺素β受體阻滯劑，會截斷被注射者的情緒、記憶認知……」

病床上。

透析了近四十分鐘罕有起色的巫瑾終於被注入反阻滯藥。

衛時擰眉看粗大的針管對巫瑾脊背打入。

周楠長舒一口氣。

血氧指標終於緩慢上升。

監控表由紅轉橙，有人冒著虛汗看向巫瑾的病床。盤桓在病房內，無形的死神終於離開。

兩位執勤醫師在病房留下看護，周楠向衛時點頭，出門同宋研究員說話。這會兒兩人脊背都一片汗濕。

臨出門前，周楠看到衛時坐在金屬椅上，緩緩低頭俯身，前額與少年冰冷的手背觸碰。就像教堂裡的罪人在告解。

病床上巫瑾安靜沉睡。衛時按住他的脈搏，呼吸和少年融為一體。

房門輕輕闔上。

燈光照得走廊一片慘白。病房外，周楠皺眉，「衛哥快三十六小時沒休息了。」

宋研究員默默走到露臺，點起一根菸，「小巫也是。」

周楠一愣。

宋研究員抽完菸，把所有資料、病例留檔，帶周楠去讀腦電波圖，「你是醫科出身，你們看這個，首先就是要濾除雜訊，然後讀β波、腦內嗎啡，睡眠波。我不一樣。我專攻的生物科學，當年進入R碼基地研究員，第一堂課就是腦電波對藥劑的應激反應。」

宋研究員指出兩個峰值，「小巫對N型記憶藥劑有抗藥性。不過抗藥性這種東西，發生抵抗的是全身免疫系統，而不是意識。意識本身，比作為載體的神經中樞更脆弱。小巫一直沒睡著，他只是被夢魘招進去了。之前沒發現，一部分原因也是小巫沒和衛哥說。」

周楠：「他在做什麼夢？」

宋研究員：「還能是什麼夢，R碼基地的事情唄。那一管針劑，把他失去的記憶應該都帶回來了。做這種夢，醒來也比睡著要好。」

實驗室的窗扇微開，夜風圍繞兩人身旁。

兩人懶散靠在窗戶旁，周楠搶了宋研究員一根菸，菸圈徐徐吐出，「不回去睡？」

宋研究員搖頭，「不睡了，通個宵。明天不是秋日祭嗎。」

周楠點頭，斜眼看他，「當年你怎麼想到去R碼應聘的？」

宋研究員攤手，「我又沒去基地。我是技術人員，不隸屬R碼，而是掛靠聯邦科研院所工作。當年剛畢業，發了幾篇論文風頭正盛，R碼給我開的年薪最高。去了就是去了。」

周楠：「喲，怎麼著又金盆洗手了？」

宋研究員感慨：「衛哥黑了整個科研大樓，從窗戶撞進來，碎玻璃落了一地。我還想是哪裡來的帥比，下一秒他直接拿著刀子逼著我來浮空城，我敢不來嗎我！」

「跟他來了之後，我才知道上面發給我的研究專案，什麼『模擬擬合基因改造計畫』，根本不是用在死刑犯身上的。再後來，我經手治療的改造人多了，也就不想回去了。跟著衛哥在城裡待了六年。」

「現在家裡老頭子也接來同住了，七老八十的，天天戴個超人面具在外面買菜，也不嫌躁得慌。除了浮空城欠我一個女朋友，其他我倒是沒什麼遺憾。」

宋研究員撣掉菸灰，「在聯邦那幾年，我經手的項目都是沾了人命的。我啊，搞研究害人，再搞研究贖罪。」

周楠踢踹了他一腳，「去你的吧。天天格子襯衫白袍的，就算要分配女朋友也是先給我分配，哪裡輪得上你？」

窗外，旭日在薄霧中緩緩升起。

秋日祭當天，浮空城甦醒得比往日更早。

大批大批的旅客從星港吞吐，火烈鳥又進口了五萬隻，滿城跑來跑去，看旅遊局的意思是要長期養殖。

秋日祭集市按習俗從中午開始，大清早就已經人頭攢動。

浮空軍事基地旁兩公里，某軍械倉庫，一群施工隊員正忙活得如火如荼。看外套logo，正是「某某婚慶策劃公司」所屬員工。

該公司不具名的策劃經理透露，這是他接到過最奇葩的求婚策劃單，沒有之一。

浮空基地病房。

清新晨風從窗縫捲入。僅僅一夜之間，衛時已經能夠嫻熟讀取儀器監控面板、換點滴、找血管。按照主治醫生的話，拿過槍的手比醫療儀器還要精準。

巫瑾安安靜靜，雙目闔起蜷縮在床上。

衛時在床邊看書，偶爾有翻頁窸窣聲響。

「衛哥還不睡？」門外有人小聲問道。

「應該是在等巫先生醒來吧。」

太陽緩緩上升。

衛時打開視頻教程，嚴肅學習了如何為臥床不醒的病人全身按摩。

接著遣散醫護人員，對著病床捏了半小時兔。

午時。

秋日祭集市開啟，粉紅色氣球處處飄蕩，就連浮空基地也破例輪休放了半天假。一群年輕戰士在樓下籃球打得飛起。基地外長街遊客如雲，食物的香甜氣息順著微風傳來。

衛時在終端傳訊。

紅毛騎手迅速接單。幾分鐘後，紅毛提著兩袋手抓餅樂呵呵送入病房。

醫師正在檢查巫瑾腦電圖，表情疑惑，「一切正常，除了累了點，血樣指標沒有任何問題。就是不知道為什麼還沒醒……」

下午。

快遞員恭恭敬敬送來幾個月前訂製的工藝品，被親衛隊轉交給衛時。

衛時徒手拆了包裝盒，兩副銀藍色面具熠熠發光。整座浮空城，藍色面具就是王的象徵。

男人把其中一副面具對著巫瑾的小圓臉比了比，滿意簽收。

傍晚。

幾小時間，剩下的一袋手抓餅被熱了不知道多少次。同樣頻繁進入的還有病房醫師。

主治醫生間不斷商討，聚集在門口的人越來越多。

「睡了快三十個小時了，除了腦電波活躍，一切指標正常，這不可能……」

衛時自座椅猛然站起，威壓抑制不住散開。

正在此時，宋研究員披著白袍疾步跑來，「衛哥冷靜，指標沒事就是人沒事，喚不醒別強行把人弄醒，這個情況有點像……」

實驗室的燈光打開。

文件在迅速翻找中散落一地，宋研究員催促：「去找衛哥的上個療程，治療艙出問題那時候，留下的病歷記錄……這裡！」

宋研究員戴上眼鏡，重新翻閱了一遍自己當初寫下的假設、記錄和驗證，低聲開口：「精神抵禦。意識在突然受到創傷時，會自發產生抵禦。衛哥上個療程出事，和小巫情況類似。小巫這次的原因是被注射了過量N型記憶藥劑。讓身體進入睡眠機制是通常的抵禦反應之一，醒不來是因為……」宋研究員看向衛時，「小巫被困在了自己意識世界裡，應該是過去的記憶，在R碼基地。」

燈光陰影下，衛時瞳孔緊縮：「意識被困？和上次一樣？」

宋研究員點頭，還沒開口就被衛時打斷：「準備兩個治療艙，我把他從意識裡帶出來。」

宋研究員一愣，連忙開口：「衛哥，別！當時讓小巫去救你，只因為他是外傾性E。你外傾S，能不能進去都不一定，就算進去了，意識世界小巫也不認識你。而且小巫對危險警覺性很高，S進犯E，他不僅會躲著你，潛意識還會怕你。他不信任你就沒法把人帶出來……」

衛時站起，男人目光摻雜冷意，眼部輪廓深重的陰影讓人不敢直視。

衛時一字一頓：「我怎麼不能帶他出來？」

宋研究員：「衛哥，雖然你們匹配性最高……」

衛時表情強勢：「他的記憶在R碼基地，只能我護著他殺出去。」

治療艙準備完畢。男人抱著巫瑾，俯身把他放入艙體，蓋上毛毯。

宋研究員啞然。

把人從意識世界帶出去，必須讓巫瑾對救援者產生過命的信任。救援者的最好選擇是外傾性E。但要從R碼殺出去，沒有一個外傾性E能比衛時可靠。

宋研究員終於開口：「……衛哥，先試試吧。」

「不能勉強。別忘了，你自己也在治療中。」

兩臺治療艙同時打開，同一個月前一樣被連接在一起。只是此時清醒的是衛時，昏迷不醒的是巫瑾。

所有儀器資料檢查完畢。

窗外夜色降臨，煙花飆上天空，爛漫散作流星。整座浮空城被節日熾熱的狂歡浸染。

病床上的手抓餅溫度冰涼，兩公里外，用於求婚的銀藍色煙花同樣定時炸開。

軍械庫內，本該出現的求婚者和被求婚人卻不見蹤影。

治療艙內，衛時緩緩閉上雙眼。

冷硬的探針刺入，意識被強烈攪動。宋研究員的聲音像在千里之外：「小巫是R碼基地的『劍鞘』，你試著同步當年在基地的記憶，去R碼基因復刻室找他。」

衛時擰眉。

視野天翻地覆。

意識世界中，白雪皚皚的R碼基地出現在眼前。

他猛然想起巫瑾還清醒時說的那句「下雪了」。

雪地裡，衛時邁開步伐，以最快速度向基因復刻室奔去。然而整座R碼基地像是一座死城，不僅看不見改造人，連教官都無蹤無影。

衛時意識強大，與宋研究員連接穩定。

「小巫應該一直被關在復刻室裡，所以從來沒見過外面的景象——合情合理，畢竟未知的記憶不會補全。」

衛時終於站在基因復刻室門口，大門上的圖案像是無數隻密密麻麻的眼睛。

兩扇門間有一條細細的門縫，門口有一堆坍塌的小雪人。

衛時看向小雪人，一段幾乎被埋沒的記憶被勾起，身形驀地巨震。

他一腳踹開大門，衝入從未到訪過的基因復刻室。

門內同樣空空如也，巫瑾不在門內。

意識連接中，宋研究員也是一愣：「不在？怎麼可能不在？」

衛時從復刻室踏出，眼白遍布通紅血絲。他在凜冽寒風中把整個R碼基地都找了個遍，卻無論如何都找不到巫瑾。

他把巫瑾弄丟了。

不知過了多少個小時，整個基地天昏地暗。宋研究員終於艱澀開口：「衛哥，先出來吧。只有一種可能，你沒有同步到小巫的意識，外傾性S不可能找到……」

漫天雪花飛舞。

衛時直直站立在雪地中。

雪片在冰涼的肩膀堆積，久到宋研究員以為已經失去和衛時的意識連接。

衛時突然開口：「他有兩道記憶線。」

宋研究員：「什麼？」

衛時：「劍鞘實驗者，會通過浸入式情景再現方式經歷原主生平。去翻那個木槿花的資料、去查基因供體，那個木槿花的經歷就是巫瑾的經歷。」

宋研究員：「可是……」

衛時厲聲喝道：「去查！」

幾分鐘後，宋研究員送來新的資料：「巫槿，某某偶像團體主舞，於二〇一七年的選秀節目出道。地點在Z國S市……」

衛時於冰天雪地中閉眼。

「巫槿」的一段故事，是巫瑾在暗無天日的改造中，唯一能夠珍視的「記憶」。

他不在R碼基地，就必然在那裡。

衛時控制自己的意識世界重構。

治療艙中，冰涼的金屬針頭突然一暖，像是有什麼無形無質的熱流向自己靠近。自己也在向它靠近。

意識終於通過治療艙與巫瑾接駁。

視野再次翻覆，場景驟變。

刺眼的陽光灑下，街道擁擠成一團。十個世紀前才能看到的古董車密密麻麻排列在一起，汽車喇叭聲格外嘈雜。

衛時猛然睜眼。

旁邊有幾個小妹子嘰嘰喳喳說個不停：「五千九百八十軟妹幣，這一波狠賺了！一會兒等青鳥娛樂的小哥哥一上臺，咱們立刻舉牌尖叫哭暈。哭的時候記得對著鏡頭哭！上鏡了還能找經紀人要個紅包！」

「咱們是專業團隊，老闆花錢，我們辦事！」

「那小哥哥特別好認，人間絕色，天上地下，絕無僅有，顏值巔峰，人類瑰寶……」

衛時轉身，目光直直看向遠處一輛保姆車。

保姆車內。

經紀人陳哥愛憐拍拍自己的小搖錢樹，「小巫啊，這可是你的出道之戰！咱們節目組高層都打點好了！職業粉絲給你買了！水軍小號也註冊完了！等你把這個餅吃完，咱們就準備開工了！練習生選秀，咱們爭取當主舞，當不了主舞當副舞，當不了副舞當花瓶！」

經紀人陳哥豪情萬丈，冷不丁看到巫瑾換了個方向乖巧吃餅。

「嗯？」陳哥恍然大悟：「不錯，參加節目也知道看黃曆了！今天喜神東北、財神東南，確實應該在東邊吃餅……」

巫瑾誠懇搖頭，「沒。剛才坐在那裡，有人一直盯著我吃餅。」

陳哥聞言，立刻諄諄教誨：「小巫，你可是要C位出道的巫。怎麼C，要拿出氣勢來控場。氣勢！氣勢知道不！區區路人，他盯著你吃餅，你盯回去就是了。」

巫瑾恍然大悟。

等節目組開始叫號，巫瑾一溜煙小跑下車，果不其然看到了站在不遠處的男人，身形頎長，視線鋒銳如利刃，正死死盯在自己身上……有點酷帥。

還沒等巫瑾反應過來，男人邁開長腿，翻山越海自人群中大步穿出，侵略性有如實質。

巫瑾嚇了一跳，下意識打了個嗝，接著牢記經紀人教誨，以吃了四張餅的氣勢努力盯了回去！視線越過無數攢動人頭，遙遙相接。

人生若只如初見。

衛時攥緊的拳頭終於放鬆，光芒激蕩於眼底，對著通訊直接丟出四個字：人找到了。

浮空城研究室，宋研究員大喜過望。

然而還沒等衛時跨入警戒線內，驀地一大群妹子快步跑來，把前路堵得水洩不通：「就是這個小哥哥，青鳥娛樂練習生，五九八〇軟妹幣套餐！一、二、三預備——叫！」

選秀節目大門外爆發出震天價尖叫。

「巫瑾哥哥我愛你啊啊啊啊——」

「嗚嗚嗚出道啊走花路啊，我們永遠陪著你啊啊啊——」

巫瑾驚得蹬蹬退後兩步，鏡頭慢悠悠向這個方向掃來。遠處經紀人做出口型：粉絲安排上了！都是花了錢的！去吧皮卡巫——

巫瑾最後看了眼被堵在職業粉絲後面的男人，深吸一口氣，向選秀節目組大門走去。

門外。

一群職業粉絲嚎完，衛時才擠出人群。二十一世紀的每平方公尺人口密度遠遠超出三十一世紀。此時節目組大門敞開，衛時強硬擠入。

兩三位保全連忙追上，「幹什麼的？登記了沒？」

衛時毫不理會，剛從R碼基地出來一身煞氣。保全大驚失色嚷嚷就要喊人，前腳進門的巫瑾聽到聲響微微回頭。

通訊連接另一端，才鬆了口氣的宋研究員差點把茶水噴出，「衛哥，別！小巫那裡有抗拒性意識波動，你做了什麼？啥？哎衛哥不是我說，你得遵紀守法。小巫外傾性E，乖得不行，你在他意識世界悠著點。別跟大灰狼逮兔子似的，把『壞蛋』兩個字寫臉上就沒戲了。遵紀守法！遵紀守法！」

兩分鐘後，巫瑾的抗拒波動終於消失。

衛時一臉不悅地被兩位保全「請出」，又徑直往觀眾入口走去。

「檢票了嗎？啊，沒票，沒票還想進來？」

工作人員通道，「工作證拿出來檢查一下？什麼？沒有？您別驢我啊……」

門外，職業粉絲們還在四處兜售套餐：「舉牌一百二十塊一天，尖叫再加二十。六千，只要六千，今晚應援站都給您搭好了，職業站姐，保證能給您拉粉！」

衛時面無表情向她們走來。

該粉絲團隊一驚：「有生意上門了！有點帥啊，也是參賽選手？」

「這屆的顏值有點高……」

衛時：「黃牛票怎麼出？」

「……」領頭那小妹子愣是萬萬沒想到事情發展。團隊中立刻有人拿著計算器敲數字兒，「帥哥，九百一張。」

衛時伸手觸碰終端。

手腕空空如也，他猛然察覺，融入巫瑾意識之後終端早已不見蹤影。浮空城主那張無限額度的信用晶片自然也沒跟來。

小妹子樂了：「帥哥掃碼也行啊，吱吱寶還是灰信？」
衛時緘默少頃：「等我取錢。」
「……」小妹子表情又是一呆，然而看在小哥哥好看的份上，溫言細語解釋：「行，再過兩小時就開場了。到時候您不來，咱們就自己檢票進去了。」
衛時頷首，回頭踏入炎炎烈日。轉手給宋研究員扔了個世紀難題：「二十一世紀，沒身分證，沒銀行帳戶，怎麼在兩小時內賺九百？」
浮空城實驗室。
長久沉默後，猛然爆發出激烈爭吵。
阿俊：「靠臉吃飯啊！看看附近有沒有小姑娘願意資助一下衛哥……」
宋研究員：「你和衛哥說，看他不切了你！衛哥孔武有力，當時物價多少來著，搬磚兩小時夠不夠？」
毛冬青嚴肅謹慎：「S市是國際大都市，有雇傭兵懸賞機制嗎？」
紅毛突發奇想：「反正是小巫的意識世界，就不能隨便糊弄糊弄……」
宋研究員糾正：「意識世界裡的腦域開發度比現實都要強，你平時糊弄不了小巫，現在還想糊弄他？」
整座實驗室吵成一團，繼而發現浮空城城主連辦假證的零錢都沒有。就算買彩票也不能在兩小時兌獎，宋研究員頭昏腦脹朗讀ＸＸ百科：「二十一世紀初期，資訊革命演化生產力……電子商務、娛樂興起，金融大力發展，虛擬電子錢進入歷史舞臺……」
連結另一端，衛時一頓。
男人聲音沉沉傳來：「意識連結能傳輸多少資料。」

宋研究員茫然：「儀器連結腦電波，讀出和儀器有關，寫入和大腦接受能力有關。咱們通過連結通話是上行5M/s、下行24K/s左右……」

衛時：「浮空城智腦中樞，現在空閒計算能力有多少？」

宋研究員聞言檢查：「秋日祭活動太多，剩餘計算量只有每秒兩萬次太兆……」

衛時：「夠了。」

實驗室眾人繼續茫然。

意識世界，S市。衛時毫不猶豫跨入一家街邊隨處可見的網咖，店員小妹被美色迷惑，欣然同意讓「丟了手機」的小哥哥欠費上網，等「朋友送來現金後」再結付網費。

衛時摸索著十個世紀前的電腦開機。

衛時：「你說的虛擬電子錢叫什麼？」

研究室內，宋研究員猛然反應過來，臉上露出離奇興奮的神色，「是比特幣！」

一臉懵逼的紅毛：「啥？」

宋研究員迅速轉身，一臉激動：「我怎麼沒想到，我特麼怎麼沒想到！虛擬電子錢，以比特幣為代表，也是現在『浮空點』的原型。去中心化，匿名，加密。衛哥都不用辦假證，隨便註冊個電子郵箱就能直接交易……」

紅毛：「沒聽懂啊，怎、怎麼賺錢？」

宋研究員飛快啟動浮空城中樞智腦：「挖礦！區塊鏈知道不？算了你肯定不知道，比特幣是基於密碼學計算產生的，二十一世紀人民消耗大量計算量，挖掘比特幣，被稱為『挖礦』。」宋研究員舉了個例子：「比如，衛哥搞兩百臺電腦，不眠不休挖一百個小時的礦，運氣好了就能挖出一比特幣，價值，嗯，價值多少來著？一比特幣三千多美金！」

紅毛傻眼：「衛哥連上網費都是騙小妹子來的，他哪裡找得到兩百臺電腦？」

宋研究員將意識連結與浮空城智腦接駁：「三十一世紀的計算力，比二十一世紀的兩百臺電腦強太多。」

意識另一端，衛時將挖礦腳本作為資料流程上傳。

浮空城研究院，宋研究員手速如電啟動腳本。二十一世紀中想都不敢想的「每秒兩萬次太兆」計算能力飛速運行腳本，很快一行行數字被吐出。

宋研究員表情頓肅：「衛哥，礦挖出來了。我讀給你聽，第一個金鑰，五十二比特字元，K343……」

S市，盛夏。

網咖中的店員小妹時不時笑咪咪看幾眼衛時，和同事竊竊私語：「網費也就二十塊錢，他要是真還不上，綁到對面娛樂公司以身還債，給的介紹費絕對不止二十……」

說話間，猛然有人大汗淋漓一頭衝進網吧。在眾目睽睽之下順著機位找到衛時，「您、您真要交、交易這麼多……」這位家中有S市靜安區十六套房的男性，看衛時神情小心翼翼，儼然像是在看某位業界大佬。

衛時毫無耐心：「快點解決，我趕時間。」

那人趕緊點頭，對衛時肅然起敬，不敢用網吧電腦，便換上自己的筆電，當著衛時的面一條一條確認金鑰對應的比特幣。

二十分鐘後，一張瑞士銀行不記名卡被鄭重交到衛時手上，「四百萬，成交。」

距離選秀節目開場只剩一刻鐘。

衛時補交了網費，辦了假證，換下被R碼基地大雪浸濕的外衣，再出現在節目組門口時已是與剛才天差地別。

白襯衫下肌肉曲線壯碩性感，銀灰色西褲勾勒出筆直長腿，孟克鞋低調正式。

像是奔赴一場精心準備的約會。

職業粉絲團的小妹子怔怔看著他，依依不捨把門票遞過去，「收您九百，現金……」

衛時頭也不回踏入大樓，走進觀眾席。

身後，有人喃喃自語：「這人是去幹啥的？追星？不可能啊！他這是進去搶鏡頭的吧？豔壓所有練習生，做全場最靚的崽？」

選秀節目樓內。幾百個練習生擠成一團，臺上三位導師依次叫號。

後臺，拉筋壓腿下腰開嗓的練習生處處都是，帷幕後一片嗷嗷亂叫。

巫瑾給節目組交了錢，排號相當靠前，上場順序在第六。等劇務終於叫到六號，在一片烏壓壓人群中把巫瑾捉出，「對對，就捉那個看上去最乖的……」

巫瑾在帷幕後，整裝待發。

燈光自帷幕外透出，他習慣性檢查槍枝保險——

巫瑾摸了個空，表情一滯。

——不對我不是去跳舞的嗎我為什麼要檢查槍我在哪兒我是誰我在做什麼？

帷幕驟然拉開。

強烈的舞臺燈光讓巫瑾陡然清醒。

少年直直看了舞臺兩秒，血液如同被點燃沸騰。脊背在強光下挺直，像是演練了一萬次般，巫瑾走上舞臺。

鏡頭緩慢轉向巫瑾，觀眾席突然沸騰。

「臥槽，看著又乖又帥……」

「這個顏值能打！新牆頭預備，是哪個公司怎麼以前沒見過……」

臺下，訓練有素的職業粉絲趁機瘋狂尖叫打CALL。

衛時的黃牛票是從職業粉手裡買的，座次靠後，和那群嘰嘰喳喳的小妹子們靠在一起。

再後排的青鳥娛樂經紀人陳哥不斷提醒：「五九八〇！五九八〇！上鏡了有兩百紅包，喊呀！喊呀！」

衛時旁邊一位姑娘為了紅包異常賣力，喊到聲嘶力竭：「小巫！我喜歡你啊啊啊啊，My Center My Ace 嗚嗚哭暈嗚嗚嗚——」

衛時擰眉。

他看了眼小姑娘手上的螢光牌。

轉頭，又側身看了眼。

臺上，負責舞蹈的女導師和藹慈祥：「叫巫瑾是嗎？你的粉絲很可愛。」

巫瑾瞬間臉紅，陳哥絕對買粉買多了……

下一秒，女導師收到導演提示：這個是前後塞了兩次錢的！要求是多給點應援鏡頭。

女導師秒懂，笑咪咪看向臺下，「不用緊張，導播把鏡頭給下觀眾。在你們的小哥哥表演之前，讓我們聽聽觀眾的聲音。」

臺下，正在尖叫的職業粉絲團猛然出現幾秒慌亂。

「聽聽觀眾聲音？突然採訪？什麼為什麼要採訪我們？」

經紀人陳哥同樣懵逼：「什麼情況，我就塞了一次錢，讓節目組給小巫評級C以上，怎麼還附贈了一個應援採訪？」

鏡頭緩緩轉來。

好在職業粉絲團訓練有素，很快第一位哭喊應援妹子鎮定接過麥克風：「我是……小巫的，麻麻粉……嗚嗚兒砸加油……」

第二位：「我是巫瑾女友粉！嗚嗚嗚我愛他一輩子……」

第三位……鏡頭即將移向第四位。

拿應援牌的妹子還在磕磕絆絆和衛時爭執：「小哥哥，不行啊，我是拿錢辦事的，這個牌子不能給你……」

衛時：「一千。」

小妹子：「可是職業道德不允許我這麼做……」

衛時抬價：「三千。」

小妹子倒吸一口冷氣。

衛時：「一萬。」

小妹子猛然把寫著「我愛巫瑾」的應援牌塞到衛時手裡，表情恭恭敬敬，「妥，您拿好了！一會兒掃碼付款就成！」

應援牌持有人瞬間更換。

此時輪到剛才拿牌的小姑娘接受採訪：「我也是巫瑾的女友粉噠！小哥哥走花路鴨……」

鏡頭慣性轉向衛時。

攝影師突然一愣，焦距突然拉近。

舉著「我愛巫瑾」螢光牌的赫然是一位長得非常上鏡的男粉。

後臺，劇務也是傻眼：「這不就是剛才給咱們塞錢的那位？」

鏡頭正中，衛時坦然直對鏡頭，氣場冷峻，眼神如淬了刀光。

臺上巫瑾一頓。

巫瑾清楚認出這位是剛才盯著他吃餅的那位。然而腦海中卻像是有絲絲縷縷雜亂不清的認知冒出，又找不到頭緒。

麥克風遞給衛時。

那位女導師樂了，對男粉額外稀罕：「你也是巫瑾選手的粉絲嗎？」

衛時：「嗯。」

女導師吃驚：「男友粉？」

衛時糾正：「老公粉。」

老—公—粉。

場內陡然寂靜。

攝影師經驗老道，下一秒鏡頭直轉臺上的巫瑾！觀眾導播主持齊齊好奇，巫選手究竟是義正辭嚴拒絕求愛，還是冷面無情忽視表白，還是對採訪插曲一笑而過。

舞臺正中。

巫瑾呆呆睜圓眼睛，原本蓬鬆小捲毛幾乎被嚇蔫了。面部表情還能強做鎮定，耳根到臉頰明顯泛紅，小圓臉可憐又無辜。

在意識到鏡頭切向自己之後，巫瑾優秀的表情管理一秒啟動，青鳥娛樂分配的「憂鬱貴公子」人設迅速替代巫瑾本我。

然而巫瑾還是沒控制住，在鏡頭前打了個小小的、沒有聲音的空氣嗝。

女導師、無數場內觀眾猛然捂住心口。

「好乖啊啊啊啊啊啊——」

「嚇到打嗝？哈哈哈哈怎麼這麼萌哈哈譃譃嘿嘿嘿嘿！巫選手軟軟得好可愛！哈哈哈哈見到老公粉當場受驚！」

「新牆頭Get！快到麻麻懷裡來，和我家養的倉鼠一模一樣啊！受到驚嚇後要一直抱著牠安慰，給予食物安慰，撫摸脊背安慰，誇牠今天乖乖噠繼續安慰……」

女導師樂不可支。

攝影機再次敏銳轉向衛時觀眾，這位「老公粉」氣勢迫人，表情專注坦蕩，目光直直鎖住臺上，舉牌像在舉重機槍，應援牌瑩瑩發光：我愛巫瑾。

氣氛瞬間灼熱！

尖叫聲與掌聲同時響起。觀眾們紛紛跟著起哄，對衛時報以理解和鼓勵——好帥！炫酷Boy！漢紙怎麼了！小哥哥為什麼不能追星！大膽表白什麼的不要太帶感！

女導師哈哈大笑，「老公粉你很蘇喔。姐姐看好你！好的，那麼接下來就讓巫選手開始他的表演。」

舞臺逐漸暗下。

唯一的束光燈亮起，巫瑾慢了半拍才開始調整耳麥。

少年微微低頭，側臉被溫柔的舞臺光舔舐。捲髮、精緻高挑的鼻梁勾勒出淡色光暈。睫毛微微翕動。

背景音樂淡出，束光燈轉為冷色調。重鼓點響起。

巫瑾驀然抬頭。

蓬鬆的劉海因為動作劇烈而在光影下掠動。鼓點炸響，巫瑾一套Footwork踩點精準，眼神專注冷峻。等搖滾步加入，肢體在強大控制力下完美卡點。

動與靜形成幾乎離奇炫目的視覺反差。

最後三次炸點。後空翻接freeze combo，定點時從極度的收縮到張揚，落地屈膝緩衝，表情冷淡的少年直直看向鏡頭。

略帶靦腆的笑容綻開如冰雪初融。

攝影師毫無意外捕捉到了三位導師的滿臉驚愕。

大片燈光再次亮起，觀眾席雜音越來越多，最後彙聚成震天價的掌聲。

女導師彎彎眼角，就著手中的麥克風同樣給巫瑾鼓掌。

觀眾席，經紀人陳哥喜上眉梢，「有C了嗎？評級有C了嗎？」

衛時身邊，那個賣了應援牌的小妹子喃喃開口：「這得是個評級A啊……啊啊我怎麼把牌子賣了，小哥哥要紅！」

衛時目光緊鎖於巫瑾。

回憶倏忽翻過，有克洛森主題曲表演時的C位巫瑾，廣場噴泉旁鬥舞的巫瑾，地下酒吧裡溫柔獻唱的巫瑾。

通訊連接中，宋研究員早撐不住回去睡了，阿俊在邊嗑瓜子邊隨時待命。

阿俊廢話極多：衛哥見到小巫了沒？拉上小手了沒……

衛時終於回應：怎麼包裝出道發專輯？

阿俊趕緊敲鍵盤回覆：在二十一世紀灌唱片需要，呃，詞曲，編曲，混音修音，發行企劃，行銷宣傳……

衛時：我問三十一世紀。

阿俊：啊？

臺上，巫瑾在導師要求下試了vocal，最終因為真假音轉換不過關給了評級B。不過女舞蹈導師表示，小巫選手真聲基礎擺著，晉升A只是時間問題。

等巫瑾四處乖巧鞠躬下臺，帷幕後的練習生們紛紛表達欽佩。其中一個唱rap的小紅毛對著巫瑾一個熊抱，「兄弟，下一輪分組記得選我！」

巫瑾趕緊答應。

回到後場時果不其然有練習生拿「老公粉」揶揄，舞臺上評級仍在繼續。旁邊短暫相熟的練習生唏噓：「你應該是A的！你是不是交錢交少了呀！」

巫瑾趕緊擺手，「沒，我應該拿不到A。戰術基礎太薄弱了……」

練習生：「……什麼？」

「……」巫瑾抓狂：等等！什麼是戰鬥基礎？我在說什麼我在做什麼……

螢幕中央，鏡頭在舞臺與觀眾中來回切換。

每次掃到「老公粉」巫瑾都眉心一跳，陳哥怎麼什麼……粉都買！然而巫瑾又控制不住去盯著人研究觀察，左看右看、左看右看。

看完還揉了揉臉。

（未完待續）

【特別收錄】

獨家紙上訪談第四彈，暢談角色設定

Q15：其實除了攻受之外，書中還有許多個性跳脫且鮮明的角色，能否請您花些篇幅來介紹一下當初是怎麼安排出這麼多性格迥異又有亮點的角色設定？很好奇是先有情節再安排角色，還是先想好角色再讓他們去推動劇情？

A15：一些角色是情節前就安排好的，例如凱撒、文麟。他們都是團隊裡不可或缺的重要位置，活力四射的主攻手，或是溫柔細心的輔助隊友。
一些角色是伴隨情節自然而然發生的，例如偷了攝影機給自己加戲的薄

傳火，因為對實力自負，才會占了懸崖下的地盤，正好捉到跳傘跳到翻跟頭的巫瑾。

也因為對實力的尊重，才會在認可巫瑾後送了他一把槍防身，幫助小巫在首輪淘汰賽晉級。

另一位由情節決定的人物是邵瑜，在他的童年被鋪陳出來之後，注定了這一角色具有偏激的性格。

Q16：承上題，除了攻受之外，在眾多角色中，有沒有您最喜歡的角色（可複選）？為什麼？

A16：凱撒。

凱撒是一個頭腦簡單隨心所欲的幼稚園畢業生。寫凱撒的時候也不用細想，下筆很快。身為作者，丟掉了腦子的同時也收穫了快樂。

小明的幸福生活簡直可以單獨抽出來作為一本小說的主角，書名就是《不好好打逃殺秀就要繼承億萬家產》、《驚！井儀雙C竟然》……

明堯。

（未完待續）

i 小說 026

驚！說好的選秀綜藝竟然4

國家圖書館出版品預行編目（CIP）資料

驚！說好的選秀綜藝竟然4/ 晏白白著. -- 初版. --
臺北市：
愛呦文創, 2020.10
　冊；　公分. --（i 小說；026）
ISBN 978-986-99224-0-1（第4冊：平裝）

857.7　　　　109006111

愛呦文創

作　　者　晏白白
封面繪圖　六　零
Q 版繪圖　魅　趖
責任編輯　高章敏
特約編輯　劉怡如
文字校對　劉綺文
行銷企劃　羅婷婷

發 行 人　高章敏
出　　版　愛呦文創有限公司
地　　址　10691台北市忠孝東路四段59號10-2樓
電　　話　（886）2-25287229
郵電信箱　iyao.kaoyu@gmail.com
愛呦粉絲團　https://www.facebook.com/iyao.book

總 經 銷　聯合發行股份有限公司
電　　話　（886）2-29178022
地　　址　231新北市新店區寶橋路235巷6弄6號2樓

美術設計　廖婉禎
內頁排版　洸譜創意設計股份有限公司
印　　刷　沐春行銷創意有限公司
初版一刷　2020年10月
定　　價　360元
I S B N　978-986-99224-0-1

愛呦文創

愛吻文創